A mis padres

Jamás tuve la necesidad de creer en Dios. Hoy en día sé que mis únicos y verdaderos Dioses son mis padres, los que velaron, velan y velarán por mí siempre. Nunca jamás un Dios podrá hacer el gran trabajo que ellos han realizado sin descanso.

Cuando empecé con este proyecto, mi padre aún nos acompañaba. Desgraciadamente hoy no está entre nosotros, pero está en mi memoria y para mí vivirá mientras yo viva. ¡Cuánto hubiera disfrutado con esto!

A Mayte

Simplemente, por existir.

AGRADECIMIENTOS

Febrero de 2009

Sir Winston Churchill dijo: *"escribir un libro es un placer"*. Y, ciertamente, tenía razón, porque al menos para mí ha sido una experiencia única e indescriptible. Fue el hombre que cambió el rumbo de la II Guerra Mundial y en definitiva del mundo, sin embargo, según sus propias palabras, las mejores experiencias de su vida las tuvo escribiendo sus numerosos libros. Tanto fue así que logró el Premio Nobel de Literatura en 1953.

Es muy difícil describir qué pasó por mi cabeza el día que imprimí mi primer borrador y lo sostuve entre mis manos. Algo más de cuatrocientas páginas acababan de nacer, de ver la luz, después de una gestación de más de dos años.

Aún recuerdo aquel día de febrero de 2005 en el que toda esta *bendita locura* comenzó. Con los años, debido al tipo de actividad que realizaba en mi antiguo trabajo (los últimos meses del año y el mes de enero se convertían en una locura extenuante), tomé la buena costumbre de guardar vacaciones para disfrutarlas en el mes de febrero y, de esa manera, abstraerme de la vorágine de los meses anteriores y resetear mi cerebro. Acababa de comprar un ejemplar del archifamoso *"El código Da Vinci"*, sin embargo, aun sin saber por qué, decidí archivar la obra de Dan Brown y escoger un libro que llevaba tiempo en uno de los estantes de mi librería y que ni siquiera había comprado, ya que venía como regalo en una famosa revista de divulgación científica mensual. Ese libro, *"La marca del asesino"*, es de un escritor norteamericano muy poco conocido en España, Daniel Silva. Sin embargo, me mantuvo absorto durante los primeros días de esas vacaciones. Dos tardes fueron las que empleé en *engullir* las casi cuatrocientas páginas de que consta. Una de las maneras que tengo para saber si un libro me ha gustado es evaluar la pena que siento al leer la última línea y, en este caso, sentí una tristeza enorme por que la narración finalizara, ya que durante dos días fui el espectador de una historia llena de intriga, emoción y sentimientos. Fue en ese momento cuando pensé en lo bonito que podía ser crear tu propia historia, darle forma tú mismo, ser el bueno y el malo, vestir todas las pieles que se juntan para crear, en definitiva, un libro.

Sin más experiencia que varios relatos cortos y con una vida profesional que nada tiene que ver con la literatura me lancé al vacío sin saber que, los dos próximos años, serían un compendio de luces y sombras que, sin duda, influyeron en la narración de muchos pasajes del libro. Mi pasión por la lectura contribuyó en gran medida a conocer diferentes estilos de narrativa, de los que he intentado aprender y utilizar los que más me han entretenido.

Una vez que encontré la forma de comenzar con esta aventura, pensé que ya que escribía, independientemente de que el resultado fuera bueno o malo, al menos debía intentar que fuera coherente, que las cosas que escribiera tuvieran rigor. De modo que decidí comenzar un corto periodo de documentación que finalmente se alargó durante casi nueve meses, aprovechando el escaso tiempo libre de que disponía. Aun hoy no sé cómo tuve fuerza de voluntad para hacerlo. Cuando obtuve lo que en un principio necesitaba, inicié el proceso de narración que se alargó durante catorce meses. Hubo momentos en los que llegué a pensar que tan sólo era un loco que creyó que podía escribir y que, en ese momento, me daba cuenta de que no era así. Pero finalmente, y casi sin darme cuenta, la historia tomó forma, los personajes de repente tenían cara en mi cerebro e incluso juraría que en algún momento llegaron a hacerme compañía. Y el resultado ha sido éste.

Cuando echas la vista atrás y ves lo que has conseguido, te das cuenta de la gente que ha intervenido en este libro, consciente o inconscientemente, directa o indirectamente. De modo que hay muchas personas a las que agradecérselo, así que intentaré ser lo más justo posible.

En primer lugar y sin discusión alguna a mis padres. Si tuviera que definir brevemente el significado de la palabra "padres", en su sentido más amplio, sin duda obtendría esas palabras pensando en ellos. Sólo espero que se sientan orgullosos de mí aunque sea la mitad de lo que yo me siento de ellos. A mi hermano Antonio, mi primer conejillo de Indias, por ser mi primer lector. Además de la familia, es necesario también el apoyo de personas entre las que la sangre no forme vínculos. Una mención especial en este sentido tiene que ser para Óscar Cuellas, que jamás será consciente del giro radical que dio a mi vida. Los años durante los que fue mi jefe fueron los más productivos en mi vida laboral y en los que más a gusto trabajé. Nunca podré agradecer la confianza que depositó (y aun lo sigue haciendo) en mí. A mis compañeros de CBL por aguantarme en nuestros desayunos y por interesarse prácticamente todos los días en el tramo final de la narración. A José Luis Fernández, especialmente, por ser un buen amigo. En este punto también debo acordarme de Juan Pablo Reyes, por animarme continuamente a seguir adelante y por facilitarme el contacto con Alejandro Roca, psicoterapeuta experto en comportamiento, a quién Juan Pablo conoció en su Méjico natal. Alejandro me guio en los aspectos psicológicos de mis personajes. A todos, gracias.

De todas las personas que uno va conociendo en la vida, además de la familia y los compañeros de trabajo, que son los dos ámbitos donde nuestra vida se desarrolla mayoritariamente, también están los amigos. Elbert Hubbard dijo: *un amigo es uno que lo sabe todo de ti y a pesar de ello te quiere.* Un lugar especial en mi corazón tienen Sandra Palencia y Rocío Novoa, amigas, consejeras y personas íntegras, sin pelos en la lengua y que me han animado en los momentos malos y me han regañado cuando me lo merecí que, dicho sea de paso, fueron bastantes veces.

Sería imperdonable dejar de nombrar aquí a aquellas personas que participaron activamente en la "fabricación" de esta historia. En primer lugar a los agentes de la Comisaría de la Policía Nacional de Getafe, por aquellas tardes de domingo que accedieron a aguantarme. Gracias a ellos llegué a conocer suficientemente aquellos aspectos de la policía más accesibles. Ellos prefirieron que sus nombres no aparecieran y así será. A Leonor Poveda, enfermera. Sin ella no me hubiese atrevido a novelar ciertas escenas.

Una inesperada ayuda la recibí de Yolanda Garrido, escritora de Valdemoro y a su marido Miguel Ángel Íscar, a quién conocí a través de Raúl Pascual. Muy amablemente me invitó a la presentación de su maravillosa novela *"Única verdad"* (firmada con el seudónimo "Yolanda Íscar") y que dedicó una tarde entera a iniciarme en los pasos necesarios para la publicación de la obra y me enseñó qué hacer para mejorar mi narración. Me enumeró punto por punto todos aquellos aspectos críticos para presentar el escrito en el Registro de la Propiedad Intelectual. Para ti, ¡suerte, compañera!

He dejado para el final a Karim Mbriti, que además de haber sido compañero de trabajo durante muchos años, hemos terminado siendo muy buenos amigos. Gracias a él he llegado a conocer con cierta soltura algunos aspectos del mundo árabe y las costumbres musulmanas. La pasión con la que este buen musulmán me ha descrito su país, Marruecos y el lugar donde se crió y se hizo hombre, Tánger, contribuyeron a que me decidiera a echar atrás muchas páginas de mi libro para ambientar pasajes de éste en Tánger. Le pido perdón si he errado en algún momento. Espero de corazón que no haya sido así

En innumerables ocasiones, cuando comenzaba la lectura de un libro, muchos de los autores relataban lo difícil que es agradecer a todo el mundo que te ayuda en un proyecto como éste. Siempre pensé que eran palabras de cara a la galería hasta que me llegó el momento de hacerlo a mí. Ahora comprendo que además de difícil es una carga de responsabilidad enorme, porque seguramente estoy dejando fuera a gente que merece estar reflejada aquí. A todos ellos, perdón. Y para todos, los que están aquí y los que no, espero que disfrutéis con la lectura de esta historia que está escrita con toda mi alma y todo mi corazón.

Gracias, gracias y mil veces gracias.

Vivimos en el mundo cuando amamos.
Sólo una vida vivida para los demás
merece la pena ser vivida.

Albert Einstein (1879-1955)

PRÓLOGO

Madrid, 2 de agosto de 1991.

El verano estaba siendo especialmente caluroso. La falta de lluvias desde hacía meses, unido a las elevadísimas temperaturas, podían volver loco a cualquiera. Los aparatos de aire acondicionado aun no eran accesibles para una familia media. Carmen, que había pasado todo el día empleada en las labores domésticas, sudaba por cada poro de su cuerpo. Cada vez miraba el reloj con más frecuencia. Su marido, Paco, estaba a punto de llegar.

Paco, contable de los de antes, veía que los tiempos avanzaban demasiado rápido para él. Cada vez había más tareas en su oficina que se realizaban mediante un ordenador, pero él apenas manejaba una máquina de escribir y se le antojaba imposible entender uno. Su mal humor era un rasgo que le distinguía ante sus compañeros pero, en esos calurosos días, su carácter era cada vez más violento.

Carmen secaba la vajilla que había utilizado para comer y que había fregado a mano. Entonces la cerradura sonó y la puerta de aquel pequeño piso, en un populoso barrio de Madrid, se abrió. Miró su brazo y a sus ojos llegó la visión de los moretones, consecuencia del último malhumor de Paco. Sin mirarle directamente a los ojos, se atrevió a sondear su estado de ánimo.

— ¡Carmen! –gritó Paco con una voz espeluznante–.
— Estoy en la cocina, Paco.

Carmen tembló al oír que su marido se dirigía hacia allá. Se había despojado de la chaqueta, que estaba tirada de mala manera sobre el sofá. Entró en la cocina sin brindar el más mínimo saludo a su mujer.

— Dame una cerveza.
— Están calientes, acabo de meterlas ahora mismo en el frigorífico. Se acabaron y he bajado a comprarlas después de comer.
— ¡No hay una puta cerveza fría en esta casa! ¿Es que te has creído que puedo estar todo el día trabajando y venir a casa y no poder tomarme una cerveza fría?
— Pero se acabaron y...
— ¡No vales ni para ama de casa! Tenías que haberte quedado en el pueblo, con tu madre, muriéndote de hambre.
— Lo siento, lo siento. Bajo ahora mismo a por una cerveza fría a la tienda –dijo Carmen sollozando–.
— Tú no sales de aquí, ¡inútil!
— ¡No, Paco, no por favor, te lo pido por favor! –suplicó ella entre llantos, sabedora de lo que se le venía encima–.

Paco soltó una bofetada a su mujer que la hizo desequilibrarse. Ésta cayó al suelo, con tan mala fortuna que golpeó con su frente en la mesita del comedor. Una gran hinchazón apareció inmediatamente en su cabeza. Aun aturdida, se mantenía arrodillada en el suelo.

Fue en ese preciso instante cuando un escozor, que casi le produjo náuseas, recorrió toda su espalda. Paco, que había extraído el cinturón de las trabillas de su pantalón, fustigaba a su mujer, con tal fuerza que la piel de su espalda comenzó a desgarrarse. El furor con que se empleaba, hacía que casi le faltase el aire. Su aliento desprendía hedor a vino. Su brazo, que embestía frenéticamente contra ella, apenas tenía fuerza ya para sostener el cinturón, de manera que, cegado por la furia y la rabia de haber sido contrariado, comenzó a asestarle patadas, primero en sus piernas, luego en su costado, más violentamente que la última vez, pero seguro que menos que la siguiente.

La mujer, herida en su cuerpo, pero también en su alma, dirigía la vista hacia la puerta de una habitación adornada con motivos infantiles, rogando para que esa criatura no se convirtiese en el próximo objetivo de la furia de su padre.

1

En algún momento de 2007...

Eran las diez de la mañana. En una abrupta zona de la sierra que linda entre Madrid, Ávila y Segovia, un hombre paseaba con su hijo y su mujer. Se trataba de una de esas personas que trabajan de forma agotadora durante la semana y dejan el fin de semana para liberarse, para desconectar de la monotonía cotidiana. La zona era bastante rica en setas silvestres. Él era un gran conocedor de estos hongos. También conocía bien la zona, ya que nació en un pequeño pueblecito de Ávila, cercano al lugar. Gran parte de su niñez transcurrió en estas sierras, sus primeras excursiones con los Scouts no fueron muy lejos de ahí. Era la primera vez que iba a ese lugar con su hijo. Estaba bastante emocionado. A pesar de que sus escapadas de fin de semana eran bastante habituales, ésta era diferente, ya que volvía al lugar que recordaba de niño y además, con su hijo. Todo había cambiado mucho. Los ríos que él conocía, apenas eran riachuelos y en muchos de los casos, eran simples hilos de agua que transcurrían entre pedregales, cuyo aspecto redondeado denotaba que habían estado durante muchísimo tiempo bajo grandes corrientes de agua. Aunque quedaban grandes árboles, las zonas con arbustos habían aumentado.

Iba a la cabeza de la excursión. Su hijo llevaba en sus manos un pequeño cesto, que utilizaba para guardar las setas que localizaba. Le enseñaba a extraerlas, aunque nunca llegaba a dejarle manipular la pequeña navaja y el niño las ponía en el cesto. Este sencillo acto, era una tremenda explosión de júbilo, porque estaba haciendo lo mismo que su padre. Parecerse a él era una de las cosas que más feliz podía hacerle. Por otra parte, la madre no podía calibrar si, en ese momento, estaba siendo más feliz por ver al niño sentirse importante junto a su padre, o por ver al padre haciendo feliz a su hijo.

El padre le instó a que se agarrara de la mano de su madre. Quería adentrarse en una zona algo más escarpada que por la que estaban paseando. Además, se encontraba algo elevada sobre el terreno y podía ser peligroso que el niño fuera por ahí, sin conocer el lugar. Mientras tanto, la madre cogió al muchacho y se sentó sobre una gran roca tan redondeada, que la hacía relativamente cómoda para descansar. Sacó de una mochila que portaba una cajita de color verde y extrajo de ella una toallita húmeda, con la que limpió cuidadosamente las pequeñas manos sucias y embarradas del crío. Sacó también un yogurt y se lo hizo tomar. Mientras el padre examinaba la zona, ella se dedicaba a responder a todas las preguntas que el niño le hacía sobre el lugar, su padre, las setas, etc.

De repente, se oyó una especie de exclamación. Ella se alertó de inmediato. Sabía que algo no iba bien. Instintivamente, dirigió la mirada hacia donde había visto a su marido por última vez. En apenas unos segundos, su silueta apareció entre unos arbustos. Desde la lejanía no se apreciaba que le hubiese pasado nada grave. Fue al acercarse a ella, cuando comprendió que algo terrible había sucedido.

El aspecto de él no era nada bueno. Su cara estaba tremendamente pálida. Su expresión era la de una persona horrorizada. Su vista parecía perdida. Su mujer vio como algo colgaba de la barbilla. Cuando se acercó, aquella mancha en su cara resultó ser un resto de vómito. La mujer no acertaba a hacer otra cosa que preguntar compulsivamente.

— ¿Qué ha pasado?, por favor, dime qué ha pasado ahí arriba.

— Dame el móvil, por favor, dámelo y llévate al niño de aquí, ¡rápido!

La mujer volvió a meter la mano dentro de su mochila y sacó el teléfono. Sin poder comprender muy bien qué pasaba, pero sin dudar, lo puso en su mano, que estaba fría como un carámbano y asiendo a su hijo por los hombros, se alejó rápidamente de allí, volviendo la vista atrás de vez en cuando para comprobar que nada nuevo estaba ocurriendo. Cuando él vio que los dos estaban lo suficientemente lejos, miró el teléfono que sostenía en su temblorosa mano y marcó. Sólo esperó un par de tonos, y al otro lado del auricular una voz le respondió. Entonces dijo:

— Señorita, me encuentro ahora mismo en la sierra, cerca de Gudillos. Acabo de encontrar un cadáver. Ni siquiera he podido distinguir si se trata de un hombre o de una mujer. Por favor, estoy aquí con mi mujer y mi hijo de ocho años, el niño no ha visto nada, pero está muy asustado. ¡Vengan rápido!

En menos de una hora, una pareja de la Guardia Civil Forestal se presentó en el lugar. Minutos más tarde, llegaron más agentes de la Guardia Civil, Policía Científica e incluso algún periodista que, incomprensiblemente, se había enterado de la terrible noticia.

El cadáver era el de una chica joven. Estaba en tal estado de descomposición que sólo una persona experta descifraría el sexo con cierta facilidad. Había sido apuñalada repetidamente y después de las cuchilladas recibió un corte en la garganta, según se demostró en estudios posteriores del cadáver. Tenía marcas en las muñecas de haber sido maniatada, aunque las ataduras habían desaparecido del cuerpo. Sus extremidades estaban muy dañadas por las alimañas. Prácticamente no había rastro de sus dedos, y uno de sus ojos también había desaparecido. El cadáver había sido encontrado debajo de unos arbustos secos, que habían sido arrancados para tapar el cuerpo, aunque sin gran esmero.

A unos veinte metros de allí aparecieron sus ropas, cuyas marcas hacían ver el origen adinerado de la joven. Hacía unas tres semanas que había desaparecido y llevaba una semana muerta, como mostraba la fauna cadavérica que se encontró en el cuerpo. Curiosamente, llevaba puesto un colgante de oro y varias pulseras y al levantar el cadáver, se encontraron un par de anillos, lo que descartaba el homicidio por robo. Aún más lejos que la ropa, se encontró un pequeño bolso, lo que resultó ser una prueba importantísima, ya que dentro estaba la documentación de la chica, además de dinero, las llaves de una vivienda y las llaves de un coche. Como se podía pensar en un principio, no había sido violada, ya que en su vagina no se encontraron restos de semen ni fluidos corporales con ADN distinto al suyo. ¿Por qué una chica joven aparece muerta, apuñalada, degollada, maniatada y golpeada, desnuda, con sus joyas intactas y bastante dinero en el bolso?

Se volvía a tratar del mismo asesino que había matado a otras dos jóvenes más en descampados de los alrededores de Madrid, o al menos, todo apuntaba a ello. La Policía empezaba a impacientarse porque no había una sola pista del asesino. Sólo sabían que, quien había matado a las tres jóvenes, seguía siempre el mismo modus operandi. Era escrupuloso en los detalles. La forma de esconder los cuerpos, lejos de ser siempre la misma, contaba con rasgos comunes en cada crimen. La ropa se encontraba siempre cerca del cadáver. Nunca había violación ni robo. Tampoco había un solo indicio de cómo el asesino conseguía embaucar a las víctimas. Se sabía también que no las mataba en el lugar donde aparecían los cuerpos, ya que estos mostraban pequeños cortes y arañazos, que hacían pensar que eran arrastrados, ya muertos, hasta el lugar que, por otra parte, solían ser sitios donde tarde o temprano alguien las encontraría. Y, sin embargo, nadie había visto nada, un grito, un golpe, gente hablando, cualquier cosa o acto que resultara extraño, nada. Todo era un misterio, no había nada que hiciera ir en una dirección u otra. La única certeza del caso, era que había tres chicas muertas. Las tres eran jóvenes de estratos sociales altos. Para los investigadores más optimistas, éste era un hecho que limitaba el radio de acción del asesino, para los menos optimistas, simplemente era una parte más de un puzle inmenso, en el que no se había podido encajar aun ni una sola pieza.

Carlos Sanz, miembro de la brigada de homicidios, era el encargado de resolver este espinoso asunto, que ya hacía cundir el pánico entre las chicas de características similares a las de las víctimas y entre la población en general. Era un policía persistente que tenía un gran equipo detrás. Había resuelto casos muy complicados anteriormente pero éste era especial, era más difícil que los demás y en algunos momentos empezaba a exasperarse, pero estaba convencido de que al final, lo resolvería.

2

Mientras tanto, en un edificio de Madrid de veintisiete plantas, vivía José Manuel San José, un exitoso hombre de negocios de treinta y tres años. El edificio era totalmente suyo. Las primeras dieciséis plantas eran las oficinas. Para él trabajaban cientos de personas que se dedicaban a administrar sus acciones en inmobiliarias, constructoras, medios de comunicación, etc. También se dedicaba a mover dinero, de empresa en empresa, a determinados personajes de la vida pública, los cuales obtenían grandes dividendos por estas operaciones que, dicho sea de paso, siempre eran retorcidamente legales y de las que José Manuel se granjeaba buenos pellizcos.

Era una persona solitaria, no se sentía bien con mucha gente alrededor, perfeccionista hasta límites insospechados. A la escasa gente de confianza que le rodeaba les pedía que fueran como él, razón por la que era tan difícil obtener puestos de relevancia en sus empresas, pero los que aguantaban su nivel de exigencia eran profesionales de una excelente categoría. Así pues, su círculo de confianza era muy pequeño y también absolutamente hermético. Esa confianza le hacía despreocuparse casi totalmente de sus negocios, que eran llevados de forma impecable. Únicamente le eran consultadas las decisiones muy importantes y de las que se requería su conocimiento. La planta dieciocho y diecinueve estaba compuesta por grandes pisos, en los que vivían precisamente estos colaboradores. Les eran regalados cuando concluía que la persona era lo suficientemente apta para el trabajo que requería y había demostrado sobradamente su valía. Una planta más abajo, había pequeños apartamentos para colaboradores temporales. En la vigésima planta, había una extensa biblioteca con infinidad de libros, desde los libros de consulta, economía, política, ciencia, pasando por los de literatura de todos los géneros. En una estancia de esa misma planta, había habilitado una sala de vídeo y música con equipos de alta fidelidad, televisores de pantalla gigante y panorámica y una videoteca con los títulos más variados. La sala estaba totalmente insonorizada; era el rincón más privado de José Manuel. Muy poca gente había visitado dicha estancia. Una planta más arriba había un salón de convenciones, en el que celebraban reuniones con algunos de sus clientes y organizaba cenas cuando celebraba su cumpleaños, el cierre de alguna gran operación, etc. Cuando eso ocurría, invitaba a todos sus empleados como muestra de agradecimiento. Era una de las pocas ocasiones en las que se dejaba rodear por mucha gente.

Opinaba que, en una empresa como la suya, tenía tanta importancia la persona que estaba al frente del gabinete contable como el vigilante del parking o la chica que hacía las fotocopias, razón por la que, a pesar de no dejarse ver prácticamente nunca, era muy apreciado. Las demás plantas del edificio eran su fabulosa casa, una especie de palacio en las alturas, en el que no faltaba detalle. La luz se activaba por simples mandatos de voz, las ventanas, automáticas de igual manera, estaban provistas de cristales que cambiaban de color, dependiendo de las condiciones de temperatura y luz del exterior. También podían cambiar su opacidad mediante unos paneles situados en el interior, que permitían variar la cantidad de luz al gusto de cada uno. Estaban fabricadas con un material que utilizaba el agua de la lluvia para auto limpiarse.

El mármol estaba omnipresente, al igual que las maderas nobles, para el mobiliario o las barandillas de las numerosas escaleras que comunicaban las diferentes plantas del edificio. Desde cualquier habitación, se podía, sin ningún problema, realizar una videoconferencia, mandar un E–mail o conectarse a internet mediante Wi–Fi. La última planta era una de sus preferidas. En ella había montado un gimnasio con la más amplia gama de aparatos de musculación, bicicletas estáticas, remos y cintas para carrera estática. Había hecho construir en la azotea una pista de tartán, que bordeaba todo el edificio y que constaba de tres calles. El gimnasio estaba rodeado de grandes ventanales, incluso gran parte de la azotea había sido acristalada hasta por el techo, con lo que la sensación era la de encontrarse encerrado en una gran burbuja climatizada con toda clase de lujos y detalles. Había tres saunas y tres yacuzzis, una gran sala de masaje y un botiquín de tal envergadura, que podía pasar perfectamente por la sala de urgencias de un hospital. El deporte era la actividad principal, después del trabajo, a la que más tiempo dedicaba, aunque para relajarse, lo que más utilizaba era la lectura, la música y el cine, por este orden. Este gimnasio era utilizado por otras dos personas, además de él. Se trataba de Jesús, su entrenador personal, un joven al que ofreció ese trabajo cuando, hace años, José Manuel no se encontraba en el status que actualmente ostentaba y se debía conformar con acudir a un gimnasio normal junto al resto de los mortales. La otra persona era Anthony, un imponente joven de color, monitor de musculación. Desde un primer momento admiraron su forma de trabajar, hasta que ya por fin, ninguno de los dos pudo resistirse a la oferta que José Manuel les realizó y aceptaron finalmente los trabajos.

Jesús se alojaba en la planta dieciocho, en un apartamento que él costeaba, como al resto de sus colaboradores. Con el dinero que le pagaba, terminó por montar su propio gimnasio en una de las arterias más importantes de Madrid, el cual regentaba y por el que raramente aparecía, ya que así se lo había aconsejado José Manuel, que le ayudó en todo lo posible a que consiguiera su sueño, incluso facilitándole a la persona de confianza que lo gestionaba. Mientras tanto, Anthony prefirió declinar su oferta de vivir en el edificio, ya que había hecho algún dinero en campeonatos de musculación y culturismo. Por ello, disfrutaba de un precioso y coqueto chalet en las afueras de la ciudad. No obstante, José Manuel no quiso que fuera menos que los demás, de modo que canceló la hipoteca de Anthony y le regaló un lujoso coche.

José Manuel gozaba de un físico excelente, totalmente esculpido en gimnasios durante años. En ocasiones, observaba sus fotos de niñez y se sorprendía de verse tan enclenque. Pensaba que no existe la fortaleza mental sin la física y viceversa, por lo que intentaba estar físicamente al cien por cien.

Bastantes plantas más abajo, una mujer de mediana edad, equipada con un auricular y un minúsculo micrófono pegado a su mejilla, presidía una gran mesa con una centralita telefónica y dos pantallas planas y táctiles, con la que tenía un dominio casi completo de todo el edificio. De repente, una señal aguda fue emitida desde uno de los paneles. La telefonista la observó y enseguida la identificó.

— Buenos días, jefe. ¿Qué tal hoy?
— Fina, ¡¡¡por Dios!!! No me llames jefe. Como lo vuelvas a hacer te llamo yo a ti señora.
— Y, ¿a qué esperas? Tengo hijos que podían ser tus hermanos pequeños –replicó Fina, riendo–.

— ¿Así que esas dos bellezas que hay en una foto sobre tu mesa no son tus hermanas pequeñas? –contestó José Manuel, también entre risas–.

— ¿En qué puedo ayudarte?

— Por favor, Fina, localiza a Marcos y dile que suba a mi despacho. ¡Ah! y que suba con dos de sus hombres, por favor.

— De acuerdo, pero ¿ocurre algo? Llamo a la policía o a....

— Fina ¡por Dios! – José Manuel no la dejó acabar – eres peor que mi madre. Tengo un recado para él, pero no puede hacerlo sólo y necesito a dos de sus hombres, nada más. Tranquila Fina, que la humanidad sigue corriendo los mismos peligros que esta mañana. –Terminó José Manuel entre risas–.

— Por Dios José, un día me vas a matar de un susto.

— No sé si te mataré de un susto algún día, pero he conseguido que me llames por mi nombre. –José Manuel entonces se despidió con voz melodiosa–. Adiós Fina, que tengas un buen día.

Fina hizo lo que le pidió, de manera que pocos minutos después, Marcos, su jefe de seguridad y dos de sus hombres se personaban en su despacho. Marcos había sido policía durante veintitrés años con una magnifica trayectoria en antiterrorismo pero, un día, durante la escolta de un alto cargo militar, éste sufrió un atentado. No hubo muertos, pero el militar quedó gravemente mutilado y Marcos recibió restos de metralla en su pecho, abdomen y muslos, que le mantuvieron una larga temporada en el hospital.

Siempre pensó que no estaba hecho para el trabajo de escolta, así que después de esto, decidió retirarse y ganarse la vida en el sector de la seguridad privada. Durante un congreso de informática, uno de los organizadores se lo presentó a José Manuel. Marcos era el responsable de la seguridad y ya entonces le pareció un profesional serio. No dudó en ponerse en contacto con su empresa para presentar una oferta por sus servicios. La suma fue tal que, ni la empresa ni el mismo Marcos, pudieron rechazarla. Además, la forma de trabajar de José Manuel le encandiló, ya que le ofreció un cheque en blanco para contratar a un equipo que garantizara la seguridad del edificio y del personal que ahí trabajaba, así como la suya misma y no se inmiscuiría en ninguna de las decisiones que, en materia de seguridad, se tomasen. Ya hacía siete años que ambos trabajaban juntos y no habían hecho otra cosa sino que aumentar la admiración y la estima que tenían el uno por el otro.

Un zumbido electrónico sonó. Miró a una pequeña pantalla LCD que había incrustada en su mesa de metacrilato y madera. El rostro de Marcos llenaba la pantalla. José Manuel se acercó a un panel de su mesa y presionó un botón. Otro zumbido más fuerte sonó, activando la cerradura de la puerta de su despacho. En ese momento ésta se abrió y Marcos, con un impecable traje azul marino, camisa blanca con rayas verticales color burdeos y una corbata azul, con anclas burdeos, entró decidido. Sus zapatos eran italianos y todo el conjunto le daba un aspecto imponente. Sus dos hombres iban también escrupulosamente vestidos, pero no con el porte que Marcos ofrecía a la vista. Se alegró al verle.

— ¡Hombre! Parece que no existo para ti. ¿Cuánto tiempo hace que no pasas por aquí?
— Nunca he conocido a un ricachón que se alegre de ver a su jefe de seguridad. Jovencito, ¡debes aburrirte mucho para que te alegres de verme!

Ambos rieron fuertemente y se acercaron para estrechar sus manos de manera fuerte y sincera.

— Y tu hija, Marcos, ya pronto vendrá a España, ¿no?

— Si, este viernes no, el siguiente. Ya ha terminado el máster y no quiere pasar ni un segundo más del necesario en Boston.

— ¡Umm! Doctorada en ciencias políticas Cum Laude y ahora con un máster en comercio internacional... ¿a quién crees que puede interesar alguien así?

— A mí no me mires José, yo soy su padre, no su manager. No quiero que ella piense que tengo que ver en algo si un día termina trabajando en tu corporación.

— Si un día trabaja en mi corporación, tendrá todo que ver contigo. Resulta que será la hija de alguien que trabaja para mí. Mira Marcos, ella tiene cualidades y un historial académico que, ninguna de las personas que trabajan en el departamento de comercio internacional, tiene. Además, cuenta con la ventaja de que la conozco desde hace años... y la conozco personalmente. La presentaré a mis asesores, que estudien su perfil y si pasa el corte, que le hagan una oferta. Yo me quito de en medio. ¿Te parece?

— José, sabes perfectamente que me parecería perfecto que trabajase aquí. Yo llevo varios años y sé cómo eres y cómo es esto. Pero no quiero que le des ningún favoritismo, en parte por dignidad y en parte porque estoy seguro de que ella puede superar esa prueba.

— Por supuesto que sí puede. Yo no me meteré, lo juro, pero habla con Paula y que concierte una cita. Coméntale mi parecer al respecto. Ella lo acatará.

— ¿Me querías para esto? Y, ¿para qué los dos hombres?

— No, —José Manuel rio— no, sólo ha sido una casualidad. Os he llamado para otra cosa. Mira, quiero que veas algo. ¡Por cierto!, ¿ya tienes ocupadas las plazas de mantenimiento y chóferes que querías cubrir?

— No. —Marcos le miró de forma extrañada, como queriendo encontrar una relación entre la pregunta y los dos hombres que, como postes, estaban detrás de él, esperando—.

— Observa ahí abajo. —José Manuel abrió un cajón y le acercó unos prismáticos de última generación. Eran pequeños y muy ligeros. Estaban preparados para ver en cualquier condición de luz. Con seguridad, era una de esas compras que hacía a alguna empresa a través de internet y de las que nunca preguntaba el precio, principalmente porque no le hacía falta–.

— Trae. Dime a dónde miro.

Marcos los cogió con fuerza, mientras José Manuel indicaba un edificio cercano, con aspecto ruinoso. Hacía años que una constructora se había hecho con la rehabilitación del inmueble, un viejo palacete del siglo XIX, pero justo un mes después de empezar los trabajos, esta empresa acabó en suspensión de pagos y había dejado un panorama lleno de andamios y lonas abandonadas recubriendo los mismos. José Manuel llevaba años intentando hacerse con el inmueble, pero trabas burocráticas lo impedían hasta el momento. Marcos seguía las instrucciones acerca de a dónde dirigir los prismáticos. Cuando por fin dio con el lugar exacto, asintió.

— ¡Ajá! Ya lo veo. ¿Es ese mendigo de ahí a quién te refieres?

— Exacto. Hace tres semanas que le observo. Me llamó la atención y, la semana pasada, coloqué en esta misma ventana un dispositivo de grabación. Déjame que te enseñe algo.

— Madre mía, el tío con más pasta que conozco se divierte siendo un voyeur de mendigos. ¡Que Dios nos asista!

José Manuel entre risas, comentó.

— Si no fueras policía y encima mi amigo te metía una buena bofetada. Lo que pasa es que seguro que luego me enviabas alguna inspección de hacienda o algo así. ¡¡¡Con lo rencorosos que sois!!!

Ambos rieron mientras José Manuel se dirigía a su mesa. De su cajón sacó una pequeña caja de plástico. Al abrirla, extrajo un pendrive y lo introdujo en una ranura del panel lateral de su ordenador portátil. Segundos después, una grabación de video se reproducía. Marcos, mientras visualizaba la grabación, miró hacia atrás en busca de la silla. Cuando vio a qué lado de su espalda estaba situado, la agarró y la acercó a la mesa. Tomó asiento y volvió a pegar la cara a la pantalla. Estuvo así un rato, hasta que invitó a sus hombres a visualizar la grabación, en la que se podía observar cómo un mendigo salía de entre las ruinas del edificio para sentarse en la acera y permanecer ahí todo el día, pidiendo.

Media hora más tarde, paró la grabación y miró a José Manuel. Con extrañeza y sabiendo lo que le iba a pedir, Marcos preguntó:

— Exactamente, ¿qué quieres saber? ¿qué has visto tú?
— Ese hombre está ahí todo el día y sólo se mueve dos veces. Lo he observado. Cada vez que se va a comprar para comer trae dos bocadillos y dos bebidas.

Casi cortando sus palabras, Marcos añadió:

— Si, pero él sólo se come uno y se bebe una botella. Sin embargo, si te fijas, ese hombre no va a por el bocadillo, viene, se sienta y se lo come, sino que se levanta y, una vez que viene con los dos bocadillos, entra al edificio y sale sólo con uno.
— Exacto –dijo José Manuel–
— Pero, ¿quién crees que es? ¿por qué quieres que mis hombres y yo veamos esto?
— Creo, casi con seguridad, que la persona que le aguarda ahí dentro es un niño. La semana pasada le vi entrar con los bocadillos y con un libro o un cuento, no lo puedo precisar.

— Entonces, ¿quieres que llamemos a asuntos sociales?

— No, yo tengo otra idea.

— Ah ¿sí?, ¿cuál?

— Quiero ayudarle.

— ¿Ayudarle?, ¡pero tú estás loco! No sabes quién coño es ese tío y, posiblemente, esté encubriendo un niño. Aun así quieres ayudarle.

— Sí, precisamente por eso quiero ayudarle. Te has tirado muchos años en las calles, ¡joder! Tú sabes lo que un mendigo puede sacar con un niño al lado, lo sabes perfectamente, me lo has contado muchas veces cuando hemos hablado de cosas así. Y, si ese tío tiene a un niño escondido, ha sido absolutamente cuidadoso de no mostrarle a nadie y, jamás se ha levantado de ahí, haya llovido, nevado o le haya asfixiado el sol, hasta que no ha tenido dinero para comprar, al menos, un bocadillo.

En otras ocasiones, Marcos había visto en José Manuel esa reacción, pero no de esa manera tan pronunciada. De modo que decidió zanjar la discusión de una manera muy simple.

— José Manuel, ¿qué quieres que le diga?

— Bajad ahí y hablad con él. Explícaselo de la manera que yo te lo he explicado a ti y dile que se presente aquí. Que uno de tus hombres le lleve a la sala de reuniones. ¡Ah!, el niño. Que le traiga él voluntariamente. En caso contrario, lo traéis vosotros y llamáis a servicios sociales. En cualquier caso, facilitadles una ducha, comida y ropa. Avisadme cuando esté preparado.

Marcos que jamás iba a discutir una decisión de José Manuel asintió y se dirigió hacia el edificio donde se encontraba el mendigo. Marcos sabía que lo que iba a hacer era una buena obra. Sólo le importaba saber si la persona merecería la pena.

Cuando Marcos y sus dos hombres abandonaron el despacho, tocó el panel y al momento, escuchó la voz de Fina.

— Dime José, ¿Marcos ya ha acudido?
— Oh sí, Fina, tranquila. Ya ha hecho el encargo que le pedí. Por favor, ¿me puedes pasar con Paula?
— Enseguida. Aguarda.
— Ok.

Esperó unos segundos y una voz dulce contestó.

— Dime José, ¿algún problema?
— No Paula. En realidad te llamaba para otra cosa.
— Pues tú dirás.
— Dentro de diez días vuelve a España la hija de Marcos. Acaba de terminar el máster. ¿Le concertarás una cita para hacer una entrevista?
— Sí, tranquilo. Déjalo todo de mi parte.
— Paula. Es sólo una entrevista. Si vale, vale, si no, a otra cosa. Por favor, le he dado mi palabra a Marcos de que, si entra, será porque vale, ¿ok?
— Está bien. Mejor. De verdad que mejor así.
— Venga, confío en ti. Hasta luego.
— Hasta luego.

3

El inspector Sanz era una persona seria con todos los que le eran desconocidos, pero tenía un buen trato con las personas con las que trabajaba. Hacía veintiún años que era policía. Él siempre decía que nació para ser policía y que, si no lo hubiese conseguido, hubiese quedado en un rincón, muerto de hambre y desidia. Había visitado el hospital como víctima en dos ocasiones, la primera de ellas, recién estrenado en su puesto de inspector.

Habían estado siguiendo a un importante capo de la droga del, entonces emergente, mercado del este. Este seguimiento duraba ya más de diez meses y se habían reunido pruebas suficientes como para proceder a una detención, en la cual caerían en cascada un importante número de narcotraficantes... claro, siempre y cuando la operación saliera bien.

En el transcurso de una interceptación de droga a bajo nivel, un camello había dado un soplo referente a un importante intercambio en un poblado en el suroeste de Madrid. Cuando el equipo del inspector Sanz fue avisado, comprobaron que los protagonistas de este intercambio eran, precisamente, los narcos que él y su equipo llevaban tiempo siguiendo. Era la prueba definitiva que necesitaban para llevar a cabo la operación.

Y así lo hicieron. Montaron un gran despliegue, en el que participaron (a diferentes niveles), además de su equipo, cerca de cincuenta miembros de la Brigada Central Antidroga y dos docenas de miembros de las fuerzas especiales de la Policía. Todo parecía marchar según lo previsto. Todos los miembros estaban convenientemente parapetados y camuflados para no levantar la más mínima sospecha. Cualquier fallo daría al traste con la operación, ya que la mayoría de los hombres que trabajaban para los narcos del este, eran ex miembros de los ejércitos de países como la antigua Unión Soviética, la ex Yugoslavia, Rumanía o Polonia, estados que, a principios de los noventa, habían sufrido un drástico cambio político y cuyas instituciones habían quedado desmembradas y abandonadas a su suerte, incluidos los ejércitos. Estos ex militares, en algunos casos, eran expertos en lucha de guerrillas, antiterrorismo y guerra urbana, por lo que también lo eran en desbaratar las técnicas de la Policía para combatirles. Además, en apenas cinco años, ganaban más dinero del que jamás hubiesen podido ganar ellos y sus familias durante toda la vida en sus países de origen, de manera que luchaban por sus capos como verdaderos perros de presa.

La Policía observaba atentamente los movimientos que se producían en el poblado. Inmediatamente, un coche de marca alemana y gran cilindrada, apareció por lo alto de la colina que separaba el poblado de una gran población. Todos se pusieron alerta. De repente, en los auriculares de todos los miembros de la policía, una voz sonó firme después de un leve crepitar:

— Atención a todas las unidades. "*El payaso salta a la pista*".

Era la señal. Todo estaba preparado. Los miembros de las fuerzas especiales prepararon sus armas. El inspector Sanz sacó la suya, una Beretta de nueve milímetros, extrajo el cargador y abrió la recámara para comprobar que se encontraba vacía. Volvió a meter el cargador y tiró de la corredera. Comprobó de nuevo la recámara. Entonces vio que un proyectil se alojaba en ella. Puso el seguro del arma y la volvió a guardar. Todos, en mayor o menor medida, sentían la tensión. Enfrentarse a personajes de tal calaña, era una de las acciones más peligrosas que se podían llevar a cabo actualmente para un agente de la ley. De nuevo, el auricular crepitó.

— A todas las unidades, entramos, ¡ya!

Los primeros en entrar en acción fueron los miembros del grupo de operaciones especiales. Iban armados hasta los dientes. Llevaban un fusil de asalto que apenas pesaba dos kilos, con varios cargadores anclados a su traje de Keblar mediante velcro. Además, llevaban tres armas cortas, dos de nueve milímetros situadas en un costado y en una pierna y otra de siete con sesenta y dos milímetros, alojada en un pequeño bolsillo situado en el tobillo derecho. Además del traje de keblar, llevaban chaleco antibalas y placas de acero cubriendo hombros, piernas y nuca, un casco de acero reforzado y una careta de fibra de carbono que les cubría toda la cara y que les preparaba para repeler un ataque con botes antigás.

Cerca de ahí, alojados en una barraca ruinosa, el inspector Sanz y varios de sus colaboradores observaban el asalto. Ellos eran la segunda línea de ataque y los encargados de identificar y detener a los miembros de la banda, una vez controlados por las fuerzas especiales. Pero algo empezó a no ir bien.

Cuando los hombres del grupo de fuerzas especiales entraron en la casa donde se debía producir el intercambio, se encontraron con que la estancia estaba plagada de hombres apuntándose entre ellos con toda clase de armas. La confusión cundió al instante y algún narco la aprovechó para saltar por una ventana, momento en el que los policías de paisano, entre ellos el inspector Sanz, aprovecharon para entrar en acción. Al acercarse a la casa, por una de las esquinas apareció un hombre armado. Carlos Sanz, que también blandía su arma, apuntó, pero el hombre, que estaba perfectamente parapetado, disparó e hirió al inspector Sanz, destrozándole la clavícula y rozándole la vena subclavia, que sólo por milímetros no fue dañada.

Entonces todos se identificaron y descubrieron que, el hombre que había herido de gravedad al inspector Sanz y a otro miembro de su equipo, resultó ser un agente de la Guardia Civil, integrante de otro grupo, el cual estaba realizando una operación paralela, de la que ninguno de los cuerpos tenía conocimiento.

En la operación, cuatro miembros de un cártel ruso resultaron muertos en el tiroteo y otros doce fueron detenidos. En las pesquisas que se realizaron a posteriori, cayeron otros treinta y siete miembros. Pero el capo principal escapó junto con dos de sus guardaespaldas, aprovechando la confusión que se produjo durante la escaramuza.

El caso fue muy cacareado en la prensa y en los pasillos del Ministerio del Interior se levantaron grandes polvaredas y se alzaron muchas voces a favor de nombrar un mando único que organizara a las Fuerzas de Seguridad del Estado. Hasta el momento, las investigaciones que la Guardia Civil y la Policía llevaban a cabo, no se compartían y los recursos utilizados para llevar a cabo una investigación, en ocasiones se duplicaban. Además, el Ministerio del Interior tenía como política salvaguardar la vida de sus agentes en todo momento, pero también la de los imputados. Y ese caso se había llevado por delante la vida de capos y a punto había estado de llevarse por delante la de Sanz, uno de sus colaboradores y un sargento de la Guardia Civil.

Mientras toda la polvareda se posaba sobre los escritorios del Ministerio del Interior, el inspector Sanz pasaba cerca de cinco meses de baja. Su familia le aconsejó hasta cansarse que dejara la Policía y que se buscara la vida en el sector privado pero, para él, no existía otra cosa y cada día pensó en la manera más rápida de recuperarse para volver cuanto antes a patear las calles. Cuando se reincorporó, su habilidad como investigador y el hecho de que sus superiores consideraran que estaba "quemado" para realizar operaciones antidroga de incógnito, hizo que fuera trasladado al departamento de homicidios. Sin embargo, su vida personal se resquebrajó y su mujer, harta de suspirar de alivio cada vez que Carlos volvía a casa, terminó cansándose y le abandonó.

Ésa fue la primera vez que visitó el hospital y la más grave. Si en esa ocasión no se le pasó por la cabeza dejar la Policía, no lo iba a hacer en la siguiente, cuando se vio involucrado en una trifulca y recibió una puñalada en un brazo, que le mantuvo un día en el hospital costándole diecisiete puntos de sutura. Nada hasta ahora le hacía pensar que había algo más allá de la Policía. Nunca se había replanteado su vida y nada le iba a hacer replanteársela. Ni siquiera su esposa, su amada esposa.

Un portazo le hizo volver a la realidad.

— Carlos, ¿a qué hora has llegado? Joder, ¿nunca voy a ser capaz de llegar antes que tú?
— No creo, y no lo creo por varias razones: la primera, madrugo más que tú; la segunda, soy bastante más listo que tú y aunque madrugaras lo mismo que yo, siempre

encontraría el camino más corto; y la tercera, hasta que no cambies la mierda de coche que tienes, puedo venir en triciclo a la brigada, que siempre llegaré antes que tú.

— Ah, claro, tienes razón. Ahora que me lo has explicado, ¿me puedes hacer un favor, Carlos?

— Pues tú me dirás.

— ¡Te podrías ir un poquito a la mierda!

— Si hombre, enseguida me reúno contigo –ambos rieron fuertemente–.

Gari era un joven con muy buenas credenciales, cuyo ascenso a inspector no sorprendió a nadie de los que le conocían. Aunque su nombre, Garikoitz Ugalde, le otorgaba una ascendencia vasca, su origen era gallego. Sus antepasados habían hecho el camino contrario al que se solía recorrer en la España de principios del Siglo XX y su bisabuelo, Garikoitz, había emigrado desde Arrasate, en Guipúzcoa, hasta Sanxenxo, en Pontevedra. Era un joven alto, bien parecido, de tez y pelo moreno, pero con unos ojos azules que resaltaban en su cara. Era muy inteligente; se había licenciado en Criminología y escribía poesía en sus ratos libres. Bromeaba diciendo que lo utilizaba para ligar, pero lo cierto era que no le hacía falta la poesía para tal fin. Decía que su vocación era la de soltero y que amaba la Policía, pero que a nada amaba más que a las mujeres. Le gustaba mucho la fiesta y la noche, pero cuando su trabajo le requería olvidaba todo lo demás. Carlos solía decir que tenía el cerebro reversible, una parte se había hecho policía y la otra vividor, y jamás llevaba los dos cerebros juntos.

En su mano portaba una carpeta. Colocado delante de la mesa donde se encontraba el inspector, la soltó ante él. Carlos, con un codo apoyado en la mesa y su cabeza sobre la misma mano, la fijó en su vista y luego dirigió la mirada hacía Gari. Finalmente, éste preguntó:

— ¿Tú qué crees? ¿Es el mismo tío?

— Todo indica que sí, pero no tenemos que precipitarnos. Vamos a ver primero los resultados de la autopsia y luego veremos.

— Joder Carlos, cuando apareció la segunda víctima, empecé a temer que apareciera una tercera. Pero ahora... ahora no tengo duda de que aparecerá una cuarta.

En ese momento Carlos se levantó, en parte contrariado por el comentario de Gari, pero también sabiendo que, en el fondo, tenía razón.

— ¡O no! A lo mejor le pillamos antes, ¡joder!

Gari, con los brazos en jarras y las manos sobre la cintura, se colocó ante un gran ventanal, atisbando el horizonte. Estaba amaneciendo y Madrid se vislumbraba con su boina de contaminación. Hacía semanas que no llovía y el ambiente se sentía sucio. Quizás ese cielo desolado hiciera también mella en el ánimo de los dos policías.

— Carlos –gritó– ¡Qué coño tenemos! ¿di? ¡Qué coño tenemos! No tenemos nada, ni una muestra de ADN, ni una sola huella, ni dactilar, ni de zapato, ni de una rueda de cualquier vehículo. No tenemos un solo testimonio, excepto el que me acaba de dar una de las chicas de la centralita diciendo que el asesino es Lucifer, que está avisando a las chicas jóvenes y ricas.

En ese momento, Gari sacó de su bolsillo el testimonio que acababa de citar a Carlos y que una telefonista le había entregado al entrar en la Brigada, hizo una bola con el papel y, con aire desesperado, lo lanzó sobre la mesa. Después, volvió a poner las manos en la cintura y se dirigió de nuevo a la ventana.

Carlos cogió la bola de papel, la desenvolvió y leyó la nota. Mientras leía, el silencio se hizo dueño de la estancia.

Según avanzaba en el relato que la operadora había escrito, en su rostro iba apareciendo una sonrisa muda. Volvió a arrugar la nota y la metió en una trituradora de papel. Mientras observaba cómo el papel se deshacía, reparó en Gari, que miraba por la ventana.

— Gari, se me ocurre una idea. Ese testimonio puede ser de gran ayuda.

Gari no daba crédito a lo que estaba escuchando y ni siquiera se atrevió a preguntar por qué. De todos modos, el gesto fue tan expresivo que Carlos decidió que debía dar la respuesta que, Gari, con su gesto, estaba esperando.

— Mira, localizamos a ese tío, le llamamos, le pedimos que asista a una rueda de reconocimiento y, si acepta, le llevamos al museo de cera, le metemos en la sala de los horrores y la organizamos allí mismo. ¿qué te parece?

Gari tardó varios segundos en procesar lo que le había dicho. Cuando por fin lo hizo, movió los labios para intentar decir algo, pero antes de poder hacerlo, una sonrisa estalló en su boca.

— ¡Vete a la mierda! –dijo entre risas– Por un momento pensé que teníamos algo... ¡serás gilipollas!
— Según mi ex mujer, sí –contestó Carlos–. Gilipollas y varias cosas más. Un día te las contaré
— No la culpo, eres lo peor. –El comentario levantó más risas entre ambos– ¿Vamos a ver si ya está la autopsia? Le ha tocado a Mercedes. Conociéndola, imagino que ya habrá acabado.
— No sabía que le hubiese tocado a Mercedes. Sí, vámonos.
— Vale, pero primero pagas tú el desayuno –le replicó Gari–

Carlos metió la mano en el bolsillo derecho de su pantalón y sacó un puñado de monedas. Extendió la mano y las miró unos momentos. Tras observarlas, las volvió a depositar en su bolsillo y miró a Gari.

— Supongo que media hora más o menos no nos va a hacer que este caso se nos vaya de las manos, ¿no?
— Se nos podría ir de las manos si, en algún momento, lo hubiéramos tenido entre ellas. –contestó Gari–

Después de esto, ambos hombres salieron de la estancia en la que se encontraban y, tras recorrer un pasillo, llegaron a un recibidor en el que había tres ascensores. Gari apretó uno de los botones. Mientras esperaban, ambos hombres hablaban de asuntos que nada tenían que ver con el caso, ni siquiera con su trabajo. Finalmente, una de las puertas de los ascensores se abrió. Tres hombres y una mujer viajaban en él. Carlos y Gari entraron y saludaron a las cuatro personas de una forma que denotaba que todos se conocían. Las puertas se cerraron y el ascensor se dirigió a la planta baja, donde se encontraba el vestíbulo del edificio. Allí, una gran cafetería les esperaba.

— Carlos, ¿cuándo vas a llamar a tu mujer? Tú la quieres y ella también a ti, pero eres un puto cabezota.
— ¿Vamos a tomar café o vas a seguir tocándome los huevos?

4

José Manuel había estado largo tiempo observando cómo Marcos y sus dos hombres hablaban con el mendigo. Los cuatro se habían metido dentro del edificio en ruinas. Media hora más tarde, Marcos y uno de los chicos, salían con aquel hombre para cruzar la calle y entrar en el edificio. Estaba impaciente, ya que hacía más de una hora que habían entrado, pero el otro empleado ni siquiera había salido del ruinoso inmueble. Había estado resolviendo algunos asuntos mientras miraba por la ventana, por eso llevaba puesto un auricular con un pequeño micrófono. De repente, un zumbido rompió el silencio y una pequeña luz roja iluminó su escritorio. Apretó su auricular y contestó.

— ¿Eres tú, Marcos?

— Sí. Le tenemos en la sala de reuniones. ¡Ah! Estabas en lo cierto, era un niño. Uno de mis hombres está con él. Hemos estado bastante rato en la puerta, intentando convencerle. La gente miraba demasiado, así es que hemos pensado que sería mejor que uno de mis muchachos se quedara con el chaval y, dentro de un rato, lo traerán aquí.

— Perfecto. Ya estaba impacientándome. ¿Está convencido?

— A medias, pero le convencerás. Parece un hombre culto. Tengo su nombre. Ya he hecho unas llamadas para obtener su identificación total. Si lo que me han contado es cierto, te servirá.

— Ok, vale. Gracias Marcos.

Salió de su despacho y se dirigió a uno de los ascensores. Apenas un par de minutos después, entraba en la sala de reuniones. Al abrir la puerta, vio, sentado de espaldas, a un hombre. Su pelo estaba húmedo y vestía ropa deportiva que Marcos le había proporcionado. Se asustó con el sonido que produjo la puerta al abrirse. Se levantó y miró hacia atrás temeroso. José Manuel le observó y vio que era el mendigo. Estaba totalmente aseado, a pesar de que seguía sin afeitar. Se acercó a él y extendió su mano.

— Hola, me llamo José Manuel San José. Soy el dueño de este edificio.

En ese momento, aquel hombre miró a su alrededor, intentando comprender cómo una sola persona podía poseer tales bienes. Cuando entendió que se trataba de alguien inmensamente rico, le dirigió una mirada desconfiada y se presentó.

— Yo me llamo Arturo. Haré lo que quiera usted que haga, pero, por favor se lo pido, no me denuncie, no me separe del niño, se lo pido por Dios, es lo único que me queda.

— Arturo, no me pidas las cosas por Dios. Tiene la entrada prohibida en este edificio. Eso es algo que te puede ayudar bastante poco. Soy un ateo y agnóstico convencido. No, tranquilo, no te voy a denunciar ni a separar del niño... si colaboras. Te vengo observando desde hace casi un mes y, posiblemente, tu comportamiento haga que tu vida gire radicalmente.

— Perdóneme, pero no le entiendo.

— Tranquilo, lo sé. Sé que ahora no entiendes nada, pero dentro de un rato, lo verás todo distinto.

En ese preciso instante, la puerta de la sala de reuniones se abrió y apareció la silueta de una mujer. Era joven, de cuerpo delgado, esculpido a base de mucho ejercicio y piel clara. Entró decidida en la sala. Dirigió una mirada cómplice a José Manuel que éste pareció agradecer. Arturo la miró mientras se dirigía hacia él. Según avanzaba, dirigió la vista hacía José Manuel, buscando una explicación. Estaba muy asustado y todo le parecía amenazador. José Manuel se dio cuenta, apartó la vista ella y reaccionó:

— Arturo, te presento a Victoria Cerdán. Es abogada y psicóloga. Es una de mis personas de confianza. Ella nos ayudará en todos los trámites que tenemos que comenzar ahora.

Victoria, con una mueca de sonrisa pícara y mirando a José Manuel, extendió la mano hacia Arturo y añadió.

— Arturo, buenos días. Mi nombre es Vicky. –En ese momento volvió la vista hacia Arturo– Mi jefe intenta que, dando a la gente mi nombre completo, nuestra diferencia de edad se acentúe menos.

Como si de un juego se tratara, ambos utilizaron a Arturo para coquetear, consecuencia de varios años de escarceos amorosos entre ellos, siempre inconclusos y sin consecuencias, excepto en un par de ocasiones. Las últimas palabras de Vicky, hicieron que José Manuel girara la cabeza para lanzar una risa silenciosa. Finalmente se volvió de nuevo y mirando a Arturo, comentó:

— Por favor Arturo, ¿te importa acompañarnos? Te enseñaremos algo. Estamos seguros de que te interesará.

Los tres salieron de la sala y dirigieron a Arturo por pasillos y ascensores hasta una zona muy parecida a los corredores de un hotel. Las puertas estaban numeradas, pero más separadas que en un hotel convencional. Se detuvieron en una que estaba marcada con el número 137. José Manuel sacó una tarjeta magnética del bolsillo y la pasó por el lector situado bajo el pomo de la puerta. Una luz verde se encendió y el cerrojo se abrió. Accionó el pomo y miró a Arturo. Le invitó a entrar y, segundos más tarde, se encontraban en el salón de un piso de dos habitaciones, absolutamente amueblado, con una cocina totalmente equipada. La habitación grande tenía una cama de 1,35 metros con televisión, DVD, hilo musical, etc. La habitación pequeña estaba totalmente equipada para un niño, con un PC, escritorio, un estante con libros y dos enciclopedias de consulta. También, un gran salón con dos sofás en forma de L, televisión de pantalla plana de 42 pulgadas, Home Cinema y cadena musical. Un gran ventanal con persianas automáticas ocupaba la totalidad de una de las paredes. José Manuel se colocó en el centro justo de la habitación y llamó la atención de Arturo, que se encontraba oteando toda la estancia, con un carraspeo de garganta.

— Arturo, trabaja para mí, no me falles y esto será tuyo.

Arturo, incrédulo, no pudo evitar la tentación de desconfiar.

— Perdóneme, José Manuel, hace menos de dos horas estaba en el edificio ruinoso de ahí enfrente y ahora quiere ofrecerme este piso y trabajo. Soy un hombre honesto y, sinceramente, no estoy dispuesto a hacer nada que sea ilegal. Creo que debe entenderme. Le agradezco todo esto, pero si tuviera que hacerlo, lo siento, no aceptaría.
— Precisamente por eso te he elegido. Hace días que te observo y no te has aprovechado de tu hijo o quién quiera que sea ese niño. Sabes perfectamente que hubieses sacado más dinero mostrándole de vez en cuando. Sin embargo, has sido muy cuidadoso y no lo has hecho. Has sido honesto y yo, eso

lo valoro mucho. Ahora bien, si me fallas o te aprovechas de mi confianza se acabará todo, pero te aseguro que tu hijo no irá a la calle contigo.

Arturo agachó la cabeza y pensó durante unos instantes en todo aquello que habían hablado. Acabó llegando a la conclusión de que tampoco tenía muchas más opciones.

— ¿Qué quiere que haga para usted?

— En primer lugar, dejar de tratarme de usted. Luego, Marcos te pondrá al tanto de lo que quiere, pero el puesto que queríamos cubrir es el de chófer y empleado de mantenimiento. En cuanto a tu hijo, un pedagogo le examinará y evaluará su nivel escolar para incorporarle lo más rápido posible al status que le corresponde. Vivirá aquí, contigo. –Una pausa hizo que, el silencio de la estancia en la que se encontraban, se hiciera más notorio. Entonces José Manuel finalizó–. Considéralo un alquiler mientras trabajes para mí. Si te vas o tengo que echarte, tu hijo se quedará aquí. Por favor, no desaproveches esta ocasión.

— No la desaprovecharé, lo juro. Mi hijo lo merece. He luchado mucho para que tuviera al menos algo que llevarse a la boca.

— Bien. Por favor, acompaña a Vicky. Ella se encargará del papeleo. Si necesitas algo, habla con la centralita. Ellos te dirán a quién acudir –dijo señalando un teléfono que había sobre la mesita–.

Vicky dedicó una mirada a José Manuel y, con un ademán, invitó a Arturo a seguirla.

— Vicky, por favor, cuando acabes con él, sube a mi apartamento. Quiero consultarte algunas cosas ¿de acuerdo?

— Sí, no te preocupes. En media hora estoy arriba.

José Manuel sentía desde hacía tiempo una gran atracción hacia ella y, desde luego, a tenor de las dos ocasiones en las que estuvieron juntos, ella sentía lo mismo por él, pero era una relación que no había prosperado, al menos hasta ese momento. Pero el problema era que José Manuel parecía una persona blindada hacia los demás. De Vicky apenas conocía nada. Hacía tiempo que un currículum había llegado a las oficinas de personal y a alguien le llamó la atención una licenciada en derecho y psicología. Se concertó una entrevista y la suficiencia con la que se mostró, hizo que apenas siete días después estuviera trabajando. Su buen hacer y disposición hizo que su posición cada vez fuera más cercana a José Manuel, hasta llegar a ser su asesor personal. Recordaba la primera vez que llegó a trabajar en una moto de gran cilindrada. José Manuel llegaba del aeropuerto y dejaba su coche en el parking. Entonces la moto hizo retumbar toda la planta y él se quedó mirando. Cuando ese motorista se despojó de su casco, un pelo largo y moreno cayó sobre su espalda. Al darse la vuelta, vio que se trataba de la nueva psicóloga del departamento de recursos humanos. Quizás fuese esa la primera vez que sintió una cierta atracción hacia ella. De nuevo, el zumbido de la puerta le devolvió a la realidad. Miró su reloj y quedó totalmente sorprendido al ver que ya habían pasado casi tres cuartos de hora desde que se despidiera de Vicky. Miró el LCD de la mesa y era ella. Contrariado por no haber podido preparar mejor el encuentro, abrió.

—¡Vicky! Joder, se me ha pasado el tiempo volando. He estado repasando unas cosas y no pensé que hiciera ya...

Ella cortó su parloteo en seco.

— Y, ¿qué estabas revisando? Siempre estás revisando algo.

— ¡Eh, sí, bueno! Ya sabes, mucho trabajo, poca diversión. Es la historia de mi vida. ¿Cómo le has visto?

— ¿A él?, ya veremos. ¿A ti...? estás verdaderamente loco. Esto no me gusta, no me gusta lo que has hecho. Apenas sabes de él y le has metido aquí y... no me gusta su mirada. Espero que no llegue nunca el día en que te equivoques con alguien, porque ese día...

— Vicky, tengo la posibilidad de ayudar a gente. ¿El año pasado donamos 2 millones de euros a diferentes causas y no puedo darle trabajo a alguien que observo por la ventana todos los días?

— Sí, quizás tengas razón, pero...

— Pero ¿qué? Por favor, come conmigo y lo discutimos tranquilamente.

José Manuel, el hombre de hielo que tomaba decisiones que, en un solo día, podían suponer millones de dólares y afectar a cientos de personas, se sorprendió al sentirse nervioso ante el ofrecimiento que acababa de hacer a la joven.

— ¿Discutir tranquilamente? ¿Comiendo? ¡Deberíamos estar desayunando! –Ella se volvió hacia la ventana– Hay veces que no estoy muy segura de que te funcione bien la cab...

En ese instante, la impaciencia de José Manuel y la respuesta de Vicky, le dejó sin un argumento sólido para mantener su sensatez y la besó brevemente, como había hecho en otras ocasiones, pero esta vez, buscando algo más. Ambos separaron sus labios y se miraron a los ojos, queriendo encontrar alguna razón para que no ocurriera lo que estaba a punto de pasar. La vergüenza se hacía más notoria en él según transcurrían los segundos, o ¿era arrepentimiento? Seguidamente, Vicky alzó su mano hasta la cara de José Manuel y acarició su mejilla. Agarró su nuca y sin mediar una sola palabra, le acercó de nuevo a su boca. Su encuentro cada vez se hacía más tórrido. Sin darse cuenta, ambos se dirigieron a una habitación contigua, donde se encontraba la alcoba. Atropelladamente, apretó un botón de "no molesten" en un panel de la entrada, el cual cortaba cualquier comunicación con el exterior y que solía utilizar en raras ocasiones. Ambos se quedaron al pie de la cama, besándose y acariciándose apasionadamente, despojándose de la ropa más y más deprisa.

Momentos después se encontraban haciendo el amor. Habían dejado toda la vergüenza y la desconfianza, y se deshacían en abrazos, besos y caricias. Sus cuerpos desnudos se entrelazaban y se unían. A José Manuel se le cerraban instintivamente los ojos al recibir latigazos de placer cuando palpaba las formas delicadas y suaves de Vicky.

Momentos más tarde, ambos reposaban relajados y, en cierto modo, perplejos por lo que había ocurrido en aquella habitación.

— ¿Aun quieres comer? –preguntó Vicky con gesto risueño–.

José Manuel, asintió con la cabeza mientras una sonrisa pícara aparecía en su rostro. Se volvió hacia un lateral de la cama para coger el terminal telefónico que había sobre la mesilla. Marcó un número y esperó:

— Fina, hoy no voy a recibir a nadie. Y tampoco me pases llamadas. Quiero tomarme un día tranquilo.
—¡No me lo puedo creer¡ Y, ¿cómo has decidido hacer eso?
— Ya ves, no me lo puedo creer ni yo. Pero es que hoy no me apetece mucho trabajar. Bueno, ¡qué! ¿me das permiso?
— ¡Qué remedio! ¡Eres el jefe! –rio–.
— Adiós, guapa.

En ese momento colgó y se volvió hacia atrás, pero Vicky ya no estaba en la cama. Giro la cabeza y pudo observar su cuerpo desnudo en un baño situado al fondo. José Manuel estuvo largo rato observándola, pero justo cuando ella decidía meterse en una gran bañera de hidromasaje, se levantó, se acercó hasta ella y pasó las manos por su cintura, hasta llegar a entrelazarlas justo encima de su vientre. Ella recostó su espalda contra el pecho de José Manuel, quién apartó el pelo con su cara y besó su cuello suavemente.

— ¿Te encuentras sola? ¿Necesitas compañía?
— Necesito compañía sólo si me gusta.

Se dio la vuelta, besó sus labios y se introdujo en el agua burbujeante. Una vez dentro, extendió los brazos hacia él, invitándole a entrar con una amplia sonrisa en su rostro. Lo que estaba ocurriendo era algo ansiado por ambos. José Manuel tomó sus manos y entró junto a ella. Una vez dentro, la apretó contra su pecho y volvieron a besarse. Cuando sus labios se despegaron, Vicky le miró y habló.

— La gente hace tiempo que habla de nosotros —dijo ella con voz suave—.
— Me da igual, ya no tengo argumentos para no poder enamorarme de ti. Hace meses que llevo buscándolos, pero ya terminó la búsqueda.

5

La sala estaba muy fría. El blanco de las paredes y suelos de azulejo, contrastaba con el acero inoxidable de las cámaras y de las mesas de autopsias. Parte del alumbrado no estaba encendido, excepto un rincón que se encontraba justo al final y a la derecha de la sala. Los frigoríficos estaban a la izquierda. Unos cartoncillos plastificados, dentro de unas pestañas en el centro de las puertas, demostraban que no había un gran número de cadáveres almacenados. No obstante, la frialdad del lugar era capaz de poner el bello de punta a cualquiera. Gari no acababa de acostumbrarse a un sitio como ése.

Carlos, mientras avanzaba, decidió probar suerte y gritó no muy alto.

— ¿Mercedes?

Al instante, un ruido rasposo rompió el silencio de la sala y, tras unos armarios de acero y cristal llenos de tubos de ensayo, salió la silueta de una persona. Aquel ruido pertenecía a las ruedas de una silla de escritorio arrastrándose unos metros. Inmediatamente, una luz encendida iluminó la silueta de la mujer y los dos policías vieron que se trataba de Mercedes, una de los médicos forenses que la policía tenía en su nómina. Se decía que no había nadie en toda España que desempeñara su labor mejor que ella. Si tenía que desmembrar un cadáver músculo a músculo para encontrar la causa de la muerte, no dudaría en hacerlo. Era concienzuda y no solía tomarse un descanso sin terminar el examen de un cuerpo. Su padre era español, pero su madre era israelí, lo cual le sirvió para perfeccionar sus métodos mediante una beca que el gobierno hebreo le concedió. Durante dos años estudió los métodos que el MOSAD utilizaba en sus autopsias y, sobre todo, aprendió a descubrir, de las formas más inverosímiles, las causas de muertes ocultas tras sustancias químicas, accidentes, etc.

— ¿Carlos?
— Sí, somos nosotros.

Al oír "nosotros", Mercedes se levantó de su silla e intentó enfocar mejor a la persona que se situaba justo a la derecha de Carlos, mirando por encima de los cristales de sus gafas. Una vez lo reconoció, tomó asiento y volvió a arrastrarse hasta su mesa.

— ¡Inspector Ugalde! Es un honor recibir su visita.
— Pues nada, como trabajo en el caso, me he dicho: voy a pasar un rato agradable con Mercedes y, ya de paso, a ver si me cuenta algo.

Inmediatamente después de contestar, Gari acercó su boca al oído de Carlos y dijo:

— Esta tía me da mal rollo. Siempre me lo ha dado.
— Invítala a cenar un día, pasad una velada romántica. A lo mejor cambias de opinión si os conocéis mejor. ¿No es eso lo que haces con las chicas? –Contestó Carlos al oído de Gari, riendo–.

— ¡Oh, no! Estoy seguro de que es feliz con su marido y yo, como norma, no suelo meterme en relaciones. –rio también–.

— ¡Chicos! Si queréis terminar con los chistes podéis hacerlo fuera. También podéis ver unas fotos mientras yo termino mi tentempié.

Entonces ambos agentes asomaron la cabeza y pudieron ver a Mercedes, rodeada de horribles fotos e informes por todos lados, mientras ingería tranquilamente un montado de jamón con tomate y una bebida gaseosa. Las risas de los policías pararon en seco y se acercaron. Gari cogió algunas fotos de la autopsia a la que habían acudido la noche anterior, mientras Carlos hizo lo mismo con un informe. Los hojearon detenidamente. Finalmente Mercedes preguntó:

— ¿Alguna duda?
— Sí, la causa de la muerte. ¿Estás segura?

Mercedes frunció el ceño y sin mediar palabra cruzó entre ambos hombres. Estos se miraron y decidieron seguirla. La mujer, con paso firme, se dirigió hacia las cámaras frigoríficas hasta que paró en una de las hileras y accionó la palanca que abría la número 16. Entonces Gari lanzó un lamento.

— ¡Ooohh Mercedes! ¿Por qué siempre nos tienes que enseñar los cuerpos? Aquí hay mil fotos y el informe es súper detallado. Ya nos jode bastante tener que asistir a las autopsias.

Carlos se volvió hacia Gari y le lanzó una mirada de reprobación, ya que sabía que, el simple hecho de mostrarse incómodo, haría que Mercedes se recreara más. Mientras tanto, la forense abría la cámara y desplegaba la bandeja donde se encontraba el cadáver, dentro de una bolsa de color blanco semitransparente. Los tres se acercaron. Mercedes se volvió hacia una de las mesas de autopsias y cogió una caja con guantes de nitrilo que ofreció a los policías. Carlos cogió un par de ellos y Gari los rechazó. Mercedes también cogió un par y, una vez puestos, depositó la caja de nuevo sobre la mesa y se dirigió al cadáver. Sin ninguna delicadeza, abrió la cremallera desde la cabeza hasta por debajo de su cintura. Los dos policías recularon y echaron la cabeza hacia atrás, como si hubiesen sido golpeados por el guante de un boxeador. Ella permaneció impertérrita. Al observarles, volvió de nuevo a la mesa de autopsias, cogió un tarro y, desde los tres metros de distancia a los que se encontraba de ellos, se lo lanzó a Gari. Éste lo cogió y al mirarlo lo reconoció al instante. Se trataba de una crema que se aplicaba bajo las fosas nasales, cuyo efecto era anestesiar la pituitaria, de manera que, durante la siguiente hora aproximadamente, ninguno de los dos percibiría el más mínimo olor. Gari se lo aplicó y se lo pasó a Carlos que hizo lo mismo. Dejó el tarro sobre una de las mesas de autopsias. Una vez terminado el ritual, Mercedes comenzó a hablar.

— Cuando examinamos el cadáver en el lugar donde fue encontrado y con los antecedentes que teníamos de los otros dos cuerpos, dimos por hecho que la muerte la habían causado las puñaladas. El lugar registra bastantes lluvias y, entre eso y la acción de las alimañas, supusimos que la ausencia de la sangre se debía a que el cadáver, en cierto modo, había sido "lavado" por la naturaleza. Pero cuando la examiné aquí, fue cuando observé esto.

Mercedes abrió el párpado y la boca del cadáver mientras los hombres la examinaban. Carlos miró a Gari y éste último dijo:

— Tiene petequias en los ojos y la lengua cianótica. – Levantó la cabeza mirando a Mercedes y preguntó– ¿murió asfixiada?

— ¡Exacto!, ésta no ha sido como las demás. Quizás no haya sido el mismo tío y quiera aparentar que sí, o quizás no le haya salido como él espera. Tiene la tráquea rota, así es que la muerte por asfixia es indiscutible. Además, el apuñalamiento se produjo post mortem. Le he extraído la sangre y he acumulado casi cinco litros y medio. También había presencia en la sangre de anmital sódico, como en los otros casos. Creo que las ataduras de las manos son para inmovilizar a la víctima y poder inyectar el anmital sódico. Una vez que éste hace efecto, la víctima no es más que un autómata. ¡Ah!, sólo una cosa más: esta víctima no tenía cortes en las manos.

Ambos policías se miraron intentando encajar ese dato en el gran puzle.

— Y, ¿tú qué crees que significa eso, Mercedes?
— Pues veréis, esta noche he hecho algunas llamadas a colegas del CESID, la CIA, el MI6 y el MOSAD. Por supuesto, la mayoría de las conclusiones son mías –dijo orgullosa–.

Los dos policías se miraron como queriendo encontrar normalidad en lo que había dicho, pero desde luego, que una persona ruda como Mercedes tuviera esos contactos, aun siendo cierto, resultaba absolutamente sorprendente.

— ¿Para qué inyecta el asesino el anmital?
— Para..... –Carlos no supo seguir–.
— Para controlar a su víctima –contestó Mercedes–. La anula, el anmital sódico es un inhibidor de la conciencia. Anula a la persona y la hace dependiente de la voluntad de otra. Creo que, si no hemos encontrado ninguna prueba en los cadáveres, es porque nadie intervino en ellos directamente, sino que las dos víctimas anteriores se auto apuñalaron. Por eso tenían menos de siete puñaladas. No tuvieron fuerza para seguir asestándoselas ellas mismas. Los

cortes no eran de defenderse, sino de apretar el cuchillo con sus propias manos.

Los policías no daban crédito a lo que estaban oyendo, pero la realidad era que la teoría, aunque retorcida, era posible. Carlos habló entonces.

— Es absurdo que maniates a alguien y le inyectes el puñetero suero para luego no tocarla un solo pelo hasta matarla.

— Claro. –contestó Mercedes– Creo que la persona que está haciendo esto no quiere, bajo ningún concepto, que le pillen. Un asesino en serie lo desea, porque quiere dar su obra a conocer al mundo, incluso deja pistas. Éste no deja absolutamente nada. Creo que obliga a sus víctimas a esposarse o maniatarse y luego les inyecta el anmital, simplemente para que ellas hagan el trabajo y él lo observe de lejos. Es un mirón. Así reduce al máximo las posibilidades de que encontremos alguna pista, un cabello... algo que le incrimine

Carlos miró de nuevo el cadáver y, con asco en su gesto, dijo:

— Es un hijo de puta, un asesino. Y te juro por mi vida que le voy a pillar.

Entonces, Mercedes con ademán misterioso, preguntó a los hombres.

— ¿Queréis saber por qué a esta chica la apuñaló el asesino? –Mercedes les miró y mantuvo una sonrisa intrigante–.

— ¡Mercedes! –bramó Carlos con decisión–.

La forense borró su sonrisa inmediatamente y prosiguió de mala gana.

— Bien, vamos allá. –Mercedes cogió una silla que había bajo un mostrador y se sentó en ella del revés, apoyándose en el respaldo–. Comentando el caso con uno de mis colegas de la CIA, se acordó de que, hacía algunos años, el FBI le solicitó ayuda porque se estaban produciendo unos asesinatos y, después de tres años, las pistas llevaban a un ex agente de la CIA. El caso es que el asesino seguía matando sin parar, pero finalmente, una de sus víctimas escapó y pudo ser detenido. El asesino utilizaba un derivado de la morfina para dormirlas, luego las violaba y, por último, las quemaba para no dejar una sola huella. Pero en una ocasión, la víctima tenía más corpulencia que las anteriores y, como él siempre utilizaba las mismas dosis, la que usó esa vez no bastó para dormirla. En un descuido, ella le apuñalo en un gemelo con unas tijeras que encontró y pudo huir.

Entonces Carlos miró el cuerpo de nuevo, creyendo adivinar lo que la forense le iba a decir seguidamente.

— Esta víctima mide diez y doce centímetros más que las otras dos y además las sobrepasa en diez y trece kilos. Quizás la dosis que utilizó con ella –señaló al cadáver– no fuera la adecuada y se negara a hacer lo que el asesino le pedía. Si recordáis, en las otras víctimas no encontramos debajo de sus uñas nada anormal, nada que nos llamara la atención, pero en ésta –Mercedes se desplazó hasta un mostrador cercano y cogió una pequeña bolsa– pude aislar de varias uñas de su mano derecha unos pequeños restos negros –mostró dichos restos dentro de la bolsa–.

— ¿Lo habéis analizado ya? –preguntó Gari–.

— Sí, es cuero. No hemos podido establecer a qué tipo de prenda pertenece. Quizás guantes, pero no lo puedo asegurar. Lo que sí puedo decirte es que si son guantes, desde luego son caros, no de los que se compran en un gran almacén, más bien en tiendas exclusivas.

— Bueno, algo es algo –dijo Carlos–.

— Supongo que la víctima, de alguna manera, intentó defenderse y el asesino se vio obligado a asfixiarla. Fue en ese forcejeo de donde salieron estas fibras. Supongo que el asesino confió en que lo pasáramos por alto debido a los otros dos asesinatos y por eso decidió apuñalar a la víctima después de asfixiarla.

Los dos hombres estaban totalmente sorprendidos por la nueva teoría que se estaba formando. Durante largo rato, estuvieron observando algunas pruebas más. Finalmente, Mercedes retornó a su escritorio. Carlos y Gari cogieron sendos pañuelos de papel y se frotaron bajo la nariz, para enjugar el ungüento que aún les quedaba bajo sus fosas nasales. Lanzaron los pañuelos a la papelera e iniciaron la marcha hacia la salida de la sala. Ambos iban esperanzados. En un caso tan vacío de pruebas, lo poco que ahora tenían les parecía todo un mundo abierto a nuevas posibilidades.

6

Con los restos de la suculenta comida sobre la mesa, situada en el rincón izquierdo de la habitación, junto a uno de los grandes ventanales que dominaban el edificio, José Manuel y Vicky comentaban las innumerables ocasiones en las que los dos se habían deseado mutuamente, sin darse cuenta de ello o sin querer darse cuenta. José Manuel miraba por la ventana, pero esta vez su mirada no se dirigía hacia abajo como hacía normalmente, sino hacia arriba, hacia el cielo, queriendo olvidar por un momento todo lo que le acechaba.

Momentos más tarde, Vicky yacía en la cama boca abajo, sujetando su cabeza con las manos y sus codos descansando sobre el colchón. Observaba a José Manuel mientras éste contestaba a las preguntas que le formulaba. De vez en cuando, él volvía la cabeza y contemplaba su cuerpo desnudo reposando sobre las sábanas.

— La verdad, –decía José Manuel mientras giraba la cabeza buscando los ojos de Vicky– jamás pensé que pudieras sentirte atraída por mí hasta aquel día que… Es más, ni siquiera me lo planteé nunca. Siempre te vi como uno más de mi equipo y jamás pensé que te fijarías en mí. ¡Te deseaba tanto!

— Pues yo al principio pensaba que si trabajaba aquí, era por ti. Mi tía me lo decía.

— ¿Por mí? Que va, estás equivocada. Si estás aquí trabajando es por la jefa del departamento de recursos humanos.

Vicky hizo una mueca de extrañeza y buscó la respuesta.

— Eso ya lo suponía. Ella es la persona que debe seleccionarme.

— No, no me has entendido. No hubo selección, no hubo prácticamente concurso. Recuerdo cómo Lucía entró en mi despacho y me dijo que había una candidata que era licenciada en derecho y psicología y su tesis se basaba en unos estudios sobre comportamiento humano en situaciones de presión. Seguidamente hablé con Paula.

Al oír eso, Vicky se incorporó sobre la cama sentándose en el borde y, con una expresión de sorpresa en la cara, preguntó:

— ¿Mi tesis? ¿Trabajo aquí por mi tesis?

José Manuel respondió asintiendo con la cabeza. Al recibir la repuesta, Vicky se dejó caer de espaldas en la cama.

— ¡No me lo puedo creer! –dijo la joven con las manos tapando su rostro sonriente–. Y, ¿de dónde la sacaste?

— A veces la lógica no es la mejor forma de llegar a una buena solución. Que tuvieras esas dos carreras ya era llamativo de por sí. Quizás derecho y economía o ciencias políticas... no sé, algo que tenga que ver entre sí. Pero, ¿psicología?, y además una tesis como ésa... por cierto, hay muchos sitios donde conseguir una tesis. Eso nos hizo pensar que eras alguien especial, alguien que podía conseguir todo aquello que se propusiera. Al menos ésa era la opinión de Lucía, porque yo, si te digo la verdad, no lo tenía tan claro.

Se apartó de la ventana para dirigirse a la cama. Mientras tanto, Vicky seguía tumbada de espaldas. Se tumbó junto a ella y dejó pasar un brazo bajo su cuello. Ella levantó ligeramente la cabeza. Una vez que José Manuel se acomodó, apoyó la cara contra su pecho, fundiéndose ambos en un solo cuerpo.

— Vicky, ¿cuánto tiempo hace que vives con tus tíos?
— Pues más de quince años.
— Entonces, ¿perdiste a tus padres siendo una niña?
— Bueno, ya era una pequeña mujercita. Y créeme, fue bastante peor que si hubiese sido una niña. Me di cuenta de todo. Lo sufrí todo.
— ¿Qué pasó?
— Pues una noche mis padres decidieron salir a cenar para celebrar su aniversario de boda. Cuando volvían a casa un conductor que circulaba en sentido contrario se durmió y...
— Joder. No sabía que fue así. Yo pensaba que...
— Es igual lo que pensaras. Murieron y ya está —contestó ella de mala gana—. Tuve que irme a vivir con mis tíos. Ellos me dieron una nueva vida, medios, estudios, todo. De manera que les estaré eternamente agradecido.

La contestación de Vicky le dejó algo desconcertado. Había notado que no se sentía cómoda hablando del tema, de manera que prefirió ir con cautela y guardó silencio unos segundos. Pero el silencio fue roto por ella.

— ¡José! Y tú, ¿cómo has llegado hasta aquí?

José Manuel levantó ligeramente la cara buscando sus ojos e intentando entender el significado de la pregunta que le había hecho.

— ¿Aquí?, ¿a qué te refieres?

— Cuando yo te conocí ya eras el dueño de todo esto. Ahora que conozco tus negocios y tus finanzas, no consigo entender cómo llegaste a ser lo que eres y a poseer todo esto. Además, conozco a tus padres y son dos personas muy normales y humildes. No has heredado nada, lo que tienes lo has ganado. Pero ahora, yo te pregunto, ¿cómo?

— ¡Ah, te referías a eso! –respondió José Manuel riendo–. Pues verás, a mí siempre me han gustado los ordenadores. Hace muchos años, mis padres pudieron ahorrar lo suficiente como para comprarme un pequeño ordenador personal de 128 K. En vez de jugar, que era el uso que le daban todos los niños que tenían algo así, yo lo utilicé, primero creando alguna canción y luego algún juego de preguntas y respuestas. Cuando llegué a controlar el idioma de programación, comencé a crear juegos cada vez más complejos. Un día se me ocurrió programar un sistema de claves y, al cabo de muy poco tiempo, diseñé un primitivo software que generaba códigos de acceso. Entonces, el profesor que yo tenía en el instituto lo vio y se lo enseñó a un ingeniero amigo suyo. Cuando esa persona vio mi trabajo me animó a seguir. Dos años más tarde, nada más cumplir los dieciséis, monté una pequeña empresa en la que vendía mis sistemas de seguridad. Todo tipo de software para dispositivos electrónicos de seguridad, códigos de acceso, etc., etc.

— Y ¿así hiciste todo este dinero?

— No, no, que va, así no –respondió de manera divertida–. Un día se presentó un abogado en mi casa. Me dijo que venía de parte de una corporación norteamericana y que estaban interesados en mi trabajo. Por aquellas fechas yo ya tenía más trabajo que tiempo para realizarlo y más clientes de los que podía atender. Alguien había previsto el boom de la era digital y este abogado me dijo que, la corporación a la que representaba, me iba a hacer una grandísima oferta por mis diseños. Me instó a darles una cantidad en el plazo de una semana.

— Y lo hiciste...

— Pues no, no lo hice. En ese mismo momento rechacé la oferta.

— Pero, ¿entonces qué ocurrió?

— Pues que ese tío, sin pensárselo dos veces, sacó el borrador de un contrato y me ofreció diez mil millones de pesetas.... y menos mal, porque cuando me ofreció presentarles una cifra, ¡había pensado en cien millones!

Al oír tan desorbitada cifra Vicky lanzó una exclamación:

— Santa María Madre de Dios.

— Pues no, la Providencia no tuvo nada que ver en esto. Realmente se trataba de Microspam Corporation.

— Perdona, no recordaba que eres ateo –rio–.

— Gracias, trataré de olvidar tu grosero comentario – dijo José Manuel mientras apartaba tiernamente el pelo de la cara de Vicky–.

— Y ahí empezó todo, ¿no?

— Pues la verdad es que no. Rechacé la oferta

Vicky separo su cara del pecho de José Manuel. Con la mano derecha agarró su barbilla y con cara de incredulidad preguntó:

— Y, ¿qué pasó después?

— Pues les hice una contraoferta.

— Y, ¿será verdad?

— Real como la vida misma. Rebajé los diez mil millones a la mitad, pero a cambio les pedí el cinco por ciento de los beneficios netos que mis diseños produjeran. Eso fue lo que me hizo estar aquí. Los beneficios que he recibido superan en más de doscientas veces la oferta original. Sabes sumar, así que echa cuentas.

Vicky se había sentado en la cama mientras José Manuel terminaba su relato. Su semblante mostraba un asombro total. Su mente se había bloqueado y se negaba a echar cálculos de cuánto podía significar la cifra de la que él le hablaba. Aun así, levantar una corporación como ésa no podía ser sólo a base de dinero procedente de los derechos de un diseño de software. De modo que siguió preguntando.

— Pero levantar algo así.... ¿cómo lo has logrado?
— Pues siendo cauto. El abogado que me presentó la oferta me asesoró, previo pago, claro está, para multiplicar los cheques que me llegaban de vez en cuando de Silicon Valley. Me dediqué entonces a comprar pequeñas empresas, sanearlas, modernizarlas y luego venderlas. Luego la bolsa, relaciones internacionales, los países en postguerra son una fuente ingresos incalculable y, desgraciadamente, siempre hay demasiados. Sólo tienes que contactar con la persona indicada y si está dispuesta a modernizar las instituciones de su país, pues adelante, que allá voy yo.
— Siempre me ha resultado curioso que los principales cargos de la corporación estén ocupados por mujeres, salvo excepciones. Vas a contracorriente.
— ¿Contracorriente? Bueno, llámalo así si quieres. Pero yo creo que las mujeres son constantes, y si se proponen conseguir algo, lo conseguirán, enfrentándose a cualquiera que les impida llevar a cabo su fin. Son leales, mucho más que los hombres y, sobre todo, son más inteligentes por lo general. Nunca, ninguna, ha dejado de conseguir algo que yo les haya encargado. Mírate tú. ¿Cuántos contratos has negociado? ¿cuántas condiciones en negociaciones has exprimido al máximo? Y, ¿en cuántas he intervenido yo? Siempre pensé que tu mayor potencial lo ofrecías como abogada, mucho más que como psicóloga.

Vicky dejó la vista perdida intentando recordar. Empezó mentalmente a confirmar todo lo que él estaba relatando. Siempre había conocido a mujeres en puestos de responsabilidad dentro de la corporación, exceptuando el de Marcos. Era algo que le había llamado siempre la atención, y ahora tenía una respuesta. Entonces Vicky contraatacó.

— Y, ¿cómo es que un hombre que confía tanto en las mujeres no se le conocen relaciones sentimentales?

— Pues por eso mismo, porque confío mucho en las mujeres... pero sólo laboralmente. –lanzó una carcajada–. La verdad es que las que se han acercado o han intentado acercarse a mí, han dejado una huella bastante... digamos que desagradable.

— Pero, ¿ha habido mujeres? ¿Cuándo? Yo jamás oí nada y nunca se ha comentado lo más mínimo al respecto. Sabes perfectamente que los pasillos de una gran empresa son una fuente inagotable de cotilleo y rumorología. Aun así, jamás se ha escuchado nada.

— Bueno, he aprendido a ser discreto. Nunca me ha gustado rodearme de muchas personas. La gente me ve inaccesible, tú lo sabes bien y, en parte, eso me ha agradado. Nunca he querido que nadie supiera más de la cuenta sobre mí. Sólo hay una forma de conseguir eso y es pasar inadvertido, que la gente casi no se acuerde de que existes. Mi padre me dio un consejo cuando hice "la mili". El día que me llamaron a filas, tenía que ingresar entre las ocho y las diez de la mañana. Él me dijo que lo hiciera a las nueve, ni el primero, ni el último, siempre el de en medio. Esa forma de actuar se puede extrapolar a cualquier aspecto de tu vida.

7

En la Brigada de Homicidios apenas había momentos para la relajación. La situación era cada vez más tensa. El estatus social de las víctimas era un acicate más a todos los puntos de presión que el caso ejercía sobre los encargados de desvelar los asquerosos crímenes, en especial sobre los inspectores Sanz y Ugalde, algo que consideraban injusto porque, para ellos, una víctima era una víctima.

La mesa de Gari estaba justo perpendicular a la de Carlos formando una "L". Varios montones con carpetas y fotografías se desperdigaban por ambos escritorios. Además, dos tablones de corcho tras las mesas, colgados de la pared, encima de las pantallas de plasma de los PC, se salpicaban de anotaciones, recortes de prensa, fotografías garabateadas de los lugares donde eran encontrados los cadáveres... ése era el ambiente que rodeaba a los dos inspectores.

Aunque prácticamente toda la Brigada estaba trabajando en los tres casos, el peso principal de la investigación recaía sobre ellos. Gari ya lo estaba sufriendo en exceso. Su carácter afable estaba cambiando. Empezaba a irritarse con cierta facilidad y con los asuntos más triviales. Dos tardes antes, en la cafetería de la Brigada Central, un joven e impetuoso subinspector se colaba en una conversación que Gari y varios policías mantenían. Una parte de ellos defendía formar equipos de fútbol a golpe de talonario y, la otra parte, luchar por sacar jóvenes de las canteras de los clubes. De repente, el joven subinspector Bautista profirió una serie de comentarios hacia los equipos vascos, lo cual, Gari entendió como una ofensa a su Bisabuelo. Se enzarzaron en tal discusión que, al final, Alexandra, una joven policía en prácticas y otros dos agentes, los tuvieron que separar a punto de llegar a las manos. Meses antes, un episodio así protagonizado por Gari, hubiese sido imposible de presenciar. Es más, hubiese sido el propio Gari quién los hubiese separado.

— Carlos, tenemos que seguirle la pista al anmital sódico. No puede ser fácil de encontrar. Y, aunque lo fuera, tenemos que encontrar a quién sea capaz de utilizarlo. Tenemos que seguir por ahí, si no, no tenemos nada.

— Lo he pensado, pero recuerda que la última víctima fue asesinada por asfixia porque el asesino no aplicó bien el suero.

— Sí, a propósito de esto, llevo dándole vueltas a algo durante un tiempo –exclamó–.

Gari se dio la vuelta de inmediato, dejando de observar su tablón de corcho. Soltó varias fotografías y un informe que tenía entre sus manos, cogió su silla y giró el respaldo encarándose hacia Carlos. Una vez sentado, accionó el mando hidráulico y su silla bajó para acomodarse y escuchar la teoría de Carlos con la máxima atención. Sabía que, cuando Carlos teorizaba, no era en vano y solía dar grandes empujones a los casos en los que trabajaban. Una vez así, Gari exclamó.

— Dispara, pero por favor, di algo que nos sirva. Si no, te callas, porque yo ya no sé qué más pensar.

— Bueno, hasta ahora, o mejor dicho, hasta los dos primeros asesinatos, todo estaba absolutamente preparado y, por lo que sabemos, todo había salido tal y como el asesino había previsto.

— Tú lo has dicho Carlos, hasta lo que sabemos. Es que el problema es ése, que no sabemos prácticamente nada.

— Quizás sepamos ya bastante pero no sabemos verlo.

— ¿Ah sí? –preguntó Gari con media sonrisa en su cara–.

— Sí, joder, sí. Escoge a víctimas siguiendo un patrón que ahora sabemos cuál es. Es posible que no tardemos en saber cómo las selecciona. De momento no sabemos cómo se gana su confianza.

— Quizás no se gane su confianza. Quizás sólo busca el sitio adecuado, las sorprende y, bajo amenaza, las obliga a hacer lo que él diga. Quizás con una navaja, aunque yo veo más factible que lo haga con un arma de fuego –añadió Gari–.

— Bien, ¿qué te dice eso del asesino?

— Paciente... osado... inteligente.

— ¡¡¡Exactamente!!! Es un tío inteligente. Utiliza un suero raro, difícil de conseguir y difícil de usar si no se está familiarizado con él. Lo utiliza impecablemente en sus dos primeros asesinatos y, sin embargo, hace una chapuza en el tercero. Administra la dosis que no es, asfixia a la víctima, luego la apuñala y ni siquiera hace por simular el auto apuñalamiento.... no sé, yo veo que ha habido un punto de inflexión en su forma de actuar.

— ¿Sabes una cosa, Carlos?, Ojalá me equivoque, pero dentro de muy poco vamos a encontrar otro cadáver y, me juego contigo lo que quieras, a que éste no se va a parecer en nada a los otros tres crímenes.

Después de un rato, el universo en que llevaban sumergidos algunos meses cobraba otra intensidad, otro color. No había muchas esperanzas de encontrar alguna pista más, al menos hasta que cometiera otro asesinato y ojalá que sólo fuera un intento de asesinato, pero todos sabían que iba a volver a matar. La intuición que los años de experiencia otorgaba a Carlos le decía que, en la siguiente víctima, iba a dar un paso en falso y tenían que aferrarse a eso. No podían permitirse más cadáveres y, para Carlos, poner sus esperanzas en encontrar algo más en el próximo asesinato le parecía indigno y asqueroso.

Como si de un calambre se tratase, dando un respingo en su asiento, Carlos se levantó. Gari se sobresaltó al ver la reacción de su compañero.

— ¿Qué pasa? ¿por qué has dado este salto? Joder, me has asustado.
— Me voy a ver a Mercedes –contestó Carlos–.
— ¿Algún instinto primario? –dijo Gari riendo–.
— Pues sí, la verdad. Me están dando ganas de darte un bofetón y que no te levantes de la silla. ¿Vienes o qué?
— ¡Cómo no!, ¿quién podría desaprovechar la ocasión de estar ante esa encantadora mujer y sus cadáveres? – contestó Gari mientras se levantaba pesadamente, apoyando sus manos en los braceros de la silla dónde estaba sentado–.
— Tiene que haber algo en las autopsias que se nos ha pasado, cualquier detalle, no sé muy bien qué, pero tenemos que buscar algún detalle.
— Y ¿cuál? Dime, ¿cuál? –replico Gari con los brazos abiertos, mientras seguía a duras penas el acelerado paso de Carlos hacia los ascensores–.
— ¡¡¡Joder!!!, ¿tienes tú una idea mejor? –ambos pararon su intenso caminar y se detuvieron a la vez a unos cuatro metros de distancia el uno del otro–. Porque si te digo la verdad, yo me siento ya frustrado, estoy harto de esperar y no tengo ganas de aguardar a que se cometa otro crimen a ver si ése nos ayuda más. ¿Sabes? A lo peor mata a alguien más, pero no me voy a quedar esperando sentado en esa silla –dijo mientras señalaba la puerta del despacho de la

estancia donde estaban sus despachos– a que me facilite otra pista, a ver si ésa es la buena.

En ese instante, Carlos inició la marcha hacía donde se encontraba Gari detenido. Por un momento se mascó mucha tensión en ese estrecho pasillo.

— Gari, joder, te conozco. Tú quieres lo mismo que yo, eres mejor investigador que yo, eres más joven y tienes acceso a muchos otros campos que yo no soy capaz de comprender a estas alturas. Anímate, coño, anímate. Estamos los dos en esto.

Entonces Gari agachó la cabeza, levantó las manos y agarró su cabello, pasando las palmas desde la frente hasta la nuca. Cerró los ojos y, por un momento, pensó en lo que le acababa de decir su amigo. Inspiró durante un largo instante y luego soltó el aire, abrió los ojos y miró a Carlos que se mantenía inmóvil, frente a él, observándole, temiendo haber sido excesivamente duro. Éste le aguantó la mirada durante unos segundos hasta que volvió a cerrar los ojos, esta vez con los brazos en jarras. Levantó una mano y la posó sobre el cuello de Carlos, que le contemplaba fijamente.

— Lo siento tío, lo siento. Me he rendido, me he dejado caer en el derrotismo y ahí fuera –dijo volviendo la cara a un ventanal que daba al exterior– hay alguien que está en peligro. ¿Sabes qué?, que estábamos ciegos, seguro que sí. Vamos a bajar ahí y vamos a revisar hasta la última letra que hay en esas autopsias y vamos a encontrar algo.

Iniciaron la marcha hacia el ascensor de nuevo. A pesar de la diferencia de edad, eran complementos perfectos. Se admiraban y nunca dudaban el uno del otro.

— Cuando estuve en ese pueblo tuyo, le dije a tu madre que te iba a hacer un hombre y te voy a devolver a

Galicia hecho un hombre y comisario –dijo Carlos con una sonrisa sincera–.

— Alguna de las noches que salgo, suelen decirme que ya soy un hombre –contestó Gari–.

— Te lo dirán después de haber dejado la cocinita de juguete recogida, ¿no?

De repente el ascensor se abrió en la planta donde se encontraba la sala de autopsias.

— Vete a la mierda –acabó diciendo Gari mientras reía–.

Los dos inspectores se dirigieron raudos hacia donde ejercía Mercedes. Como en ocasiones anteriores, la sala se encontraba a oscuras, con la luz del escritorio al fondo. Esta vez les escuchó llegar antes de que la llamaran.

— Aquí no han matado a nadie más... aun. –dijo Mercedes–.

— Por suerte, ¿no? –contestó Gari–.

— La suerte es relativa, Ugalde. El infortunio de la víctima es, para mí, una oportunidad de seguir ampliando conocimientos. Y si sigues la cadena, es una fortuna para la que fuera la siguiente víctima, ya que, si de su cadáver extraes pruebas que puedan dar con el asesino, puede que así lo evites.

— ¿Sabéis?, a mí me costó un huevo aprobar filosofía en el Bachillerato, así es que, si no os importa, dejamos las divagaciones para otros momentos. Incluso se me ocurre que podíais divagar con fútbol, cine, literatura..... yo qué sé, con lo que la gente corriente diviga, ¿no? –sentenció Carlos–.

— Cariño, paso doce horas aquí –dijo Mercedes señalando la estancia con sus brazos–. ¿Ves aquí a alguien con quién pueda hablar de la bolsa o de la subida de tipos de interés?

— Joder, pues pon la radio como hago yo por las noches cuando estoy solo en casa.–contesto Carlos–. En fin, estamos aquí para que nos digas si hay algo en las tres víctimas que te llame la atención, algo que no te haya parecido lo suficientemente importante como para comentarlo en un primer momento.

— ¡Importante! –contestó Mercedes de mala gana–. He inspeccionado estos cadáveres detenida y concienzudamente, como siempre.

— Cariño, lo sé –dijo Carlos dulcemente– Me refiero a detalles que a nosotros no nos hayan llamado la atención, no sé, algo.

Mercedes cogió los historiales de las tres autopsias y los ojeó un instante.

— Eran chicas normales, su complexión era normal aunque algo atlética, bastante proporcionadas. Sus estaturas diferían las unas de las otras. No mostraban ninguna enfermedad reseñable. He revisado sus historiales médicos y salvo algunas roturas de huesos, algún esguince y cosas así, nada más –cerró las carpetas–.

— ¿Has hecho el test de tóxicos? – preguntó Gari.

— Sí, aparte del anmital sódico, nada más en sangre. La última víctima tomaba ácido fólico, lo cual me hace deducir que pensaba quedarse embarazada.

— Pero ¿lo has hecho a largo plazo? –espetó Carlos–.

— Sí, claro, tomé muestras de cabellos y, al menos, en los dos últimos años, ninguna de ellas había consumido cocaína, heroína, ni ningún tipo de droga dura. Tan sólo he encontrado en una de ellas restos de paroxetina, un antidepresivo que utilizó durante tres meses, más o menos.

— ¿Y sus efectos personales? –preguntó Carlos–.

— En el almacén, eso ya no es cosa mía. Yo sólo soy la forense.

— Quiero que los suban aquí –pidió Carlos–.

— ¿Qué se te ha ocurrido? –dijo Gari mirando a Carlos fijamente–.

— No lo sé todavía, pero –dijo mirando a Mercedes–, haz que suban aquí sus efectos.

Al momento Mercedes cogió los tres informes, pulsó un botón en un interfono y esperó. Al otro lado del aparato una voz metálica dijo:

— Custodia de pruebas.

— Paco, soy Mercedes. Necesito, ya, ¡pero ya!, tres custodias.

— No tengo a nadie ahora por aquí, van a tardar –dijo la voz metálica–

— ¡Pues las subes tú si hace falta!

— Joder Mercedes, no puedes llamarme y gritarme como a un perro que...

— Que tomes nota y las subas, joder. Esto es importante.

— Vale, vale, dime y déjame en paz.

— Son el 145/2005, el 477/2005 y el 87/2006.

— Espera que busco su ubicación en el sistema.... pero estos son del caso del asesino en serie.

— Para ti, como si te pido el del asesino de Kennedy. Reúnelos y busca a alguien que me los suba y si no hay nadie los subes tú.

— Vale –cortó la voz metálica dando un enorme grito–.

— No es capaz de mover un músculo si no es así – explicó Mercedes a los dos Inspectores que observaban atónitos la conversación–.

— ¿Tomamos un café mientras esperamos? –propuso Carlos–.

Tanto la forense como el inspector Ugalde asintieron y se dirigieron a una máquina que expedía vasos de polipropileno y un café medianamente decente. Durante casi media hora, hablaron de temas que nada tenían que ver con los tres casos, ni siquiera con el trabajo y, prácticamente sin darse cuenta, rebajaron gran parte de la tensión que habían acumulado en los últimos meses y que ya se estaba haciendo excesivamente pesada. Tan terapéutica fue la charla que mantenían frente a la máquina de café, que ni siquiera Mercedes ni Gari llegaron a preguntar a Carlos qué le rondaba por la cabeza. Los tres estaban imbuidos en una conversación que les agradaba por igual y la espera hasta recibir las custodias pasó rápidamente. Cuando más animados estaban, las puertas del ascensor se volvieron a abrir y Paco, el hombre al que habían oído a través del interfono con voz metálica, aparecía y enfilaba rápido el camino hacia los dos policías y la científica.

Sin ni siquiera saludar, separó las tres cajas precintadas de su pecho donde las llevaba apoyadas y las lanzó a las manos de Mercedes. Ésta, con un gesto de desagrado, miró a Paco y le gruñó.

— ¿Quieres que te dé las gracias o prefieres una propina?
— Vete a la mierda, prepotente. –Contestó Paco, dándose la vuelta y tomando camino al ascensor que se mantenía aun abierto–.
— Chicos, ¿vamos para adentro y me contáis qué estáis pensando?
— ¡Nos lo cuenta! –añadió Gari mientras miraba a Carlos–.

Los tres se dirigieron hacia la sala de Mercedes y, Gari, caballerosamente, arrancó las cajas de sus manos. Ésta miró un segundo a Gari y farfulló.

— Umm, gracias.
— No hay de qué –contestó Gari amablemente–.

Mientras tanto, Carlos sonrió de manera furtiva y abrió la puerta para que sus compañeros pasasen. Una vez dentro, pasaron a una sala repleta de estanterías con probetas, tarros, tubos de ensayo, placas de cultivo y otros útiles de laboratorio con un orden aparentemente caótico. Una gran mesa de trabajo retro iluminada presidía la estancia. En una de las paredes había una caja de cartón que media dos metros de largo por treinta centímetros de alto y otros treinta de ancho. Mercedes pidió a uno de los inspectores que la ayudara y Gari acudió. Cuando llegó a su altura, Mercedes le detuvo y señaló la caja que había en una mesa más pequeña, justo a su espalda. Gari lo entendió al instante y cogió dos guantes de nitrilo azul y se los caló en las manos. Mercedes sacó unos de un paquete que llevaba en el bolsillo de su bata. Empezaron a tirar de un trozo de papel que asomaba por una ranura recta que la caja tenía en el frontal, de lado a lado. Se trataba de papel estéril para cubrir la mesa de trabajo y no contaminar las pruebas. Cortaron el necesario y desecharon los diez primeros centímetros que habían quedado al descubierto, lo ajustaron sobre la mesa con unas pinzas que ésta poseía en los cantos y que servían para tal función. Para entonces, Carlos ya llevaba embutidas las manos en guantes. Pidió a sus dos compañeros que buscasen la documentación de las víctimas, el monedero o cartera donde llevaran la identificación. Pero antes, Mercedes les obligó a coger dos batas de papel que había dentro de un armario hermético y ponérselas. Cuando encontraron sus carteras, Carlos pidió vaciarlas y colocar todo aquello que encontraran (tarjetas de visita, tarjetas de crédito, etc.) ordenadamente, una detrás de otra. Al cabo de un cuarto de hora el trabajo estaba hecho. Dinero en papel, algo menos en moneda, tarjetas de crédito, los carnés de identidad y de conducir, tarjetas de visita, algún carnet de donante de sangre, calendarios, una tarjeta de claves de acceso telefónico a una cuenta corriente, nada fuera de lo normal, excepto lo que Carlos estaba buscando. Mientras todos observaban las pruebas, Carlos preguntó.

— Mercedes, ¿tú dirías que nuestras víctimas estaban en buena forma?

— ¿En buena forma? – repitió Mercedes –. Pues ahora que lo dices yo diría que sí, su nivel de grasa corporal era relativamente bajo. Tendría que mirar sus informes otra vez para decirte exactamente el nivel de cada una de ellas, pero recuerdo que las tres estaban entre el 21 y el 23 %. Si a eso añadimos que, según sus expedientes médicos, no se evidenciaban carencias de nutrientes en ninguna de las tres, su bajo nivel de grasa no se explica por la ingesta insuficiente, sino por el equilibrio entre aporte y gasto energético... vamos que eran deportistas, no de élite, pero se mantenían en una forma aceptable.

Carlos se adelantó un paso hacia la mesa y, con una sonrisa burlona, esperó un momento con los brazos cruzados. Después señaló con su índice. Sin dejar de mirarles a la cara, puso el dedo sobre un carnet. Gari y Mercedes se agacharon y lo leyeron: *LING YAO ONG SPORTS CENTERS, Boxeo, artes marciales, aerobic, fitness, spinning, método Pilates. Consigue el mayor bienestar físico y mental.*

Mercedes y Gari se miraron sin tomar mucha conciencia de lo que Carlos quería decir. Entonces, éste volvió a levantar el dedo y a llevarlo sobre las pertenencias de otra de las víctimas. De nuevo bajó su dedo como si de una sentencia se tratara y señaló otro carnet parecido al anterior: *ARTHUR'S GYM FITNESS CENTER.*

Carlos entonces, volvió a levantar el dedo y dio medio paso para colocarse frente a las pertenencias de la tercera víctima. En ese momento, Gari y Mercedes ya sabían hacia donde se dirigía de nuevo el dedo acusador: *COMPLEJO DEPORTIVO SOTOMAYOR.*

—Cada vez que aparecieron esas chicas, algo que me llamó la atención era que, a pesar de las mutilaciones, ofrecían un aspecto bastante saludable a excepción de ésta última. No había estrías en sus pieles ni excesiva celulitis. Cuando lavabas los cuerpos —dijo mirando a Mercedes— podías observar que al moverlas no había grasa acumulada en exceso en ningún sitio, pero todos estos datos los he ido madurando con el tiempo y hoy, cuando me has leído sus expedientes médicos, he tenido el pálpito —terminó Carlos señalando con su dedo índice en el centro de su frente—.

— ¿Sugieres que las captaron en el gimnasio?. —preguntó Gari mientras observaba uno de los carnés que tenía entre sus manos—.

— Por el momento es el único nexo en común que existe entre las tres. Nadie había reparado en esto hasta ahora y... —Carlos levantó la cabeza y reclamó la atención de sus dos compañeros— así debe seguir. Nadie debe saber esto, no quiero una filtración. Si las capta así, tenemos por dónde empezar a buscar. Ojalá no nos confirme nuestra teoría matando a alguien más. Si fuera así y la víctima también asiste a un gimnasio, nos confirmará nuestra corazonada y le cerraremos el círculo. Creo que estamos en la honda, ahora sí, no sé por qué pero lo creo.

—Necesitamos el listado completo de clientes de esos gimnasios —dijo Gari—.

—Espera Gari. Tú y yo vamos a sondearlos primero y, si vemos que la cosa se puede llevar extraoficialmente, lo intentaremos así. Quisiera evitar por todos los medios el tener que pedir una orden para obtener esos listados. Entonces, esta nueva línea de investigación, pasaría prácticamente a ser de dominio público.

Mercedes, que llevaba un rato callada, en parte porque ése no era su campo y en parte porque trataba de procesar toda la información, salió de su ensimismamiento y, casi de sopetón, lanzó:

— Id allí y solicitad información para inscribiros a alguna actividad. Cuando haces eso, suelen enseñarte las instalaciones y te explican el funcionamiento del gimnasio, etc., etc. Yo lo he intentado alguna vez, pero después de una semana rodeada de gente viva, he preferido esto –sentenció lanzando una mirada a los frigoríficos para cadáveres que había fuera de la sala de trabajo–.

Ni Carlos ni Gari se atrevieron a hacer comentario alguno. Ambos se miraron y asintieron. Después de observar más detenidamente las pertenencias de las tres víctimas en busca de algo más esclarecedor, determinaron que ya era suficiente y comenzaron a guardar cuidadosamente las pruebas. Pero, esta vez, no las bajaron al almacén. Mercedes solicitó un cambio de ubicación. Las guardaron en unas taquillas utilizadas a tal efecto que había en la sala de autopsias. Querían tenerlas cerca. Quién sabía si en algún momento iban a necesitar revisarlas de nuevo. Gari miró su reloj que marcaba ya las 14:07. Carlos y Mercedes hicieron lo mismo y decidieron salir a comer. No esperarían más. Esa misma tarde, una vez terminada la comida, saldrían de la Brigada Central en busca de los tres gimnasios y empezarían a indagar en las entrañas de esos centros, en busca de algo que les pudiera ayudar a avanzar un poco más en la investigación.

A Carlos no le parecía bien la idea de Mercedes de intentar inscribirse en algún gimnasio, aunque se lo calló. Prefería la acción directa e indagar entre la gente de esos lugares. Fuera la que fuese la forma de actuar, lo que jamás imaginaría Gari era que, esa decisión, cambiaría su futuro.

8

Eran más de las 12 de la medianoche. Una chica joven, guapa, de pelo ligeramente rizado y castaño, con mechones rubios y largos, paseaba riendo junto a un joven alto y musculoso. La muchacha parecía tener cierto grado de confianza con él. Los dos hablaban intercaladamente y mantenían una conversación fluida. De vez en cuando juntaban las manos, agarraban sus cinturas o mostraban signos cariñosos el uno con el otro.

Después de recorrer gran parte de La Castellana, decidieron entrar en un pub estilo irlandés situado en la calle Gutiérrez Solana, muy cerca del Estadio Santiago Bernabéu. Allí estuvieron hasta entradas las dos de la madrugada. Salieron a un parking cercano donde el joven había aparcado su coche. No eran bebedores y coger el coche recién salidos del pub a esas horas no suponía un problema. El paseo hasta el vehículo duró cerca de quince minutos, durante los cuales, la actitud que ambos mostraban apenas dos horas antes, se mantenía.

Una vez en el coche, callejearon hacia la salida del parking hasta encontrar la Plaza de los Sagrados Corazones, donde cambiaron el sentido de la marcha a través de Concha Espina en busca de la Plaza de Lima. Allí volvieron a cambiar el sentido, enfilando el Paseo de la Castellana hasta la Plaza de Castilla. El vehículo se dirigió hacia el Nudo Norte y seguidamente hasta el Nudo de Manoteras para salir a la M–30, desde donde tomarían la carretera de Burgos. Dentro del coche nada había cambiado. Ambos se deshacían en risas y muestras de cariño. El inmenso todo terreno militar norteamericano parecía flotar por la carretera. La velocidad no era elevada, es más, circulaban por debajo de los límites permitidos como si quisieran disfrutar de cada segundo el uno junto al otro.

Recorridos bastantes kilómetros por la carretera de Burgos, tomaron dirección hacia Algete. El desvío estaba presidido por una antigua fábrica de cerveza que la marca utilizaba como museo. Circularon por una carretera comarcal en dirección a dicha localidad, pero el todo terreno se desvió por uno de los múltiples caminos de tierra adyacentes a dicha vía. Ninguno de los jóvenes mostraba el más mínimo gesto de extrañeza. Era de suponer que ambos esperaban encontrarse en ese momento en un camino de tierra, lejos de la civilización. De repente, en un ensanche del camino, el todo terreno se detuvo y los dos jóvenes salieron del vehículo.

— Me tienes totalmente impaciente, no sé si voy a aguantar mucho tiempo más. Por favor, muéstrame ya lo que me quieres enseñar –dijo la chica sin poder reprimir la emoción–.
— Tranquila, tengo que prepararlo. Has esperado casi un mes, te da igual un cuarto de hora más, ¿no?
— ¡¡¡Un cuarto de hora!!! Por favor, vas a acabar conmigo. Lo quiero saber ya, ¡ya! –gritaba ella entre risas–.
— Vale, cierra los ojos o date la vuelta.
— Me doy la vuelta, pero date prisita que me vuelvo.
— No debes volverte, no imaginas lo malo que sería para ti –rio él–.

La joven consintió entonces y decidió esperar de espaldas a él. La noche era clara, había casi luna llena y ninguna nube. El cielo estaba estrellado y la joven lo contemplaba, incluso por algunos instantes llegó a olvidarse de que una sorpresa le estaba esperando. De repente, unos ruidos metálicos la despertaron de su ensoñación. Estuvo tentada de darse la vuelta, pero resistió la tentación y siguió girada. Lo que no pudo evitar fue preguntar cómo iban los preparativos. Entonces él contestó.

— Date la vuelta, pero con los ojos cerrados y despacio. Cuando yo te diga abre los ojos, ¿de acuerdo?
— Vale, me doy la vuelta ya.

La joven entonces se dio la vuelta y mantuvo los ojos cerrados, tal y como él le había pedido. La mantuvo así un buen rato. Ella tan sólo escuchaba ruidos familiares, como si moviera ropa de un lado a otro. Finalmente dijo:

— Abre los ojos y quédate donde estás.

La joven hizo lo que él dijo, pero al abrir los ojos no comprendió muy bien lo que estos veían, en parte porque lo último que hubiese esperado ver era lo que en ese momento había ante ella. El joven se encontraba de frente. Había cambiado el impecable traje ejecutivo por uno de trabajo negro, guantes negros y una máscara en la boca. Con sus dos manos apuntaba a la joven firmemente con un Colt 45 y entre sus piernas había un maletín metálico de sanitario. Éste permanecía cerrado en el suelo, pero encima había una jeringuilla con la aguja tapada por un capuchón. La joven miró hacia todos lados y estuvo tentada de salir corriendo. El miedo que la embargaba no la permitía ni romper a llorar. Entonces él ordenó:

— Camina hacia mí y no se te ocurra hacer nada. No hay nada cerca en unos 7 kilómetros a la redonda. De manera que, haz lo que te digo y todo saldrá bien. Ahora, muy despacio, acércate a mí y coge esa jeringuilla que ves ahí abajo.

Ella hizo caso sin apenas pensarlo y empezó a caminar hacia él. Al mismo tiempo, el joven reculaba hacia atrás la misma cantidad de pasos que la muchacha daba hacia delante. Se limitaba a obedecer, de manera que, una vez sobre el maletín, cogió la jeringuilla.

— ¿Qué hay aquí? –dijo ella con la jeringuilla en la mano–.
— Es anmital sódico.
— Y, ¿para qué es?
— Pues es para ayudarte ahora mismo a ti. Quita la tapa e inyéctatela.

Ella miró la jeringuilla. Dudó. Con la cabeza empezó a negar pero, mientras lo hacía, un terrible grito la hizo dirigir la mirada hacia él.

— ¡He dicho que te la inyectes.... ya! Y no me hagas repetírtelo, eh, no me hagas repetírtelo –insistió apuntándola con el arma–.

La chica rompió definitivamente a llorar y, con la mano totalmente temblorosa, decidió pinchar la aguja sobre su muslo derecho mientras él observaba como el líquido salía de la jeringa. Mientras tanto, mostraba en su cara el dolor por el pinchazo, además del miedo.

— Quítate los pantalones y acércate hasta ahí –dijo él haciendo una marca en el suelo con el haz de luz de una linterna–.
— ¿Me vas a violar?, por favor ¿me vas a violar?, dímelo.

— Por favor, acércate aquí y quítate los pantalones… y la chaqueta también.

Convencida de que no había posibilidad de razonar con él, la joven tiró la jeringuilla y se quitó los pantalones y la chaqueta, quedando con una camiseta ajustada y un tanga de color rojo. Entonces él dirigió el haz de luz sobre su muslo derecho hasta encontrar el enrojecimiento del pinchazo y pudo comprobar que, efectivamente, el suero había sido inyectado en su totalidad y no había restos cayendo por la pierna. Al cabo de unos minutos, ella empezó a mostrar un cierto mareo y se atrevió a dirigirse a él.

— Tú me gustabas, hijo de puta, y me estás haciendo esto. ¿Pero qué me estás haciendo, qué quieres de mí, cabrón?

— Tú también me gustas cariño, pero te necesito para un asunto pendiente. Lo siento, te ha tocado a ti, esta vida es muy puta –rio con el terrible comentario–.

— ¿Por qué?, ¿Por quééeeee?

— No es nada personal, mi vida. Tengo una misión que cumplir y, desgraciadamente, en estas misiones siempre hay daños colaterales. Tú sólo eres un daño colateral. Pero si te sirve de consuelo, si no hubiese tenido que cumplir mi misión, hubiese tenido algo contigo –le comentó con una sonrisa en su rostro–.

— ¡Eres un hijo de puta, un hijo de puta! Ojalá alguien pensara en hacerle esto que me estás haciendo a mí a tu madre o a tu hermana, ¡cabronazo!.

El semblante del joven cambió. Sus ojos tornaron cristalinos al instante, en parte de odio, en parte de rabia. Nada le apartaba de su misión. Entre tanto, la joven cada vez tenía menos fuerzas para seguir insultándole, ya apenas gritaba y se mantenía sentada, semidesnuda, sujetando su cuerpo con los brazos y las palmas de las manos apoyadas en el suelo. Él la observaba detenidamente. El odio de sus ojos iba, poco a poco, desapareciendo para poder observarla con calma. Sí, el suero estaba haciendo su efecto, pero no podía arriesgarse, debía estar seguro. Cuando lo creyó oportuno, empezó a comprobar el estado psíquico de la joven.

— Laura, ¿te ha gustado la cena?
— Sí, mucho –dijo la joven, apenas sin expresión en la cara–.
— ¿Quieres que cenemos mañana o te viene mal? – preguntó de nuevo para asegurarse–.
— ¿Mañana? –se preguntó ella casi en un hilo de voz – Mañana no voy a poder, tengo una clase especial del máster, pero el viernes.... sí, el viernes sí.
— ¡Ajá!, ¿te recojo en tu casa?
— Sí, perfecto, así ganamos tiempo.

Todo estaba listo, el anmital sódico había anulado completamente a la joven y ahora sólo era cuestión de instruirla en lo que él quería que hiciese.

— Laura, tienes que hacer algo por mí.
— Bien, dímelo.

Durante largo tiempo el joven se dirigió a Laura, como instruyéndola en algo. Mantenía un semblante serio, tranquilo, prácticamente sin pestañear, prácticamente catatónica, pero no se perdía una sola coma de lo que él decía. Su estado mental, en ese momento, le hacía ser como una esponja, absorbía toda la información que él le facilitaba sin pararse a discutirla. Durante cerca de media hora, él habló y habló, en ocasiones caminando en círculo alrededor de ella. Entonces, la miró fijamente y preguntó.

— ¿Estás preparada?

Ella asintió. El joven levantó su jersey por la parte del abdomen y sacó el Colt 45 que tenía dentro de los pantalones. Quitó el seguro y entreabrió la ventana de expulsión para comprobar que una bala se alojaba en la recámara. Dio la vuelta a la pistola agarrándola por el cañón. Estiró el brazo poniendo la culata al alcance de Laura. Ésta alargó el brazo y la cogió. Durante algunos segundos la observó, para finalmente, mirarle como si pidiera aprobación. Entonces él dio largos pasos hacia atrás sin dejar de observarla y cuando se encontró a una distancia segura, paró y mirándola fijamente, hizo un gesto aprobatorio con la cabeza. La chica, sin pensar un solo segundo lo que estaba a punto de hacer, blandió el arma y, con firmeza, la acercó a su cabeza, la apoyó en la sien y, sin dudarlo, apretó el gatillo. Su cabeza sufrió una sacudida horrible y el cuerpo de la joven se desplomó, cayendo de espaldas con el arma fuertemente prendida aun de su mano derecha. Él observó unos segundos y, sin perder mucho más tiempo, se adelantó unos metros para observarla. La depravación era total, miraba el cuerpo de la joven todavía convulsionando, viendo como de su sien izquierda, por donde la bala había salido, brotaba un reguero de sangre que iba formando un charco bajo su cabeza y que empapaba parte de su precioso pelo. Mientras tanto él, como si de un acto guiado por el mismísimo demonio se tratara, sentía haber cumplido su cuarta misión.

Una vez sació su asquerosa curiosidad macabra, recogió todo lo que había utilizado para el crimen, excepto la pistola, que dejó en la mano de la joven y la jeringa vacía del anmital, la cual clavó en el suelo al lado del cadáver. Cerró el portón trasero de su todoterreno, se montó en él y desapareció.

9

José Manuel se sentía inquieto en su cama. Estaba solo, pero algo hacía que no parara de moverse. Su cuerpo estaba sudoroso. A pesar de todo dormía, pero a la vez, sufría una pesadilla. En ella, veía como un joven, durante semanas, había embaucado a una preciosa mujer. La última noche había decidido meterla engañada en su coche para llevarla a un descampado a las afueras de Madrid, donde la habría inducido a suicidarse.

A medida que la pesadilla avanzaba, se sentía más y más inquieto, era como si no pudiese despertar a pesar de que lo deseaba con todas sus fuerzas. Pero la pesadilla continuaba. En ella veía al chico recoger el escenario del crimen y montarse en su gran vehículo color negro, recorrer unos kilómetros por un camino de tierra para, poco después, salir a una carretera comarcal y más tarde a una autovía, la cual le llevó a adentrarse en el centro de Madrid. Ya ahí, paró frente a un gran edificio y pulsó un botón en el salpicadero de su coche. Una barrera se abrió.

El joven parecía tranquilo, como si lo que acababa de ocurrir no le hubiese afectado en absoluto. Aparcó su coche en una amplia plaza, lo suficiente como para no tener que maniobrar con el inmenso vehículo. Paró el motor y se bajó.

El sofisticado sistema de seguridad se activó cuando apenas se hubo alejado cinco metros y enfiló con paso decidido hacia uno de los tres ascensores que había en la planta. Cuando llegó a la puerta, accionó el pulsador y éste se puso en marcha. Mientras esperaba, introdujo las manos en los bolsillos y empezó a silbar una melodía sin sentido, al tiempo que seguía el ritmo con su pie derecho. Finalmente una campanilla sonó, indicando que el ascensor había llegado a su destino. Las dos puertas, de un aluminio impecable, se abrieron y, con apenas dos pasos, se introdujo en la cabina sin sacar las manos de los bolsillos. Sus labios seguían emitiendo el silbido pero, para entonces, su mirada se dirigía al suelo. Cuando al fin levantó la cara, se decidió a observarse en el espejo que dominaba en ambos laterales de la cabina. Fue entonces cuando un escalofrío recorrió su cuerpo como un terrible calambre, como un latigazo en la carne desnuda. ¡¡¡La cara de ese joven era la de José Manuel!!!

— ¡Noooooo! –gritó José Manuel–.

Estaba empapado. La horrible pesadilla parecía tan real que le había hecho despertarse como un resorte. Observó la habitación en todas sus dimensiones, queriendo encontrarse en algún punto de ella y con la sensación de estar perdido en algún lugar extraño. Estaba incorporado en la cama, sentado, desnudo. No se había tapado con las sábanas, era una persona calurosa y no solía hacerlo en verano. Observó cómo dos regueros de sudor corrían bajo sus axilas. Llevó la mano a su cuello y luego la observó. Estaba también empapada. Decidió levantarse de la cama para dirigirse al lavabo pero, al poner los dos pies en el suelo e intentar incorporarse, una sensación de mareo le invadió. Empezó a sufrir náuseas y corrió hacia el baño. Una vez allí, metió su cabeza en el retrete y vomitó. Cuando su estómago ya no era capaz de expulsar nada más, se incorporó, se giró hacia el lavabo y abrió el agua fría, con la que se mojó la cara y la nuca. Sin secarse, volvió a la habitación. Se sentía aun mareado. Miró el reloj digital que coronaba su mesilla derecha. Marcaba las 3,15. Le resultó curioso recordar que, semanas antes, había visto en un exitoso programa de televisión el caso llamado "Amityville", en el cual un hombre asesinó a tiros a su familia en la madrugada. Posteriormente esa casa se vendió, pero todos decían que permanecía maldita y los nuevos inquilinos sufrían sucesos paranormales justo a las 3,15 de la madrugada, hora en que se cometió la atroz matanza. Sacudió su cabeza en un intento de expulsar esa idea de ella y empezó a dar vueltas por la habitación. A pesar de la inmensidad de ésta, terminó haciéndose pequeña y tuvo la necesidad de salir al salón de su enorme apartamento. No dejaba de ver el rostro de la chica... ¡parecía tan real!

Había tenido pesadillas otras veces a lo largo de su vida, pero ninguna tan repugnante y real como ésta. Era incapaz de conciliar de nuevo el sueño, de manera que decidió mirar por el enorme ventanal de su salón mientras ingería una botella de agua casi helada. Su piel se había secado y empezaba a considerar la idea de darse una ducha para intentar dormir. Quizás eso le aliviaría. De manera que no lo meditó más y lo hizo. Después fue a su estudio. Al abrir la puerta, un sensor fotoeléctrico dio la orden de encenderse a una pantalla de plasma que, estratégicamente, había en el centro de un escritorio de madera color wengué. Abrió un pequeño cajón, del cual extrajo un ratón óptico. Buscó en el escritorio de su pantalla un icono que tenía la forma de un buzón de correos convencional cruzado por un sobre. Clicó sobre él y se maximizó una pantalla. Se trataba de una aplicación de mensajería interna para todos los puestos administrativos de la corporación. Tecleó una dirección: fina@igt.corp-esp.com. Acto seguido escribió:

"Buenos días Fina, he pasado una noche muy mala. Debí de cenar anoche algo que me sentó mal y mira... son

casi las cinco de la mañana y estoy delante de mi pantalla. Voy a pulsar el "no molesten", así es que si alguien pregunta por mí, ya sabes, no existo. Aunque mañana me encuentre mejor no pienso dar señales de vida hasta después de comer. Por favor, avisa. Ah, y no te preocupes por mí, no llames al médico, al SAMUR, ni a los bomberos, que te conozco, sólo ha sido un cólico y ahora me voy a dormir. Un beso"

A pesar de que había dicho a Fina que iría a dormir, en realidad era incapaz de hacerlo, pero aun así lo intentó y alrededor de las ocho de la mañana se volvió a tumbar en la cama. Finalmente, el cansancio le venció y cayó rendido. El sueño entonces fue plácido, nada de pesadillas, nada de vueltas, nada de sudor. Sólo paz.

Un zumbido agudo le despertó de su profundo sueño. Aun así, se sentía descansado. Tenía la sensación de que, lo ocurrido la noche anterior, había sido una pesadilla dentro de otra pesadilla. Miró el reloj–despertador. Marcaba las 13,00. Calculaba haber dormido unas cinco horas. Pocas, pero suficientes. No lograba explicarse cómo había sido incapaz de cerrar los ojos entre las 3 y las 8 de la mañana y, sin embargo, había dormido como un bebé hasta las 13,00. El caso es que se sentía mejor.

Después de mojar su cara en el lavabo del baño, se vistió con ropa cómoda e investigó el enorme frigorífico americano de su cocina ultra–moderna. En uno de los estantes encontró una botella de yogurt líquido con sabor a coco. La cogió y dio cuenta de ella en apenas tres tragos. Su estómago vacío se lo agradeció. A pesar de haber ingerido varios litros de agua durante la vigilia de esa madrugada, sentía una sequedad en la garganta que el yogurt había calmado de momento, además de un picor agudo en su nalga izquierda. Pasó sus dedos sobre la zona afectada e intuyó un pequeño abultamiento. La curiosidad le llevó hasta un gran espejo que hacía las veces de puerta de un armario ropero.

Bajó el pantalón deportivo que llevaba puesto, dejando descubierta su nalga. Al mirar al espejo, vio el habón que le causaba el picor. – *¡Maldito mosquito!, siempre me pican, debo de tener la sangre apetecible* – pensó. Subió de nuevo el pantalón y se dirigió al estudio. Después de la caótica noche, ahora todo emanaba normalidad. De nuevo, la pantalla de plasma se encendió al observar su presencia. Abrió otra vez el pequeño cajón del ratón y cliqueó el icono del buzón con el sobre. La aplicación se inició. Había cientos de mensajes, ninguno importante, nada que sus asesores o la gente de su confianza no hubiesen podido solventar. Le llamó la atención uno de Marcos que decía lo siguiente:

"*José, ya me ha dicho Fina que has pasado mala noche, así es que, cuando te encuentres bien, me llamas. Tengo algo que enseñarte. Es una tontería, pero me gustaría que lo vieras. Ciao amigo*".

También había dos mensajes de Vicky, el primero de sorpresa, porque había cenado con él la noche anterior, el segundo de preocupación porque seguía sin dar señales de vida, de manera que decidió llamarla al móvil para tranquilizarla. Durante veinte minutos habló con ella. La versión oficial era que la cena le había sentado mal. Ni por un segundo se le pasó por la imaginación contarle la pesadilla que había sufrido la noche anterior. Inmediatamente después de colgar, pulsó un botón en uno de los paneles que había repartidos en, prácticamente, todas las paredes y paseó por el salón esperando una respuesta. Finalmente, ésta llegó, escuchándose absolutamente clara gracias al sistema de audio que había instalado en el apartamento, el cual permitía llevar una conversación moviéndose por todas las estancias de la casa.

— ¡Ya era hora! ¿te encuentras mejor?, ¿quieres que mande a un médico a tu apartamento? –preguntó Fina–.

— No, gracias Fina, me encuentro muy bien, pero tengo hambre. Puedes hacer que me suban algo de comer.

— ¿Crees que te sentará bien comer algo ahora? Puedo hacer que te suban un caldo o algo ligerito.

— No, no, de verdad, me encuentro muy bien, pero tengo mucha hambre. Pídeme una ensalada con algo consistente... no sé, gambas, jamón o algo así y de segundo un pescado, a ser posible un par de truchas. Si no puede ser, pues merluza, ¿de acuerdo?

— Sí, no te preocupes. Les meteré prisa.

— Gracias Fina. Ah, por cierto, di a Marcos que suba aquí a eso de las cinco, por favor.

— Vale, le estoy viendo entrar por la puerta, ahora mismo se lo digo.

— Bien. Por favor, pide la comida, porque me como a un burro por las patas.

— Hasta luego y come tranquilo, por aquí está todo bien.

— Por descontado, ¡Adiós!

A las 14,20 el timbre sonó. José Manuel utilizó de nuevo un panel situado en una de las paredes. Pulsó un botón varias veces hasta que, en la pantalla LCD, visualizó la webcam que enfocaba la puerta de entrada al apartamento. Vio que se trataba del empleado del servicio de catering que le traía la comida. Pulsó otro botón y un zumbido bajo y grave sonó en la puerta de entrada. Un pequeño chasquido la abrió unos centímetros. Instó al empleado a pasar y dejar la comida encima de una mesa pequeña situada en uno de los laterales del salón, frente a un televisor de plasma. Ensalada de lechuga con gambas y dos truchas a la navarra. Fina había vuelto a cumplir exquisitamente con su trabajo. Su boca empezó a salivar al levantar las tapas de las bandejas. Se acomodó en la silla, frente al televisor y dio cuenta de las viandas.

En apenas veinte minutos, había devorado hasta la última miga de los platos. Un helado de su nevera y un café solo, expreso y con hielo, fueron el colofón. Las jornadas anteriores habían sido duras y hacía días que no veía la televisión. Decidió sentarte a ver cualquier cadena que emitiera noticias en ese momento. Las noticias apenas se diferenciaban a las de cualquier otro día: tensión en oriente medio, casos de corrupción en Marbella, la subida de los tipos de interés, etc., y en el deporte, las últimas novedades del mundial, los equipos ultimando sus fichajes, un joven piloto español de Fórmula I deslumbrando al mundo entero, al igual que el joven tenista, de cuerpo estratosférico, que iba para figura y que también era español. Cuando hubo repasado las cadenas nacionales, decidió ver uno de los canales autonómicos de Madrid y entonces fue cuando la noche anterior cobró vida ante sus ojos.

En la crónica de sucesos del telediario regional, se relataba cómo un ciclista había encontrado el cadáver de una joven semidesnuda y con un disparo en la cabeza, en un camino adyacente a la carretera comarcal que une la autovía de Burgos con la localidad de Algete. Entonces, en el margen superior derecho del televisor, se mostraba la fotografía del D.N.I. de la joven muerta y, para su horror, era la que apenas doce horas antes había visto en su pesadilla. Además, la ubicación del cadáver era exactamente la misma que él recordaba. Desde la silla en que se encontraba, saltó prácticamente delante del televisor. El violento gesto propinó que la mesa se moviera bruscamente, tirando al suelo un vaso de cristal y varios cubiertos que había utilizado. A medio metro de la pantalla miró la foto detenidamente, –*¡no hay duda, es ella, es ella!*–. Su corazón comenzó a palpitar con tal frenesí que parecía que iba a salirse del pecho. Entonces agarró el mando a distancia y apagó el aparato. Sin saber muy bien qué hacer, empezó a deambular por el salón para, finalmente, dejarse caer sobre un sillón de masaje situado en uno de los rincones. Empezó a pensar. En poco más de una hora Marcos subiría a su apartamento, en principio para tratar otros temas y debía decidir si contarlo o, por el contrario, callarlo. Ya no sabía si lo vivido la noche anterior era una pesadilla o una realidad horrible. En su mente nada estaba claro. Y Vicky, ¿qué le contaría a Vicky? Tanto tiempo deseándola y ahora que la tenía, ocurría esto. ¿Sueño o realidad?

Seguía dando vueltas y vueltas a todo cuando, de nuevo, un zumbido le saco de su trance. Se levantó en dirección al panel para buscar de nuevo la webcam de la puerta de entrada. Era Marcos.

— Joder, son las cinco. No me he dado cuenta, ¡cómo ha pasado el tiempo!.

Abrió la puerta y Marcos entró sonriente con el estuche de un DVD en la mano. José Manuel ni siquiera reparó en ello.

— ¡Huy, huy, huy!, mala cara tenemos. ¿No te ha sentado bien la comida, verdad? Mira que te lo dijo Fina: "come algo ligerito" –dijo Marcos parafraseándola–.
— No, no es la comida. Es... Marcos siéntate y escúchame con atención. Lo que te voy a contar es algo muy importante y extraño.
— Pero, José, si es lo que creo que es, todo está normal, precisamente... –Marcos intentó levantar el estuche que llevaba–.
— No, escucha, por favor, escucha.

Durante casi media hora, relató la pesadilla a Marcos y éste, que estaba totalmente al tanto del crimen que había tenido lugar la noche anterior, le escuchaba prácticamente sin pestañear. Su mirada era una mezcla de extrañeza e incredulidad. Marcos, que mantenía grandes contactos aun en la policía, hizo varias llamadas y consiguió en diez minutos los detalles del asesinato. Detalles como la posición del arma, la entrada del balazo o la jeringa clavada cerca del cadáver le dejaron muy confuso.

— José –cortó Marcos con voz firme–. Venía a contarte algo que, ahora, ya no sé muy bien si tiene algo que ver con esto –de nuevo cogió la caja de DVD y la levantó–.

— ¿Cómo que no sabes si tiene que ver con esto? Por favor explícamelo ya, porque estoy a punto de volverme loco.

— Bueno, no te preocupes, seguro que todo tiene una explicación lógica –le tranquilizó Marcos–. Aunque ahora… ahora no se me ocurre.

— Pues dame una que yo pueda creer, porque ahora mismo dudo que yo no lo haya hecho –respondió José Manuel con la voz quebrada–.

Marcos se levantó con la funda del DVD en la mano, se dirigió al estudio e instó a José Manuel a seguirle. Se sentó frente a la pantalla del ordenador y abrió la funda. De ella sacó un Blu–Ray. El sistema de grabación de video del edificio almacenaba todo en estos discos por duplicado, de manera que, en caso de que uno de ellos resultara dañado, siempre habría otro idéntico. Cada dispositivo almacenaba 12 horas de grabación de todas las cámaras. Entonces, Marcos introdujo el disco en una unidad de disco. Un software, especialmente diseñado para tal fin, apareció en pantalla. Marcos adelantó la grabación hasta las 22,00 horas de la noche anterior y lo puso a velocidad ultrarrápida. Al llegar a las 22'30, todas las cámaras quedaron en negro y permanecieron así hasta las 3,05 de la madrugada.

— José, hubo una caída de todo el sistema de seguridad, nada importante, o al menos nada importante hasta ahora. Porque, después de esto, no sé qué pensar, no sé si relacionarlo. Lo cierto es que, al sufrir el sistema ese fallo, el inspector de seguridad me llamó y se dobló la vigilancia hasta subsanar el problema y de lo que sí estoy seguro, es que nadie salió del edificio desde las 21,30 horas a excepción de Vicky, que salió alrededor de las 24,00. Pero tranquilo, he pedido discreción a mis hombres, nadie sabe lo vuestro, a excepción de Fina y de mí. Como te digo, a las 21,30 horas salieron las empleadas de la limpieza. Hasta las cuatro de la mañana que vengo yo, nadie más entra. A partir de las seis, empieza a llegar el personal habitual. De todos modos, desde las 3,05 queda todo grabado en el video. Aun así, ante la dimensión del problema, decidimos llevar manualmente un control paralelo al digital, hasta asegurarnos de que el sistema no sufría otra caída. Tú no has salido de aquí en toda la noche. Eso lo pueden atestiguar más de veinte personas.

— Joder, ¿y por qué lo veo tan claro? –gritó José Manuel con gesto atormentado, sujetando su cabeza–. Por favor Marcos, a Vicky ni una palabra de esto, a las 7 de la mañana ha cogido un avión y ahora está cerrando una buena operación en Frankfurt. He estado hablando con ella y estaba preocupada por mí. Por favor, ni una palabra, te lo ruego.

— Tranquilo, hasta que esto se aclare, nada va a trascender, ¿de acuerdo?

— De acuerdo, –asintió José Manuel con la mirada baja–.

— Antes he estado hablando con un antiguo colega que ahora es comisario en la Brigada Central. Me ha pedido colaboración y, a cambio, me ha informado de quien lleva la investigación. Se trata de los inspectores Sanz y Ugalde, el primero, un hombre muy experimentado, el segundo, joven, pero muy preparado. Si quieres mi opinión de experto y mi consejo de amigo, debes hablar con ellos.

— ¿Cómo? –contestó José Manuel levantando la cabeza como si un calambre le hubiese recorrido la espina dorsal–. ¿Quieres que me presente ante dos inspectores de homicidios y les relate un asesinato que "creo" no haber cometido, con todo lujo de detalles?

— José, es que tú no lo has cometido, es que no has hecho nada, no has salido de aquí en las últimas 72 horas.

José Manuel volvió a agachar la cabeza y pasó las manos tras la nuca. En realidad, estaba estudiando la opción que Marcos acababa de plantearle. Estaba casi seguro de no haber cometido semejante atrocidad, pero le atormentaba el hecho de recordar todo tan vivamente y, sobre todo, de recordarlo con tantísimo lujo de detalles. Pero debía decidir y, la experiencia de un hombre como Marcos en este tipo de asuntos, le hizo decantarse.

— Está bien amigo, está bien, hablaré con ellos.
— Bien. No pierdes nada. Prepárate para recibir malas caras. Carlos Sanz en un poli cascarrabias, pero un buen investigador.
— Lo intentaré, pero ahora necesito que me hagas otro favor, otro más.
— Pues claro que sí, dime, ¿qué necesitas?
— Necesito que protejas a Vicky. Sabes lo mal que lo he pasado con mis relaciones y en ella veo... no sé, veo algo que en las demás no he visto y, me importa, me importa muchísimo.
— Déjalo de mi cuenta, la protegeré las 24 horas. Una vez llegue a Madrid, no estará sola nunca.
— Creo que no me he explicado bien, amigo. Quiero que la protejas, incluso de mí.

10

Carlos y Gari acudían a una nueva autopsia. Ésta se había fijado para las siete de la mañana. Como agentes asignados a este caso, estaban obligados a asistir para supervisar la recogida de muestras y rastros. En casos como estos, los resultados de dichos análisis se recibían casi en el mismo día, excepto lo referente a las pruebas de ADN que, contrariamente a lo que todo el mundo pensaba debido al poder de la televisión, solían tardar entre dos y tres días, cinco en algunos casos. La investigación apenas avanzaba pero, lo poco que tenían, les hacía albergar alguna esperanza. La chica asesinada, igual que las otras, tenía en su bolso el carnet de un gimnasio. La tarde anterior, Gari y Carlos se habían pateado los gimnasios a los que acudían las anteriores víctimas y no lograron encontrar lazos en común entre ellas.

Unas tres horas después, la autopsia había finalizado y, una vez cumplimentado todo el papeleo y los trámites pertinentes, ambos inspectores se despidieron de Mercedes y la instaron a apresurar a la gente del laboratorio. Querían los resultados de las muestras obtenidas y los querían ya. De vuelta a la brigada, Gari volvió a su mesa a repasar de nuevo todo lo que tenían y Carlos acudió a informar al despacho del comisario.

— ¡Carlos, Carlos! –gritó Gari al ver asomar a éste por la puerta.– He estado hablando con el dueño y la recepcionista del Gimnasio donde acudía Laura.

— ¿Y...? –Respondió Carlos–.

— Pues Laura solía llegar sola e irse sola. Era asidua al gimnasio desde hacía tres años y tenía buena relación con toda la gente de allí, sobre todo con la recepcionista. Eran del mismo pueblo.

— Ya. Y, ¿qué? –gruñó Carlos impaciente–.

— Pues, las características que tenía Laura se asemejaban bastante a las de las anteriores víctimas, es decir, chicas educadas, de un nivel económico acomodado y jóvenes. Ninguna de ellas superaba los 27 años. Laura era la más mayor. Pero sólo ella había congeniado con gente en el gimnasio. Además, la recepcionista me ha comentado que, desde hace aproximadamente un mes, llegaba dos o tres días a la semana acompañada de una chica nueva en el gimnasio. Esta chica empezó hace un mes y medio y, al cabo de quince días, llegaban juntas y se iban juntas, siempre de 19 a 21 horas.

— Bueno algo es algo. ¿Tenemos su nombre?

— Sí, se llama Myriam. No tienen su dirección porque no es socia del gimnasio, sino que compra bonos.

— ¿Bonos? –preguntó Carlos–.

— Sí, los bonos dan acceso a las distintas actividades. La recepcionista del gimnasio me ha comentado que el pasado lunes Myriam compró diez bonos para fitness y cinco para la sauna. Por lo visto Laura también solía tomar una sauna con cierta frecuencia y animó a Myriam para que las tomara después de las sesiones de fitness.

— ¿Qué más te ha contado? –empezó a preguntar Carlos con cierto nerviosismo–.

— Pues, lo más importante viene ahora –Gari se levantó para hablar con Carlos cara a cara–. Anoche acudieron al gimnasio de nuevo las dos juntas. Myriam hacía tres días que no venía, pero parece ser que entre la gente que compra bonos es bastante normal. Los bonos sirven para gente que tiene trabajos absorbentes o con horarios irregulares que no amortizan una cuota mensual en un gimnasio. Pues bien, como te decía, llegaron las dos juntas a las 19 horas, como siempre. Hicieron una hora de fitness y tomaron una sauna. Pero cuando salieron, las dos iban vestidas y maquilladas como para salir a cenar o de fiesta... o lo que sea, pero las dos igual.

— ¡No jodas! —exclamó Carlos a la vez que arrancaba de la mano de Gari la libreta donde estaba apuntado el nombre del gimnasio, el teléfono y los nombres del dueño y la recepcionista— ¿Qué más?, ¿Qué más sabes?

— Bueno al salir, la recepcionista, eeehhh... —Gari dudó, mientras daba la vuelta a su libreta que Carlos había dejado sobre la mesa—, ¡Lidia! —dijo al fin— se quedó un poco extrañada de la vestimenta, porque, según ella, iban de punta en blanco, y les preguntó al salir. —Entonces Gari cogió de nuevo su libreta para citar las notas que había tomado —. A ver, espera.... sí, la recepcionista les preguntó — ¿a dónde vais tan guapísimas?, a lo que Myrian contestó riéndose. ¡Calla Laura, no se lo digas! Si la cosa sale bien mañana se lo cuentas, si no... siempre puedes decir que te apetecía estrenar ropa hoy.

— Y , ¿Laura no dijo nada? —preguntó Carlos dejándose caer en el respaldo de su silla—.

— Pues no —afirmó Gari—. Según Lidia, Laura rio y las dos salieron. Te das cuenta, esa mujer puede ser la última persona que viera con vida a Laura, además de su asesino, claro. Incluso si hablamos con ella podemos saber dónde la dejó, si es que se fueron juntas. Es posible que pudieran haber coincidido con el asesino. Le podría conocer.

Carlos abrió uno de los cajones de su mesa, cogió su libreta y dio a Gari la suya.

— Nos vamos —dijo Carlos—. Pero antes, vamos a "Documentos" y que te den uno de esos libros de mujeres fichadas, por si acaso. Debemos encontrar a esa chica y no quiero esperar a que tarde otros tres días en acudir al gimnasio... y eso no es lo peor.

— No, eso no es lo peor. —interrumpió Gari— Lo peor es que si llegaban juntas es porque quedarían en algún sitio o incluso por teléfono. Si Laura no acude, es posible que ella tampoco. Además, si esa chica ha visto la foto de Laura en televisión, es posible que se haya asustado y no acuda más.

— Efectivamente —asintió Carlos— y que exista esa posibilidad me inquieta bastante. Tenemos que encontrarla. Vamos a ver si hay suerte y está fichada. Si no lo está... ya pensaremos qué hacer.

Ambos salieron de su despacho y cruzaron el edificio de lado a lado a través de un larguísimo pasillo. Al final de éste había una puerta que, al cruzarla, mostraba la pared de otro pasillo que se disponía en ambas direcciones. El cartel rezaba a la izquierda: SERVICIO CENTRAL DE TÉCNICA POLICIAL y a la derecha: SERVICIO CENTRAL DE INNOVACIONES TECNOLÓGICAS. Giraron a la izquierda. En la pared de la derecha se abrían tres puertas; la primera indicaba: ACÚSTICA FORENSE, la cual pasaron de largo; la segunda estaba marcada como BALÍSTICA FORENSE, que también la dejaron atrás y finalmente entraron en una que decía: DOCUMENTOSCOPIA. Diez minutos después, salían con dos grandes carpetas llenas de fotos camino del gimnasio.

Ya en el parking, los dos inspectores cogieron el coche y, a través del atascado tráfico de la M–30, se dirigieron al gimnasio. Un trayecto que en condiciones normales no llevaría más de veinte minutos, se convirtió en una hora y cuarto de viaje a través de obras, zanjas y señales de todas clases. El alcalde había convertido Madrid en una zona de guerra y las dificultades eran iguales para todos, incluso para dos policías en busca de la verdad sobre unos horrendos crímenes.

Una vez en el gimnasio, Carlos se detuvo para mirar el lujoso interior de la recepción, adornada con dos sofás de cuero situados en "L" y una mesa central de Cristal, cuyo pie era un delfín de mármol. La pared de la izquierda estaba presidida por un enorme acuario empotrado. En su interior, esponjas y estrellas de mar dentro de un paisaje rocoso, imitaban un minúsculo fondo marino. Varias especies de peces tropicales deambulaban de un lado a otro del acuario de casi tres metros de longitud, entre los que destacaban dos enormes peces globo y un pez gato. Por último, en el centro del receptáculo, una fuente lanzaba tres chorros de agua por la parte superior de una palmera de granito, los cuales iban a caer sobre tres hojas del mismo material. Estas hojas dejaban resbalar el agua a través de sus tallos, que iba a parar al tronco y éste, a su vez, al fondo de la fuente de unos sesenta centímetros de altura, cincuenta de los cuales estaban cubiertos por agua y diferentes tipos de plantas acuáticas.

Después de observar durante unos segundos, Gari inició la marcha hacia una joven rubia, con pelo liso a media melena y cejas de color castaño muy acentuado, pero absolutamente cuidadas. Sus labios, carnosos, eran visibles desde los cinco metros de distancia a los que todavía se encontraban. Una vez en el mostrador, Gari pudo fijarse mejor y ver que brillaban casi como si estuvieran impregnados de vaselina. Su figura era muy esbelta, delgada y con curvas pronunciadas. Su ropa de cintura para arriba se limitaba a un top. A pesar de su delgadez, dos grandes pechos asomaban en su escote como si quisieran salir de ahí. Gari estaba absorto en esa parte de su anatomía, cuando oyó una voz aguda que le resultaba familiar. Al instante recordó que, hacía menos de dos horas, había escuchado esa voz por teléfono. Era la de Lidia, la recepcionista, la mujer en la que llevaba ensimismado unos segundos. Carlos se dio cuenta e interrumpió, respondiendo al sonoro "buenos días" de la chica.

— Buenos días, señorita, somos los inspectores Ugalde —señaló a Gari— y Sanz. ¿Es usted...?

— Sí, yo soy Lidia.

— Usted y yo hemos hablado esta mañana por teléfono, ¿recuerda? —preguntó Gari—.

— Claro que me acuerdo, muchas veces una asocia una voz a una cara y generalmente cuando descubro la cara suelo quedar decepcionada... pero hoy no es el caso. —dijo Lidia coqueteando—.

— Señorita —interrumpió Carlos al ver que Gari tenía que tragar saliva—, queríamos hablar con usted para ver si podría aportar algo más de lo que ya hizo con el inspector Ugalde esta mañana.

— Su compañero y yo estuvimos hablando casi media hora. No sabría decirle más cosas que le puedan ayudar. Creo que le he contado todo lo que recordaba.

— Está bien, y ¿si le enseñamos unas fotos podría reconocer a la señorita que acompañaba a Laura últimamente?

— No lo sé, quizás sí, pero tengo que decirle que soy muy mala fisonomista, no me quedo bien con las caras, pero... lo intentaré.

Apenas habían visto cuatro hojas, entró por una pequeña puerta situada detrás del mostrador de recepción un hombre alto, muy musculado, de tez morena y unos ojos negros muy brillantes. Llevaba la cabeza afeitada y una perilla escrupulosamente cuidada y totalmente negra presidía su cara. Se trataba de Martín, el dueño del gimnasio. Al ver a su empleada revisando fotos de personas fichadas con dos desconocidos, Martín quedó sorprendido y preguntó:

— Buenos días, Lidia, ¿qué pasa?

Al hacer esta pregunta, Carlos y Gari sacaron una cartera de cuero de sus bolsillos. Al desplegarla, dejaba al descubierto un carnet y una placa. En la parte superior se veía un pequeño escudo junto con las palabras: CUERPO NACIONAL DE POLICIA. Debajo de estas letras, justo en el centro del carnet, la fotografía y debajo la palabra "POLICIA". Una línea más abajo la palabra "ACTIVO", y aún más abajo, "Nº", seguido del número del agente. En la parte inferior de la cartera estaba la placa, con el número de carnet grabado. Una vez identificados, Martín preguntó.

— ¿Han venido por lo del asesinato de nuestra socia?

— Sí, venimos a por cualquier cosa que nos pueda resultar útil.

— Pero pensé que ya habían hablado con Lidia esta mañana. Me ha llamado al móvil y me ha dicho que ha hablado con un policía un buen rato y fue cuando me enteré de que la chica muerta era socia nuestra.

— Oh, sí señor, Lidia ha hablado conmigo esta mañana –le confirmó Gari–, pero aun así, hemos preferido venir para complementar su aportación. Créanos, en estas investigaciones, muchas veces puede ser clave aquello a lo que, a priori, no dimos importancia. Hemos traído unas fotos para ver si Lidia puede identificar a la acompañante de Laura.

— ¿Laura?

— La chica muerta. –le aclaró Carlos–.

— ¡Ah, perdón! No estoy muy al tanto de la gente, de eso se encarga Lidia.

— ¿Le importaría echar un vistazo a las fotos? –preguntó Gari–.

— En absoluto inspector, pero seré de poca ayuda. Casi no me mezclo con los socios y utilizo mi gimnasio fuera de las horas de uso público. Estoy enterado de todo esto porque Lidia me lo contó esta mañana, después de hablar con ustedes.

— Aun así, ¿le importaría? Buscamos a Myriam, la chica que acompañaba a Laura últimamente y con la que salió la otra tarde de aquí. Quizás alguna vez se la haya cruzado y pueda identificarla en las fotos. ¡Por favor, es importante! –dijo Gari casi suplicando–.

— Por supuesto, no hay ningún problema.

Casi habían agotado los dos álbumes y las caras de los dos inspectores no reflejaban más que desencanto. Entonces el móvil de Carlos sonó, éste lo miró con extrañeza, ya que no conocía el número. Lo dejó sonar mientras seguían ante el mostrador de recepción, viendo como Martín y Lidia ojeaban las fotos por segunda vez sin ningún resultado positivo. Pero la llamada no se interrumpía y el inspector decidió descolgar.

— ¡Diga! –se mantuvo unos instantes a la escucha–. Sí, soy yo. Y ¿usted es...?

Gari, observaba a Carlos mientras éste hablaba por teléfono frente al acuario. Estaba paralizado mirando los peces mientras escuchaba. La conversación, en la que apenas intervino, se alargó cerca de veinte minutos y la curiosidad de Gari iba en aumento.

Entonces colgó y, mirando al suelo, se dirigió al mostrador mientras metía la mano en el bolsillo del pecho de su chaqueta y sacaba otra cartera. Gari cruzó una mirada pidiéndole explicaciones. Carlos la mantuvo fija en él mientras sacaba algo de su cartera. Eran unas tarjetas personales. Al ver al inspector Sanz con las tarjetas, hizo lo mismo, aun sin comprender por qué. Entonces, Carlos interrumpió el silencio de la sala.

— Señores, agradecemos muchísimo el tiempo que han perdido con nosotros. Por favor, tengan nuestras tarjetas y, si Myriam apareciera por aquí o recordaran cualquier cosa, por favor, llamen a cualquiera de los dos, las 24 horas, los siete días de la semana —remarcó Carlos—.

— Desde luego inspectores, no se preocupen. —dijo Martín muy serio—.

— Por supuesto. —añadió Lidia lanzando una mirada coqueta a Gari—.

Los inspectores recogieron los álbumes y salieron del gimnasio. Una vez fuera, lejos de las miradas de sus dos interrogados, Gari dejó de contenerse.

— ¿Qué coño pasa, Carlos? ¿Qué cojones te han dicho por teléfono?

Carlos le cogió por el antebrazo y se detuvo, haciendo que se parara también en seco a dos metros del coche.

— Gari, ¡esto no te lo vas a creer!

11

Los dos inspectores se acercaban al edificio donde habían concertado la reunión. Carlos no paraba de darle vueltas a lo que le habían contado por el móvil la tarde anterior. Gari, a su vez, aun no tenía claro si se trataba todo de una broma y no perderían el tiempo, tiempo que no tenían. El tráfico en Madrid era intenso a esa hora pero se circulaba con cierta fluidez, ya que no se trataba de una hora punta. Tan sólo dos cruces más y estarían frente a él. Habían estado hablando en la Brigada antes de salir. Carlos había insistido a Gari en que, a pesar de que le parecía algo increíble, tenían que investigarlo. Gari estaba de acuerdo. Lo que tenían tampoco les llevaba a mucho más. Lo cierto es que habían investigado a la persona con la que se iban a entrevistar y parecía que su expediente no delataba a un asesino en serie. Tan sólo un borrón, pero no lo sacarían a relucir si no se veían obligados. Por lo demás, parecía ser un ciudadano ejemplar, comprometido con causas sociales, con el deporte.

Carlos llevaba casi 24 horas dándole vueltas a esta entrevista. Casi no había dormido y cuando esto ocurría solía estar de muy mal humor. Gari lo sabía y como él era una persona que rehuía el enfrentamiento, medía cada palabra que le dirigía. Aunque ciertamente estaba intrigado desde que había escuchado los términos de la conversación telefónica de Carlos en el Gimnasio, no llevaba encima la tensión que éste emanaba por cada poro de su piel. Aun así, tampoco tenía muy claro qué estrategia seguir en un caso como éste. Jamás había vivido una situación similar desde que era policía, así es que confiaría en su inspiración y el instinto sabueso de su compañero.

Al abrirse el semáforo y pasar el cruce de calles, el edificio quedó totalmente a la vista, a su derecha. Era una de las calles más importantes del Madrid financiero, aunque en esta zona alternaban los inmuebles de oficinas y los antiguos bloques de majestuosas viviendas de principios del siglo XX. Enfrente del impresionante edificio al que ambos se dirigían, había un bloque antiguo en rehabilitación, aunque las obras tenían aspecto de estar abandonadas: ventanas claveteadas, andamios oxidados y lonas raídas y sucias. Había una boca de parking en uno de los extremos. Una barrera y un vigilante de seguridad daban el alto a los visitantes. El coche de los inspectores se detuvo ante la barrera. Gari miró hacia arriba. Una cámara de seguridad grababa el coche por la parte delantera y, mirando por el retrovisor exterior derecho, pudo observar que otra grababa la parte trasera del vehículo. Mientras tanto, el guarda de seguridad cerró la puerta lateral de su garita de cristal oscuro y quedó encerrado como en una especie de caja de zapatos gigante de vidrio. Carlos quedó un instante desconcertado, queriendo adivinar por dónde volvería a aparecer el vigilante. Cuando menos se lo esperaba, uno de los paneles de cristal se abrió justo ante su cara y el vigilante, con un rictus serio, saludó:

— Buenos días, ¿en qué puedo ayudarles?
— Buenos días, tenemos una cita concertada para las 18:30 con el señor Marcos Lorenzana –contestó Carlos–.
— ¿El señor Marcos Lorenzana? –preguntó el vigilante mirando una carpeta que portaba en sus manos–.

— Bueno –inquirió Carlos rápidamente–, en realidad la cita la tenemos con el señor José Manuel San José, pero la concertamos con Marcos Lorenzana, su jefe de seguridad.

— ¡Ah!, ustedes son los inspectores.... –el vigilante dudó unos segundos– sí, aquí lo tengo, los inspectores Sanz y Ugalde.

Carlos asintió con cierto alivio ya que cada vez estaba más impaciente por realizar esa entrevista y, la actitud dubitativa del vigilante, le había empezado a molestar. Mientras tanto, Gari observaba a la altura de las ventanillas del coche, a la izquierda, otra cámara de seguridad, pero ésta camuflada. Pensó que, si a la izquierda había una cámara, debía de haber otra a la derecha y así era, camuflada en unos postes separadores de la zona peatonal de la salida del parking. –¿pero qué es esto?, ¡Un puto bunker!– pensó.

Mientras tanto, el vigilante apuntaba en su carpeta. Cuando terminó, Carlos asió el volante del coche con nerviosismo y esperó a que se levantara la barrera. Justo antes de poder decir una sola palabra, la voz del vigilante volvió a resonar en su oído izquierdo.

— Por favor inspectores, ¿serían tan amables de enseñarme sus identificaciones?

Carlos no podía creer lo que estaba oyendo. –¡Tengo una cita, aparece en el orden de entradas del vigilante y aun así, me pide que me identifique!– pensó. Mirando hacia delante, apretó el volante con las manos, descargando la tensión en él. –¡Pero qué pretende este insolente!–. Gari, que ya conocía sobradamente a Carlos, decidió sacar la cartera con la placa y el carnet de agente. La enseño por la ventanilla. Carlos hizo lo mismo, no sin cierto desdén. El vigilante observó las dos identificaciones y apuntó algo en su carpeta, orgulloso de estar haciendo su trabajo, siempre con seriedad y corrección.

— Muchas gracias inspectores, sigan de frente por allí –dijo señalando con el dedo– y bajen al tercer sótano. Allí busquen la plaza número 353. Justo enfrente de ella verán un ascensor marcado con el número 15. Entren en él y vayan a la planta 4ª. Allí hay una recepcionista. Anúnciense a ella.

El vigilante desapareció de nuevo tras la ventana. Gari no había abierto la boca casi en la totalidad del trayecto. Ambos esperaron unos instantes y la barrera se levantó, dejando el camino libre. Carlos aceleró y se dirigió hacia donde les había indicado el vigilante. El parking estaba muy bien señalizado. Cada pasillo mostraba al principio grandes carteles con el rango de plazas que contenían. Encontraron uno que decía: "300 al 360". Entraron en ese pasillo y rápidamente vieron la 353 y, tal como el vigilante les aseguró, justo delante de la plaza de parking, el ascensor n° 15. Aparcó. Ambos se bajaron del coche y cogieron los maletines que transportaban en el asiento de atrás. En ellos llevaban los informes de los cuatro asesinatos que estaban investigando y documentación extra para la entrevista que estaban a punto de mantener.

Pulsaron el botón de llamada del ascensor. Esperaron un minuto y un ligero pitido anunció su llegada. Las puertas se abrieron y entraron en la lujosa cabina. Pulsaron en el panel la planta 4 y ascendieron. En un abrir y cerrar de ojos, las puertas de la cabina volvieron a abrirse y, ante ellos, había un mostrador con una mujer de mediana edad de cara afable. Encima de su cabeza, un plasma ofrecía información bursátil. Un pequeño auricular inalámbrico con un minúsculo micrófono aparecía en su mejilla derecha.

— Buenos días, ¿qué deseaban?
— Buenos días, somos los inspectores Sanz y Ugalde –dijo Gari mientras ambos sacaban sus identificaciones–.

Teníamos concertada una entrevista con el señor San José y el señor Lorenzana.

— Sí, señores, el señor Lorenzana les está esperando. Por favor, ¿pueden esperar un momento? –Fina apretó uno de los botones de la ultramoderna centralita que manejaba y esperó. Finalmente habló al micrófono– Azucena, por favor, necesito que vengas a centralita. Gracias. –volvió a apretar el botón que permanecía iluminado y éste se apagó– Enseguida vendrá una azafata y les conducirá hasta donde se encuentra el señor Lorenzana. No tardará nada.

— Muchas gracias –contestó Carlos, cansado ya de tantos intermedios–.

Seguidamente, una guapa azafata, alta, morena y con unos penetrantes ojos azules casi transparentes, apareció por una de las puertas que se encontraban al lado de la centralita. Con una amplia sonrisa se presentó ante Fina, igual que un soldado lo hace ante su capitán. Fina ordenó, con un tono absolutamente correcto a Azucena, la azafata, que acompañara a los dos inspectores con el señor Lorenzana. Dio la ubicación de éste y se dirigió con una voz dulce a los dos hombres.

— Señores, ¿son tan amables de seguirme?

El instinto depredador de Gari con las mujeres apareció cuando ésta se adelantó. La radiografía que estaba realizando a ese cuerpo no pasó inadvertida para Carlos, que le miró e hizo un gesto de cansancio. No podía entender cómo, en cualquier momento, era capaz de desviar su mente para abandonarla a los más bajos instintos e, inmediatamente, como el ordenador que se resetea, concentrarse de nuevo en su trabajo.

Azucena, Gari y Carlos caminaron por un pasillo al final del cual, otro ascensor aparecía ante ellos. La joven accionó el pulsador y, apenas 15 segundos después, el ascensor se abría de par en par ante ellos. Ejerciendo de guía indicó, extendiendo su brazo a los policías, que entraran en la cabina. Entró tras ellos. De un pequeño bolsillo de su chaqueta azul marino, sacó una tarjeta con banda magnética, que introdujo en una ranura situada debajo de la botonera. Entonces las puertas se cerraron e iniciaron el viaje hacia una planta con acceso restringido. Nada más detenerse, las puertas se abrieron, Azucena salió y los dos policías la siguieron. Anduvieron unos 30 metros por otro pasillo y se detuvieron ante una puerta que mostraba en su cerradura una ranura, también para tarjeta magnética. Volvió a utilizar de nuevo la tarjeta que sacó de su bolsillo y la puerta se abrió. Tras esa puerta apareció un lujoso recibidor con una sala de espera. Dos sillones de cuero negro con mesas de cristal bajas decoraban las paredes de la estancia. En las mesas, dos jarrones con flores frescas destacaban entre el negro de los sillones. Al fondo, otra puerta. Y al lado, una mesa con un puesto informático de pantalla plana, con teclado y ratón inalámbrico. El puesto estaba vacío. Los tres pasaron ante la mesa y Azucena abrió la puerta. Ésta no disponía de sistema electrónico, sino que se abría y cerraba con una simple maneta que accionó para entrar en la sala contigua. Allí quedó quieta, mientras pidió a los dos inspectores que pasaran.

Gari y Carlos lo hicieron. La nueva sala era un gran despacho con un ventanal enorme. El cristal filtraba la luz del Sol que entraba con fuerza a media tarde. A un lado del mirador, dos hombres altos y bastante fornidos, con impecables trajes, esperaban a Gari y Carlos. José Manuel llevaba uno azul marino con una camisa lisa de un amarillo muy pálido y una corbata de tono azul cielo, estampada con unos finísimos puntos oscuros. Su abundante pelo estaba perfectamente peinado, ayudado por un gel suave que dejaba libertad de movimientos a su cabellera. Marcos vestía un traje gris con una camisa blanca rallada verticalmente en negro y una corbata lisa de color gris, más fuerte que el color del traje. Su corte de pelo al estilo militar hacía recordar su pasado. Ambos, con porte serio, daban imagen de sobriedad. El metro ochenta y siete de José Manuel hacía que su atuendo remarcara más sus formas atléticas. Marcos se adelantó hacia ellos.

— Caballeros, bienvenidos. Muchas gracias por atendernos aquí, ¡y tan rápido! –dijo mientras tendía su mano a Gari, que estrechó fuertemente haciendo lo mismo con Carlos–. Inspector Sanz, quizás usted no lo recuerde, pero nos conocimos justo antes de abandonar el cuerpo, en una cena de Navidad en el Hotel Latinoamérica Madrid.

— ¡Oh, sí! Recuerdo esa cena y le recuerdo a usted también. Hablamos durante un rato en el recibidor que hay en la entrada del salón de la azotea. Usted tiene una gran reputación en el cuerpo, aun hoy después de tanto tiempo.

— ¡Ufff! Nueve años ya, inspector Sanz. Parece que fue ayer cuando podía mostrar esa placa –dijo Marcos mientras miraba con añoranza la placa que Carlos había colocado en el bolsillo de su chaqueta–. Pasé dos años como asesor de seguridad en unos laboratorios farmacéuticos y sitios así. Ya son siete años los que hace que trabajo con el señor San José.

— Y, ¿qué tal la vida como civil? A usted parece irle muy bien –preguntó Carlos con un tono mezcla de ironía y seriedad–.

— Pues, para ser absolutamente sinceros, desde que trabajo para el señor San José –hizo un ademán con la mano señalándole– mi vida ha cambiado totalmente, ésa es la verdad. Vivir sin apuros económicos y totalmente respaldado, hace que uno vea las cosas con mucha más tranquilidad, pero le aseguro que no hay día que pase que no añore blandir esa placa.

— Pues vuelva al cuerpo, estoy seguro de que le recibirían con los brazos abiertos. Gente de su talento siempre es bienvenida –rieron los dos abiertamente–.

— Verá inspector, yo era tan feliz siendo agente de policía como lo soy ahora, pero mi esposa... mi esposa ahora es más feliz que nunca. Llevo casi treinta años casado y sigue siendo mi amor y para mí, eso cuenta más que nada.

— No le culpo, si yo tuviera su oportunidad lo haría también y conste que amo el ser policía.

Mientras tanto, Gari y José Manuel eran dos meros espectadores. Gari estaba algo confuso por la simpatía que Carlos estaba mostrando. Nunca solía mostrarse así antes de un interrogatorio que, al fin y al cabo, era lo que iba a ocurrir en esa sala. Carlos no admitía la menor confianza, no ofrecía la menor tregua al interrogado y lo acorralaba, no sólo con sus palabras, sino con su presencia. Pero hoy era él quien había roto el hielo de la conversación.

— Señor Lorenzana, le presento al inspector Ugalde. Trabajamos juntos en el caso del asesino en serie.

— Bien, éste es el señor San José. Es el dueño de esta corporación y de algunas empresas de este país y de otras en Asia, Europa y Latinoamérica –les informó Marcos mientras José Manuel estrechaba la mano a los inspectores–.

— Todo esto es impresionante señor San José –arrancó Gari por fin–.

— Muchas gracias, inspector. Trabajo duro y mucha suerte. Sin ella, nada de esto hubiese sido posible –asintió José Manuel–.

— ¿Sólo suerte y trabajo duro? –preguntó Carlos–. Yo creo que algo así, sin contactos, no puede ser posible.

— Menos de los que usted imagina, inspector Sanz. La política no es uno de mis fuertes. Actúo por convencimiento y me da bastante igual el posicionamiento de las personas o entidades con las que hago negocios. Sólo me importa que mis negocios no dañen a nadie o lo hagan lo menos posible y que los míos y yo obtengamos beneficios.

— ¿Los suyos? –preguntó Gari–.

— Sí, la gente de esta corporación –dijo señalando a Marcos–. Quiero que, quién trabaje aquí, lo haga para vivir y no viva para trabajar. Además, vigilamos que nuestras empresas afiliadas cumplan con su gente. Y se sorprendería de los resultados que se pueden obtener de esa manera.

— Supongo que si usted lo dice... –dijo Carlos con desdén–.

— Por favor señores, acompáñenme –les rogó José Manuel indicando con su mano hacia la izquierda–.

En la izquierda de la sala había una pared con cuatro paneles. Estos eran de color gris metalizado. De uno de ellos salía un pomo redondeado en el que Carlos y Gari habían reparado hacía ya un rato. José Manuel agarró el pomo y con un suave giro de mano empujó el panel. De repente, la pared gris metalizada se convirtió en un cristal absolutamente transparente. Era cristal inteligente. Este material se componía de dos láminas de 9 milímetros de espesor, una exterior y otra interior y, entre ellas, en vez de una cámara de aire, había cristal líquido. Uno de los paneles hacía las veces de puerta. Cuando ésta estaba cerrada, un circuito eléctrico se cortaba, atravesando dicho campo eléctrico el cristal líquido y oscureciéndolo. José Manuel sujetó la puerta para ceder el paso cortésmente a la sala de reuniones que se escondía tras el cristal líquido, la cual estaba perfectamente ambientada de luz y temperatura. Unas pastillas aroma a té verde la perfumaban. La mesa era amplia, de color wengué. Cuatro teléfonos con pantalla LCD, manos libres y múltiples funciones, se repartían de manera equidistante por toda la mesa. Se habían dispuesto cuatro bandejas rectangulares con dos vasos con hielo, dos botellas de agua mineral de medio litro y otras dos de refresco de cola de la misma medida. Además, dos pequeños cuencos delante de las botellas, uno con snack salados y el otro con dulces. Dos dispensadores para servilletas y posavasos completaban el servicio. Las butacas eran de un terciopelo muy suave que puso la carne de gallina a Gari. En una esquina de la sala había una pequeña mesa con blocks para tomar notas y una bandejita de bolígrafos con el logo de la corporación y portaminas de carboncillo.

— Por favor, señores, ¿son tan amables de tomar asiento? –dijo Marcos, señalando el lugar donde debían situarte los dos agentes–.

— Bien, si les parece podríamos empezar caballeros – dijo Carlos mientras tomaba asiento, harto ya de todo el protocolo–.

— ¡Oh, sí señores! Díganme cómo puedo ayudarles – casi rogó José Manuel–.

— Verá señor San José –arrancó Gari dirigiendo una breve mirada a Carlos y luego centrándose en su interlocutor–, ciertamente, lo que nos ha contado el señor Lorenzana, nos ha desconcertado bastante y no sabemos muy bien a qué atenernos.

— Sí, mi compañero tiene razón. Para serle absolutamente sincero, en todos mis años de servicio hemos recibido llamadas de videntes para ayudarnos a resolver casos, de brujos que celebraban ceremonias en la sala de interrogatorios para que el alma del asesino le obligara a entregarse... incluso una vez, un tío, se prestó a ayudarnos a dar con el paradero de una chica desaparecida, leyéndolo en mierda de paloma revuelta en un plato de aperitivo. En fin, creía que nada me iba a sorprender a estas alturas. Pero es la primera vez que alguien confiesa un crimen porque lo ha soñado y...

— ¿Cómo? –dijo José Manuel incorporándose hacía la mesa y cortando expeditivamente a Carlos– ¿Quién le ha dicho que yo haya confesado nada? –dijo enfadado– Lo único que le hemos dicho a ustedes es que yo he soñado con un asesinato... ¿lo escucha? He soñado con un asesinato que tiene bastantes similitudes con lo que la prensa ha contado de él.

— Con lo que la prensa ha contado y con lo que no ha contado –le interrumpió Gari, mientras abría su libreta de notas–. Por ejemplo, la prensa no ha dicho nada de la jeringuilla y el bote de anmital sódico y usted lo relata de forma muy explícita, ¿puede explicar eso?

— No, no puedo –contestó José Manuel tajantemente–.

— Señores –Marcos irrumpió en la batalla que estaba a punto de iniciarse para calmar los ánimos–. El señor San José me confió este asunto y le sugerí que hablara con ustedes. Sabía que llevaban el caso y conocía su buena reputación desde hace años.

— Precisamente nuestra buena reputación es lo que hace que tratemos este asunto con sumo cuidado, pero con contundencia. No sé si ha tenido ese sueño, si realmente ha cometido lo que ha soñado o simplemente busca que alguna revista le haga una foto y le dé una portadita, ¡yo qué sé!

— Señor Sanz –habló José Manuel enojado–. ¿Sabe cuánto dinero doné el año pasado?

— Pues no, la verdad es que no lo sabemos –contestó Gari–, más bien hemos investigado su vida, no sus cuentas.

— 2 millones de Euros, señores, 2 millones. ¿Lo sabían?

— No, no lo sabíamos –dijo Carlos con una sonrisa socarrona–.

— Pues de eso se trata, señores. No quiero que nadie sepa cuánto dono o cuánto dejo de donar, qué compro o qué no, con quién me relaciono... mucho menos me interesaría que se supiera que un día soñé que iba en mi coche hacia un descampado para matar a una chica joven y después volverme a mi apartamento a dormir plácidamente.

— Como ya le dije antes, señor San José, no entendemos nada y estamos dispuestos a buscarle sentido, créame –sentenció Carlos con gran seriedad–.

— Yo soy el último clavo ardiendo al que agarrarse, ¿verdad inspector? –dijo José Manuel desafiando a Carlos con la mirada–.

— ¿Cómo dice? –le contestó–.

— Sí, quizás no su última oportunidad pero, indudablemente, la mejor que tiene para terminar de esclarecer estas muertes –le espetó mientras se recostaba en la silla, tranquilizó su ánimo y bajó el tono de su voz hasta hacerla casi siniestra–. Cuando entraron ustedes dos por la puerta, yo estaba esperando al implacable inspector que Marcos me había detallado. Las historias en la policía sobre usted son innumerables.

— Muchos años, señor San José, muchos años.

— Sí, puede ser, pero intentó mostrarse simpático, cuando todo el mundo dice que es una persona huraña, despegada.

— ¿Sabe lo que dicen de usted en su empresa? –intentó defenderse Carlos–.

Marcos dejaba hacer a José Manuel, le conocía bien y sabía que era demasiado inteligente, incluso para Carlos Sanz.

— No, no lo sé, pero si le digo la verdad, no me preocupa. Intento ser amable con todos ellos, no sé si lo conseguiré o si caeré simpático, pero lo intento. De todos modos, no es de mí de quien le estoy hablando. Como le decía, señor Sanz, hasta su propio compañero no dejaba de mirarle con extrañeza. Seguro que ha visto como yo les observaba mientras Marcos y usted recordaban viejos tiempos. Soy un gran observador, es una de mis herramientas de trabajo. Un gesto, una mueca, una forma de mover las manos... son pistas para conocer a una persona. Incluso a nuestros negociadores les pagamos cursos de formación en comportamiento humano. Quería que yo confiara en usted y no acorralarme como hace con sus acusados. Pero, varios controles, en seguridad, en centralita, la azafata... le han hecho perder la paciencia y no ha aguantado el órdago que le he lanzado. ¿Sabe que hay en el parking un ascensor que se abre dos metros detrás de esta pared? –dijo José Manuel señalando la pared que había a la espalda de los agentes–.

— No se le ocurra jugar conmigo, se lo advierto, no se le ocurra. Soy el último enemigo que necesita.

— Ja, ja, ja. –rio José Manuel–. Yo no quiero que sea mi amigo, inspector. Yo quiero que sea un magnífico criminólogo, el mejor.

— Créame, lo somos.

— Bien, me alegro, porque yo esa noche no salí de aquí.

— Ya, pero, ¿no le parece raro que su sofisticadísimo sistema de seguridad fallase?

— Pues sí, me parece muy raro. A veces la tecnología falla, pero un equipo entero de seguridad puede asegurarle que yo no salí de aquí esa noche.

— Sí, tiene razón –habló Gari que hacía rato que estaba callado– un equipo de seguridad que paga usted.

— Mis hombres son muy profesionales –rompió Marcos su silencio–. No sólo cumplen las normas que esta corporación ha establecido. Están contractualmente obligados a cumplir la ley dentro de las limitaciones que ellos tienen. Pero le aseguro que, si para la investigación es pertinente declarar que el señor San José salió de aquí, lo harían, no le quepa la menor duda.

— Confía mucho en sus hombres, señor Lorenzana.

— Mucho, yo mismo los selecciono y le aseguro que no son vigilantes al uso. Son profesionales formados y supervisados personalmente por mí.

— ¿Está diciéndome que son infalibles? –preguntó Gari–.

— No, no son infalibles, son seres humanos excepcionalmente preparados, pero humanos al fin y al cabo. Pueden fallar, pero cumplen con la ley a rajatabla y, desde luego, no fallarían todos a la vez.

— Señor San José, ¿qué me puede contar de esa acusación que hace varios años se cursó contra usted por acoso sexual? –dijo Carlos mirándole fijamente a los ojos–.

— No hay tal acusación –replicó José Manuel ofuscado–.

— Oh, sí la hay señor San José, por supuesto que la hay –añadió Gari–.

Éste acercó a José Manuel una denuncia de hacía varios años. en la que una empleada le denunciaba por supuesto acoso sexual.

— Esto no es nada –dijo José Manuel dirigiéndose a ambos agentes–. Yo no hice nada y así quedó demostrado.

— Sí, lo que me extraña es que esa muchacha saliera de aquí con una importante suma de dinero –espetó Carlos con ironía–.

— Sí, señor, salió con una importante suma de dinero y le voy a explicar por qué.

— Estamos deseándolo. Empiece por favor.

— Esa señorita trabajaba aquí como azafata, igual que quién les acompañó hasta aquí. Era la encargada de subir informes, cartas, etcétera, a mi despacho. Por, vaya usted a saber qué circunstancias de la vida, se enamoró de mí y una noche intentó declararse cuando todo el mundo se había marchado.

— ¿No me diga? –preguntó Gari con tono divertido–.

— Sí, así es. Por supuesto, yo la rechacé. En ese momento de mi vida, lo último que quería era una relación y menos con una persona que no me atraía.

— Es usted un hombre afortunado, puede rechazar a una mujer guapa –comentó Carlos mirando la foto del expediente de la muchacha–.

— Si usted lo dice... en fin, ella quedó muy dolida en su orgullo o, al menos, es lo que supongo. El caso es que bajó al puesto de seguridad del vestíbulo con la falda rota, la chaqueta y el sujetador desgarrado y arañazos en una muñeca. Lo que ella no sabía es que el edificio está lleno de cámaras de seguridad, algunas camufladas. En el vestíbulo de la planta donde se encuentra mi despacho, esta chica –dijo señalando la fotografía del expediente– se rajó la falda y desgarró sus ropas, arañó su muñeca y en la puerta del ascensor se alborotó el pelo y, cuando llegó al guarda de seguridad, dijo que yo la había acosado, pero que no llamaría a la policía porque la amenacé con despedirla.

— ¿Tiene esas grabaciones aun?

— Por supuesto, ¿cree que soy imbécil?

— Y, ¿cómo lo solucionó? ¿Por qué la pagó entonces?

— Pues porque su abogado se presentó aquí con ella la tarde siguiente. Estaban preparando un caso público. Querían que esto saliera a los medios y que eso me hiciera pagar una suma desorbitada.

—¿Me está diciendo que le intentaron chantajear?

— ¿A 25 millones de pesetas usted lo llamaría chantaje?

— Yo... diría que sí –aseveró Gari moviendo la cabeza–.

— Cuando le presentamos la grabación a ella y a su abogado, la amenacé con enviarlo a cualquier trabajo al que optara y que, si intentaba hacerme chantaje, la perseguiría el resto de su vida. De manera que hicimos un trato.

— ¿Un trato? –preguntó Carlos extrañado–. ¿Por qué? Con la grabación lo tenía todo atado.

— Yo no quería joderle la vida a esa muchacha. Cometió un error, se enamoró de quien no debía y lo demostró de la forma equivocada. Acordé indemnizarla como si hubiese sido un despido improcedente, con la condición de que nunca se volviera a cruzar en mi vida.

— Y aceptó, claro.

— No le quedaba otra, había ido a por 25 millones y se podía haber buscado la ruina de por vida. Al final, salió casi con un millón de pesetas, lo mejor que le podía pasar.

— Vista la situación, fue usted muy generoso. No tenía por qué haberlo sido. ¿O sí?

— Tengo las grabaciones a su disposición. Pueden verlas cuando deseen.

— ¡Oh sí, claro! Se las pediremos –dijo Carlos con bastante fastidio–.

Ante el fracaso de su ofensiva, Carlos pensó en retomar el caso de los asesinatos donde lo habían dejado, de manera que se volvió a dirigir a José Manuel.

— Señor San José, el todo terreno del que habla en el sueño, ¿existe realmente?

— Sí, tengo un coche idéntico al que vi en mi sueño. Incluso del mismo color.

— ¿Quién más podría tener acceso a ese coche? –ambos agentes se compaginaban a la hora de preguntar–.

— Pues la tarjeta–llave la tengo yo en mi apartamento y la copia también. No obstante, el coche está en el parking donde, al cabo del día, transita mucha gente. Lo que sí es cierto es que nadie vio salir el coche de aquí.

— Sí, en eso tiene razón –interrumpió Gari–. Al otro lado de la calle hay una joyería. Una de sus cámaras de seguridad que apunta al escaparate coge de lleno la salida del parking. Aunque sus cámaras no estaban funcionales, la de la joyería sí. Su coche no salió.

— Ya lo sé, ya se lo he dicho. –aseveró José Manuel–.

— Quizás haya otra salida, quién sabe, un edificio como éste... ¿quién lo conoce a fondo?

— Por el amor de Dios, inspector Ugalde, consulte en el ayuntamiento, hable con los arquitectos –le reprochó Marcos molesto–. ¿Pero qué coño cree que es esto, la pirámide de Gizeh? ¿Cree que hay puertas secretas que se abren al empujar las calaveras de esqueletos en el sótano?

— Imagino que no, señor Lorenzana –contestó Gari–. Pero entienda que aún no he visto esos planos que, no le quepa duda, revisaré.

— Por supuesto que debe hacerlo.

— ¿Estaría dispuesto a dejar que revisara su coche un agente de la policía científica? –interrumpió Carlos–.

— No, para nada. Lo que tardemos en llegar a sus dependencias.

— ¡Oh no! No se preocupe, es preferible que su coche no se mueva de aquí. Si hay algo en él, podría contaminarse.

El agente se desplazaría hasta aquí... ¿podría ser esta noche?

— Ningún problema. ¿Cuento con su discreción, inspector?

— Le doy mi palabra, entrará por el parking con un coche civil y allí lo revisará. Cuanta menos gente haya en el edificio, mejor. Estaremos nosotros dos presentes –dijo Carlos señalando a Gari– y quiero que estén ustedes también, al menos usted, señor San José.

— Estaré yo también. –sentenció Marcos–.

— Bien señores, entonces, hasta esta noche. Hemos terminado, ¿les parece?

— Perfecto –contestó Carlos mientras se levantaba–. Le llamaré en cuanto hable con la policía científica. Concertaremos entonces la hora. Mientras tanto, le rogaría que me dejara custodiar el vehículo a un agente de paisano. Bastaría con que le dejara aparcar frente al todo terreno. Pasará inadvertido hasta que todo el mundo se vaya.

— Marcos, acompaña a los inspectores y facilítale el sitio al agente. Comprueba que aseguren la custodia del coche. No quiero que tengan nada que echarme en cara después.

— Ésa es una buena idea, señor San José –le felicitó Gari–.

Los agentes abandonaban la sala junto con Marcos, mientras José Manuel se quedaba sentado en su silla, de espaldas a la puerta. Entonces, sin mirarles, interrumpió la salida de los tres hombres.

— ¡¡¡Inspector Sanz!!!

Carlos se detuvo y le miró. Observó cómo José Manuel permanecía de espaldas, aun sentado.

— ¿Dígame?

— Espero que sea usted tan buen policía como dicen.

— No sé lo que dicen, pero soy buen policía. ¿Por qué lo desea tanto?

— Porque es usted mi oportunidad –dijo mientras se levantaba despacio y se volvía a mirarles directamente–. Sólo alguien tan bueno como usted puede exonerarme de esta locura. Quiero que esta pesadilla acabe. No sé por qué soñé eso y quiero que usted lo descubra. ¿Me lo promete?

— No hay nada que desee más que esclarecer estas muertes. Le doy mi palabra. Descubriremos qué ha pasado para fortuna o infortunio de usted.

Tras dar por finalizada la entrevista, Marcos acompañó a los agentes al ascensor, mientras José Manuel se volvía a sentar en una de las butacas de la sala de reuniones. Salieron por otra puerta diferente a la que habían utilizado para entrar. Como le había dicho José Manuel, apenas a dos metros, había otro ascensor. Marcos les acompañó.

— Bien señores, pulsen el sótano 3, cuando se abra el ascensor miren a su izquierda y encontrarán su coche –les informó Marcos–. Ha sido un placer. Por favor, informen de cualquier cosa que nos pueda ayudar... siempre que puedan, claro.

— Descuide señor Lorenzana, no nos separaremos de ustedes –amenazó Gari–.

El ascensor anunció su llegada con el timbre característico y ambos entraron en la cabina. Pulsaron el sótano 3 y las puertas se cerraron. Bajaron en un abrir y cerrar de ojos. Las puertas volvieron a abrirse y ambos dirigieron la mirada a la izquierda nada más salir de la cabina. Su coche estaba ahí, a menos de cuatro metros. Habían tardado casi 20 minutos en llegar a la sala de reuniones, pero apenas medio en abandonarla. Una sensación de bochorno recorrió el cuerpo de Carlos.

— Pero, ¡será hijo de puta!

12

El Sol estaba cayendo en Madrid. El bullicio de apenas una hora antes, se iba convirtiendo en relativa calma. Los cláxones de los vehículos que transitaban por la calzada se iban apagando. La gente empezaba a caminar por las aceras más despacio que en la hora punta, cuando la vorágine de la masa acelerada obligaba a todo aquel que se mezclaba entre ellos a correr. Era la hora en que muchos acababan de abandonar sus trabajos y, algunos de ellos, aprovechaban ese momento para expulsar el estrés y los nervios acumulados durante el día. Madrid era un mosaico de razas, colores, tribus urbanas, etc. Era la ciudad en la que nadie te preguntaba nunca de dónde eras. Si alguien quisiera pasar inadvertido en algún lugar de España, a buen seguro que Madrid era ese sitio.

Una mujer, con la cara escondida tras una capa quebradiza de pintura, paseaba por la acera con dos minúsculos perros de pelo blanco y tirabuzones. Uno de los animalillos lucía dos coletas al estilo Pipi Calzas Largas. El otro, un estrafalario traje de cuadros escoceses. Justo detrás de ella, un pedigüeño intentaba reunir el dinero suficiente para una sopa caliente en una cochambrosa pensión del centro. Portaba un ruinoso atuendo medieval que la suciedad hacía totalmente realista y paseaba por la acera, sombrero en mano, para recoger las monedas que obtenía recitando las cántigas de Santa María del Siglo XIII. Una pareja de enamorados se abrazaban apasionadamente tras ojear unos papeles, los planos de su nueva casa, el viaje que llevaban tiempo esperando realizar o las fotos de su flamante coche. No importaba.

Una joven de aspecto espigado y carácter nervioso serpenteaba entre las numerosas personas que, a pesar de las horas, aun llenaban las aceras de la capital. Su pelo rizado se recogía en lo alto de su coronilla, terminando en una coleta sujeta por una goma de llamativos colores. Unos pantalones piratas, zapatillas deportivas, un ajustado top y una chaqueta con el número 10 a la espalda y la palabra Cambrigde en el pecho, eran su vestuario. La cremallera abierta de su chaqueta dejaba ver su trabajado abdomen con un piercing en el ombligo, del que colgaba un sol con los rayos de llamativos colores. Sujeto a la goma de su pantalón mediante una pinza de presión, un reproductor MP3 la aislaba del ruido de su alrededor gracias a unos minúsculos auriculares. Dos sencillos pendientes de perla blancos eran todas las joyas que lucía. De uno de sus hombros colgaba una bolsa de deporte no muy grande. Una joven, cuya edad se aproximaba a la suya y acompañada por una señora de mediana edad, la agarró por su brazo derecho y la hizo detenerse. Tras reconocerse, se besaron e iniciaron una animada conversación, llena de risas y expresiones divertidas. La mujer de mediana edad las observaba y, para no sentirse aislada en la charla, seguía tímidamente la risa de las dos muchachas. La forma de comportarse de ambas indicaba que llevaban tiempo sin verse pero, sin duda, se conocían.

Casi diez minutos después, se despidieron de nuevo con dos besos y se intercambiaron unos papeles, presumiblemente tarjetas personales en las que se darían sus teléfonos. La joven siguió su camino aunque más lentamente, ya que mientras caminaba, guardaba la tarjeta en un monedero que había sacado de su bolsa de deporte.

Finalmente llegó al lugar a dónde se dirigía: un gimnasio. Mientras tanto, en la otra acera, dos ojos brillantes de mirada abyecta la vigilaban. Esos ojos habían estado siguiéndola desde que salió de la boca del metro tres calles más arriba. Estuvo esperándola ahí. No era ése el único día que los misteriosos ojos la observaban. Sabía que ella aparecería a esa misma hora y se dirigiría al mismo sitio. En la pantalla de una cámara de fotos digital, se veía a la joven detenerse en la entrada del gimnasio para hablar con alguien que abandonaba el complejo en esos momentos. Un "clic" sonó en el aparato y tomó una imagen de cuerpo entero de la chica. El zoom de la cámara se accionó y la imagen de la joven iba haciéndose más y más grande en la pantalla. De nuevo volvió a sonar el "clic" y otra fotografía quedó registrada en la tarjeta de memoria. El zoom alcanzó su punto máximo y el rostro de la muchacha llenaba por completo la pantalla. El "clic" volvió a sonar. En la esquina inferior derecha de la cámara aparecía un número, el 56. Ése era el número de fotos que la memoria de la cámara guardaba.

Los dos misteriosos ojos quisieron recordar las fotos que, en casi un mes, se habían almacenado. Se veía a la joven saliendo del gimnasio. En otras, yendo acompañada hasta el metro por un joven, otras veces con dos chicas. Había varias fotos en las que hablaba por el móvil. Otra docena de ellas las había tomado abriendo la puerta de un moderno portal. Incluso, había una en la que se la podía observar en el ventanal del salón de la segunda planta de un bloque de modernas viviendas. Jamás habría imaginado que nadie podía estar tan al tanto de su vida, de la poca intimidad de la que disfrutaba y, sobre todo, del peligro, del tremendo peligro que corría desde hacía algo menos de un mes.

De nuevo observó como la joven entraba definitivamente en el gimnasio. De manera que miró a su alrededor para asegurarse de que su mirada había pasado totalmente inadvertida mientras realizaba las fotografías. A su alrededor, todo el mundo había pasado ensimismado en diferentes historias, una por cada persona. Era el momento de marcharse. Ya había suficiente. El día esperado estaba a punto de llegar y la información reunida era suficiente para su propósito.

La persona misteriosa de ojos brillantes inició la marcha a pie. Había decidido que hoy volvería a casa andando. De pronto, unas súbitas ganas de volver a ver las fotos de la joven pasaron por su cabeza. Las fotografías fueron pasando despacio por la pantalla, una a una, mientras caminaba. Cuando la foto del rostro de la joven apareció en la pantalla, pensó: "*Lo siento, eres muy guapa y no mereces lo que te va a ocurrir, pero te necesito para consumar mi venganza. Siento que te haya tocado a ti*"

13

Tras la reunión...

—¿Qué opinas, Marcos?

— Tranquilo José, todo ha ido bien. Ese hombre es el mejor y, por lo que me han contado, el inspector Ugalde está siguiendo sus pasos. Si alguien tiene que investigar, es preferible que sean ellos.

— Le he acorralado yo a él, en vez de él a mí y ahora no sé si he hecho lo correcto. Ese hombre ahora me odia.

— Ese hombre quiere demostrarte que es mejor de lo que ha parecido aquí e investigará sin descanso. Una investigación a fondo te exonerará de todo.

— Eso espero, Marcos, eso espero. ¡Joder, podía haberme callado! A veces parezco gilipollas —dijo José Manuel mientras golpeaba suavemente su cabeza contra la pared—.

— Ja, ja, ja —rió Marcos—. Te conozco muy bien, chaval. No hubieses dormido un solo día más de tu vida si te hubieses callado. La verdad, no sé cómo ha llegado ese sueño a tu cabeza, pero no tienes nada que temer. Aunque yo no te conociera, no hay ninguna prueba física que te sitúe con esas chicas... ¡joder! Ni siquiera hay pruebas que te puedan situar fuera de aquí.

José Manuel se volvió hacia la ventana mientras se deshacía el nudo de la corbata. Hacía tiempo que había dejado la chaqueta sobre uno de los sofás de su apartamento. Ambos, tras la entrevista, habían decidido subir ahí donde, sin duda, se encontrarían más cómodos. Marcos degustaba una copa de coñac de doce años que José Manuel tenía en su mueble bar, exclusivamente guardada para él. A pesar de dar un gran paso en este escabroso asunto, su rictus aún era de preocupación. Hacía varios días que no pensaba en otra cosa, había abandonado prácticamente sus obligaciones y, lo peor, se había olvidado de Vicky. Como si de un aviso del más allá se tratara, un zumbido le sacó de su ensoñación. Dirigió su vista hacia una de las pantallas de plasma colgadas de la pared y observó cómo Vicky se dirigía desde el ascensor hasta su apartamento.

— ¡Joder Vicky! –exclamó José Manuel–.
— ¿Aún no has hablado con ella? –preguntó Marcos totalmente sorprendido, pero no recibió respuesta–. ¡Coño, José! ¡Es tu novia, la persona en la que más debes confiar en este mundo! Si Carlos Sanz se enterara de esto, ¿crees que no le sorprendería?
— ¡No sé cómo contárselo! –gritó–. Estoy muy a gusto con ella y tengo miedo de perderla. No sé qué decirle.
— ¡La verdad, José, dile la verdad! Es inteligente, te conoce desde hace varios años. Aunque haga poco que sois pareja, te conoce muy bien. Sabe cómo eres y sobre todo, sabe quién eres.

La conversación no se pudo alargar más porque la puerta del apartamento se abrió. Al entrar, el taconeo de unos zapatos delató que su andar era rápido y violento. Dirigió la mirada a José Manuel y enseguida reparó en Marcos. Al verle ahí sentado con el vaso de coñac, comprendió que sus sospechas eran ciertas. Algo estaba pasando. Ni siquiera saludó a Marcos. Su mirada fiera se había convertido en temerosa. Se dirigió hasta donde estaba José Manuel con paso firme.

— ¿Qué pasa José, dime qué está pasando?

— Nada, no pasa nada. ¿por qué lo dices, cariño?

— Fina me ha dicho que hoy han estado aquí dos inspectores de policía, para entrevistarse con Marcos en la sala de reuniones. Claro, donde está Marcos, estás tú. José, por favor –dijo apretando los puños mientras los brazos caían a ambos lados de sus caderas–. ¡Por favor José! –dijo rompiendo a llorar–.

— ¡Mierda! –exclamó– Fina se va a enterar, se ha convertido en una portera.

— ¡Y una mierda! –le volvió a gritar con la cara bañada por sus lágrimas–. Esa mujer es como una madre y está que no vive por tu culpa. Lleva toda la tarde dándole vueltas. Y la pobre mujer me ha preguntado a mí, porque se supone que soy tu novia –volvió a gritar– o al menos alguien especial para ti, ¡joder!

Marcos había observado toda la conversación sin abrir la boca. Pensó que era el momento de retirarse, ya que la conversación se movía por derroteros más personales, en los que él no deseaba entrar. Se acercó a la pareja deprisa.

— Bueno, yo me marcho, creo que esto lo debéis solucionar vosotros solos –dijo mientras se acercaba a Vicky– . ¡Oye guapa! –dijo en un susurro–, escucha lo que tiene que decirte, ¿vale? Le conoces bien y sabes que es honesto –dijo a Vicky mientras agarraba la barbilla de ésta con ternura–.

— Pero... –intentó proseguir Vicky sollozando–

— Escúchale, por favor –la cortó Marcos con voz suave y pausada–.

Vicky asintió con la cabeza y mostró un ademán de agradecimiento a Marcos con la mirada, mientras se enjugaba las lágrimas. Marcos volvió a agarrarla por la barbilla con el mismo gesto tierno de antes y, mientras la miraba a los ojos, hizo un movimiento con la cabeza que Vicky le devolvió, llevando su mano a la mejilla de Marcos para regalarle una cariñosa caricia. Marcos miró a José Manuel y le lanzó una sonrisa cómplice. A su vez, éste le dedicó un gesto con los ojos con el que le daba las gracias. Se dio la vuelta y salió del apartamento.

José Manuel se separó de Vicky y se dirigió al mueble bar. Sacó de un pequeño refrigerador un zumo de naranja y lo vertió en un vaso de tubo con dos cubitos de hielo. Volvió junto a ella y alargó el brazo para ofrecerle el zumo que, sin dudarlo, aceptó con pulso tembloroso. Bajo una mesita de centro había una caja de pañuelos de celulosa. Cogió uno y empezó a secar tiernamente los ojos de Vicky. Unas tremendas ganas de hacerle el amor recorrieron su cuerpo. Necesitaba sentirla piel contra piel. Pero pensó que no era el momento, que no se sentiría con fuerzas. Para poder quitarse ese pensamiento de la cabeza, recordó por qué había llegado a esa situación. Por fin se atrevió a hablar.

— Ven conmigo al sofá, cariño. Lo que voy a contarte me llevará un buen rato.

— Pues más vale que empieces, porque estoy asustada. Aquí ha pasado algo y no me lo has contado. Y no sé qué me da más miedo, lo que sea que haya pasado o que no hayas confiado en mí.

— Por favor, amor mío, déjame que te lo explique. Sé que he cometido un error, pero déjame arreglarlo.

— Empieza, por favor, empieza ya –dijo mientras agarraba la mano de José Manuel ya sentados en el sofá–.

— ¡Uff! –resopló José Manuel–. ¿a ver cómo empiezo?

Durante casi una hora fue contando y detallando el sueño y todo lo acaecido en las últimas 48 horas. La cara de

Vicky pasaba por momentos de la estupefacción al horror. Le costaba asimilar lo que él le estaba contando y, sobre todo, la angustia con la que lo hacía. Estaba molesta por haberse quedado fuera de todo esto. La visita de los dos policías, sin que ella lo supiera, le había supuesto un duro golpe moral. En cierto modo la confianza entre ambos se había resquebrajado.

Al fin y al cabo ella era abogada y, desde que su relación había pasado al plano sentimental, le asesoraba en todos sus asuntos, no sólo los profesionales. Es posible que, si hubiese estado en el interrogatorio, no hubiese dejado a José Manuel actuar tan ofensivamente contra el inspector Sanz. O quizás ella hubiese sido la que le hubiese atacado sin dar lugar a la réplica de los inspectores. José Manuel siempre había visto a Vicky como una mujer implacable, una auténtica dama de hierro. Sin embargo, desde que eran pareja, le parecía mucho más quebradiza, más vulnerable, quizás porque ahora la conocía más como persona y no como empleada. En cierto modo, esa sensación era la que le había llevado a ocultarle todo lo ocurrido. Quería protegerla, tenía la esperanza de que todo pasara sin más y de que no hubiese pasado por ese trago. Pero los acontecimientos se habían desbordado, el asunto se le había escapado de las manos, la ansiedad le había vencido.

Mientras relataba su pesadilla pensaba –¡*no debía haber contado nada a la policía, yo no he hecho nada!*– Pero, por otro lado sabía que, si su sueño podía llevar a esclarecer los asesinatos, jamás se perdonaría no haberlo contado. Vicky empezaba a calmarse, había dado cuenta de otra botella de zumo de naranja y se sentía más tranquila. Pero aún estaba indignada y se veía en la obligación de que él lo supiera.

— Deberías habérmelo contado a mí primero, José, por Dios. Olvídate ahora de que soy abogada, joder, también soy psicóloga, puedo ayudarte a saber qué ha pasado en tu cabeza, ¿por qué no me lo contaste? ¿por qué no lo hiciste?, ¿es que no confías en mí?

— Pues claro que confío en ti. Sólo quería protegerte. Esto que está ocurriendo es demasiado extraño y no quería mezclarte en algo tan sucio.

— ¿Mezclarme? –gritó– No me estás mezclando en nada, soy tu pareja, lo malo que a ti te ocurra es mi desgracia y lo bueno mi felicidad, ¿es que no lo entiendes?

— Por supuesto que lo entiendo Vicky, ¡joder! –dijo él a la vez que se levantaba del sofá–. ¡Lo he entendido perfectamente hace un buen rato ya! Estoy dándote las razones de por qué hice lo que hice y lo único que te pido es tu perdón –le espetó con gesto suplicante–.

— ¿Mi perdón? Mi perdón lo tienes desde que entré por esa puerta y vi tus ojos angustiados, pero yo no tengo tu confianza. No sé si la próxima vez que ocurra algo me lo dirás o no. Necesito saber que sí, pero no sé cómo encontrarás la forma de que te crea.

— ¡Vicky, por favor! –chilló él gesticulando con los brazos–. He estado jugando a la III Guerra Mundial con los dos policías que tienen que investigarme y dictaminar si tuve o no que ver con esos asesinatos. Les he desafiado para instigarles a sacar lo mejor de sí y llegar a la verdad, de manera que ahora no sé si les he sugestionado en mi contra o les he espoleado. Lo último que necesito es que me obligues a demostrarte confianza, por favor. ¡Ayúdame! Creí que podría superar esto solo, pero me equivoqué, por favor ¡ayúdame!

— José –dijo ella aplacándole–, estoy contigo en esto, me tienes para lo que quieras, pero me molesta que no te dieras cuenta antes. Dejémoslo estar, de acuerdo. Te quiero, vale. Estoy molesta y asustada a la vez. Se me pasará, pero no lo puedo evitar, estoy molesta.

— Lo siento, lo siento de veras. No volverá a ocurrir, te doy mi palabra –dijo él apesadumbrado mientras dirigía la vista a la calle desde el ventanal, con las manos en la nuca entrelazando sus dedos–.

Vicky se acercó y le asió por la espalda, pasando sus manos por la cintura. Acarició cariñosamente su pecho y su abdomen. El bajó las manos para ponerlas sobre las suyas mientras seguía acariciando su figura. José Manuel decidió volverse. Quitó las manos de Vicky de su abdomen y al instante se encontró cara a cara con ella. Su rostro mostraba receptividad y alivio porque la bronca hubiese tocado a su fin. Él acarició su pelo con las puntas de los dedos. Agarró su cabeza suavemente por sus mejillas y la besó en la frente. Se abandonó al placer en ese momento y se dejó hacer. Luego llevó sus manos a la espalda de José Manuel y empezó a acariciarla con vaivenes suaves. Él no dejaba de besar su frente, cada beso en un lugar diferente. Empezó a bajar y llevó sus labios a la mejilla y bajó hasta su cuello sin dejar de besar cada milímetro de piel. Una oleada de placer hizo a Vicky agarrar bruscamente la camisa de José Manuel a la altura de sus omóplatos. Con un delicado gesto, él echó la cabeza de Vicky hacia atrás y fue de lado a lado de su cuello, pasando por su garganta. Su piel se erizó súbitamente. De repente ella separó la boca de José Manuel y empezó a acariciarle la cara. La barba empezaba a aflorar en su piel. Él agarró su mano, bajándola hasta su cintura sin dejar de sujetarla. José Manuel estaba muy excitado, ya nada podía pararle, la deseaba y quería tomarla. Empezó a mordisquear el labio superior de Vicky que de nuevo se dejó hacer. Segundos después ya no podía aguantar más y fue ella quien empezó a morder sus labios. Casi sin darse cuenta, sus lenguas estaban entrelazadas en un apasionado beso. Vicky empezó a desabrocharle la camisa. Él hizo lo mismo. Un minuto después los dos estaban en ropa interior. No tenían intención de ir a la cama, el sofá del salón serviría.

Vicky le empujó y él quedó sentado, observando como ella se quitaba las últimas dos prendas que le quedaban, para luego sentarse en sus piernas, frente a frente. José Manuel empezó a mordisquear sus senos mientras ella le apretaba la cabeza contra su pecho. Sintió como la penetraba y entonces ambos fueron invadidos por una sensación de aislamiento. Nada existía alrededor de sus cuerpos al borde del éxtasis. Tan sólo eran conscientes de los movimientos que hacía Vicky con su cadera. Lo demás no importaba. Nada les distraía. El dolor que ambos tenían en su alma un cuarto de hora antes, amplificaba el placer que ahora sentían.

Hicieron el amor, sin prisa. Se recrearon. Tenían cosas que olvidar el uno del otro y ésa era la mejor forma. Cuando ambos alcanzaron el clímax, permanecieron en la misma postura durante media hora sin decir una sola palabra, tan sólo sintiendo sus cuerpos, piel contra piel, uno al frente del otro. Finalmente Vicky rompió el silencio.

— Vente conmigo a darte un baño.
— Contigo me voy a La Luna, amor mío –contestó José Manuel–.
— José, ¡te quiero!
— Te quiero, mi niña. No aguantaría que desaparecieras ahora de mi vida.
— No lo haré. Estaré aquí contigo hasta el fin, lo prometo.

Ambos rieron y se volvieron a besar. Abandonaron el sofá y se dirigieron al gran cuarto de baño, encendieron el yacuzzi y se metieron en el agua burbujeante. Durante una hora juguetearon en el agua como dos chiquillos. De repente, todo había quedado olvidado. Ambos dedicaron un buen rato a acicalarse, se pusieron ropa cómoda y José Manuel pidió al servicio de catering algo de cenar. A pesar de haber dedicado apenas ocho horas a sus negocios, la entrevista y la posterior riña con Vicky le habían dejado agotado.

Todavía quedaba un trámite más. A las 12 de la noche había quedado con Marcos y los inspectores Sanz y Ugalde en el parking del edificio para inspeccionar su todoterreno.

El coche estaba siendo custodiado desde las 19.00 horas por un agente de paisano.

El sistema de seguridad avisó de que alguien se acercaba a la puerta del apartamento. Era el empleado del servicio de catering. Vicky se dirigió a la puerta y le hizo entrar. La comida estaba caliente y olía muy bien. Ella había pedido merluza a la romana y una pieza de fruta como postre. José Manuel había optado por verduras a la plancha: calabacín, berenjenas, espárragos y cebolla, un par de yogures y café. Ambos daban cuenta de sus platos mientras hablaban de un sinfín de asuntos. Por fin, Vicky tocó el tema del día.

— Quiero bajar esta noche contigo.
— Ibas a hacerlo aunque no me lo hubieses pedido – dijo él sorprendiéndola–.
— ¿Cómo? –preguntó Vicky–.
— Que ibas a bajar de todos modos. Me he cansado de ocultar lo nuestro. Hace un par de meses que estamos juntos y no veo la razón de seguir ocultándolo. Quiero que todo el mundo nos vea, que sepan quiénes somos y qué somos.

La cara de Vicky se iluminó y una interminable sonrisa afloró en su boca. Se levantó del sitio que ocupaba en la mesa, justo frente a él, la rodeó, le dio un abrazo y le besó.

— ¿Estás loca? –dijo él riendo–.
— Si, lo estoy... por ti, canalla, estoy loca por ti.

14

Carlos y Gari seguían dándole vueltas a la curiosa entrevista que habían mantenido con José Manuel.

— ¿Tú qué crees? –preguntó Gari mientras devoraba un grasiento sándwich de máquina y un refresco de cola–.

— Ese cabrón ha jugado con nosotros, nos ha retado.

— Nos ha probado, creo que nos ha probado y lo peor es que el primer asalto nos lo ha ganado –contestó Gari–.

— ¡Tonterías! Ese tío no nos ha ganado una mierda.

— Si te soy sincero, dudo mucho que tenga algo que ver con todo esto. Él tiene razón, ¿qué crees que puede sacar de todo esto? Sólo le traería problemas... y eso en el mejor de los casos, en el peor, la cárcel.

— Pues si no ha hecho nada y se lo ha inventado todo, también merece ir a la cárcel. Cuatro chicas han muerto, es algo con lo que no se juega –le dijo Carlos viendo la foto de una de las jóvenes–.

— Yo no acabo de tener claro si su interrogatorio nos ha hecho avanzar o retroceder en la investigación. Y tengo el pálpito de que esta noche no vamos a encontrar nada en el coche.

— ¿Crees que lo habrá limpiado? –preguntó Carlos–.

— No creo que lo haya utilizado. Ni siquiera creo que haya tenido nada que ver, como ya te dije. ¿Alguna vez oíste hablar de él? Su empresa es un monstruo y no le había visto en mi vida.

—Yo tampoco. No le conocía, ni sabía que existía. Y eso me pone nervioso. Si ese tío tiene tanto dinero como realmente parece, ¿de qué crees que sería capaz? Pero, por otro lado, tienes razón, ¿qué necesidad tiene ese hombre de arriesgarlo todo? Por otra parte, ¿qué le queda por hacer a alguien que lo tiene todo?

—¿Tú crees que lo tiene todo? Hay gente que es tan pobre que sólo tiene dinero

— ¿Has visto dónde vive?, ¿cuánta gente tiene a su servicio? ¡Joder! Necesitó a alguien que le diese seguridad y fichó al mejor inspector de policía que había en el momento.

— ¿Lorenzana era bueno?

— Sí, era de los mejores, metió en el agujero a muchos putos locos. Se dedicó al antiterrorismo, no especialmente al de ETA, sino al terrorismo islámico. Era muy respetado. Tenía contactos en el CESID y los conservó en el CNI. Dicen que ha hecho una buena colección de amigos en los servicios secretos de varios países. Se comenta que si Lorenzana siguiera en la policía, no hubiese existido el 11–M. En definitiva, era un tío bastante misterioso. Cuando se fue al sector privado, nadie sabía exactamente para quién trabajaba. Incluso, muchos pensaron que estaba trabajando para el CESID y lo del sector privado era sólo una tapadera. Ya sabes la cantidad de rumores que se generan y sobre todo con alguien tan misterioso.

— Hay veces que no estoy seguro de que esta investigación nos vaya a llevar a algún sitio –relataba Gari mientras jugueteaba con un bolígrafo que tenía entre sus dedos–.

— ¿Sabes una cosa? Si por alguna razón ese cabrón se levantó un día y decidió empezar a matar inocentes y el que le tengamos controlado hace que ninguna chica más muera... con eso, sólo con eso, podría sentirme satisfecho, porque te aseguro que, si tiene algo que ver en toda esta mierda, le vamos a coger.

— De eso estoy seguro Carlos, pero, ¿y si no tiene nada que ver? –dijo Gari de forma lacónica–.

— Pues si no tiene nada que ver en esto, tan sólo estaremos tan jodidos como hace unos días, tampoco hemos atrasado nada –miró el reloj mientras tanto, lo observó unos instantes y terminó dando un respingo en su silla–. ¡Oh! Vámonos, quiero estar allí con tiempo.

— Sí, venga vamos. La policía científica debe de estar de camino y le dije a la agente Vega que estuviera allí pronto –dijo Gari mientras tiraba los desperdicios de su improvisada cena en la papelera, bajo su escritorio–.

— ¿Vega...? –preguntó Carlos mientras ambos iniciaron el camino hacia el parking del edificio–.

— Sí, ¿por qué? –preguntó Gari con un gesto extrañado en los hombros–.

— ¡Esa chica es nueva! –le reprochó Carlos–.

— Hablé con el comisario y pensó que sería una buena idea enviarla. ¿Has estudiado su historial académico?

— ¿Tú sí? –preguntó Carlos con el gesto afilado–.

— Es una eminencia. Acaba de llegar de Washington. Se ha tirado allí catorce meses en el FBI, formándose en criminología. ¿Sabes cuántas personas en España tienen una titulación del FBI?

— ¡¡¡Una eminencia!!! Claro, su expediente académico te ha impresionado. Ni siquiera te has fijado en que es un bombón de veintisiete años, ¿verdad?

— ¡Cabrón! –se dirigió Gari a Carlos con una media sonrisa en su cara–.

Carlos y Gari cogieron uno de los dos ascensores que se dirigían al parking de la Brigada, mientras comentaban de forma jocosa la disponibilidad sexual de Gari. Ambos estaban relajados a pesar de lo acontecido en las últimas horas. Deseaban que ese trámite acabara porque, a medida que pasaba el tiempo, se les antojaba más inútil.

15

José Manuel estaba preparado para lo que se suponía una noche difícil. Se había vestido con un pantalón deportivo fino hasta los pies, un polo también deportivo de manga larga y zapatillas de jogging. El pelo lo llevaba peinado de manera informal, con aspecto húmedo. Quería estar cómodo, relajado. No quería que la actuación de la tarde con los dos inspectores se repitiera. Vicky, por el contrario, se había ataviado con un traje de chaqueta con falda azul oscuro justo por debajo de las rodillas, camisa blanca desabrochada hasta dejar intuir de manera muy insinuante sus pechos y chaqueta también azul oscuro. Los pendientes eran dos bolas de circonita pulida en ángulos que despedían reflejos centelleantes azules. Los zapatos a juego con el traje, de un tacón no muy alto hacían que sus piernas adquirieran un aspecto muy atractivo. El traje era lo suficientemente ajustado como para revelar sus escandalosas curvas. Quería dar el aspecto duro que siempre ofrecía a aquellos con los que se enfrentaba y Vicky estaba dispuesta a enfrentarse a los policías si José Manuel lo necesitaba.

— Estás preciosa... como siempre.

— Gracias mi vida. A mí me encanta verte así vestido, informal, como si te hubiese conocido en el parque, haciendo footing o paseando al perro.

— Tú no tienes perro –dijo él besando sus labios mientras reía–

— No, no tengo, pero si te viera pasear uno en el parque me lo compraría para pasearlo junto a ti.

— Me hubiese enamorado de ti aunque hubieses estado vendiendo gofres en el puesto de la esquina –contestó José Manuel acariciando suavemente su cara–.

— Sí, seguro que sí –dijo ella irónicamente mientras se estiraba, intentando vencer su diferencia de estatura para besarle–. ¿Estás nervioso?

— ¿Por qué voy a estarlo?

— Sé que no tienes razones, pero estás distinto. Estás más protector conmigo, noto como si me estuvieras intentando aislar de todo esto.

— ¿Intentando? –preguntó él– Creí que lo había conseguido –rio– Es broma, no intento aislarte de nada, sólo que esto que está ocurriendo es muy extraño y pienso que es una suerte que no me encuentre solo en estos momentos.

— Tú no estás solo, nunca has estado solo. Mira a tu alrededor. — Vicky, amor mío, hay una gran diferencia entre tener gente a tu alrededor y estar acompañado –dijo José Manuel con cierto pesar–. Tan sólo Marcos y Fina han mostrado por mí un afecto lejos de nuestra relación laboral. Marcos me conoció cuando era aún un crío con veintipocos años y un montón de dinero que llamaba la atención y me ha guiado en muchos aspectos de mi vida, igual que Fina.

— ¡Ah, sólo Marcos y Fina! ¿Y yo, yo no he mostrado afecto por ti? –dijo Vicky con tono juguetón–

— Tú me entiendes. Ahora mismo, el que tú trabajes aquí es una mera anécdota.

— ¡Anda tonto! Era broma –contestó riendo abiertamente–.

Se encaminaron fuera del apartamento hacia el ascensor, el cual les llevaría hasta el parking donde Marcos y la policía científica, acompañada de los inspectores Sanz y Ugalde, les esperaban. Entraron en la cabina y las puertas se cerraron inmediatamente después de pulsar el botón del sótano. El silencio se apoderó unos segundos de los dos. Por fin, él habló.

— ¿Pasarás esta noche en mi apartamento? –preguntó José Manuel mientras la miraba a través del espejo del ascensor–.
— ¿Tú quieres?
— Es lo que más deseo ahora mismo. Quiero que pases esta noche conmigo y mañana y pasado...

Vicky acarició su barbilla, volvió a alzarse sobre las puntas de sus pies y le besó de nuevo en los labios. Fue su modo de contestar: "Sí". Las puertas del ascensor se abrieron de nuevo. Apenas cuatro metros delante de ellos se encontraba el todo terreno, rodeado de dos miembros de la seguridad del edificio, los dos inspectores y una joven menuda, morena, con unos ojos negros brillantes, gesto serio y una placa de la policía que colgaba del bolsillo de su pantalón vaquero.

José Manuel dejó salir a Vicky del ascensor. Una vez fuera y ante la mirada de todos, le animó.

— Tranquilo, no te preocupes. Sé que puedes dominarte, pero según transcurrió la reunión de esta tarde, intentarán que ahora el que pierda los nervios seas tú.

Vicky cogió su mano y la apretó para darle un poco más de confianza y hacerse notar a su lado. Se dirigieron hacia Marcos y, con un gesto, le saludó. Éste dio un pequeño apretón en el antebrazo de José Manuel a modo de respuesta. Una vez reunidos, los tres se dirigieron hacia

Carlos y Gari, quedando la agente Vega en un segundo plano. Marcos tomó la iniciativa.

— Inspectores, al señor San José ya le conocen –decía mientras José Manuel les estrechaba la mano a ambos–. Les presento a Victoria Cerdán. Es la abogada del señor San José y una de las asesoras financieras de la corporación.

— Encantado, señorita Cerdán, o ¿es señora? – preguntó pícaramente Carlos–.

— Señorita, señor... –dudó–.

— Sanz, inspector Carlos Sanz y éste es mi compañero, el inspector Garikoitz Ugalde –Gari alargó su mano y la tendió a Vicky–.

— ¿Garikoitz Ugalde? Es difícil no adivinar de dónde es usted –dijo Vicky–.

— Pues la verdad es que se equivoca si piensa que soy vasco, señorita. Soy gallego, de Sanxenxo. Mi abuelo era vasco, de Arrasate, pero se buscó la vida en Galicia y nunca volvió a su tierra.

— ¡Oh, quien diría que es usted gallego con ese nombre!, discúlpeme, por favor.

— No, por Dios, no tiene importancia. Todo el que oye mi nombre piensa lo mismo –contestó dedicándole una sonrisa–.

— Señores –interrumpió Carlos–, les presento a la agente Vega de la policía científica –dijo señalándola–. Ella será la encargada de procesar el vehículo y analizar algunas de las muestras en el laboratorio.

— Agente Vega –saludó José Manuel tendiéndole la mano–.

— Bien, si les parece, ¿empezamos? –Carlos empezaba a impacientarse–.

— Todo suyo –José Manuel sacó de su bolsillo una tarjeta llave y se apartó–.

Todos avanzaron hacia el vehículo alrededor de la agente Vega, excepto Carlos y José Manuel. Carlos observó a

Vicky clandestinamente. Se habían quedado solos. Todos los demás estaban a unos cuatro metros observando cómo la agente Vega se desenvolvía y sacaba de su maletín de zinc toda clase de herramientas de laboratorio y productos químicos.

— La erótica del poder, ¡eh! –murmuró Carlos–.

— ¿Cómo dice?, creo no haberle entendido bien, inspector.

— Henri Kissinger dijo que el poder es el afrodisíaco más potente que existe, ¿lo sabía?

— Sí, lo había oído. ¿Había escuchado usted a Einstein decir que el Universo y la estupidez humana era lo único infinito que conocía?

— Señor San José, no se enfade, le entiendo. Es una mujer muy bonita. Es joven, seguro que es brillante y para trabajar aquí, seguro que muy inteligente.

— Mucho, inspector, muy inteligente. Extremadamente inteligente. Es evidente que ha comprendido que, además de mi abogada, es mi pareja.

— Señor San José, le aseguro que eso a mí no me importa. Sólo es un comentario. Y ahora que lo dice, sí, he comprendido que son pareja. Sólo he necesitado ver sus gestos cuando salían del ascensor, pero, créame, eso para mí es irrelevante.

— Pues me alegro que le de igual porque a mí, comentarios como ése, no me dan igual.

— Tranquilo, hombre. No se ponga nervioso, sólo quise rebajar la tensión. Lamento que no le haya gustado la forma en que me he expresado –se disculpó Carlos con una mueca de revancha en su cara–.

— No, descuide inspector. No estoy nada nervioso. Sé que está resentido conmigo por lo de esta tarde. No se preocupe, el hecho de que ahora me apetezca romperle esa bocaza que tiene, no significa que lo vaya a hacer, ni mucho menos. Yo estoy aquí para ayudarle en lo que pueda y usted está aquí para investigar, ¿verdad inspector? –dijo José

Manuel con una sonrisa en la boca, utilizando un tono de voz lo suficientemente bajo como para que sólo Carlos le escuchara– ¿Nos acercamos? Tengo curiosidad de ver cómo trabaja la policía científica. Sólo los he visto por la televisión.

    – Claro, por qué no –respondió Carlos con gran fastidio–.

La agente Vega había repasado todo el coche con luz alternativa, una especie de manguera con una bombilla en su extremo. La manguera salía de un aparato parecido a un aspirador cuadrado con un panel de botones. Era el CRIMESCOPE. La bombilla podía emitir en varias longitudes de onda, desde el ultravioleta hasta el infrarrojo. Su utilidad era la de encontrar manchas de restos biológicos. Durante casi media hora repasó el vehículo de arriba a abajo, concienzudamente. No encontró nada reseñable. Fotografió el vehículo con luz natural y también sometido a la luz alternativa. Utilizó también el HANSCOPE, una versión del CRIMESCOPE, que buscaba exclusivamente huellas dactilares latentes.

Los neumáticos eran su siguiente zona de acción. Sacó muestras de la banda de rodadura para comparar la tierra que contenían con la del escenario del último asesinato. Las muestras que iba obteniendo las iba depositando en pequeñas bolsitas de plástico autoprecintables. También sometió las ruedas a la luz alternativa. Nada. O al menos nada que no fuera normal en un vehículo que se usa de manera cotidiana. Parecía estar limpio. Acto seguido la agente Vega sacó lo que, a simple vista, parecían posavasos cuadrados de celulosa y procedió a la última prueba. Utilizó un pequeño recipiente de plástico con un líquido incoloro. El bote llevaba un rociador. Vega cogió uno de los trozos de celulosa y lo roció con el líquido que contenía el recipiente. Posteriormente lo arrastró por una zona del vehículo, como si se tratara de un dominguero que estuviera limpiando su coche. Una vez que cubría una zona determinada, cogió de su maletín otro recipiente más pequeño con un gotero y añadió dos gotas a la celulosa. El proceso se completaba con otro bote pequeño, también con gotero, añadiendo dos nuevas gotas. Después esperaba unos segundos para observar si, al aplicarlas, la celulosa cambiaba de color. Todos los presentes la observaban con bastante atención, incluso los dos inspectores, que aún se sorprendían por las técnicas cada día más avanzadas que utilizaba la policía científica. José Manuel, un hombre al que le llamaban la atención todos los asuntos referentes a la tecnología y a los avances científicos, no pudo aguantar más la curiosidad y preguntó.

— Agente Vega, ¿le importaría explicarme qué es eso que aplica al coche?

— Tranquilo, es inofensivo. No dañará su precioso coche —contestó mientras aplicaba dos gotas a una de la toallitas—.

— No me preocupa el coche, agente. Le aseguro que puedo asumir un repintado o una limpieza de la tapicería.

— No me cabe duda, señor.

— José Manuel.

— ¿Cómo? —se volvió Vega extrañada—

— Llámeme José Manuel, si no le importa.

Vicky torció el gesto. No le agradó en absoluto ese gesto de confianza con una mujer, al igual que ella, muy llamativa.

— ¡Oh bien, José Manuel! ¿Cuánto le costó esta maravilla?

— Se lo digo, si usted me cuenta qué es eso que está haciendo.

— ¿Por qué le interesa esta prueba y no las otras?

— Porque las otras pruebas sé lo que son. ¿Sabe? Soy una persona curiosa y leo bastante. Me gusta todo lo referente a la divulgación científica y me encantaría saber qué es esto que está haciendo ahora —a Carlos mientras tanto empezaba a disgustarle la confianza que José Manuel estaba tomando con la agente Vega–. Yo qué sé si lo que está haciendo es limpiarme el coche –sonrió– con esas toallitas.

— ¿Toallitas? Jajaja –soltó una sonora carcajada–. Se llama prueba de Kastle-Meyer. Con este proceso lo que buscamos son manchas de sangre. Básicamente es como sigue. Elegimos una zona de aplicación. Aunque la sangre no la veamos, puede estar ahí –dijo señalando la moqueta del maletero–. Con la fenolftaleína hacemos que, si hay presencia de sangre, mejor dicho, de hemoglobina, ésta reaccione con su aplicación.

— ¿Fenolftaleína?

— Sí, mire. Cogemos una toallita... nosotros lo llamamos "hisopo" o "torunda", la rociamos con la solución salina que contiene este recipiente –utilizó el rociador– y recogemos la muestra de una zona determinada, ¿Ve? –preguntó mientras realizaba la acción–.

— ¡Ajá! –Asintió José Manuel mientras observaba atentamente–.

— Una vez que he pasado el hisopo por la zona que quiero analizar, cogemos la fenolftaleína –se volvió hacia su maletín– y aplicamos dos gotas sobre el hisopo con la solución salina. Se supone que, si existen restos de sangre, la solución salina las ha disuelto en el hisopo –explicó mirándolo–. Dejamos que la fenolftaleína lo empape y aplicamos dos gotas de agua oxigenada –volvió a girarse hacia su maletín, cogió el recipiente con gotero del agua oxigenada y volvió a echar dos gotas, esta vez del nuevo producto–.

— Y, ¿ahora qué? –preguntó José Manuel mientras observaba el hisopo–.

— Pues que si hubiera restos de sangre, se tornaría rosa o violeta... y no es el caso.

— Eso ya lo sabía, agente Vega –José Manuel se dio la vuelta y se dirigió a Vicky mientras se alejaba de Vega. Cuando llegó donde se encontraba Vicky, éste se detuvo junto a ella–

— Muchas gracias, agente Vega. Le agradezco que haya sido tan amable de explicarme el proceso. Me ha parecido francamente curioso. Fueron 60.000 euros.

— ¿Cómo dice? –preguntó Vega mientras se volvió extrañada–

— El coche –José Manuel señaló el coche con el dedo–. Fueron 60.000 euros. Tardé casi cuatro meses en recibirlo.

Carlos estaba al borde de la náusea, pero sabía que una nueva salida de tono le dejaría en mal lugar frente a José Manuel, así es que se contuvo. Gari observaba mientras tanto a la vez que vigilaba el temperamento de su compañero. Esperaron mientras la agente Vega terminaba de examinar minuciosamente el vehículo. Eran casi las 3 de la madrugada y las caras de cansancio hacía tiempo que habían aparecido en los rostros de todos los asistentes a la curiosa reunión.

Vega estaba rodeada de todas sus herramientas: recipientes con productos químicos, analizadores, probetas, bastoncillos. Cataloga todas y cada una de las pruebas que había recogido. Tenía unos portafolios con unos impresos en los que se veía el escudo de la Policía Nacional. Tomaba anotaciones y clasificaba las muestras. Montó una caja de cartón que tenía plegada en el coche en el que había llegado hasta ahí. En la tapa anotó varias cosas y precintó la caja para que no se produjeran manipulaciones no controladas hasta el laboratorio, lo que en el argot policial llaman, la cadena de custodia. Una vez recogido su equipo, se dirigió con éste hasta su coche. Pasó junto a los inspectores Sanz y Ugalde, momento que aprovechó para instarles a seguirla con un ligero movimiento de cabeza. Éstos entendieron el gesto e inmediatamente caminaron tras ella. La agente abrió el maletero de su coche y metió su maletín y la caja precintada con las muestras.

— ¿Qué piensa? –preguntó Carlos a Vega–.

— Pues nada. La luz alternativa no ha mostrado nada y la fenolftaleína tampoco ha revelado ni una sola traza de hemoglobina. Aún queda por analizar los restos y las fotografías pero, aparentemente, el coche está limpio.

— ¿Demasiado limpio quizás? Quiero decir ¿puede que lo haya limpiado? —espetó Gari—.

— No, no. Veréis, cuando un escenario se limpia para ocultar las pruebas, por lo general y dependiendo de la pulcritud del sujeto, suele aparecer inmaculado, aunque quedan restos de limpiadores ricos en lejía o amoníaco. En este caso, no huele a ninguno de estos dos productos, aunque en el laboratorio lo veré mejor. Además, cuando he recogido muestras de la moqueta con el adhesivo, he visto que el coche estaba limpio, pero se ha adherido algo de polvo. Si lo hubiese limpiado, no aparecería polvo. ¿Entendéis?

— Ya. Sé lo que quieres decir. Entonces, ¿dónde coño nos deja esto? —gruñó Carlos—.

— Inspector —Vega llamó la atención de Carlos—, no quiero inmiscuirme, pero ¿han contemplado la posibilidad de que alguien quiera inculpar a ese hombre en este asunto tan asqueroso?

— Agente Vega, hemos contemplado mil posibilidades pero necesitamos que analice esas muestras en el laboratorio. Bien es cierto que el examen preliminar parece que no sitúa al coche en el escenario del asesinato, pero quién sabe si fue él, quizás lo hizo con otro coche o quizás ordenó a alguien cometer el asesinato, o... —explicó Gari—

— O no fue él —dijo Carlos con fastidio—.

— Cierto, inspector —añadió Vega—. Verán ¿por qué no le someten a la prueba del polígrafo? Quizás fuera de gran ayuda para descartarle definitivamente.

— Agente —contestó Carlos—, la prueba del polígrafo se ha demostrado que es bastante ineficaz. En internet se pueden encontrar cientos de páginas donde te enseñan a burlar el polígrafo y, para alguien tan listo como ese cabrón, —dijo señalándole con la cabeza— quizás sea pan comido.

Además, nuestro sistema judicial no la contempla como una prueba válida.

— Verá, inspector –intercedió Vega rápidamente–, lo cierto es que no es tan fácil.

— Agente, hay informes y estudios referentes a este asunto –replicó Gari–.

— Sí, cierto, pero déjenme explicarme por favor. Hay una variante del polígrafo que quizás nos sea útil. Aquí en España es poco conocida, pero la CIA y el MOSAD llevan tiempo utilizándolo.

— Corte el rollo, joder y explíquese –ladró Carlos–.

— Disculpe inspector, lo explico ahora mismo. Verá, es una prueba que consiste en un polígrafo convencional. Se toman muestras del pulso, la tensión, la sudoración, etc. Pero además, una cámara vigila los ojos del interrogado. La retina reacciona ante los estímulos: el miedo, la emoción, la incertidumbre... y por supuesto, la mentira. Es relativamente fácil para alguien entrenado controlar la respiración o el ritmo cardíaco, pero las oscilaciones de la retina son tan imperceptibles que es imposible controlarlas. La cámara toma los registros de la retina y los analiza un ordenador. Es infinitamente más fiable que el polígrafo convencional.

— ¿Dispone usted de esta tecnología? –preguntó Gari–

— No, pero en 48 horas la tendría disponible. Un colega israelí podría estar aquí pasado mañana.

Gari y Carlos se miraron durante unos segundos –otra oportunidad más– pensaron.

— Ya, pero, ¿cómo le convencemos para hacer una prueba que no tiene ninguna validez? –preguntó Gari–.

— Inspector, si este hombre es inocente como dice, podemos convencerle de hacer una prueba de manera privada, para que todo acabe ahí y pueda descansar tranquilo... siempre y cuando sea inocente.

— Vendámoslo así. Su ego hará que lo acepte —celebró Gari— y seguro que Lorenzana le aconseja que lo haga.

Decidieron que tenían que llevar a cabo esa prueba y se dirigieron hacia Marcos, Vicky y José Manuel.

— ¿Malas noticias? —preguntó José Manuel sarcásticamente—.

—En realidad no, señor San José —respondió Carlos—.

— ¡Ah! ¿no?, pues la verdad, no he visto que encontraran nada en el coche, al menos a priori, ¿cierto?

— Cierto, señor San José —contestó Gari—. Su coche está limpio, pero es algo que esperábamos. La verdad es que queremos pedirle algo más. Nos gustaría que se sometiera a la prueba del polígrafo.

— ¿Pero qué clase de abuso es éste? —saltó Vicky saliendo de su silencio—. ¿Es que no tienen ya suficiente? Mi cliente les ha llamado, les ha confesado algo que, a mi entender, no fue más que una triste coincidencia. Se ha sometido a un interrogatorio, una extracción de pruebas. Por el amor de Dios, ¡son más de las tres de la madrugada! Y ahora quieren someterle a la prueba del polígrafo —José Manuel la agarraba del hombro intentando calmarla—, y encima una prueba que no pueden presentar en ningún tribunal en caso de que procesaran a mi cliente. ¿Qué quieren? ¿Utilizar al señor San José como cobaya? ¿Otro escarnio quizás?

— Señorita Cerdán, su... cliente —dijo Carlos haciendo una pausa— tiene una gran oportunidad para quedar definitivamente al margen de todo esto. Si fueran listos, accederían.

— ¡Y una mierda! No tienen la menor pista de quién está haciendo esto y un hombre como él, rico, inteligente... ¡qué gran presa para su cacería! —gritó Vicky—.

— ¡Vicky, Vicky! Tranquilízate —intervino Marcos—. Intentemos ser constructivos, si no es lo mejor para él no lo haremos, pero, al menos pensémoslo. ¿Te parece José?... José –repitió–.

José Manuel se encontraba separado un par de metros del grupo que se había formado, con los brazos en jarras y mirando al suelo, desolado. Se sentía responsable del estado de nervios en que se encontraba Vicky. No podía pensar, sus oídos no le ofrecían ningún sonido. Sólo hueco. Era como si la escena de gente discutiendo que había ante él, estuviera dentro de un televisor al que le habían quitado el volumen. Al final reaccionó. Se dirigió hacia Vicky, pero Marcos se interpuso.

— José, deja que hable con ella. Sólo va a ser un instante. Tú quédate aquí. –dijo Marcos–.

José Manuel asintió. No tenía ganas de pensar y agradecía que Marcos lo hiciera por él en esos momentos. Marcos no le dio la oportunidad ni siquiera de responder. De manera que fue a por Vicky.

— Vicky, ven conmigo –dijo cogiéndola del brazo–. Por favor, ven aquí. Hablemos –se retiraron unos metros–.
— Marcos, ¡está sufriendo! No quiero que haga esa maldita prueba. Es denigrante. Desde que le conozco me ha parecido una persona honesta. Se ha portado bien con todos. No se merece esto, no se lo merece.
— Tienes razón, no se lo merece. Y yo estoy tan seguro como lo estás tú de que no tiene nada que ver en esta mierda. Aconsejémosle que realice la prueba. Después, cuando la prueba le descarte definitivamente, coged su avión y perdeos un mes, ¿de acuerdo?
— Pero... –titubeó Vicky–.
— Por favor, Vicky, él siempre ha estado pensando en nosotros, en que no nos preocupásemos, en que no pensáramos en esto y se lo ha estado comiendo todo solo.

Mira su cara —dijo dirigiendo su vista hacia José Manuel—. Está desconcertado y necesita nuestro apoyo. ¿De acuerdo?

— Marcos, yo también tengo miedo y estoy asustada como él, pero no creo que sea lo mejor realizar otra prueba, y además una como ésa.

— Yo creo que sí lo es. Alarguemos esto un poco más y solucionémoslo para siempre. Creo que sería lo mejor, lo creo realmente.

— Madre mía, madre mía —Vicky se echó las manos a la cara y sin apartarlas, movió la cabeza afirmativamente—

Una vez que creían haber llegado a la mejor solución, anduvieron hasta José Manuel y le explicaron la conclusión a la que habían llegado. Casi automáticamente, tomó la decisión que Marcos y Vicky le habían aconsejado. Una vez decidido caminaron de nuevo hacia los inspectores.

— Inspectores —abrió Vicky la conversación—. Mi cliente se someterá a la prueba del polígrafo. Es la última vejación a la que se presta, de manera que, si el resultado es negativo, que lo va a ser, se acabó. Creo que es más que justo.

— Me parece bien —respondió Carlos—. Así será, le doy mi palabra.

— Bien, creo que es hora de irse a casa, caballeros — gritó Marcos muy animoso—. Estamos todos muy cansados y nos vendrá bien ir a dormir. ¿Por qué no os vais los dos a dormir? —dijo Marcos mirando a José Manuel y Vicky—. ¡Vamos pesados! ¡Os queréis ir ya! Yo acompañaré a los inspectores y a la agente. Vosotros id a dormir. Es muy tarde ya.

José Manuel asintió, echó la mano sobre el hombro de Vicky y le dio un pequeño empujón hacia el ascensor. Ella no tenía fuerzas ni siquiera para agradecer el gesto a Marcos y le lanzó una sonrisa cómplice que éste devolvió. Emprendieron el camino hacia el apartamento, pero José

Manuel se detuvo y giró sobre sí mismo para hablar con los tres policías.

— Inspectores, espero su llamada. Quiero que esto acabe ya. Agente Vega, ha sido un placer conocerla. ¡Ah, por cierto! Les agradezco mucho que hayan accedido a ser tan discretos y venir a estas horas. De verdad, ha sido todo un detalle por su parte.

Carlos asintió y seguidamente iniciaron el camino hacia el coche. Marcos les acompañó, pero antes se volvió e hizo un ademán con su mano para despedirse de José Manuel y Vicky, que ambos devolvieron justo desde la puerta del ascensor.

Dos minutos después, Vicky y José Manuel estaban en el apartamento. Él se dirigió hacia el amplio ventanal a observar la tranquilidad de la calle a esas horas. No tenía ganas de dormir. Ella se encaminó al vestidor, donde se deshizo de su traje de ejecutiva feroz. Cinco minutos después, salía del dormitorio con una cómoda camiseta de José Manuel a modo de camisón, dejando ver en cada paso sus sensuales nalgas y las estilizadas piernas. José Manuel deseó entonces que se acercara y así lo hizo. Ella se agarró a su cintura, le apoyó su cabeza en el pecho y miró también por el ventanal.

—Lo siento –dijo Vicky casi en un susurro–.
— ¿Cómo dices?
— Que lo siento –repitió ella sin separar la cabeza del pecho–.
— Que sientes, ¿qué?
— Haberme puesto así. No quiero que sufras más.
— No sufro. Estoy tranquilo. Sé que no he hecho nada y nada me ocurrirá. De modo que estoy muy tranquilo.

No le creía, sabía que no estaba tranquilo, que sufría más por los demás que por él mismo, pero lo dejó estar así.

— Vamos a la cama, estoy muerto de sueño –volvió a mentir José Manuel–

Sin hablar, le siguió y se metieron en la cama. Vicky dejó que pasara su brazo por debajo de su cabeza y volvió a apoyarse en su pecho. Al igual que él, tampoco tenía sueño, pero iba a intentar quedarse dormida. Las cuatro, nada. Las cinco, nada. A las seis, algo la sobresaltó. Miró a su espalda y José Manuel no estaba. Se asustó. Se levantó para buscarle, pero enseguida vio luz en el baño y ahí estaba, en una de las dos duchas. Estaba quieto, con los brazos apoyados en la pared y con la frente apoyada a su vez en los brazos. Simplemente estaba dejando caer el agua sobre su cuerpo, intentando relajarse. Vicky pensó que era mejor no molestarle. Dejar que se relajara era lo más correcto. Él aun pensaba que Vicky dormía y no tendría prisa en salir de la ducha. Le observó unos instantes apoyada en el marco de la puerta sin que se percatase. Finalmente se retiró sin hacer ruido.

Más o menos a esa hora, casi a 450 kilómetros de distancia, en Torrevieja, uno de los municipios más turísticos de la costa alicantina, un ordenador portátil hizo sonar un ligero campanilleo. Unos minutos después, Hans Van Maier miraba la pantalla.

HA RECIBIDO CORREO ELECTRÓNICO NUEVO.

Hans se sentó en una silla de mimbre frente al ordenador, situado bajo una ventana con vistas al Mediterráneo. Agarró el ratón y clicó en "ABRIR MENSAJE ENCRIPTADO"

El mensaje decía lo siguiente:

De: Venganza
Para: Hans_company_amsterdam
Asunto: San José

El asunto ha escapado a mi control. Si el precio sigue siendo el mismo estoy dispuesto a cerrar el trato. Quizás los objetivos hayan aumentado sustancialmente en estos últimos días. Si está dispuesto a negociar, negociaré.

Hans rio mientras miraba la pantalla y pensó para sí mismo: "por supuesto que estoy dispuesto a negociar. Tú dime qué quieres y yo te diré cuánto cuesta"

16

Hans había llegado a España alrededor del año 1991. No pasaba inadvertido. Su casi metro noventa de estatura y sus ojos azules claros y piel lechosa, le convirtieron en el blanco de muchas miradas cuando se instaló en el país. Ahora, casi quince años después, su piel estaba curtida por el Sol de la costa Mediterránea. Se había movido durante los noventa por todo el litoral andaluz: Marbella, Mijas, San Fernando. Pero a mediados de ese decenio llegó al Levante alicantino. Se instaló unos meses en Santa Pola, pero finalmente descubrió el lugar perfecto en Torrevieja. Ahí pasaría casi desapercibido. La razón por la que quería desaparecer era que su verdadero nombre no era Hans Van Maier, conocido por sus vecinos como un amable y solitario aristócrata holandés, su verdadero nombre era Günter Hauffman y su ocupación también se alejaba mucho de la que mostraba públicamente. Günter había sido agente de la STASI, los servicios secretos de la antigua RDA. Ahora era cazador... cazador de personas. Sus últimos años en la STASI, los dedicó a cruzar el muro clandestinamente para asesinar a militares, policías, escritores, periodistas o cualquier persona de la RFA que hicieran peligrar al SED, el partido único de la RDA.

A veces tenía sueños en los que se veía siendo joven en su ciudad natal, Altenbürg, una pequeña localidad en el Länder de Turingia, cuya población de casi 50.000 habitantes en los 70, se habían diluido hasta superar apenas los 38.000 en la actualidad. La reunificación hacía que cada vez menos jóvenes decidieran quedarse y buscaban suerte en grandes ciudades como Munich, Hamburgo, Dormund, Dresde o Berlín. Nunca conoció a su padre, ya que murió siendo Hans un bebé. Hubo quien dijo que murió defendiéndose de un joven que intentó robarle, se suponía que, más que por dinero, por unos documentos de identidad limpios con los que poder cruzar el muro hacia occidente, pero también había gente en Altenbürg que afirmaba que fue asesinado por un miembro del MI5, por asuntos más "turbios". Por otra parte, de su madre supo hasta que tuvo 16 años, momento en que ingresó en la STASI. Desde entonces, su madre nunca más supo de él. El 15 de marzo de 1985 recibió la llamada de uno de sus superiores en un hotel de Budapest, donde se encontraba en una misión de seguimiento. La llamada fue clara y concisa.

— ¿Camarada Hauffman? Soy el camarada Gerhart.

— ¡Camarada Gerhart! No tengo ninguna novedad. La verdad, no creo que el sujeto nos conduzca a ninguna parte – soltó Hans casi sin pensar–.

— Camarada Hauffman, sabemos que es usted muy exhaustivo con sus seguimientos. Quería informarle de que su madre Anne falleció el pasado día 13 y, esta mañana, se han celebrado sus exequias. No hemos creído oportuno avisarle antes para que no se sintiese tentado a abandonar su puesto. Somos conscientes del dolor tan terrible que un hecho así supone para usted. Pero, por muy doloroso que sea, debe usted continuar por el bien del Partido. Tenga en cuenta que el Partido ha velado por su señora madre –dijo la voz casi robóticamente–. Sea fuerte y repóngase. El trabajo le ayudará y estamos seguros de que el "direktor" Guilleume reconocerá su gesto con una condecoración al mérito. ¿Lo entiende? ¡Será un héroe de la Patria!

— Entendido camarada Gerhart. Me siento orgulloso de estar en boca del "direktor" Guilleume –contestó Hans sin ningún entusiasmo, conteniendo la rabia–.

Debía de esperar, debía de cumplir su misión. No podía volver a Altenbürg a visitar la tumba de su madre. Ahora no. Aunque la misión acabara a la mañana siguiente, no podría moverse de Budapest porque, para peor suerte, el día 10 de marzo de 1985 había fallecido Konstantin Chernenko y un día después, el 11 de marzo, Mihail Gorbachov era nombrado Secretario General del PCUS. Toda la Europa comunista estaba en alerta. Acontecimientos como ése removían los cimientos de esa sociedad y mientras tanto, en el mundo Occidental, también se agudizaban los sentidos, porque esos momentos de crisis eran buenos para resquebrajar el ya de por sí débil "Telón de Acero". A Günter Guillaume le sustituyó Werner Grossman en 1986 y nada supo jamás de su condecoración. Ya en 1987 pudo visitar la tumba de su madre.

Volver a Altenbürg no fue tan duro como en un primer momento pudo pensar. Altenbürg poseía un pequeño aeropuerto a 7 kilómetros del centro de la ciudad. Era muy útil si se quería llegar a Leipzig, que se encontraba a 50 kilómetros del aeropuerto de Altenbürg. Nada más aterrizar, cogió un taxi que le llevaría hasta el centro de la ciudad. Justo antes de llegar a las primeras masas de viviendas, un cartel en la carretera decía: WILLKOMMEN NACH ALTENBüRG (Bienvenidos a Altenbürg). Al lado de la leyenda había un escudo. Dicho escudo constaba de un castillo, en cuyo centro se levantaba una almena. Ésta lo dividía en dos: a la izquierda, en fondo rojo, la palma de una mano estirada mostrando los cinco dedos, en la derecha una flor roja de cinco pétalos con cinco hojas y el centro amarillo. Debajo de la almena, dentro de otro pequeño escudo amarillo, un león parecido al que portaban los caballeros británicos del siglo XIII. Había visto ese escudo miles de veces, pero nunca había reparado en él con tanto detalle.

Una vez en el centro de la ciudad, le indicó al taxista que le dejara en la plaza de la Cámara Municipal, un edificio ocre con tejado de pizarra y una torre hexagonal en su centro con un viejo reloj. Recordaba aquello, sí, lo recordaba. Como cuando era niño, percibía el mismo olor. Se volvió en busca del teatro donde había asistido a tantas reuniones del *Sozialistische Einheitspartei Deutschlands*, SED (Partido Socialista Unificado de Alemania). Allí estaba, orgulloso, con su pórtico de cuatro columnas. Decidió ir hasta el cementerio a pie. Pasó ante el Castillo y después frente el Museo del Lindenau. Finalmente, cuando llegó al camposanto, fue al registro del sepulturero y buscó el nombre de su madre: Anne Honecker. Ahí estaba, pasillo 23, sepultura 17. Según se acercaba al lugar notaba como el corazón se le aceleraba, incluso podía oír el latido en sus sienes. Cada bombeo de su sangre le sacudía el pecho violentamente. Notaba sequedad en la boca, algo que no sentía desde hacía muchos años. Incluso en una ocasión le apuntaron a la cabeza con un arma y no recordaba haber sentido el más leve sobresalto. Pero ahora iba a reencontrarse con su madre después de 15 años y, por primera vez en muchos años, se sentía nervioso. Por fin vio la sepultura. Había una fotografía. La miró con detenimiento y pensó que esa mujer tan mayor no era su madre. —"Me he equivocado de pasillo"–pensó. Pero leyó un poco más abajo, en la sencilla lápida de mármol y ahí estaba el nombre: Anne Honecker. Cuando cayó en la cuenta de que él la recordaba con muchos años menos, lamentó tener que haber visto esa fotografía y no mantener en su cabeza la imagen de una mujer de mediana edad, rubia, delgada y con unos ojos azules preciosos, "los más bonitos que jamás había visto" –pensaba él–.

Apenas estuvo unos segundos frente a la lápida, ya que era un agente de la STASI ante todo, ("no podía actuar en su beneficio particular pasando por encima del beneficio del Partido"), el tiempo justo para poder decir para sí mismo: "Lo siento Mutti, siento no haber estado junto a ti en tu último suspiro". Pero Hans debía pasar inadvertido, aun en ese momento tan duro. En ese minuto escaso en que volvió a estar cerca de su madre, pensó en todo lo que había hecho, en los hombres a los que personalmente había arrancado la vida y en las veces que habían estado a punto de arrebatársela a él. Pero sabía que no tenía elección, era matar o morir y su madre hubiese querido que viviese. Estaba seguro de que ella le hubiese perdonado y le hubiese entendido.

El clima político en el bloque comunista era bastante convulso. En 1987 el Comité Central del PCUS, de la mano de Mihail Gorbachov, había introducido los cambios necesarios en el Gobierno para iniciar la Perestroika. Los servicios secretos de los países del Este iban a ser los primeros perjudicados y los agentes más listos, habían dispuesto su fuga y se habían asegurado su futuro al otro lado. Hans empezó a husmear en las finanzas de la STASI y del SED. Sabía moverse fuera del Telón de Acero, en Occidente, lo cual le convirtió en una pieza clave para los altos cargos, tanto del servicio secreto como del partido, que querían establecerse en Suiza, Francia, Bélgica, Holanda o España, principalmente. Lo que hasta entonces había sido una monótona forma de trabajar, se convirtió de repente en una suculenta fuente de ingresos, que permitió a Hans hacerse con una elevada suma de dinero.

Finalmente se instaló en España. 1992 fue un año en que los Juegos Olímpicos de Barcelona sirvieron para que muchos agentes del Este aprovecharan para entrar en el país, pasando más o menos inadvertidos, ya que la policía y servicios secretos españoles estaban volcados en que, Barcelona'92, no se convirtiera en un escaparate internacional para ETA. A Hans no le resultaba extraño reunirse con viejos compañeros de trabajo en la costa andaluza. El dinero se estaba terminando y no sabía hacer otra cosa que "ser espía". ¿O quizás sí? Un viejo compañero de la KGB le ofreció un trabajo, ayudarle en el asesinato de un nuevo rico de la antigua URSS que había comprado una gran residencia en Marbella. Aceptó. Había matado muchas veces y lo había hecho por el Partido. Ahora mataba para comer. Para él no había diferencia. Y así fue como jamás volvió a pasar apuros económicos.

Había elegido la costa peninsular, aunque en un principio había pensado instalarse en Canarias o Baleares, donde pasaría totalmente inadvertido entre la amplia comunidad germana. Pero desechó la posibilidad rápidamente ya que, a partir de ese momento, Hans era alguien que no existía y eso le podía traer problemas. En tal caso, escapar de una isla era bastante más complicado que hacerlo en la península. Cuando decidió instalarse definitivamente en Torrevieja, ya había amasado una pequeña fortuna. Allí, en la playa de la Mata, había comprado una preciosa casa con la fachada de color azul y el tejado enlosado de tejas azules vitrificadas que la daban un brillo espectacular. La fachada principal, estaba coronada por un porche que miraba al Mediterráneo. La casa disponía de terreno suficiente a los cuatro costados como para que la flanquearan palmeras de un tamaño considerable y una gran piscina. La entrada estaba al frente, desplazada hacia la izquierda. Un camino empedrado se iniciaba justo frente a la verja de entrada. Unos metros más adelante, el camino se bifurcaba en dos: uno peatonal que llevaba hasta el porche y otro más ancho, para vehículos, que moría frente a un cobertizo pegado al lado de la casa. Dos coches lo ocupaban. El primero, un inmenso coche alemán, relativamente nuevo y de un intenso color aluminio. El otro, un pequeño utilitario italiano de color blanco. Solía utilizar el utilitario para desplazarse al pueblo siempre que no hiciera un tiempo agradable que le permitiera ir en su mountain bike.

Esa mañana decidió ir en su pequeño coche. Aparcó cerca del puerto en una de las calles que iban a parar a la Plaza de Castelar. Había veces que se sentaba en la cafetería Sánchez a tomarse un café expreso. Esa mañana no le apetecía tomar café, de manera que se detuvo en el quiosco, frente a la cafetería y compró un ejemplar de diario alemán, otro español y otro francés. Leyó la publicación alemana durante casi dos horas, sentado en los bancos recubiertos de pedazos de azulejo blanco y azul frente a la fuente. Luego ojeó el periódico español y después el diario francés, como si quisiera comparar las noticias en los tres rotativos. Siempre estaba atento a cualquier cosa que le pudiese ayudar, bien en su trabajo, bien a mantenerse oculto. Había ocultado tan bien su identidad que ya le costaba discernir entre su nombre tapadera, Hans, o su nombre verdadero Günter. Y pensó que así debía de seguir. No dejaba de darle vueltas al último encargo que había recibido. A pesar de que el número de objetivos había aumentado, decidió que 2.000.000 € era una cantidad suficiente. Le entraron ganas de estirar las piernas, así es que comenzó a adentrarse en el pueblo, hacia la iglesia y luego en dirección a la plaza de Campoamor. Allí, en la esquina de uno de los edificios, había un pequeño bar donde cocinaban un arroz a la paella maravilloso. Su dueño, Felipe, había conseguido entablar cierta amistad con Hans, pero de él sabía sólo lo que le permitía saber, ni una palabra más. Había tomado una costumbre típicamente española, la del aperitivo. Ese día no se resistió a beber una cerveza con su correspondiente tapa. Ya poco quedaba del joven alemán comunista que salió de Altenbürg con 16 años. Ahora era un conde holandés de mediana edad, con costumbres refinadas y exquisitos gustos.

— Buenos días, Felipe, una cervecita fresca.

— Ja, Herr Hans. –contestó Felipe jocoso mientras le servía su cerveza con una tapa de jamón–. ¡Qué!, ¿cómo están las cosas por el mundo? –preguntó Felipe señalando con un golpe de cabeza los periódicos–.

— Mal, Felipe, mal. Mira, cada día va a peor –dejó los periódicos sobre la barra y señaló la portada de uno de los diarios en la que se veía una patera y varios cadáveres alrededor–.

Hans no era muy hablador. Se había percatado de que España era una tierra rica en refranes y uno de los primeros que había aprendido era *"en boca cerrada no entran moscas"*. Intentaba ser amable con todo el mundo, pero nunca tomaba la iniciativa para entablar relaciones con nadie. Cada cierto tiempo elegía un hotel en Alicante, pasaba una noche allí y solicitaba una prostituta en una agencia de contactos. Sus gustos eran muy concretos; rubias, altas, delgadas y de gran busto. Ese era el más alto grado de compromiso que pensaba alcanzar con una mujer. Para él, era suficiente con eso.

Tras una hora de hojear los diarios en silencio, miró su reloj; era hora de comer. Se dirigiría al paseo marítimo, a alguno de los restaurantes que solía frecuentar. De manera que salió del bar de Felipe y, de nuevo, se encaminó hacia el puerto. Una vez allí, buscó el restaurante La Galerna. Solía comer en ese lugar con bastante frecuencia.

Entró y uno de los camareros le reconoció. Rápidamente le buscó una mesa y pidió dos platos de la carta. Comió sin prisa, recreándose en la comida. Le daba vueltas a la mejor forma de realizar el nuevo encargo que estaba a punto de aceptar. Desde la mesa donde estaba sentado se veía el mar. Ese día estaba tranquilo.

Volvió a consultar su reloj. Las cuatro de la tarde. De repente pensó que, si se daba prisa, podía llegar al puerto en menos de veinte minutos. Pidió la cuenta. Rápidamente el camarero se la dejó sobre la mesa. Hans la miró y dejó dos billetes de 50 euros, suficiente para pagar la comida y dejar una suculenta propina. Salió del restaurante y, dedicando un escueto gesto a modo de despedida al camarero que le había servido, anduvo a paso ligero hasta el puerto. Una vez allí, se acercó a una taquilla que expendía billetes y sacó un ticket para un barco que se dirigía a la Isla de Tabarca. Era un viejo cascarón repintado pero que servía para acercar a los turistas hasta aquel pequeño islote que se encontraba a una media hora. Zarpó del puerto apenas cinco minutos después. En algunos días del verano, se podía ver a los delfines acercarse a juguetear junto al barco, una vez que éste se había adentrado en la mar.

Muy pronto llegaría a Tabarca. Aquella isla tenía el gran atractivo de los restaurantes a escasos metros del mar, donde poder comer el típico caldero tabarquí o estupendas paellas. Contaba con una iglesia de estilo barroco, la Casa del Gobernador, una construcción algo más moderna pero de gran atractivo, cientos de metros de playa, alguna tienda de souvenirs y, lo más curioso, los apenas treinta habitantes permanentes de la isla con apellidos italianos debido a que, casi todos, eran descendientes de pescadores genoveses, quienes colonizaron la isla hacía unos trescientos años. También había un hotel y varios hostales, ya que desde que la isla había sido nombrada en 1986 Reserva Marina, el turismo aumentó considerablemente. Una de las mayores atracciones consistía en un barco en cuyas bodegas, bajo la línea de flotación, se habían dispuesto dos grandes ventanales, desde donde se podía observar el rico fondo marino con su abundante fauna.

El viejo cascarón se encontraba ya a pocos metros del embarcadero y Hans se colocó para intentar desembarcar cuanto antes. En esa época del año había menos turismo y le encantaba pasear por el "Carrer d'en Mig", una calle que dividía la isla en dos. Ya en tierra, se dirigió hacia allá, atravesó la calle y llegó hacia un pequeño acantilado donde unas rocas hacían las veces de bancos de piedra, como si fuera un mirador al Mediterráneo. Durante largo tiempo observó el mar, las idas y venidas de las olas sobre las rocas. Aspiraba bocanadas de aire. Le encantaba el olor a salitre.

Estaba tan abstraído en sus pensamientos que no se dio cuenta de que unos turistas se habían acercado mucho a él, para fotografiarse con el Mediterráneo de fondo. El jolgorio de un muchacho de ocho o nueve años le despertó de su ensoñación. Se sintió incómodo con esa gente tan cerca. Los turistas hicieron sus fotografías y se marcharon. De nuevo se encontró solo. Pensó que ya era la hora. Sacó de su bolsillo derecho una PDA con teléfono móvil y del izquierdo un módulo encriptador de 128 bits modelo ENT80. Lo conectó a una de las ranuras de la PDA y la encendió. El dispositivo le dio la bienvenida con un escueto saludo y con el puntero activó la opción "CONEXIÓN A INTERNET". Una barra de progreso primero y un reloj de arena después, le indicaron que la conexión se había realizado con éxito. Abrió el correo electrónico y buscó el e–mail que había recibido por la mañana. Pulsó sobre él y una ventana emergió. Clicó sobre el icono que decía "RESPONDER": Hans escribió:

2.000.000 € es mi oferta, 300.000 por adelantado en una cuenta en Suiza que yo le facilitaré. Ese número de objetivos son algo bastante complicado de acometer en Madrid y más aún, cuando dos de ellos son agentes de policía. De manera que tómelo o déjelo, pero no estoy abierto a negociaciones.

Hans envió el e–mail y dio por finalizada la conexión a internet. Después aprovechó otro rato más para observar el mar y, con tiempo suficiente, decidió dirigirse al barco, donde esperaría a bordo su salida rumbo a Torrevieja. Si aceptaban su oferta, se pondría manos a la obra enseguida.

El zarandeo del barco sobre el mar le volvió a sumir en profundos pensamientos. Cuando de nuevo volvió a avistar el puerto de Torrevieja pensó: *"Tengo que limpiar mi Glock esta misma noche"*

17

Una berlina oscura propiedad de Marcos, llegaba al edificio que albergaba el complejo policial. En el asiento del acompañante, José Manuel, tranquilo, no habló mucho durante el trayecto. Vicky, en el asiento de atrás, iba más nerviosa. Circulaba sin titubear, conocía muy bien el edificio. Llegaron a la zona de control de acceso y un agente entrado en años les pidió la documentación. Los tres entregaron sus D.N.I. y el agente tardó relativamente poco en comprobar las identidades. Luego devolvió los carnés a sus dueños y se dirigió a Marcos.

— Señor Lorenzana, quizás no me recuerde, pero coincidí con usted en la comisaría de Tetuán, ¿recuerda?
— ¿Eh...? –titubeó un segundo pero rápidamente se acordó – ¡Oh sí, es verdad! Le recuerdo perfectamente de...– pero en ese momento volvió a recordar que ese agente había resultado gravemente herido en un atentado terrorista– del... bueno del atentado.
— Sí señor, me trasladaron aquí después de casi dos años de baja –dijo el agente con pesar–.
— Me alegro de verle bien –Marcos alargó su mano para estrechársela–. Jamás pensé que... –afirmó Marcos con rubor–

— ¿Que me recuperaría? No se preocupe, ni yo pensé que me recuperaría. –durante unos segundos quedó en silencio con la mirada perdida, pero reaccionó– ¡Eh, bueno! Siga de frente y cojan la primera calle que les permita girar a la izquierda. Ahí encontrarán un parking. Déjenlo ahí, es el edificio de enfrente. Bueno, imagino que usted lo sabrá, señor Lorenzana.

— ¡Oh sí, tranquilo! No se preocupe, conozco esto bastante bien. Muchas gracias.

El coche se dirigió hasta donde les había indicado el agente y aparcaron. Entraron al edificio y un nuevo puesto de control apareció ante ellos. Después de una nueva identificación, una agente les entregó sus carnés acompañados de unas tarjetas identificativas. Les indicaron una sala de espera y esperaron allí. Al cabo de unos minutos apareció el inspector Ugalde.

— Llegan pronto –comentó Gari mientras alargaba cortésmente la mano a Marcos–.

— Sí, teniendo en cuenta como está Madrid, hemos preferido venir con tiempo.

— Y para que todo esto acabe de una vez por todas – interrumpió Vicky violentamente dando un paso adelante–

— Inspector, encantando de volver a verle –saludó José Manuel amablemente–.

— Bien, síganme por favor, el inspector Sanz les está esperando y acabamos de avisar a la agente Vega. Parece que tiene todo preparado.

Anduvieron por un par de largos pasillos y un ascensor. Finalmente entraron en una sala donde mesas y despachos de cristal y aluminio se agolpaban. En la puerta de uno de ellos se veía a Carlos esperando. Según se acercaban, Carlos y José Manuel se apuñalaron con la mirada. No tenían muy claro si se admiraban o si, por el contrario, se odiaban, pero si ambos tuvieran que apostar, lo harían por lo último.

— ¡Señores, señorita! Bienvenidos –dijo Carlos a modo de saludo–. Ya he avisado a la agente Vega. Nos llamará tan pronto esté todo listo.

— ¿Tardaremos mucho? –preguntó José Manuel–.

— No creo que esto se alargue. No obstante yo no soy el más indicado para informarle. La agente Vega lo hará mejor –contestó Gari–.

— Estamos muy cansados de todo esto, sabe. Nos gustaría que fuera lo más corto posible –casi suplicó Vicky–.

— Señorita, tiene usted mi palabra de que esto no se alargará más de lo estrictamente necesario –sentenció Carlos–. Mientras nos avisa la agente Vega, ¿les apetece tomar algo?

Durante unos diez minutos, bebieron refrescos y agua mientras hablaban de temas intrascendentes. José Manuel fue el que menos habló, se mantuvo alerta, observador. Pero cuando la conversación estaba siendo más animada, la voz de la agente sonó desde la puerta. Había llegado sigilosamente, sin que nadie lo advirtiera.

— Buenos días, señores. Tenemos todo listo. Si tienen la bondad de acompañarme, por favor –dijo con un ademán–.

— Por favor, síganns. Acabaremos enseguida. El inspector Ugalde y yo estaremos presentes.

La agente Vega, con una carpeta en la mano, encabezaba el séquito. Recorrieron otro pasillo y entraron en una sala en la que había una mesa central, con varias sillas alrededor y otras cuantas contra la pared. Encima de la mesa se encontraba una caja metálica de la que salían varios pares de cables. Sin duda era el polígrafo. Un cable estaba conectado a un moderno ordenador portátil y otro partía hacia una cámara de vídeo que se sostenía sobre un trípode.

Un hombre de mediana edad y aspecto serio aparecía sentado frente al ordenador portátil, ajustando el polígrafo. José Manuel miró a la agente Vega.

— ¿No va usted a realizar la prueba, agente?

— No, será este señor quien la realice. ¿Por qué, señor San José?

— Verá, me encontraría más cómodo si fuera usted quien me tomara declaración. No tengo nada contra ese hombre, pero ya sabe que he querido que todo este asunto se lleve con la más absoluta discreción y...

— No se preocupe. Seremos muy discretos haga quien haga la prueba. Verá, señor San José, lo de "detector de mentiras" quizás no es un nombre que se ajuste al verdadero funcionamiento del polígrafo. El polígrafo no detecta mentiras, sino que registra una serie de cambios fisiológicos en el organismo ante diferentes estímulos, entre ellos la mentira.

— Sí, eso lo sabía.

— Sí, pero quizás no supiera que hay que tener un conocimiento específico del polígrafo para interpretar sus resultados, un conocimiento que yo no poseo, pero que mi compañero domina a la perfección. ¿Lo entiende ahora? Este señor se ha desplazado desde Tel Aviv, exclusivamente para realizar esta prueba.

— Se lo agradezco mucho, disculpe mi ignorancia, pero pensé que...

— No se preocupe, señor San José, no tiene que saber estas cosas para su trabajo ¿no?

— Pues depende, agente Vega. ¿Sabía que algunas multinacionales utilizan el polígrafo para seleccionar a sus nuevos altos cargos? –preguntó José Manuel con una leve sonrisa–.

— No, la verdad es que eso no lo sabía. ¿Usted lo ha utilizado entonces?

— Oh, no. Prefiero confiar en mi instinto.

— ¿Empezamos? –inquirió Carlos impaciente–.

— Sí, por favor, cuanto antes –contestó José Manuel–.

El técnico le indicó que se sentara en un correcto inglés. José Manuel lo hizo y, enseguida, empezó a recibir cables sobre su cuerpo. Comenzó a sentirse tenso, pero intentó respirar pausadamente. Sabía que no tenía nada que esconder, al menos eso pensaba él. Le iban formulando las preguntas lentamente Había prolongados espacios de tiempo entre pregunta y pregunta. Cada cierto tiempo, el técnico le solicitaba que mintiese e, inmediatamente después, formulaba una pregunta absurda, del tipo "*¿ha ganado dos medallas olímpicas?*". José Manuel recordaba haber visto en alguna película que, ese tipo de preguntas, se hacían para calibrar el funcionamiento del aparato, aunque siempre había pensado que se trataba de una ficción.

Las preguntas que tenían que ver con las víctimas y los asesinatos le pusieron nervioso, pero no por el hecho de tener algo que temer, sino porque se sentía revuelto por la simple razón de que a él, que siempre había intentado ser honesto con todos, le pudieran preguntar sobre si había cometido cuatro asesinatos.

En apenas media hora el interrogatorio había terminado. José Manuel se sintió muy aliviado al oír al técnico darle las gracias y decirle que eso era todo. La agente Vega se levantó entonces de su silla y le pidió que la acompañara. Anduvieron por el corredor por el que media hora antes habían venido y entraron en una sala donde estaban Vicky y Marcos, acompañados de los inspectores Sanz y Ugalde. Al aparecer la agente Vega por la puerta, Carlos clavó sus ojos en los de ella, queriendo ver algún signo que le indicara cómo había ido todo. Vega no entró en la sala y, con su mirada, indicó a los dos inspectores que salieran fuera. Se disculparon y salieron. Una vez fuera, Vicky se lanzó sobre José Manuel y Marcos palmeó en su hombro cariñosamente. Fuera de la sala, Carlos interrogó a Vega inmediatamente.

— ¿Y bien?

— En una hora tendremos los resultados inspector pero, por lo que sé del polígrafo, creo que no ha mentido. No obstante, esperaremos.

— ¡Joder! –murmuró Carlos metiéndose las manos en los bolsillos del pantalón y mirando al techo–. Gari, tengo hambre, ¿y tú?

Gari asintió con la cabeza.

— Pues bien, vamos a tomar algo.

Carlos se dirigió de nuevo hacia la sala donde se encontraban José Manuel, Vicky y Marcos. Abrió la puerta bruscamente y todos le miraron con extrañeza.

— Perdonen, señores –habló Carlos inmediatamente–. Aquí al lado hay un restaurante bastante bueno. Los resultados del polígrafo van a tardar al menos una hora y, bueno, he pensado que quizás les gustaría tomar algo. Es posible que tengan hambre, ¿no? Yo la tengo –soltó una leve carcajada–. Además, la agente Vega está casi segura de que la prueba es absolutamente concluyente en su favor. Entonces, ¿les apetece?

— Inspector Sanz –José Manuel se adelantó un paso y habló con tono muy marcial–, no me moveré de aquí hasta que acepte mi invitación –relajó su cara dejando ver una sonrisa–.

— Señor San José, si cree que voy a discutir eso, lo lleva claro. Estaré encantado de que pague usted.

Inmediatamente después, todos salían del edificio. José Manuel había invitado también a la agente Vega, pero ésta, amablemente había declinado la oferta. Una vez en el restaurante hablaron de temas triviales, de nada que tuviera que ver con los asesinatos. Carlos se sentía muy atraído por la forma en que José Manuel había hecho su fortuna, en qué consistían sus negocios y cosas así. Mientras tanto Gari, con bastante disimulo, no quitaba los ojos de encima a Vicky, aunque ésta se había dado cuenta perfectamente. Después, durante largo rato se interesó por el trabajo de Marcos.

El tiempo había pasado y eran cerca de dos horas las que llevaban en el restaurante. Cuando más animada estaba siendo la conversación, el teléfono de Carlos sonó. Miró su pantalla y enseguida vio que se trataba de la agente Vega. Descolgó.

— ¡Dime! –contestó Carlos–.
— Inspector, la prueba es totalmente concluyente. El señor San José ha dicho la verdad. Los datos del iris son irrefutables. No hay duda.
— Bien, gracias Vega.
— Señor San José –dijo Carlos mientras metía el móvil en la funda de su cinturón–, puede estar usted tranquilo, el polígrafo le da la razón, al parecer su iris no miente.
— Ya lo sabía inspector, siempre lo he sabido.

Siguieron en el restaurante unos minutos más hasta que, como si todos se hubiesen puesto de acuerdo, decidieron que debían volver a sus diferentes trabajos. Volvieron a entrar en el recinto para recoger el coche de Marcos, se despidieron de los inspectores e iniciaron el camino a casa.

Mientras tanto, Gari y Carlos observaban como estos salían del recinto.
— Si hubiese habido la más mínima duda le habría "puesto rabo" a ese tío (así es como se denomina en el argot policial poner vigilancia a alguien día y noche).
— Yo, prácticamente no tenía duda de que esto no nos iba a aclarar nada, Carlos.

— Bueno, había que intentarlo

Mientras tanto, en el coche volvían tal y como habían venido. Aunque Vicky estaba tranquila, José Manuel seguía en silencio mientras Marcos conducía. En su cabeza aun retumbaban las palabras *"ya lo sé, siempre lo he sabido"*, porque realmente era mentira, no siempre lo había sabido, ni siquiera estaba seguro de saberlo ahora.

18

Hacía prácticamente un año que Hans no pisaba por Madrid y quedó muy sorprendido por la cantidad de obras que encontraba por todos lados. Sin duda, la elección de Londres para los Juegos Olímpicos de 2012 había sido un varapalo para la ciudad pero, al contrario de desanimarse, el alcalde había comenzado una especie de cruzada a base de obras para relanzar la ciudad hacia 2016, a la postre, también inútil. Se había desplazado hasta Madrid en su precioso coche color aluminio. Era la mejor forma de poder mover su arsenal de armas ingeniosamente camuflado en lugares insospechados del vehículo. Si hubiese venido en avión tendría que haber conseguido armas en Madrid y, aunque para él no era complicado, verdaderamente se sentía más cómodo con su Glock.

Ya en el hotel, pensó que sería más seguro para él alquilar un coche en Madrid con uno de sus pasaportes falsos. *–"En Madrid seré austríaco"–* pensó. Sentado en la cama de su habitación, que había inspeccionado centímetro a centímetro, eligió uno de ellos. *–Este mismo me servirá, todavía no lo he utilizado–*. Su nueva identidad era Alois Eckart, nacido en Graz y residente en Viena. Cogió los sobres con los demás pasaportes y los guardó en la caja de seguridad.

Anduvo una media hora y cogió un taxi. Pidió que le acercara al aeropuerto. Miró su reloj. Aunque tenía que llegar a Barajas, alquilar un coche y volver al centro, tenía tiempo para llegar a su cita. Podría incluso tomar una napolitana con café en una famosa cafetería, justo en la Puerta del Sol, uno de esos establecimientos antiguos que habían soportado el paso del tiempo, éste en concreto desde 1894. El taxi tardó casi cuarenta minutos en realizar el trayecto. Una vez allí, se dirigió a una de las muchas compañías de alquiler de coches. Al final encontró lo que buscaba, un gran turismo francés, un coche grande, pero no excesivamente llamativo. Entregó al empleado toda su documentación, quien rellenó los formularios. No tenía ningún problema a la hora de adoptar una nueva identidad, era algo que había aprendido muy bien en la STASI. Recordaba cómo, a principios de 1984, un camarada de la Securitate Rumana, había caído en manos de un miembro de la CIA por un pequeño despiste con la identidad. Juró que si él caía, jamás sería por algo tan absurdo.

Finalmente tomó el coche y guardó en la guantera toda la documentación que le había proporcionado el empleado. Tras unos minutos, logró orientarse por la intrincada y enrevesada red de carreteras que rodea el aeropuerto. Cuando lo consiguió, volvió a buscar la M–30 para dirigirse al centro.

La llegada al centro le costó casi una hora y media. Una vez allí, pensó que lo mejor era dirigirse directamente a la Plaza de Jacinto Benavente y aparcar en el parking subterráneo. Así lo hizo. Dejó el coche en el segundo sótano y salió al exterior por una de las escaleras que daban al gran teatro situado en la plaza. Bajó por la calle Carretas hasta la Puerta del Sol. De nuevo miró su reloj. Quedaba casi una hora para su cita, apenas a un par de manzanas de allí, en la calle Núñez de Arce. Tal y como había planeado, le quedaba tiempo para tomar una napolitana con café, de manera que se dirigió para allá y disfrutó un rato de dicho manjar. Diez minutos antes de la hora a la que había quedado, pagó su consumición y salió del establecimiento para dirigirse a la calle Núñez de Arce. Allí debía verse con un antiguo compañero de la STASI, que había encontrado trabajo en España como guardaespaldas de un empresario, pero que complementaba sus ingresos con pequeños favores a ex–camaradas. Dieter disponía de contactos que podían conseguir cualquier información, ya fuera pública o privada.

Llegó al bar apenas un minuto antes de la hora, como tenía previsto. Era un lugar pequeño y a esa hora no había mucha gente. Se encontraba frente a un edificio restaurado, un hostal, pero que era utilizado habitualmente por prostitutas alquilando las habitaciones por horas. El ambiente era sombrío, pero adecuado para la zona. En las paredes se mostraban fotografías en las que el dueño figuraba con toreros de medio pelo, actores venidos a menos, cabareteras ya entradas en años y algún futbolista famoso. La especialidad de la casa era el chato de vino con gambas a la plancha preparadas de una manera exquisita. En ningún otro lugar de Madrid se comían las gambas con un sabor tan delicioso. Al fondo, en una mesa y sin nadie alrededor, estaba Dieter dando buena cuenta de una jarra de cerveza. Esperó sentado a Hans y se saludaron sin ningún aspaviento.

— Guten morgen, Dieter –en voz baja–.
— Guten morgen, Hans. Willkommen freund.
— Danke, Dieter. Sería mejor que habláramos español, ¿no te parece?
— Tranquilo Hans, aquí hay muchos inmigrantes y no llamamos la atención –respondió Dieter ya en castellano–. Pero si lo prefieres… además, creo que mi alemán empieza a estar oxidado.

Inmediatamente, un joven camarero de origen ecuatoriano, con un pantalón negro bastante raído y el chaleco negro por detrás y mil rayas por delante, víctima de mil lavados, se acercó a la mesa para apuntar la consumición. Hans pidió una jarra de cerveza y una tabla de ibéricos para ambos. Hablaron de asuntos triviales hasta que el camarero les trajo lo que habían pedido, así se aseguraban de que no iban a sufrir interrupción alguna. Cuando fueron servidos convenientemente, Dieter rompió el hielo.

— ¿Qué te trae por aquí, Hans?

— Trabajo, por eso te he llamado.

— ¿Cuántos? –preguntó Dieter sabiendo perfectamente cuál era su "trabajo"–.

— Estos –Hans sacó un papel de su bolsillo y lo arrastró por la mesa hasta que Dieter lo cogió–.

— ¡Joder! –Dieter soltó un silbido mostrando sorpresa ante tal número de objetivos–. Son muchos, Hans. Incluso para una ciudad como Madrid, son muchos.

— Lo sé, por eso recurro a ti, necesito información y esta vez debe de ser muy precisa. Dos de los objetivos son policías, los demás... en fin, aquí tienes todo lo que necesitas saber –sacó del bolsillo de su americana un pendrive de 2 GB–

— Esto es gordo, Hans. ¿Dos policías? Te puede salir por una pasta. Espero que hayas cobrado bien este trabajo. España ya no es lo que era. La gente antes hablaba por unas asquerosas pesetas. Hoy en día se delata a las personas como tú y como yo. Ya nadie habla y quien está dispuesto a hacerlo, lo hace por un fajo de billetes de 500 euros.

— Este trabajo está muy bien cobrado Dieter. Seré generoso contigo. Por eso debes hacer cuanto puedas.

— No he dicho que no pueda hacerlo, sólo te dije que te saldrá caro. Pero si estás dispuesto a pagar... tendrás lo que necesitas –cogió el pendrive y lo guardó en el bolsillo del pecho de su camisa–.

— En esa tarjeta están todos los datos que necesitas. También hay una dirección de correo electrónico gratuita a la que puedes enviar toda la información. Si las cosas van bien no volveremos a vernos, al menos por este trabajo, durante bastante tiempo. Si todo sigue su curso, desapareceré una temporada.

— ¡Dos policías! Cuando esto acabe creo que deberías salir incluso de la Unión Europea. Suiza diría yo... es más, no descartaría Sudamérica.

— Tranquilo Dieter. Ese detalle ya lo tengo previsto.

Ambos callaron durante unos segundos, ya que el camarero ecuatoriano se acercó para retirar las dos jarras que ya se habían vaciado. Aprovechó para preguntar si deseaban otra ronda, a lo cual ambos respondieron afirmativamente mientras hablaban de asuntos sin importancia ante el muchacho. Permanecieron así hasta que éste volvió con dos nuevas jarras de cerveza. Cuando se marchó, ambos prosiguieron.

— Veo que lo tienes todo atado y bien atado.

— Ya me conoces –respondió Hans orgulloso–.

— Bueno amigo, tengo que pedirte que tengas cuidado. Eres mi mejor cliente –rieron–.

— Lo tendré. Lo tuve cuando trabajé para el partido, más ahora que trabajo para mí, ¿no crees?

— Bien, me consta que así lo harás.

Estuvieron un hora más dando cuenta de otra jarra de cerveza y alguna fritura. Cuando ambos terminaron su reunión, salieron del bar. En la puerta se despidieron con un saludo seco.

— Auf wiedersehen, Hans. –se despidió Dieter en un susurro–

— Auf wiedersehen. –respondió de la misma manera–.

Los dos desfilaron por la calle Núñez de Arce, pero mientras que Dieter andaba hacia la Plaza de Canalejas, Hans lo hacía en dirección a la plaza de Santa Ana. Ninguno de los dos miró hacia atrás. Habían aprendido a no hacerlo en su juventud, en la STASI. Mientras Hans caminaba, un mal presentimiento le revolvía las tripas. No sabía por qué, pero casi estaba seguro de que este sería el último trabajo en el que colaboraría con Dieter, e intentaba convencerse de que sería porque habría tenido que dejar España definitivamente para retirarse en algún lugar de Sudamérica, y no porque esta misión pudiera acabar con su vida.

19

Caía la tarde en Madrid. Los días se iban acortando notablemente aunque el verano se estaba alargando más de lo normal. Eran principios de Octubre, pero a medio día se alcanzaban casi los 30° grados. Por la tarde, sin embargo, a la caída del sol, la temperatura bajaba más que un mes antes. José Manuel había decidido tomar un refresco en una amplia terraza al aire libre de su apartamento. Tanto él como Vicky se encontraban ya más relajados y tranquilos. Ambos tomaban zumo y observaban con tranquilidad el cielo estrellado de la noche que empezaba a emerger.

— Vicky. Ahora que estamos más tranquilos, creo que deberíamos hablar de lo del otro día.
— ¿Lo del otro día? ¿A qué te refieres?
— Verás, no quiero que pienses que lo que te dije de venirte aquí, a vivir conmigo, era fruto de la tensión que estábamos sufriendo. Realmente lo deseo. Tampoco quiero presionarte, sólo quiero que cuando te vengas, sea porque realmente lo deseas –comentó con tono serio mientras daba pequeños sorbos al zumo–.

Vicky, que hacía un buen rato sentía su piel erizada por la leve brisa, se había echado sobre sus hombros una rebeca. Escuchó atentamente lo que José Manuel estaba diciéndole.

— Lo deseo, realmente lo deseo. Se está haciendo tarde y no me apetece irme a mi casa esta noche. Quiero quedarme. Mañana iré a mi casa y recogeré todo. En menos de una semana estaré aquí —explicó ella mientras apoyaba sus codos sobre la mesa—.

— ¿De verdad lo deseas?

— De verdad que sí. Recogeré todo en esta semana. Y si termino antes, pues antes me vendré.

— Te mandaré a Arturo para que te ayude, ¿qué te parece?

— Pues me parece mal, José. Ese hombre no me gusta, me da mala espina y desde que él está aquí...

— ¿Qué pasa desde que él está aquí?

— ¡Pues que han empezado a pasar esas cosas contigo! —respondió ella con pesar—.

— ¡Estás de broma! —rió José Manuel—. ¿No creerás que en lo de mi asqueroso sueño ha tenido que ver Arturo?

— José, ¡no lo sé! Sólo te digo que no me gusta cómo me mira cuando me cruzo con él y que no le conoces de nada.

— Está bien —suspiró—. Mandaré a otro hombre si te parece bien y con eso te quedas más tranquila.

— Vale, él puede ir trasladando lo que yo vaya recogiendo, así estaré aquí antes.

— Bien, mañana se lo diré a Marcos. Ya es tarde —dijo mientras miraba su reloj—. No quiero molestarle. Tengo ganas de no tener que esconder nada. Estoy empezando a hartarme. Además, la gente no es tonta. Algo deben saber. La relación con mi abogada "se ha estrechado mucho" últimamente —rio—.

— Demasiado, diría yo —soltó una carcajada—.

— ¿Sabes? Marcos me ha recomendado que nos cojamos unos días de vacaciones. Quizás fuera bueno, ¿no crees?

— Pero tengo que hacer la mudanza, ¿recuerdas? –volvió a reír–.— Este año no has cogido tus vacaciones. Hazlo ahora. Podemos irnos una semana a algún sitio para desconectar.

— Vamos a ver cómo termina la mudanza y luego hablamos, ¿te parece?

Un zumbido agudo les hizo sobresaltarse. José Manuel se levantó y en una de las pantallas LCD, repartidas por el apartamento, vio a Marcos esperando en la puerta. Sorprendido, accionó un botón en el panel y la puerta se abrió mientras, por el intercomunicador, informaba a Marcos de que se encontraban en la terraza. Al cabo de unos segundos, Marcos llegaba junto a ellos con el nudo de la corbata aflojado y una cara relajada, pero a la vez cansada.

— Siéntate, precisamente estábamos hablando de ti, Marcos, ¿qué quieres tomar?
— Cerveza... fría por favor, muy fría.

José Manuel entró al apartamento para traer la bebida. Marcos miró hacia atrás queriendo localizar a José Manuel, para asegurarse de que estaba lejos.

— ¿Qué tal está? –preguntó a Vicky mientras le señalaba con la cabeza–.
— Está tranquilo. Ya sabes cómo es él. Es imposible saber qué está pensando, pero creo que está tranquilo.
— ¿Y tú?
— Yo también. Marcos, ¿crees que fue bueno acudir a la policía? Tú y yo sabemos que él no ha sido y quizás hubiese sido mejor mantenerse al margen. Hemos sufrido mucho todos estos días. Lo hemos pasado mal y además, para nada.

— No creo que haya sido en vano. Le conozco hace muchos años y, aunque sólo haya sido una trágica coincidencia que ese sueño haya sido idéntico al asesinato de esa pobre chica, José no habría podido aguantarlo. Necesitaba quedarse tranquilo y seguro.

— Pero tú tienes contactos, podrías haber hecho que alguien investigara.

— Vicky, cuando se investiga algo así al margen de la policía, al final acaban enterándose y, te lo aseguro, es mejor acudir a ellos que ellos te pregunten a ti.

— No lo sé, Marcos. Tú has sido policía muchos años y sabes más que yo de esto –dijo Vicky haciendo un mohín–.

— Bueno, ya estamos –irrumpió José Manuel ruidosamente en la terraza–. Jamón, queso, lomo y chorizo... todo ibérico y pan a discreción –gritó alegremente mientras depositaba varios platos sobre la mesa–. Y ahora mismo voy a por zumos y cerveza fresca –y volvió a desaparecer en el apartamento–.

Marcos y Vicky, le contemplaron, después cruzaron sus miradas y lanzaron una sonrisa cómplice. Marcos le conocía bien y sabía que su estado de ánimo era excesivamente alegre. Sabía que aún estaba preocupado y que no quería mostrar su preocupación ante los demás, en especial ante Vicky. Mientras traía las bebidas, Marcos y Vicky hablaban de otras cosas que nada tenían que ver con el ajetreado día que habían tenido. Ella cada vez tenía más frío y, ni la rebeca que llevaba puesta, aliviaba su tiritera.

Un rato después, José Manuel aparecía de nuevo ante ellos con suficiente avituallamiento como para cenar copiosamente. Se sentó y durante largo rato, mientras daban cuenta de lo que había en la mesa, contaban a Vicky historias vividas por los dos desde hacía años. Rieron, hablaron, comieron... durante un tiempo olvidaron por completo los últimos días.

— José, Vicky me ha contado que se coge unos días para recoger su casa y que luego se vendrá aquí –dijo Marcos–. Me alegro mucho por ti... por los dos, me alegro mucho por los dos, de verdad.

— Gracias, Marcos –contestó José Manuel–. Somos dos personas adultas y la verdad, estoy cansado de tener que guardar las apariencias y, si te soy sincero, no entiendo muy bien para qué –Vicky cogió su mano y la acarició–.

— Debéis tener en cuenta que habrá comentarios por todas partes cuando la gente empiece a saberlo. Al fin y al cabo, sois jefe y empleada y eso, como os acabo de decir, debéis tenerlo en cuenta.

— Marcos, ¿nos estás diciendo que frenemos y que no hagamos esto por temor a qué dirá la gente? –gruñó Vicky–.

— No, no os estoy diciendo que no lo hagáis. Lo que digo, y eso tenéis que tenerlo muy en mente, es que la gente va a comentar cosas y algunas serán verdad, pero la mayoría serán mentira. Lo que vosotros tenéis que hacer es vivir vuestra vida y ser totalmente ajenos a los comentarios que los demás hagan. Como os dije, sois una pareja, pero desgraciadamente no sois una pareja normal. Tú eres el dueño de un imperio financiero y tú su abogada. Y con eso debéis vivir. Lo único que necesitáis es aceptar vuestra situación y ser lo suficientemente inteligentes como para que no os importe nada de lo que se diga sobre vosotros.

— Lo sé Marcos, lo sé –contestó José Manuel con pesar–. Pero yo la quiero, y eso hace que lo que siento por ella esté por encima de todo y de todos. Marcos, no quiero perder esta oportunidad de ser feliz. No me perdonaría nunca haber desaprovechado una ocasión como ésta –dijo mientras se giraba para acariciar tiernamente la cara de Vicky–.

— Está bien y lo entiendo. Sólo quiero que sepáis a qué os vais a enfrentar. Sólo espero que vuestro amor sea más fuerte que lo que os rodee en todo momento. Sólo eso.

Se había hecho muy tarde. Marcos miró su reloj y decidió que era hora de irse a casa. Todos se retiraron. Vicky se despidió de él, que se quedó con José Manuel para organizar la mudanza. Después, observando cómo ambos hablaban, fue a darse una ducha.

Cuando José Manuel regresó, ya había salido del baño y secaba su pelo con una toalla, vestida tan sólo con un albornoz de color azul cielo. Él entró a la habitación. Al fondo, la luz que salía de la puerta dejaba ver la sombra de Vicky. Se dirigió para allá. Cuando entró, vio que ella no se apercibió de su presencia. Se acercó lentamente, la tomó por uno de sus brazos y tiró de manera firme y suave hacia él. Se sorprendió. José Manuel agarró la toalla que Vicky aun sostenía, la arrancó de su mano y la tiró al suelo. Con la misma mano, la acarició, luego la pasó a su cintura. La besó, primero en el labio superior, luego recorrió su cara hasta su cuello. Ella se dejaba llevar, simplemente se abandonó. Mientras tanto, José Manuel llevaba a cabo una sinfonía de besos y caricias que hacían que la piel de Vicky se erizara cada vez más. De nuevo, bajó las manos por su cuerpo hasta el nudo del albornoz, el cual desprendió lentamente. El cinturón cayó al suelo y el albornoz se abrió levemente dejando entrever su figura. Metió sus manos entre la tela y comenzó a acariciar sobre la piel.

Ambos intercambiaron una mirada de excitación mientras separaban sus labios para dedicarse múltiples caricias. Las manos de José Manuel volvieron a colarse entre la abertura del albornoz, pero esta vez subieron hasta los hombros, desde los cuales, con un leve movimiento de las manos, hizo que éste se deslizara por entre los brazos y cayera al suelo. Ahora la contemplaba completamente desnuda. Su pelo aún estaba mojado y el agua deslizándose por los hombros, hasta sus pechos, le conferían un aspecto aún más sensual.

Vicky tomó la iniciativa. Le atrajo hacia sí misma, agarrándole la cabeza mientras sus lenguas volvían a entrelazarse, llenas de pasión y excitación. Mientras tanto, él también se desnudaba. Casi sin ser conscientes de ello, ambos se encontraban totalmente desnudos. Entonces la tomó por la cintura y ella cruzó sus piernas sobre las de él. Mientras la sostenía en brazos, se dirigió hacia la cama sin dejar de besarla un solo instante. Una vez allí, se sentó en uno de los bordes y ella se mantuvo en pie frente a él, mientras éste mordía y acariciaba sus senos, que ahora estaban a la altura de su cara. La coreografía de besos y caricias no cesaba, ahora eran las nalgas las que él acariciaba mientras el centro de sus besos era el vientre de Vicky.

De nuevo, Vicky tomó la iniciativa y le tumbó sobre la cama. Ella se tendió a su lado, de costado, mientras le besaba y mordía sus labios, cada vez más hinchados por la excitación. Mientras tanto, con una de sus manos acariciaba el torso y el vientre de José Manuel y con el muslo acariciaba su miembro. Él no pudo más y levantó su espalda de la cama. Ahora era ella la que estaba tumbada de espaldas y José Manuel el que se situaba sobre ella. Sus cuerpos se entrelazaron totalmente. La excitación era absoluta. Entonces Vicky se sintió penetrada y la explosión de placer hizo que clavara sus uñas en la espalda.

Hicieron el amor sin prisas, disfrutando de cada beso, de cada caricia, de cada roce de sus pieles desnudas. De vez en cuando se tomaban un pequeño respiro, haciendo de su encuentro sexual un excitante juego. No tenían ganas de que acabara. Se sentían más libres que nunca y esa libertad se reflejaba en la sed del uno por el otro. Poco después, el clímax, una explosión de placer y seguidamente, más besos y caricias. Vicky se incorporó ante él y le miró fijamente–.

— Cierra los ojos –pidió Vicky tiernamente–.

Él, sin ni siquiera llegar a plantearse lo que le pedía, lo hizo con una sonrisa en los labios. Ella acercó la boca al oído y con ternura, susurró.

— ¡Te quiero!

Una vez dichas estas palabras, José Manuel abrió los ojos y ella besó sus labios. Momentos después, ambos estaban totalmente relajados y tumbados en la cama, el uno junto al otro, acurrucados sin querer separarse, sin querer dejar de sentir el roce de sus pieles desnudas. Casi sin darse cuenta, Vicky se durmió y José Manuel la observó detenidamente. Jamás había reparado en la perfección de su piel, brillante y tersa. Observaba en sus curvas las más perfectas que jamás había visto. A veces pensaba que todo era un sueño, porque en su cama había una mujer bella, sensual, inteligente y simpática. –*¿Qué más podía pedir?*– pensó. –*¿Qué otra cosa me puede ofrecer la vida?*– Pero enseguida reparó en que sí había otra cosa que podía ofrecerle la vida, pero ésta no estaba en sus manos, al menos eso creía él y no era otra que no haberse visto envuelto en un asunto tan feo y turbio como en el que estaba involucrado, directa o indirectamente, hacía unas pocas fechas.

No podía dormir, de manera que se levantó sin molestarla. Salió a la terraza completamente desnudo. No importaba, ningún edificio de alrededor se acercaba, ni de lejos, a la altura a la que ellos se encontraban. Dejó que la brisa de la noche masajeara su piel y observó el cielo, las estrellas. Siempre le gustó mirar el cielo. Era la manera, decía, *"de comprender lo insignificantes que somos y de preguntarse por qué, de entre los cientos de miles de millones de lugares que albergaba el universo infinito, el azar nos había puesto a cada uno en un lugar determinado".* Él se sentía feliz de hacia dónde le había llevado la vida.

Había pasado casi una hora meditando en la terraza. Un escalofrío le sacó de sus pensamientos. Miró hacia abajo y vio que eran muy escasos los coches que circulaban por la calle en esos momentos. Pensó que debía ser muy tarde ya. Entró en el apartamento, se dirigió a la habitación y vio que Vicky aun dormía incluso más profundamente que antes. Se había arropado hasta un poco más arriba de la cintura con las sábanas, lo que dejaba al descubierto sus pechos. Su rostro estaba relajado. Sus ojos permanecían totalmente cerrados, pero bajo sus párpados, se advertía como éstos se movían rápidamente de un lado a otro, signo de que se encontraba en la fase REM del sueño. Sin hacer ruido ni movimientos bruscos, se metió en la cama y se echó las sábanas también por la cintura. Acarició su pelo, apartándolo a la vez de su cara y besó tiernamente su mejilla. Ella dormía de lado, de manera que veía su espalda desnuda. Decidió pegar el pecho a su espalda, para después echar el brazo sobre su hombro. Sin despertarse, se dio la vuelta e inconscientemente, se acurrucó contra él y le rodeó con sus brazos. De repente, José Manuel se sintió feliz. Pensó que el abrazo inconsciente de Vicky demostraba que se sentía segura. Durante un buen rato no pudo dormir pensando en su dicha. Finalmente el sueño le venció y ambos durmieron plácidamente, como hacía días que no lo hacían. No hubo pesadillas, no hubo sueños, sólo tranquilidad, sólo paz.

Las primeras luces del día habían aflorado y José Manuel acababa de despertar. Miró a su lado y ella seguía allí, preciosa, relajada. Apretó un botón sobre un panel justo encima de la mesita de noche. La persiana bajó por completo con lo que los rayos de sol dejaron de entrar por la ventana. Con sumo cuidado se levantó de la cama y echó las sábanas sobre los hombros de Vicky. Se dirigió a su estudio, donde estuvo media hora leyendo la prensa por internet. Cuando ya hubo ojeado los titulares más llamativos, fue a la cocina y preparó un buen desayuno con tostadas, mermeladas, leche, café, zumo y cereales. Miró el reloj digital de uno de los paneles electrónicos que el apartamento tenía repartidos por todos los rincones. Hacía más de una hora que se había levantado, de manera que colocó el desayuno sobre una bandeja con patas y entró en la habitación de nuevo. Dejó la bandeja sobre un aparador y se sentó en la cama, al lado de Vicky. Abrió un poco la persiana, de modo que la luz entró tímidamente. Empezó a besarla y acariciarla hasta que despertó. Al principio se sintió aturdida, pero pronto vio el rostro de José Manuel y se situó.

— Buenos días mi amor —saludó José Manuel—.
— Buenos días. ¿Qué hora es?
— Tranquila, es pronto y recuerda, hoy no tienes que trabajar, tienes algo importante que hacer —rio—. Mira lo que he traído —dijo señalando la bandeja—.

Ella lanzó una sonrisa de agradecimiento y le besó. José Manuel se dirigió a uno de los armarios y sacó dos grandes cojines que apoyó contra el respaldo de la cama, lo que les permitiría sentarse, de manera que fue a por la bandeja, desplegó las patas y la depositó en la cama sobre las piernas de Vicky.

— A las diez te esperará uno de los hombres de Marcos en recepción. Te llevará a tu casa en coche y te ayudará en lo que le pidas.
— No es necesario, yo me ocuparé.
— Ya está todo dispuesto, así será más rápido. Además, no creo que puedas llevar las cosas en tu moto. Uno de los hombres de Marcos irá trasladando todo lo que el otro chico y tú vayáis empaquetando. Prepara las cosas como quieras y ellos se ocuparán de lo demás. Hasta para alguien como tú, una mudanza así es demasiado si no te ayudan.

— Tienes razón, no me vendrá mal algo de ayuda.

Ambos comenzaron a tomar el desayuno que había preparado. Rieron mientras desayunaban, bromearon sobre asuntos banales e incluso sacaron a relucir algún tema de trabajo. José Manuel no se cansaba de mirarla, incluso en una ocasión, mientras la observaba, pensó –*éste es el primer día del resto de mi vida*–.

— ¿Hasta qué hora estuviste anoche fuera? –preguntó Vicky–.

— Pero... ¿tú no estabas dormida?

— Y lo estaba. Pero me desperté y no estabas en la cama, así que me levanté y vi que la puerta de la terraza estaba abierta. Salí y te vi allí, mirando al cielo. Te observé un rato pero no quise molestarte. Regresé a la cama y me dormí en seguida.

— Estuve bastante tiempo ahí fuera, yo diría que más de una hora. Me encontraba muy relajado mirando a las estrellas. Es algo que me encanta.

— Sí, pero el próximo día vístete. Mira cómo han dejado tu brazo los mosquitos –dijo mientras señalaba un habón en su hombro–.

— Ya sabes, el cuerpo desnudo da sensación de libertad –dijo mientras reía–.

José Manuel se dio una ducha antes de bajar a su despacho. Tenía muchas operaciones entre manos y algunos asuntos atrasados a causa de estos últimos días tan ajetreados. Vicky, tal y como él indicó, bajó a las diez a recepción, donde José Manuel y uno de los hombres de Marcos, la estaban esperando.

Pasó el día embalando ropa, libros y objetos personales. Primero hizo llegar al apartamento la ropa que había ido seleccionando. Había hablado dos veces con él y estaba agotada. José Manuel, inmerso en su trabajo, pensó que el día había pasado volando. Todo había vuelto a la normalidad. Había cerrado alguna operación. Volvía a mover dinero, que era algo que sabía hacer muy bien. Se sentía muy activo de nuevo, vivo. Pero esa noche iba a dormir solo y eso no le agradaba. Volvió a llamarla. Seguía embalando, pero el muchacho ya había dado el último viaje del día. Llamó decidido a pedirle que viniera esta noche, pero al sentirla ocupada, prefirió ser prudente y no presionarla. Aunque no le gustaba, definitivamente esa noche iba a dormir solo.

Transcurrieron tres días. Una de las estancias del apartamento se iba llenando de cajas, percheros con ropa y bolsas con zapatos. José Manuel lo había pasado bastante bien por el día, muy distraído con su trabajo, incluso había tenido que realizar un viaje relámpago a Milán. Pero las noches... las noches se le hacían eternas. Aunque hablaban frecuentemente, no podía evitar echar de menos su compañía, su risa, el olor de sus cabellos, el tacto de su piel. Se animaba a sí mismo, pensando que ya sólo quedaban uno o dos días. Estuvo tentado de mandar más gente a ayudar, pero otra vez volvía a pensar que no quería presionarla, que todo llevaba su tiempo y que no debía intervenir más de lo que lo estaba haciendo. Pasaba las noches viendo la televisión mientras cenaba y leyendo en la cama, al menos una hora, antes de que el sueño le venciera. Era capaz de leer cualquier cosa. Su única condición era aprender algo de todo lo que leía. Un libro sobre la II Guerra Mundial era con lo que ahora mataba las horas. Esa noche estaba muy cansado. Apenas media hora después de meterse en la cama el sueño le dominó. No aguantó más. Dejó el libro sobre la mesita de noche y apagó la luz. Habían bajado bastante las temperaturas esos días, de manera que se arropó completamente con la sábana. *–Es posible que éste sea el último día que duerma solo–* pensó. No le dio tiempo a más, estaba agotado. Sus ojos se cerraron casi al instante para entrar en un profundo sueño.

20

Eran prácticamente las seis y media de la mañana. Gari salía de un portal en un bloque de viviendas relativamente nuevo, en la zona de embajadores, muy cerca del rastro. Había pasado la noche con Lidia. Desde que los dos inspectores aparecieron aquel día por el gimnasio, Gari no pudo apartarla de su mente. Habían sentido una gran tensión sexual entre ambos, hasta que la tarde anterior no quiso esperar más y decidió pasar de nuevo por el establecimiento. La excusa era bastante burda: ver si Lidia sabía algo nuevo. Pensó que adivinaría sus intenciones, pero lo cierto es que ella también había estado esperando ese momento, incluso en alguna ocasión saco la tarjeta de Gari de su monedero y se sintió tentada a marcar el número, pero, ¿con qué excusa? Sin embargo, decidió esperar y estuvo en lo cierto, Gari apareció. Después de las preguntas de rigor y una conversación intrascendente, Gari se lanzó.

— Lidia, ¿tienes algo que hacer esta noche? Había pensado que, si te apetece, podíamos ir a cenar.
— La verdad es que no tengo nada que hacer, pero me da pereza salir a cenar por ahí. Ha sido un día bastante duro y además me he machacado bastante en el gimnasio. ¿Te

apetece que cenemos en mi casa? Puedo preparar algo rápido.

— Oh, no quisiera ser una molestia. Si no te apetece, pues otro día será.

— Sí, sí. Me apetece, de verdad —Lidia se sintió ridícula al verse intentando que la cita no se desbaratara—. Me gustaría estar tranquila en casa, estoy cansada, pero también me aburro mucho sola. Ven a mi casa, no te arrepentirás... cocino muy bien —comentó con una sonrisa pícara y sensual, utilizando todas sus armas de mujer—.

— No se hable más, no voy a ser descortés contigo rechazando tu invitación.

Por el camino fueron conociéndose un poco mejor. Rieron y hablaron. Ambos notaban como la atracción hacia el otro crecía por momentos. De tal forma que el entrante de la cena que Lidia había propuesto, consistió en el primer encuentro sexual de la noche. Después, ducha y cena, ligera y bastante apetitosa, tal y como ella había prometido. Lidia le pidió que pasase la noche con ella. Hicieron el amor de nuevo. Poco después Gari se encontraba saliendo de esa casa para ir a trabajar.

Mientras se dirigía a la Brigada, rememoraba las últimas horas. Pensó que se había despedido, pero que no había quedado con ella en llamarse. Ciertamente, era un apasionado del sexo sin compromiso con chicas bonitas y Lidia lo era.

Cuando llegó y aparcó su coche en la plaza que tenía asignada, vio a Carlos bajando de su coche. Su plaza se encontraba más cerca de la entrada del edificio, de manera que cuando alcanzó a ver a Gari, le esperó mientras éste se dirigía hacia él.

— Buenos días, Carlos.

— Buenos días –le observó de arriba abajo–. ¿Rubia o morena?

— ¿Disculpa? –preguntó Gari–.

— La chica, ¿rubia o morena?

— Pero, ¿cómo coño...? Rubia, es rubia. Pero, ¿cómo lo sabes? –preguntó intrigado–.

— Joder Gari, soy policía. Yo ya detenía a chusma cuando tú te la meneabas pensando en tu compañera de pupitre –ambos andaban hacia sus despachos–. O has desatendido tu aseo personal o esta noche no has ido a casa, porque llevas la misma ropa que ayer y –se acercó a su cuello y aspiró– hoy no llevas ese perfume caro que usas.

— Serás cabrón –dijo Gari riendo–.

— A ésta tampoco me la presentarás, ¿no? Seguro que no te da tiempo, cuando te decidas a presentármela ya estarás con otra –soltó una carcajada–.

— Pues la verdad es que ya la conoces.

— ¿Cómo? –Carlos paró en seco apenas a diez metros de su despacho–. No me jodas Gari, ¿te has tirado a Vega? –dijo Carlos en un susurro mientras miraba a su alrededor–.

— ¡Pero cómo me voy a estar tirando a Vega! –contestó también susurrando–. Vega es morena. La verdad, Carlos, está bastante buena, pero...

— Vamos tío, dímelo. He visto cómo la miras y cuando está cerca casi se pueden apartar tus feromonas con la mano.

— Que no, coño, que no es Vega, es Lidia.

— ¿Lidia?

— Lidia, la del gimnasio, la de... –hizo un ademán con sus manos, simulando dos grandes pechos–.

— Pero tío, eres insaciable, ¡no me jodas! Esa mujer está en el sumario de nuestra investigación.

— Vamos tío, sólo como testigo potencial, nada más. Además no me he casado con ella, ni he adoptado a su perro. Sólo cenamos y echamos un polvo... bueno unos cuantos –afloró una sonrisa en su cara–.

— Mira chaval, me rindo contigo, me rindo. Sólo doy gracias a Dios de que no me crezcan los pechos. Si lo hicieran, te juro que no me sentiría tranquilo nunca a tu lado.

Volvieron a caminar hasta el despacho que ambos compartían. Carlos sabía que ese desliz con Lidia no iba a suponer ningún problema en la investigación. Pero no dejaba de sorprenderle la promiscuidad de Gari. En el fondo, la bronca que le había propinado, era porque tenía miedo de que no sentara la cabeza en su vida privada y se viera solo con el paso tiempo. La eficiencia de Gari en el trabajo había hecho que le respetara y le tuviera gran aprecio personal, algo que sus anteriores compañeros no habían conseguido.

— Verás Gari, ayer me quedé hasta tarde aquí y estuve repasando algunas cosas.
— ¿Hasta tarde?
— Sí, casi hasta las dos de la mañana.
— Joder Carlos, ¿cuándo coño vas a hablar con tu mujer? No puedes seguir más tiempo en ese antro que has alquilado. Tu mujer está esperando que hables con ella.
— Gari, lo que ocurra entre mi mujer y yo no es cosa tuya, así es que no hay nada más que hablar de este asunto — contestó Carlos enfadado—.
— Cabezón de mierda, estás empeñado en mandar tu vida a la mierda, jodido cabrón. Al menos vente a mi casa hasta que lo arregles.
— ¿Y quién te ha dicho que lo quiero arreglar?
— Tú, me lo has dicho tú. Me lo dices cada vez que hablamos de este tema, o mejor dicho, cada vez que lo intento. Me lo dices tú con tu actitud.
— ¿Nos centramos en el caso? ¡Por favor!
— Como quieras.

Carlos abrió su cajón y sacó dos carpetas donde se iban archivando todas las pesquisas del caso. Abrió la que estaba marcada con el número 1. Lo primero que se veía al abrirla eran los análisis de productos químicos encontrados en las autopsias. Carlos los sacó de la carpeta, luego las cerró y las volvió a guardar en el cajón del escritorio. Lanzó los papeles a Gari y éste los cogió y los observó sin saber qué quería enseñarle.

— Creo que tenemos otra vía de investigación que no habíamos explotado lo suficiente hasta ahora –dijo Carlos recostándose en el respaldo de su silla–.

— ¿Otra vía? –Gari ojeó de nuevo los análisis– No te sigo, lo siento pero no te sigo.

— Ayer busqué en internet todo lo que había sobre el anmital sódico. Es difícil de conseguir y difícil de usar. Bajé a la "Científica". En el turno de noche hay un compañero mío de la academia y me contó algunas cosas que nos pueden ser bastante útiles.

— ¿Algunas cosas?

— Intentar seguir la compra del producto quizás nos haga perder el tiempo. No es un producto calificado como peligroso y no se lleva un registro de su venta. Lo compran todas las universidades, psicoterapeutas... en fin, difícil de rastrear.

— ¿Entonces? Si no podemos rastrear su venta, ¿qué tenemos?

— Pues que es difícil de utilizar.

— ¿Y...? – preguntó Gari intrigado–.

— Según la autopsia de la última chica, es posible que el disparo se lo propinara ella misma, es decir fue inducida a suicidarse. El anmital sódico se utilizó para eso. Igualmente ocurrió con los auto apuñalamientos de las dos primeras víctimas. Como ya dijo Mercedes, el anmital sódico es un inhibidor de la conciencia, pero, ¿cómo conseguir que alguien se pegue un tiro utilizando anmital sódico?

— ¿Cómo? –preguntó Gari que ya se mostraba bastante intrigado mientras se incorporaba en su silla–.

— Con hipnosis.

— ¿Hipnosis? Pero, ¿cómo vas a hipnotizar a alguien que tienes secuestrado? La hipnosis, al menos por lo poco que yo sé, requiere un alto grado de relajación. Piénsalo. Imagina que alguien te tiene secuestrado. ¿Serías receptivo a una hipnosis?

— Por supuesto que no, pero ahí es donde entra el anmital. Si tú administras el anmital, esa persona queda a tu merced. Su conciencia queda totalmente anulada y el cerebro reacciona ante los estímulos que recibe del exterior. En ese momento, su estado es el ideal para una sesión de hipnosis. Ya que el estado de conciencia que produce el anmital evita que el sujeto sea distraído por estímulo alguno, aumenta de forma muy notable los efectos de la hipnosis.

— Bien, pero, ¿en qué nos ayuda esto?

— Pues que nuestro campo de búsqueda queda reducido a un círculo bastante pequeño.

— ¿Qué círculo?

— Psicoterapeutas, sólo aquellos que estén especializados en hipnosis, lo cual reduce sensiblemente su número.

— Bien, ¿acudimos al colegio de psiquiatría?

— No tan deprisa. Hay una pega.

— ¿Una pega?

— Los mejores expertos en hipnosis pertenecen a estamentos gubernamentales poco accesibles.

— ¿Me estás diciendo que en España hay proyectos como el MK–ULTRA estadounidense?

— Algo así. Verás, creo... y sólo es una teoría, que alguien está asesinando a esas pobres chicas sólo para joder a San José. Se ha tomado muchas molestias en no dejar ninguna pista. Aun no acabo de comprender muy bien cómo coño ha conseguido que tuvieran lugar esos sueños y que acudiera a nosotros, pero estoy convencido de que él no tiene nada que ver en eso

— Que alguien quiera joder a San José no es de extrañar. Su empresa es un monstruo que cualquiera envidiaría. Además, llegar a donde ha llegado, sólo se puede conseguir ganándose unos cuantos enemigos.

— Efectivamente y cualquier persona que quisiera fastidiarle, tendría que estar bien financiado o al menos tener algo de poder económico para emprender una cruzada como ésa. Si el asesino no es un experto en esta materia, tendría que contratarlo y eso no debe de ser barato. No sólo compraría unos conocimientos, estaría comprando a la vez un silencio.

— Carlos, quizás pienses que es una idea descabellada, pero Marcos Lorenzana tiene un pasado bastante turbio, si por turbio entendemos coquetear con los servicios secretos. Alguien con esos contactos debe conocer a la persona adecuada para acometer algo así, ¿no crees?

— Es posible, pero ese hombre es leal, es un buldog que no deja nada al azar alrededor de su patrón.

— O quizás sea eso lo que quiere aparentar.

— Demasiado fácil, pero quién sabe.

— La navaja de Occam, Carlos, la solución más fácil suele ser la correcta.

— Bien, tiremos de ahí, pero dile a Vega que nos eche una mano. Ponla a buscar personas que estén relacionadas con San José y que tengan alguna relación, por muy remota que sea, con las chicas muertas, como los gimnasios. Que averigüe si acudían al psicólogo, si padecían de estrés, depresión, ansiedad o lo que sea. Recuerda que en una de las chicas se encontraron trazas de antidepresivos.

— Y nosotros, vamos a averiguar hasta si Marcos Lorenzana tiene granos en el culo, ¿no?

— Chico listo, chico listo –contestó Carlos–.

21

La semana estaba siendo buena, el dinero estaba moviéndose como hacía tiempo que no ocurría. Asia era la zona de donde más ganancias se podían arañar en las últimas fechas. José Manuel llevaba toda la mañana en el Departamento de Operaciones Internacionales. Junto con sus asesores, había pasado el día diseñando una estrategia para hacerse con una empresa portuguesa que se había establecido en Timor justo después de la guerra. Estaban pasando dificultades por culpa de unas inversiones que habían realizado en Angola y ahora dicha empresa corría peligro. Su intención y la de sus asesores, era tomar el control de la compañía sólo en Timor. Una corporación holandesa estaba metida también por medio y la operación se complicaba. Diez expertos en comercio internacional estaban trabajando en ello desde hacía días. Él llevaba desde las siete de la mañana revisando los números que sus asesores le habían facilitado. Alrededor de las once, ya se encontraba algo saturado de cifras.

— Señores, ¿les parece que nos tomemos un descanso de media hora? No sé ustedes, pero yo creo que después de media hora veré las cosas más claras. Tómense un café y lean el periódico un rato.

Su propuesta fue bien acogida por todos. Dejaron las carpetas en la mesa delante de la silla que cada uno ocupaba y salieron de la oficina. Algunos fueron a las terrazas al aire libre a fumar, otros simplemente estiraron las piernas por los amplios pasillos del edificio. Algún otro, José Manuel entre ellos, bajaron a la cafetería de la tercera planta.

La cafetería era amplia y muy iluminada, debido en gran medida a los grandes ventanales desde los que se apreciaban unas vistas maravillosas de Madrid, con la calle Bailén y el Palacio Real al fondo. Numerosas mesas ocupaban el centro de la sala y, en dos de los cuatro laterales, había mostradores de autoservicio con bocadillos, frutas, lácteos y bebidas. En otro estaba la caja y una ventana en la pared que daba a una cocina en la que se preparaban cosas sencillas, como tostadas, bocadillos calientes, etc. La cafetería era gratuita para los empleados. Lo único que debían hacer era entregar en caja su tarjeta de control para que el cajero la pasara ante un scanner. José Manuel se había sentado sólo en una mesa cercana a uno de los ventanales. Había decidido tomar dos tostadas con mermelada de melocotón, un café y un zumo de papaya. En unos revisteros situados en las dos entradas de la cafetería, había periódicos y revistas de todas clases. Hoy se había decidido por un diario deportivo. A pesar de haber practicado numerosos deportes, le atraía sobremanera el fútbol. Era hincha del Real Madrid, sin embargo tenía el carnet de socio del Getafe C.F., el equipo de la ciudad donde él se había criado y había pasado toda su juventud. Estaba absolutamente imbuido en la lectura del diario deportivo cuando notó que una bandeja con otro desayuno se deslizaba sobre su mesa. Levantó la cabeza para ver quién era. Sus ojos se centraron en la silueta que se erguía a su lado y, como si estuviera iluminado por un haz de luz, vio el rostro de Vicky. Hacía tres días que no la veía y ni pudo ni quiso reprimirse. Se levantó, acarició su cara, la besó en la boca y la abrazó.

— Te he echado de menos, amor mío, te he echado mucho de menos.

— Y yo a ti, José. Quería darte una sorpresa. Pregunté a Fina y me dijo que estabas en Internacional. Subí allí y uno de los asesores me dijo que estabas aquí abajo. De manera que pensé en darte una sorpresa.

— Pues me ha gustado, de verdad que sí. ¿Aún no tienes el piso vacío?

— Sí, quedan algunas cosas, pero no me hacen falta. Se quedarán allí. Estoy pensando en alquilarlo.

Todo el mundo sabía quién era él y también quién era ella. Ahora, además sabían qué eran los dos juntos. La gente miraba. Algunos sentían sorpresa ante lo que sus ojos veían. Otros, simplemente confirmaban sus sospechas. El caso es que José Manuel había encontrado el momento y lugar idóneo para anunciarse en sociedad.

— Bien, si alguien tenía alguna duda, espero que esto que ha ocurrido se las despeje, ¿no crees princesa? –rio–.

— De eso estoy segura. Bueno, subiré a mi despacho. Quiero ver el papeleo que tengo acumulado y quiero empezar a quitarme cosas. Hablé con mi secretaria esta mañana y no hay mucho, así es que intentaré quitármelo cuanto antes

— De acuerdo. Nosotros estamos con lo de Timor. Va para largo, de modo que, si acabas, sube a casa.

— Vale amor, te espero allí –Vicky acercó sus labios a los de José Manuel, le besó y luego se levantó para salir de la cafetería ante la mirada de todos–.

José Manuel terminó su desayuno y volvió a la sala de reuniones. Cuando llegó, algunos de sus asesores ya estaban sentados, mientras que otros estaban llegando. Una vez que todos estuvieron dentro, prosiguió con la reunión.

— Bien, espero que hayan desconectado un rato, porque nos espera una jornada muy larga. Paula, ¿dónde nos habíamos quedado?

Paula retomó la reunión desde el punto donde la habían dejado. Se estaban realizando importantes avances, de manera que, cuando llegó la hora de la comida, nadie hizo el más mínimo intento por salir a comer. Los holandeses empezaban a mostrar signos de debilidad y nadie quería parar hasta tener firmada la operación. La tarde estuvo llena de videoconferencias e intercambios de faxes y correos electrónicos.

Finalmente, alrededor de las seis y media de la tarde, los portugueses aceptaban la oferta y la operación se cerraba con éxito. A partir de ese momento, José Manuel iba a ampliar la red de telecomunicaciones en Timor y miles de sus habitantes iban a poder navegar por internet gracias a él.

— Paula, enhorabuena. Enhorabuena a todos. Habéis hecho un trabajo magnífico, como siempre.

Todos estaban felicitándose. Su equipo de asesores lo componían cuatro mujeres y seis hombres que funcionaban como la maquinaria de un reloj suizo. Todos eran economistas de primer nivel, pero Paula era una verdadera depredadora de los negocios. Cuando estaban comentando los pormenores de la operación y felicitándose a la vez, José Manuel hizo lo posible por hacerse un aparte con Paula. Cuando lo consiguió, acercó su boca al oído y le comentó:

— Eres la mejor, Paula, la mejor, una auténtica estrella de las finanzas. Enhorabuena y gracias por todo.
— Gracias a ti, José.

José Manuel le dio dos palmaditas en el hombro a modo de agradecimiento y después se dirigió a todos.

— Señoras, caballeros. Márchense a casa. Son ustedes un equipo magnífico. Váyanse y descansen. Lo merecen.

De manera que la reunión se disolvió y cada uno de ellos se marchó, de igual forma que lo hizo él, que volvió al apartamento. Lo primero que hizo fue buscar a Vicky, que se encontraba en una de las habitaciones ordenando las cosas que llevaba días trasladando. Iba vestida tan sólo con una camiseta larga, la cual dejaba ver sus largas y esbeltas piernas. A pesar de que la temperatura ya iba bajando notablemente, la perfecta climatización del apartamento permitía estar con atuendo de verano. José Manuel se acercó y la besó.

— Ya me enteré de que lo habéis cerrado.
— Sí, al final los portugueses han vendido. Y tú, ¿qué tal vas con tus cosas?
— Pues poquito a poco. Tengo toda la ropa colocada y ahora iba a llevar mis libros al estudio.
— Te hice sitio para que los colocaras. Me he desecho de algunas cosas. De todos modos quiero hacer otro estudio y he pensado comprar una colección de clásicos y algunas novelas. ¿Te parece?
— Claro que sí. Lo que tú quieras.
— Vicky, por qué no lo dejas por hoy y salimos a dar una vuelta y a cenar fuera.
— Umm, me apetece mucho. Me arreglo y nos vamos.
— Vamos a un sitio informal, no te arregles mucho. Además, a ti no te hace falta ningún adorno –la besó de nuevo–.
–Vale, me pongo unos vaqueros.
— Me parece bien, yo me quito el traje, y me pongo más cómodo.

En apenas veinte minutos, ambos salían por la puerta del apartamento y se dirigían a la calle. Habían decidido dar la vuelta a pie, de manera que salieron por la puerta principal. Justo allí, estaba situado el puesto de seguridad, desde el cual se controlaba el acceso a todo el edificio. Saludaron al vigilante.

— Buenas noches –saludó José Manuel–.
— Buenas noches, señor San José ¿a dar un paseíto?
— Sí, vamos a dar una vuelta. ¿Marcos ya se marchó a casa?
— No, aun no. Está en el módulo de vigilancia avanzado. Tiene una reunión con los jefes de departamento.
— ¿Hay algún problema? –preguntó–.
— No, al parecer el señor Lorenzana está diseñando un refuerzo de seguridad en algunos puntos del edificio.
— Ah bien, mañana le preguntaré. Buen servicio.
— Gracias, señor San José.

Salieron y comenzaron a pasear sin prisas, a hablar, a recuperar los días que habían perdido por estar separados. Se paraban en los escaparates sin soltarse de la mano. El primer establecimiento donde entraron fue una librería especializada. Buscaron lo que anteriormente habían comentado: libros de literatura clásica. Media hora más tarde habían adquirido cerca de 400 libros, entre los cuales también habían incluido novela actual y divulgación científica, tema que apasionaba a José Manuel. Se habían gastado unos 8.000 euros. Lo dispuso todo para que, Arturo junto con otro hombre, fueran a buscar los libros cuando el librero los tuviera disponibles. De manera que salieron de ahí y siguieron paseando, esta vez buscando un restaurante indochino situado en una callecita paralela al Paseo de Recoletos.

Allí cenaron, hablaron, rieron y se olvidaron de todo, para concentrarse tan sólo en ellos dos. Permanecieron en el restaurante cerca de dos horas. Daba igual, no había prisa, ya no. Ahora se tenían el uno al otro y lo peor era permitir que el tiempo pasase deprisa. Pero al día siguiente había que volver al trabajo y era hora de regresar a casa. A pesar de que la noche era fresca, decidieron pasear de nuevo, esta vez aún más despacio que cuando salieron y ahora sin detenerse en ningún sitio, sólo pasear, nada más.

Casi media hora después, el edificio de José Manuel aparecía al fondo de la calle. Lo que ambos no sabían es que al otro lado, a unos 100 metros de la entrada, un coche, con Hans en su interior, les estaba esperando.

Hans los vio aparecer, de manera que levantó la gabardina del asiento del acompañante, con la que tapaba un rifle de mira telescópica con cañón silenciador. Era lo suficientemente tarde como para que nadie fuera testigo. Miró a ambos lados y cuando estuvo bien seguro de que nadie le observaba, levantó su rifle, eligió su objetivo y lo puso en su mira. Vicky y José Manuel se acercaban a la entrada. Muy pronto pasarían junto a la rampa del parking. Hans calculaba que estarían ahora a unos 170 metros de él, distancia a la que podría alcanzarles casi con los ojos cerrados. De manera que decidió no esperar más. Había accionado el cerrojo y el arma estaba cargada. Una bala esperaba en la recámara. De nuevo observó su objetivo y empezó a acariciar el gatillo. El suave ritmo que ambos llevaban, le ayudaba enormemente en su macabra tarea. Pensó que, quién quiera que fuese la persona que le contrató, esa noche iba a empezar a pagarle.

Ya no había que esperar más. Dejó de acariciar el gatillo y colocó el dedo inmóvil sobre él para hacer una nueva calibración del objetivo. Ese fue el momento en que se decidió a apretarlo. Pero en el preciso instante en que comenzaba a ejercer la presión, un coche salió por la rampa. José Manuel se extrañó que un vehículo abandonara el edificio a esas horas, de manera que ambos se agacharon para ver de quién se trataba. Fue entonces cuando tres metros a sus espaldas, la ventana de una de las garitas de seguridad saltaba en mil pedazos. La bala casi había rozado su cabeza. El estrépito hizo que los dos se volvieran queriendo entender qué estaba pasando. La puerta del coche se abrió y de su interior salió Marcos, el cual había comprendido desde el primer momento por qué la ventana había saltado por los aires.

— ¡Agachaos! –gritó Marcos–.

Vicky y José Manuel hicieron lo que les había ordenado, cuando de nuevo, la ventanilla de la puerta del coche que había dejado abierta, era la que quedaba hecha añicos. Marcos se lanzó sobre ellos y los empujó dentro del vehículo. Una ráfaga de tres balas se estrellaron contra el coche, agujereando dos de ellas el parabrisas y la otra el capó. Vicky se echaba las manos a la cabeza para taparse los oídos y José Manuel la protegía entre sus brazos. La lluvia de balas parecía concentrarse en él. Marcos sacó una Beretta de su sobaquera y miró a la calle a través de un espejo cóncavo que había situado en la rampa del parking. Todo estaba en calma. Observó los coches uno a uno. Todo parecía tranquilo, pero uno de ellos, al otro lado de la calle, tenía una ventanilla abierta a pesar de no observar a nadie en su interior. Los hombres de Marcos empezaron a acudir al estruendo. Al ver a los tres tirados en el suelo y llenos de cristales, sacaron sus armas. Sin embargo, Marcos les dijo que entraran dentro y llamaran a la policía. Después, montó su arma y quitó el seguro. En un movimiento rapidísimo, sacó medio cuerpo por encima del capó de su coche y empezó a disparar hacia la ventanilla abierta. Miles de fragmentos de cristal saltaron por los aires y dos balas se alojaron en la puerta del vehículo al que apuntaba. Marcos se resguardó de nuevo tras el coche.

Hans respondió a la agresión, pero esta vez no apuntó a nadie, sino que disparó a las dos ruedas del lado derecho del vehículo. Cuando se aseguró de que los neumáticos habían reventado, puso en marcha el motor de su coche y salió de allí haciendo chirriar las ruedas. Marcos surgió de detrás de su coche, se posicionó en mitad de la calle y vació el cargador sobre el vehículo en fuga. Éste se alejaba a bastante velocidad, pero aun así, tuvo tiempo de destrozar la luna trasera.

Una vez desapareció de su vista, guardó el arma en la sobaquera y se dirigió rápidamente hacia Vicky y José Manuel, los cuales ya estaban siendo atendidos por dos vigilantes del edificio.

— Gracias a Dios que estabas aquí Marcos –dijo Vicky llorando–.

— Gracias amigo, gracias –le espetó José Manuel con la voz entrecortada mientras le abrazaba–.

— ¿Estáis bien?, eh, Vicky. ¿Y tú, José?, tienes sangre en la mano.

— Sí, no te preocupes, es un corte pequeño de un cristal. Joder Marcos pero, ¿qué coño haces aquí? Nos has salvado la vida a todos.

— Acabo de terminar una reunión y me iba a casa. José, ¿tienes idea de quién coño es ese tío?, ¿habías visto ese coche antes?

— No, no tengo ni idea. Nunca le había visto.

— Está bien, subamos a casa y allí esperaremos a los inspectores Sanz y Ugalde, les llamaré ahora mismo. José, la situación se está escapando a nuestro control. Prepáralo todo, es hora de hacer un viaje a Tánger.

— ¿A Tánger? –preguntó Vicky extrañada–.

— Sí cariño, a Tánger. Ya te lo explicaremos todo. Mañana no trabajarás. Estarás aquí, recluida conmigo. Después, te vienes con nosotros a Tánger.

22

Hans estaba contrariado. Una casualidad le había metido en un aprieto. No había conseguido su objetivo y además, el coche de alquiler estaba agujereado por todos lados. Irremediablemente dejaría un rastro si arreglaba el vehículo en uno de los talleres clandestinos. Por supuesto, no lo entregaría en la agencia de alquileres. De manera que tuvo que improvisar. Escogió una calle en la que, aparentemente, no había joyerías u oficinas bancarias donde pudiera haber cámaras y aparcó. Dentro de su equipo llevaba bombas incendiarias, que ya en alguna otra ocasión le habían sido de utilidad y Hans, que era un profesional, si cometía un error una vez, éste no se volvía a repetir, de manera que cogió todo lo que le era útil y sacó una bomba incendiaria con detonador retardado. Tenía dos minutos para alejarse. Inició el mecanismo de ignición, la dejó sobre el asiento trasero y se alejó.

Caminó lo más rápido que pudo sin llamar la atención. Llevaba un maletín con el rifle desmontado, de modo que tenía que ser discreto aunque simulara la caja de un instrumento musical. En una parada de autobús cercana había cuatro personas esperando a esas horas, casi de madrugada. De manera que decidió unirse a ellas. Una explosión algo lejana se escuchó de repente. Muy pronto empezó a ver cómo coches de policía, SAMUR y bomberos, pasaban ante ellos a toda velocidad. Al igual que los demás que estaban esperando, se hizo el sorprendido, pero sin hablar mucho. Podía disimular el acento si las conversaciones no eran largas. En medio de la confusión apareció un autobús con seis personas en el interior. La gente siguió murmurando mientras subía. Aprovechó para sentarse solo, así no tendría que compartir charla con nadie. Estuvo en el autobús casi media hora y, cuando decidió que ya estaba lo suficientemente lejos del incendio, se apeó, buscó un taxi y subió en él.

— Al aeropuerto, por favor.

Hans lo tenía todo pensado. Iría al aeropuerto y una vez allí esperaría un par de horas. Luego buscaría otro taxi que le llevara a su hotel. Estaba algo cansado de portar el maletín en el que llevaba su rifle, munición y otras dos bombas incendiarias. Decidió que ya era hora de irse, hacía más de dos horas y media que la bomba incendiaria había explotado. Salió de una de las salas de espera del aeropuerto y se dirigió a la estación de taxis. Una vez allí, montó en el primero de la fila.

— Al hotel Monumental, por favor. ¿Sabe la dirección?

23

A pesar de que era ya de madrugada, el edificio de José Manuel mostraba una intensa actividad. Una docena de policías, una unidad del SAMUR y numerosos miembros del servicio de seguridad, habían tomado el edificio. En su apartamento, dos médicos les atendían a Vicky y a él, que mostraba un ligero vendaje en la mano. Atento a todo esto se encontraba Marcos, que dirigía el histriónico ballet que allí se estaba representando. El zumbido que anunciaba que había alguien ante la puerta del apartamento, volvía a sonar por enésima vez. Marcos miró uno de los monitores y observó a Carlos Sanz y Gari Ugalde, de manera que abrió inmediatamente. Ambos entraron en el apartamento como el agua de un dique que se rompe.

— ¿Están ustedes bien? –bramó Carlos–.
— Pues no, no estamos bien –dijo José Manuel saltando como un resorte del sofá y prácticamente gritando–. Hace unos días me enganchó a un puto detector de mentiras y, ¿qué coño hemos sacado en claro? Eh, ¡dígame! Me acaban de tirotear y eso no es lo peor. Lo peor es que lo han hecho con mi pareja al lado –señaló a Vicky con el brazo extendido– y con mi mejor amigo –apuntó a Marcos con el dedo–. ¡Ah, por cierto! Sepan que si no fuera por él, es posible que mis

sesos o mis tripas estuvieran tirados en esa puta rampa, o lo que es peor los de... –dijo bajando el tono y mirando a Vicky–.

— Entiendo su frustración, señor San José –se disculpó Carlos–, pero...

— ¡Que entiende mi frustración! ¡Ah, pues me siento más aliviado si entiende mi frustración! Mire inspector, le agradezco todo lo que han hecho hasta ahora, pero creemos que podemos investigar por nuestra cuenta. Como sabe usted, el señor Lorenzana cuenta con buenos contactos aun y la verdad, después de lo de hoy, no me encuentro con fuerzas para esperar a que ustedes solucionen esto. ¿Qué debo hacer? ¿Permanecer aquí encerrado hasta que ustedes lo solucionen? Lo siento, pero no.

— Por favor, señor San José, desde luego que es imposible que nosotros sepamos por lo que está usted pasando pero, créanos, estamos trabajando de manera incansable –inquirió Gari–. Si miramos fríamente este asunto, su atentado frustrado es una gran fuente de pistas para revivir la investigación. Ciertamente creemos que, lo que ha ocurrido hoy, tiene bastante que ver, si no todo, con los asesinatos de las muchachas.

— Verán inspectores, he empezado a preparar todo para que, esta misma mañana, tanto José Manuel como Vicky, salgan del país hasta que todo esto se tranquilice –informó Marcos con voz firme y tranquila–.

— Señor Lorenzana, pienso, y creo que el inspector Ugalde estará de acuerdo conmigo, que el que ustedes salgan del país –miró a José Manuel– no ayudará en nada. Ni siquiera sabemos a quién nos enfrentamos. Y, créanme, la magnitud de este caso nos hace pensar que, quien quiera que sea el que está haciendo esto, no es un don nadie. Incluso es posible que salir del país no resulte útil. Y fuera de España no podemos protegerles.

— ¡Ni aquí tampoco, joder! Aquí tampoco pueden protegerme, o es que no se acuerdan de que hace poco más de una hora nos han acribillado a balazos.

— Señor San José, no puedo retenerle aquí contra su voluntad. Usted es libre de hacer lo que quiera. Pero, por favor, deme un pequeño margen –rogó Carlos–. Sólo tres días, lo justo para que se realicen los exámenes de balística e intentemos localizar el arma. Por favor.

José Manuel puso los brazos en jarra y empezó a pasear bruscamente por el salón del apartamento con la vista fija en el suelo. Finalmente, tomó una decisión.

— Tres días. Tienen tres días. Después nos vamos. Si no encuentran nada, actuaremos por nuestra cuenta.
— Tres días, le damos nuestra palabra. Si en tres días no hemos descubierto nada relevante, no le intentaré retener, aun pensando que cometen ustedes un error.
— Gracias inspectores. No quisiera ser descortés, pero, ¿les importaría dejarnos descansar? O intentarlo al menos.
— Por supuesto, no tiene por qué disculparse. Si no le importa vamos a dejar tres patrullas alrededor del edificio. Es prácticamente imposible que ocurra nada más esta noche, pero nos quedaríamos más tranquilos y creo que ustedes también.
— Sí, gracias. Se lo agradezco –contestó José Manuel en un tono más conciliador–. Nuestro servicio de seguridad colaborará en lo que necesiten.
— Gracias señor San José. Buenas noches.

Gari y Carlos salieron del apartamento. Los dos médicos del SAMUR lo habían hecho ya hacía unos minutos. Vicky estaba mucho más tranquila, debido en gran parte a los ansiolíticos que los médicos le habían administrado. José Manuel, sin embargo, no había querido tomar nada. Pensaba que necesitaba tener la mente despierta en esos momentos. Marcos y él llevaban un buen rato planeando el viaje a Tánger. La mujer de Marcos se había presentado también en el apartamento y, en esos momentos, se dedicaba a hacer compañía a Vicky.

El reloj marcaba las cuatro de la madrugada. José Manuel y Marcos, desde la pantalla del ordenador del estudio, revisaban las cámaras del circuito cerrado del edificio. Tal como Carlos les había dicho, varios coches patrulla estaban apostados en los alrededores. Repararon en que Vicky estaba en el sofá profundamente dormida debido a los tranquilizantes, de manera que José Manuel se dirigió hacia ella, la tomó en sus brazos y la llevó a la cama. Vicky ni siquiera reparó en ello. De manera que él la tendió sobre la cama, la desnudó cuidadosamente, la metió bajo las sábanas y la besó.

En el salón esperaban Marcos y su mujer. Éste tenía cara de agotamiento, al igual que José Manuel.

— Marcos, esta noche os quedáis aquí. A estas horas no voy a permitir que os vayáis a casa. Al fondo del pasillo hay dos habitaciones preparadas. Utilizad la que queráis.

— Te lo agradezco José, estoy bastante cansado y además así estaré cerca por si surge cualquier problema. Gracias, no te voy a negar la invitación –rio mientras daba una palmadita en la cara de José Manuel–.

— Es que yo no te iba a dejar que la rechazaras –devolvió la sonrisa José Manuel–.

— Bueno, pues vete a la cama con tu chica e intenta descansar, ¿vale, chaval?

José Manuel asintió con un golpe de cabeza y marchó hacia la habitación. Marcos y su mujer hicieron lo mismo. La noche había sido muy larga y aún más intensa. Lo que en un principio había sido un tranquilo paseo, se había convertido en un vil atentado hacia la vida de José Manuel pero, ¿sólo hacia su vida?

24

La joven rubia de pelo rizado salía del gimnasio como otros días. Volvía a casa en el metro, siguiendo la rutina de los últimos meses. Pero una figura de ojos brillantes y misteriosos la observaba. Ése era el día, así que la siguió a una distancia prudencial. Una vez en el metro, entraron en el mismo vagón, pero la figura misteriosa decidió colocarse en el otro extremo y distraer la atención leyendo uno de los periódicos gratuitos que se podían encontrar en el suburbano.

La chica sacó un libro de su bolsa y comenzó a leer. Estaba totalmente imbuida en la lectura y ni siquiera reparó en que alguien la observaba desde que había salido por la puerta del gimnasio. En el metro todo lo que ocurría era rutinario. Dos chavales con la cara llena de acné alardeaban de las conquistas del último fin de semana. La crudeza de las palabras que estaban utilizando para definir sus encuentros amorosos, estaba incomodando a una anciana que se sentaba justo detrás de donde ellos se mantenían de pie, la cual mostraba gestos de desagrado en su cara.

Un ejecutivo permanecía de pie, recostado contra una de las puertas del vagón, intentando aliviar la tensión del día dando suaves golpecitos con su cabeza en el cristal. Tenía cara de cansancio y el nudo flojo de la corbata acentuaba esa sensación. Un hombre de pie ,en medio del vagón, observaba a cada uno de los usuarios. Posiblemente se tratara de un carterista que estaba calculando las posibilidades de dar el próximo golpe. Más al fondo, una mujer permanecía sentada junto a su hijo que se distraía con un videojuego de última generación. El ruido de un coche de carreras y los colores que desprendía la pantalla, hacían pensar que el niño aspiraba a ser el último campeón de Fórmula I que, además, era español.

Pero la figura misteriosa permanecía ajena a todas estas otras vidas de las que se encontraba rodeada. Sólo prestaba atención, de manera muy sutil, a la chica rubia que llevaba observando hacía ya más de un mes. Finalmente, la muchacha cerró el libro y lo metió en su bolsa. Estaba a punto de apearse del vagón. Entonces el metro entró en una estación y se levantó. Por desgracia para ella, la estación era bastante transitada, de manera que le sería muy difícil observar que aquella persona misteriosa se había subido en el mismo sitio que ella y ahora se bajaba también en la misma parada. Se dirigió calle arriba. Al final de la avenida se encontraba el bloque de viviendas donde residía. Estaba a diez metros de su portal y no reparó en que alguien andaba pisándole los talones. La noche había caído y por esa zona no había mucho tránsito de personas. Paró ante su portal, sacó las llaves de su bolsa y abrió la puerta de forja y cristal que se alzaba ante ella. Entró al interior del edificio y no se percató de que la persona que la estaba siguiendo se había abalanzado contra la puerta, justo antes de que ésta se cerrase. Casi sin darse cuenta, la joven sintió como alguien se le echaba encima y la llevaba hacia una zona resguardada del portal. Una mano cubierta por un guante de cuero negro tapaba su boca. Entonces un susurro resonó en sus oídos.

— Quédate quieta y no te pasará nada. Intenta algo y te mato aquí mismo. ¿Lo has entendido? Si lo has entendido, asiente con la cabeza.

La chica lo hizo.

— Bien, ahora quédate quieta.

Con la otra mano libre, sacó de su bolsillo una jeringuilla. Quitó la tapa a la aguja con la boca y la mantuvo entre sus dientes. Entonces llevó la jeringuilla al cuello e inyectó el anmital sódico por vía intracarotídea. La chica gimió levemente debido al dolor del pinchazo. La entrada del anmital a través de la carótida hizo que los músculos de la joven se destensaran al instante, debido a que la droga había surtido un efecto casi inmediato. Cuando estuvo seguro de que tenía el control, la soltó, volvió a poner la tapa en la aguja y la volvió a llevar a su bolsillo. Indicó a la muchacha que subiera a casa y que abriera la puerta. Ella, sin ningún titubeo, le obedeció. Por suerte para el atacante, todo había salido bien. Nadie les había visto y tampoco se había hecho excesivo ruido. En el transcurso hasta la casa de la joven, no se habían cruzado con nadie. De modo que, una vez dentro, lo que quedaba era lo más fácil.

Después de casi dos horas dentro, el intruso pensó que ya era el momento de terminar con todo. De modo que sacó del bolsillo de su chaqueta una Beretta y un silenciador, que colocó en el arma con toda tranquilidad. La joven, que se había desnudado ya, estaba dentro de la ducha, en pie, esperando una nueva orden de quién ahora mandaba en su voluntad. Sin ningún tipo de ritual, tendió su mano en la que portaba el arma. La chica, sin dudarlo, la agarró y bajó la mano sin más a la espera de otra nueva orden. Casi acto seguido, su atacante le ordenó que hiciera lo que había dicho. Y la muchacha así lo hizo. Levantó su mano empuñando el arma y colocó el cañón sobre su sien derecha. Esperó.

Entonces con un simple balanceo de la cabeza, dio la orden para que la joven apretara el gatillo.

Gracias al silenciador, sólo se oyó un chasquido metálico al que le siguió un zumbido sordo y el ruido de porcelana rompiéndose. La bala había atravesado el cerebro de la joven y había salido por la otra sien, alojándose en la pared de azulejo del baño. Ella se desplomó como un muñeco de trapo. Había caído dentro de la ducha, pegada a la pared, donde se observaba una mancha de sangre y masa encefálica de arriba abajo. El asesino se acercó y arrebató el arma de la mano inerte de la muchacha. Curiosamente, la pistola estaba absolutamente limpia. Desenroscó el silenciador y lo guardó en uno de sus bolsillos. Hizo lo mismo con el arma. Observó por última vez su "obra" y salió decididamente de ese baño. Se dirigió hacia la entrada de la vivienda. Antes de salir, miró a través de la mirilla, para comprobar que no se encontraría con nadie en su salida de aquella casa. Justo antes de decidirse a abrir la puerta, le invadieron unas inmensas ganas de mirar a la derecha, donde se erguía un moderno mueble recibidor con una pequeña mesita de mármol y un espejo. Al fijar su vista en el espejo, el asesino pudo observar su rostro: ¡era el rostro de José Manuel!

De repente, empapado en sudor, un enorme escalofrió le despertó de su nueva pesadilla. Al hacerlo, se incorporó en la cama y miró a todos los rincones de la habitación. Entonces observó cómo a su lado, profundamente dormida por efecto de los tranquilizantes, se encontraba Vicky. De modo que entró en el baño, abrió el grifo y, con el agua fría, empapó su cara. Otra vez había ocurrido, ahora sólo hacía falta que se tratase sólo de un sueño y nada más. Observó que Vicky no despertaba, de manera que para no molestarla, decidió salir de la habitación. Se dirigió a la cocina y de su frigorífico americano extrajo una botella de agua fresca. Cogió un vaso de uno de los armarios, lo llenó y lo bebió de un solo trago. Lo volvió a llenar de nuevo, pero éste segundo lo bebió a pequeños sorbos. Iba vestido con un pantalón amplio de pijama, pero su torso estaba desnudo, dejó el vaso y se apoyó sobre la encimera de piedra de mármol, con la vista baja. Algunas de las heridas que le había provocado la lluvia de cristales estaban inflamadas y le dolían, pero estaba demasiado apesadumbrado como para preocuparse de ellas. Seguía tan absorto en sus pensamientos que no adivinó que alguien le estaba observando. Una voz ronca y potente le sobresaltó.

— José, ¿te ocurre algo? ¿Estás bien?

— Joder Marcos, que susto me has dado —contestó, dando la vuelta sobresaltado—.

— He oído algo y como no he dormido nada bien, me levanté a ver qué pasaba. Y te he visto aquí. Pensé que te encontrabas mal o que te dolía alguna herida.

Ante esa afirmación, miró las heridas de su brazo derecho y de sus manos. Palpo las de su antebrazo suavemente.

— Oh, no, bueno, la verdad es que tengo alguna molestia, pero no es para tanto.

— Entonces, ¿no ocurre nada?

— No, no, nada, no ocurre nada, simplemente me pasaba como a ti, no podía dormir y me estaba agobiando en la cama.

— Bien, desayuna algo, deja que entre algo en tu estómago.

— Sí, es posible que tenga algo de hambre y no pueda dormir por eso.

— Vale, voy a intentar echarme otro rato, son las seis de la mañana.

José Manuel asintió y observó cómo Marcos tomaba también otro vaso de agua. Pero justo cuando estaba retirándose a la habitación, no aguantó más.

— Otra vez, Marcos.

— Otra vez, ¿qué? –preguntó Marcos mientras frenaba en seco y giraba sobre sí mismo–.

— Otro sueño Marcos, otro puto sueño en el que acabo de asesinar a otra pobre chica.

— ¡Mierda! ¿Igual que la otra vez?

José Manuel asintió con la cabeza con gesto de pesar.

— Bueno, ¿qué quieres hacer?

— ¿Qué crees que debo hacer? –preguntó casi rogando una respuesta–.

— Acude de nuevo a la policía –contestó después de un largo silencio–.

—Marcos, ¿y si lo estoy haciendo yo?, ¿y si sufro algún tipo de enfermedad que me permite cometer atrocidades de ese calibre y no acordarme de nada?

— ¡Por Dios, José!, no digas tonterías. Algo está ocurriendo, no sabemos qué, pero desde luego tú no eres el culpable.

—¿Cómo lo sabes, eh, cómo lo sabes? Además, ¿quién está intentando matarme? ¿No crees que alguien que sabe lo que estoy haciendo podría querer vengarse? –espetó José Manuel con los ojos a punto de estallar en lágrimas–.

— No digas gilipolleces, José. Además, ¿cómo sabes que quieren matarte? Allí abajo éramos tres personas y ninguno puede estar seguro de a quién iban dirigidos esos proyectiles, ¿lo entiendes?

— Marcos, joder, piénsalo. Tuve el primer sueño y han intentado matarme. Esas chicas eran de buen nivel social, lo suficiente como para que un padre cabreado contrate a algún asesino. Contempla esa posibilidad, Marcos.

— No digas tonterías. ¿Es que crees que España hoy en día es el lejano Oeste y puedes ir contratando matones por ahí?

— ¡Y yo que sé, Marcos, joder, y yo que sé! Tan sólo soy un puñetero empresario que prácticamente vive aislado del mundo real. No puedo pensar con claridad, pero desde luego, lo que te digo es lo mejor que se me ocurre y, si lo piensas, no es ninguna tontería.

— Tu trabajo no es investigar ni especular, ¿queda claro? Dedícate ahora a proteger a esa preciosidad que tienes en tu cama y que está aterrada. No muestres miedo ante ella o se derrumbará. A pesar de lo que pueda parecer, Vicky es una mujer muy vulnerable y necesita sentirse rodeada de gente muy segura, ¿lo entiendes? Hazlo por ella.

— Está bien, lo siento Marcos, lo siento –dijo suspirando–.

— No tienes nada que sentir. Esto es difícil para todos.

— Marcos, por favor, llama a Sanz y pídele que vengan aquí.

— De acuerdo, yo creo que es lo mejor. Espera aquí –Marcos salió de la cocina, pero volvió sobre sus pasos y se asomó a la puerta–. ¡Ah! Y por favor, tranquilízate.

25

Hans estaba tumbado sobre la cama de su habitación. Había fallado y eso no solía ser lo que ocurría cuando realizaba un "encargo". No manifestaba abiertamente su contrariedad, se limitaba a recopilar más datos para que la próxima acometida fuera la correcta. Se incorporó y sacó toda la documentación que había reunido, además de la que Dieter le había facilitado. Volvió a estudiar los historiales y pensó que una solución sería cambiar el orden de los objetivos. Miró el reloj. Vio que eran ya las 9 de la mañana. No había dormido bien a pesar de haberse acostado a las 3, ya no aguantaba más y necesitaba un poco de actividad. Decidió que lo mejor para desperezarse era tomar una ducha, de manera que se dirigió al baño, abrió el agua. Mientras dejaba caer el agua tibia sobre su piel, hacía una composición mental de la noche anterior y empezó a pensar qué era lo que había fallado.

Con una toalla enrollada a la cintura, paseó por la habitación de lado a lado, intentando buscar soluciones. La noche anterior había colocado el cartel de "NO MOLESTEN" en el pomo de su puerta, para que nadie le molestara hasta que él quisiera. Así que extrajo el maletín del armario y sacó el rifle. Lo desmontó, limpió y engrasó concienzudamente durante casi una hora. Una vez limpio y engrasado, volvió a montar el arma, descorrió una minúscula rendija entre las cortinas y apuntó contra la primera persona que vio tras su mira. Encañonó a una mujer joven y realizó un disparo sin la munición. El sonido del percutor le resultó satisfactorio, señal de que el rifle estaba perfectamente calibrado.

Volvió a guardar su arma ya desmontada en el maletín y lo dejó fuera del armario. Pensaba bajar a desayunar algo y, siempre que salía de la habitación, llevaba su maletín encima o lo bajaba a su coche, donde lo escondía en un doble fondo construido especialmente para tal fin.

Finalmente, observó una de las fotografías que cogió de la mesa de la habitación. Con la otra mano agarró el historial de dicha persona. Tras leerlo detenidamente, decidió que ése sería su siguiente objetivo. Esta vez no utilizaría el rifle, sino su Glock. Con su vieja arma aseguraba el resultado final, pero debería acercarse peligrosamente a su víctima, corriendo así más riesgos. Pero al fin y al cabo ese era su trabajo.

Al cabo de un rato, con un nuevo plan en su cabeza, bajó a la cafetería del hotel con su maletín a cuestas. Todos los informes estaban seguros en la caja fuerte de la habitación. Después de desayunar bajaría a su coche, guardaría su maletín y se marcharía al centro a estirar las piernas, desconectar un poco y de paso, hacer unas compras y leer algún periódico. Tan sólo era un trabajador más, eso sí, con un trabajo bastante macabro.

26

Eran las once de la mañana. José Manuel leía el periódico en el salón mientras tomaba un zumo de melocotón y un par de croissants. Vicky apareció en esos momentos con su camiseta larga y las piernas desnudas. Aun mostraba un cierto aturdimiento debido a los tranquilizantes. José Manuel la observó mientras ella se acercaba. Vicky se sentó sobre sus piernas, echó los brazos alrededor de su cuello y le besó.

— Buenas días, mi amor. ¿Has dormido algo?

— Muy poco, un par de horas.

— Pues yo no me he despertado en toda la noche y estoy un poco confusa –miró el brazo derecho de José Manuel y vio sus heridas–. Pero lo que ocurrió anoche no fue un sueño. Tengo miedo cariño.

— Lo sé, cielo, lo sé. Tranquila, en unos días nos iremos a Tánger y todo se solucionará.

— ¿Qué hay en Tánger? ¿Qué vamos a hacer allí?

— Verás, Marcos tiene un amigo que conoció hace años, cuando era policía. Es un experto en seguridad. Él nos puede ayudar mientras todo esto se arregla. Además, hay otra cosa.

— ¿Otra cosa? –Vicky separó su cara de la de José Manuel– ¿Qué otra cosa ha pasado?

— Verás cariño, he tenido otro sueño. Ha sido absolutamente real. Marcos ya lo sabe y los inspectores vienen hacia acá. Llevo toda la mañana dando vueltas arriba y abajo a la televisión y no he visto nada, pero lo soñé.

— No te preocupes, quizás fue sólo eso, un sueño. Recuerda que soy psicóloga también. Es posible que estés muy sugestionado con todo este asunto. No debes darle importancia o las pesadillas persistirán.

— Sí, es posible. Yo he sido siempre una persona absolutamente racional, pero ya no sé a qué atenerme.

Vicky volvió a besarle y apretó la cara de José Manuel contra su pecho. Después de unos minutos de caricias y abrazos Vicky fue a darse una ducha mientras él seguía buscando alguna pista en la televisión. Cambió a un canal, nada. Cambió a otro, nada. Empezaba a estar sobrepasado por la situación y eso no le gustaba. Él siempre acostumbraba a llevar el control sobre todo y esta vez no lo tenía. Estaba perdido en esos pensamientos cuando un zumbido le indicó que alguien había llegado. Miró a los monitores y vio a Marcos junto a Carlos Sanz y Gari Ugalde en la puerta del apartamento. Se dirigió a uno de los paneles y accionó la apertura de la puerta.

— Buenos días inspectores, tienen cara de cansados. ¿Quieren tomar algo?

— Le agradecería mucho un café –contestó Gari–.

— Otro, por favor –le siguió Carlos–.

— Ustedes tampoco han dormido, por lo que veo –dijo José Manuel con una mueca de sonrisa en su boca–.

— Bueno, la verdad es que poco. Señor San José, Marcos me ha contado que esta noche ha vuelto a tener usted otra pesadilla.

— Sí, inspector. Quizás sea sólo una pesadilla, pero he pensado que debían saberlo.

— Verá, señor San José –interrumpió Gari–, una señora llevaba toda la tarde de ayer intentando hablar con su hija. La llamaba al teléfono y no respondía. En el móvil, lo mismo. Así que, esta mañana, después de pasar toda la noche en blanco, cogió las llaves de la casa de su hija y entró. La ha encontrado en la ducha con un tiro en la cabeza —hizo una pausa—.

Al escuchar la información que Gari le había brindado, José Manuel cayó sobre la silla como un muñeco. El corazón le había dado un vuelco, le entraron ganas de vomitar y se hizo una especie de vacío en sus oídos. Un sudor frío empezó a recorrer su cuerpo, sentía la boca seca.

— Señor San José, tranquilo —intentó animarle Carlos—. Ahora estamos totalmente seguros de que usted no está causando esas muertes, incluso estamos barajando una teoría nueva en la que le damos explicación al porqué recrea usted esos crímenes en sus pesadillas de una forma tan real —Carlos observó la reacción de Marcos—.
— ¿Una teoría nueva? –preguntó–. ¿Cuál?
— Verá, señor Lorenzana, no estamos autorizados a divulgarla... por el momento —le informó Gari—. Usted ha sido policía muchos años y sabe que esto funciona así.
— Inspector Ugalde, yo soy quién tiene esos sueños horribles. ¿No pueden darme una aproximación de por qué me ocurre esto? Marcos ha pasado la noche aquí y sabe que no ha salido ni entrado nadie del apartamento.
— ¿Ha pasado la noche aquí? –preguntó Carlos–.
— Lo siento, señor San José —se disculpó Gari, intentando desviar la atención de Marcos ante la pregunta–, si pudiéramos lo haríamos, se lo diríamos, pero no podemos. Y es mejor así, se lo aseguro. Será de más ayuda para usted. Hágame caso.
— Está bien, está bien.
— Señor San José —entró Carlos en escena— permítame aconsejarle que se atrinchere en su apartamento hasta que todo esto se solucione, usted y la señorita Cerdán, desde luego.

— Que me atrinchere, ¿sabe usted lo que está diciendo? No se puede dirigir una empresa como ésta desde aquí. Tengo una vida, me ha costado mucho conseguir todo lo que ven alrededor, no puedo permitir que todo esto se desmorone.

— Señor San José –gritó Carlos–, si ese hijo de puta consigue su propósito, y creo que su propósito es matarle a usted, lo que ha luchado anteriormente no habrá valido para nada, ¿es que no lo entiende? A la vez que intentamos salvar su vida, salvamos también su obra, como usted dice, todo por lo que ha luchado hasta ahora.

Un tenso silencio se hizo en ese momento. Todos se miraban huidizamente, intentando adivinar quién sería el siguiente en abrir la boca. En ese instante, una llamada al móvil de Gari salvó la situación.

— Sí, diga –Gari respondió y luego escuchó atentamente antes de colgar–. Lo sentimos señores, pero Carlos y yo debemos marcharnos. Han identificado el tipo de arma que se utilizó en el atentado de anoche.

— Bien, vámonos. Pero esta tarde volveremos –dijo Carlos volviéndose hacia Marcos y José Manuel– y le ruego encarecidamente que, por favor, no se muevan de aquí hasta que no vuelvan a hablar con nosotros esta tarde... por favor.

— Está bien –contestó José Manuel–. Pero seguimos manteniendo nuestra idea de irnos del país.

— Por favor, esta tarde hablamos. No hagan nada hasta entonces.

Los dos inspectores se dirigieron hacia la puerta y al salir del salón vieron a Vicky, plantada en la puerta de la habitación, con el pelo mojado y un albornoz blanco. En su cara se veía la preocupación. Había escuchado toda la conversación y no había querido intervenir. Ambos inspectores la saludaron con un gesto de la cabeza al que ella respondió cortésmente.

Tanto Carlos como Gari, estaban totalmente seguros de que Marcos tenía un alto grado de implicación en todo este asunto. Ahora sólo faltaba ver si el informe sobre el arma les podía acercar a él un poco más. Quizás hubiesen tenido al culpable desde hacía tiempo frente a ellos.

— ¿Saben algo ya o era un farol?
— No, Carlos, no era ningún farol. Tienen el tipo de arma. Anoche incendiaron un coche a un kilómetro de aquí y dentro había casquillos de un arma de largo alcance. Han podido relacionar uno de los casquillos con los proyectiles que han extraído del coche de Lorenzana.
— ¿Qué arma es?
— No me lo han dicho. Tienen un informe completo en balística. Nos están esperando allí. Así es que vámonos cuanto antes. Carlos, estamos cerca, lo presiento.
— Lo sé, amigo, lo sé.

Carlos y Gari recorrieron el edificio hasta el parking. Una vez allí cogieron el coche y fueron lo más rápido que pudieron. Su próxima parada: BALÍSTICA.

27

Carlos y Gari se encontraban ante la puerta de un edificio de ladrillo rojo. En la parte superior de la puerta acristalada, una placa rezaba la siguiente leyenda: UNIDAD CENTRAL DE CRIMINALÍSTICA. Ambos entraron decididamente. Conocían muy bien el edificio. Una vez dentro se dirigieron hacia una sala bajo el nivel de suelo. Un pequeño cartel a la derecha de una puerta custodiada por dos agentes rezaba: BALÍSTICA FORENSE. Los dos agentes estaban dentro de un habitáculo con varios ordenadores y monitores. Se detuvieron a hablar animosamente con ellos. Era evidente que se conocían bien. Tras unos minutos de conversación, entraron en la sala y buscaron a la persona que había llamado hacía media hora a Gari por teléfono, el inspector Otero.

— Buenos días señores.
— Buenos días Otero, ¿cómo estás?
— Mejor, ya casi integrado del todo. Aún tengo algún dolor pero me encuentro mucho mejor.

El inspector Otero había sufrido un accidente de tráfico nueve meses atrás. Dos jóvenes borrachos cruzaron la mediana justo cuando el pasaba, llevándoselo por delante.

Los jóvenes murieron en el acto y el inspector Otero resultó con una pierna y la clavícula rota. Su recuperación había sido milagrosa y, a pesar de tener que utilizar una muleta, realizaba su labor sin apenas dificultades.

— Tengo el modelo del arma utilizada en el ataque y es posible que os sea de gran ayuda.

— ¿Un arma rara? –Gari miró tras él. En la pared había una colección que recorría toda la sala. En esos momentos constaba ya de más de 2.400, todas armas perfectamente operativas–. ¿No está en la colección?

— No. La verdad es que es bastante rara y muy específica. Dice mucho del perfil de quién la usa.

— ¿Y, bien? –interrumpió Carlos impaciente–.

— Vamos por partes. Del lugar del ataque extrajimos cinco proyectiles, uno de ellos casi en perfecto estado. Pudimos ver que se trataba de una munición de 7,62 x 54R. Pensamos que los cartuchos utilizados eran el M1891/30.

— Pero ese cartucho es bastante normal. Hay cientos de rifles que lo utilizan. Es un cartucho de alta velocidad – dijo Carlos –.

— 830 metros por segundo –contestó Gari consultando un monitor que había en una mesa cercana–.

— Efectivamente chicos, pero ocurrió algo que fue lo que nos dio la pista definitiva. El coche que apareció ardiendo a un kilómetro de allí. Lo alquiló en el aeropuerto un tal... –miró unas notas sobre su mesa– Alois Eckart, austríaco. No aparece en ningún archivo. Fue el vehículo que utilizó el atacante para cometer el atentado. Allí se encontraron las vainas utilizadas. Eran los cartuchos 7N14.

— ¿7N14? Nunca oí hablar de ellos –intervino Carlos extrañado–.

— Lo imagino, es un cartucho que se fabricó exclusivamente para un rifle, el SVD DRAGUNOV.

— Nunca he oído hablar de él, ¿y tú, Carlos?

— Tampoco. ¿Es algo salido de los Balcanes?

—No, en realidad es un arma creada en la Unión Soviética en 1958. Generalmente, ni los francotiradores, ni la mayor parte de terroristas de todo el mundo la utilizan, salvo que sean antiguos miembros de la seguridad del telón de acero.

—¿Ruso?

—Ruso, Rumano, Checo, Polaco, Alemán del Este... ¿quién sabe? Pero quizás Interpol tenga algo en la base de datos. Os podría reducir mucho el campo de búsqueda. ¡Ah, otra cosa! El modelo utilizado es una versión Bullpup más moderna. Por cierto, esta versión se usó en la invasión de Irak de 2003.

—¿Un modelo compacto? –preguntó Gari–.

—Sí. En este tipo de armas todo el mecanismo de disparo, así como el alojamiento del cargador, se encuentran en el cuerpo de la culata, reduciendo en ocasiones hasta una cuarta parte del tamaño del rifle original.

—Pero, ¿cómo sabes que es compacta?

—Venid por aquí. Tengo un proyectil en el microscopio de comparación. Mirad la bala, observad la estriación.

—Es más gruesa –añadió Gari–.

—Sí, son estriaciones de un silenciador. Es más, son estriaciones de un cañón silenciador. Al Dragunov sólo se le puede aplicar silenciador en su versión Bullpup.

Carlos empezaba a maquinar en su cabeza. ¿Alguien del telón de acero? Quizás fuera un asesino contratado por alguien que había conocido bien los servicios secretos. Marcos Lorenzana volvía a aparecer en sus teorías. Pero no solo él. Gari estaba haciendo las mismas maquinaciones. Cada vez tenían menos dudas y cada vez creían estar más cerca de la solución.

—Aun hay más –les despertó Otero de sus divagaciones–.

—¿Más?

— Sí. Anoche, nada más llegar los proyectiles, uno de los técnicos, después de procesar la bala, introdujo los datos en el IBIS y hace una hora nos ha dado un resultado.

— ¡Catorce horas buscando! En la tele tardan unos segundos –dijo Gari riendo–.

— Sí, –Otero soltó una carcajada– es que tenemos pocos cortes publicitarios. ¿Sabéis? Es curioso, pero mucha gente cree que IBIS es algo inventado en la televisión, sin embargo muy pocos saben que el Sistema Integrado de Identificación Balística (IBIS) se utiliza en todo el mundo desde hace años. Bueno, centrémonos. Ésa arma ha sido utilizada en dos ocasiones. Venid.

Se desplazaron al ritmo que el Inspector Otero podía permitirse y se colocaron frente a un ordenador conectado a un servidor Silicon Graphics, situado junto a una Estación Remota de Análisis de Muestras más conocido como MATCH POINT. Otero cogió el ratón y navegó a través de la vistosa pantalla. La fotografía de la estriación del proyectil se mostraba en el margen superior izquierdo. A la derecha, un historial aparecía casi al instante. Pulsó sobre el historial, que se maximizó a pantalla completa.

— Aquí lo tenéis. Asesinato de un empresario en 1995 en Badalona. Un disparo. Y asesinato de un asesor de seguridad privada en Boadilla del Monte en 2001. Casos sin resolver. Disparos a muy larga distancia.

— ¿Qué alcance tiene este arma? –preguntó Gari–.

— Por el tipo de munición, es letal entre 1.000 y 1.200 metros, pero debido a su precisión, un tirador experto no podría asegurar un blanco más allá de... yo diría 600 metros.

— Según el informe del atentado de anoche, se estima que los disparos se realizaron desde unos 170 metros. ¿Qué crees? ¿Conoce el arma pero no es un experto? –interrogó Carlos–.

— Yo diría que no, diría que la corta distancia desde la que disparó fue una adaptación al medio, es decir, o disparaba desde la calle a la vista de cualquiera o lo hacía desde un coche, mucho más discreto. En la zona no se aparca bien que digamos, de manera que cuando encontró un sitio decidió aparcar y asegurar la acción. En los otros dos asesinatos que os comenté, se estudió la trayectoria y se encontraron los cartuchos a 440 metros en uno y 515 metros en el otro. Mi opinión es que sabe utilizar las armas de largo alcance.

—Hay que acudir a las policías de los países del antiguo telón. Cuando éste estaba a punto de caer, muchos de sus agentes huyeron como ratas cuando un barco se hunde. Gran parte de ellos se instalaron en España. A los menos discretos se les ha sometido a ligero seguimiento. Esperemos que éste sea uno de ellos –lamentó Carlos–.

— Gracias, Otero, ¿tenemos el informe por escrito?

— Sí, hace diez minutos que os han dejado una copia en vuestra mesa. Si hay algo nuevo os lo comunicaré.

Carlos y Gari se despidieron amablemente del inspector Otero. Ahora debían de asistir a algo a lo que jamás acabarían de acostumbrarse, la autopsia de la quinta víctima. Como agentes encargados del caso, estaban obligados a asistir y documentar las pruebas que se iban extrayendo.

Cuando entraron en la sala vieron a Mercedes, con sus gafas sin montura en la punta de la nariz y a tres asistentes, ordenando todo el instrumental en una bandeja de acero inoxidable cubierta de un trapo verde. Enseguida reparó en ellos.

— ¡Mirad!, el inspector guapo y el viejo cascarrabias.

— Hola Mercedes, yo también me alegro de verte – contestó Carlos resignado–.

— Aún faltan diez minutos para la hora programada. Estamos preparando el instrumental.

— ¿Ves algo a simple vista? –preguntó Gari–.

Mercedes se dirigió al cadáver, que ya se encontraba sobre la mesa de acero inoxidable y lo destapó. La joven estaba cubierta por una sábana verde. Al descubrirla, observó la cara descompuesta de la joven muerta, un signo bastante común de las muertes mediante disparo en la sien. Gari se estremeció al verla.

— Lo siento preciosa, siento no haber sido más listo para evitar esto –murmuró–.

— ¡Qué hijo de puta! –bramó Carlos, también en un susurro, mirando directamente el cadáver– Tú tenías que estar torciendo el cuello de los tíos a tu paso y no el de los forenses. Te juro que le cogeré y descansarás en paz.

Mercedes volvió a tapar a la chica hasta que se iniciara la autopsia. Era evidente que, debido a su implicación en un caso ya especialmente largo y doloroso, ambos empezaban a estar emocionalmente afectados.

— A primera vista, la causa de la muerte fue el disparo en la sien. En un examen preliminar he podido ver un pinchazo en la carótida. Apostaría a que encontraremos anmital en su sangre. La inoculación intracarotidea es la más eficaz. El anmital puede administrase también bebido, pero en la recogida de pruebas que se hizo en el domicilio de la víctima, no se encontró ningún vaso con restos del dichoso producto. De manera que el pinchazo del cuello, casi con seguridad, se deberá a la administración de la droga. No forcejeó. No hay hematomas ni heridas defensivas. Sin embargo, me pareció apreciar algo bajo sus uñas. Ahora lo veremos.

Tanto Carlos como Gari se limitaron a escuchar la explicación de Mercedes sin realizar comentario alguno. Tan sólo Gari tomó algunas notas en su bloc.

— Chicos, ¿comenzamos?

Sus tres asistentes, tres jóvenes anatomopatólogos, se dirigieron hacia el cadáver y destaparon, primero el instrumental y después el cuerpo. Uno de ellos se alejó para buscar el equipo de necrofotografía. Realizaron cientos de fotos al cadáver y a cualquier cosa inusual que en él apareciera. Lo mismo hicieron con la herida. Recogieron muestras con bandas adhesivas de cualquier resto orgánico o inorgánico que el cuerpo mostrara. Con una especie de raspador curvo, extrajeron restos bajo sus uñas. Peinaron los cabellos de la muchacha y reunieron los residuos que caían en un sobre de muestras y así durante cerca de una hora para, finalmente, una vez que la superficie del cadáver había sido examinada centímetro a centímetro, lavarlo y prepararlo para el examen interno.

Tanto Mercedes como sus tres asistentes se colocaron las gafas protectoras. La forense cogió uno de los bisturíes e hizo la incisión en forma de "Y" en el pecho y abdomen del cadáver. Este tipo de incisión era la preferida de Mercedes, que había completado gran parte de su preparación en Israel y, allí, utilizaban esa clase de apertura, a diferencia de España, donde lo más normal era abrir el cuerpo mediante una "U" invertida. A Gari, en una ocasión, un joven estudiante de anatomopatología que conocía, le comentó que el abdomen de un cadáver abierto en canal, tenía un asombroso parecido a una olla de cocido y, ciertamente, así era. Uno de los jóvenes extrajo de debajo de la mesa de autopsias una cizalla, con la que realizó varios cortes en las costillas. La caja torácica quedó al descubierto al retirar el esternón. Debajo de las costillas todo era rojo y había que ser un auténtico experto para saber qué era cada cosa. Mercedes lo hacía casi por instinto después de más de 800 autopsias. La joven llevaba bastantes horas muerta, de manera que las mucosas y las vísceras ya habían perdido su elasticidad, no así la sangre. Mercedes extrajo su corazón para pesarlo. De las arterias adyacentes la sangre emergía como cordones de goma. Tomó una muestra y la depositó en una placa de cultivos.

Carlos observaba los rastros extraídos. Creía ver restos de pelo y algo que podía ser piel extraída bajo las uñas.

— Mercedes, ¿esto es piel?
— Veamos.

Mercedes estiró la mano y cogió la muestra para dirigirse inmediatamente al microscopio, extendió una pequeña cantidad sobre la placa y observó.

— Sí, son células epiteliales y pelo... muy corto y sin raíz. Y alguna clase de sustancia que no reconozco en muy poca cantidad. Las mandaré a analizar y llevaré una muestra a ADN.
— ¿Cuándo tendremos el perfil de ADN? –preguntó Carlos–.
— Pues... intentaré hablar con el laboratorio para que le den máxima prioridad, pero aun así... –dudó un momento– yo diría que 48 horas como muy pronto.
— ¡Joder, mierda! Me mata tanta puta espera –Gari volvió a recordar la conversación con el inspector Otero. En las películas se tenía al instante. Un mohín en su rostro propició que Carlos adivinara lo que estaba pensando–.
— Chicos es lo que hay, estamos yendo lo más rápido que podemos en este caso. No sabéis la de ojos que hay puestos en él. La presión viene ya desde muy arriba.
— Gracias Mercedes, haz lo que puedas, por favor.
— Por descontado. ¿Por qué no os vais a casa y descansáis? Aquí hay poco más que hacer hasta que tengamos algún resultado y os habéis pasado casi toda la noche y la mañana de acá para allá.

— Ojalá, guapa –contestó Gari–. Pero ahora nos vamos a ver a San José. Creemos estar tras una pista y no podemos perderle de vista.

Carlos y Gari salieron del edificio y se dirigieron al parking. Desde allí volverían al apartamento de José Manuel a intentar disuadirle de que abandonara España e idear una manera de separarle de Marcos, el cual según ellos, estaba cobrando todo el protagonismo.

— Estamos ya muy cerca de la solución, Gari. ¿Te apuestas algo que esas muestras de ADN son de alguien que conocemos?

— ¿Marcos Lorenzana?

— No, yo pensaba en otro, pensaba en José Manuel.

— ¿José Manuel? Espera... sí, sí, es posible. Lorenzana no es tonto y ha visto que nos acercamos a la solución. Es su más estrecho colaborador. Seguro que ha tenido alguna forma de tomar contribuciones de ADN suyo pero, ¿cómo?

— Eso no importa, seguro que la sustancia que había en esa placa nos lo explicará.

— Bien, por ahí de acuerdo, pero ahora, ¿cómo le disuadimos de que se vaya de España sin que sospeche?

— No sé, vayamos allí y encontremos la forma.

— Carlos, no sólo debemos protegerle a él. Si le quiere hacer daño, ahora mismo, una de las cosas que más le dolería, sería que le ocurriese algo a Vicky. En mi opinión, ella corre tanto peligro como él... si no más.

— Es posible. Debemos estar muy encima de ellos. Incluso, ya no me importa ser sutil en este asunto. ¡Qué más da!, que vean que estamos encima, que sientan nuestra presencia... todos.

— Eso no va a ser difícil de conseguir. Cuando nos los proponemos somos dos tíos muy pesados –rio Gari–.

— Perfecto, ese hijo puta no sabe lo que se le viene encima.

28

José Manuel estaba harto de la espera. El día se le estaba haciendo terriblemente largo. Vicky no se había separado ni un solo segundo de su lado pero parecía estar mucho más asustada. Aquella persona valiente y decidida de semanas atrás se había convertido en alguien vulnerable y sensible. No obstante, el simple hecho de mantenerse fiel y cercana en todo momento, hacía que esa mujer frágil fuera el mejor apoyo de José Manuel. También Marcos, que no dejaba nada a la improvisación y aún menos después de la noche anterior.

Marcos sabía que lo que José Manuel necesitaba era un experto en seguridad personal, es decir, un guardaespaldas y el hombre al que iban a visitar en Tánger, era el mejor que conocía.

Fuera cual fuera la solución que los dos inspectores le aportaran, estaban totalmente seguros de que dentro de dos días, quizás tres, estarían camino a Tánger. De hecho, Marcos ya había ordenado preparar el avión personal de José Manuel y reservado habitación en el mejor hotel de la ciudad y uno de los mejores hoteles de Marruecos.

Por fin, a través de los monitores, pudo ver que los dos inspectores habían llegado. Eran casi las cuatro de la tarde y aún no habían comido. Un nudo en el estómago se lo impedía.

— Buenas tardes inspectores, ¿quieren café o algo?
— Oh no, gracias, aún no hemos comido.
— ¿Que aún no han comido? –José Manuel se levantó inmediatamente y pulsó un botón del panel bajo el monitor–.
— Dime –una voz femenina contestó al otro lado–.
— Por favor Fina, avisa a catering y que suban a mi apartamento cuatro menús, por favor –.
— ¿De qué clase?
— Variados, un poco de todo.
— Enseguida lo tienes.
— Gracias Fina.
— Sinceramente, no sabe cómo se lo agradecemos –dijo Carlos muy agradado–.
— Carlos, ¿puedo llamarle Carlos?
— Por supuesto, ya somos grandes conocidos –rio–.
— Carlos, ¿por qué ese cambio de actitud tan radical respecto a mí?
— Señor San José –intervino Gari–.
— José Manuel, me llamo José Manuel o José.
— Bien, de acuerdo, José Manuel, nuestras apreciaciones personales no nos sirven para hacer nuestro trabajo. Sinceramente, hasta hace unos días, pensábamos que usted era culpable. Y la verdad, le tratamos como tal. Sin embargo, nuestro trabajo es investigar y, se lo aseguro, en eso somos muy buenos. Déjenos hacer nuestro trabajo y le ayudaremos a que llegue el día en que pueda dormir a gusto.
— ¿Creen que pueden llegar a alguna conclusión pronto? –preguntó Vicky–, porque yo estoy un poco asustada por todo esto y...
— Verá, señorita...
— Vicky, por favor, llámame Vicky. ¡Ah! Y por favor, tratadnos de tú.

— Está bien –rio Gari–. Verás Vicky, no estamos autorizados a comunicar los avances de nuestra investigación y tampoco detalle alguno. Pero, lo que sí podemos decirte es que avanzamos, poco a poco, pero avanzamos.

— Sí, eso es cierto –inquirió Carlos–. Y también tenemos razones para estar preocupados por vuestra seguridad, en especial la tuya, José Manuel, pero tampoco descartamos la de las personas que te rodean.

— ¿Marcos también puede estar en peligro?–preguntó José Manuel–.

— Eh... oh sí, claro, Marcos también nos preocupa, es gran amigo tuyo y... quién sabe si el que os está haciendo esto puede utilizarle, ¿verdad, Gari?

— Claro, claro, Carlos. Cierto, tienes razón. Podría utilizarle.

En ese preciso instante, era el propio Marcos el que hacía acto de presencia a través de los monitores. Junto a él se encontraban los miembros del catering con dos carros llenos de bandejas que mantenían la temperatura. Segundos más tarde, Marcos entró en el salón junto con los empleados y saludó a los dos inspectores amablemente, los cuales de manera cortés le devolvieron el saludo. La actividad de Carlos y Gari en las últimas horas les había dejado agotados, de modo que decidieron comer tranquilamente y así, de paso, oxigenar la mente. Durante más de una hora comieron y, en alguna ocasión, incluso llegaron a reír. Marcos se había sentado a la mesa con ellos. Él tampoco había comido, ya que había pasado todo el día diseñando un aumento de la seguridad en todo el edificio. Unos cafés bien cargados pusieron fin a la comida.

— Y bien, ¿qué habéis decidido sobre ese viaje?
— Nos vamos, no es una cuestión de cabezonería, creedme. Conocemos a alguien que nos puede ayudar. Es un

experto en seguridad personal. Al menos hasta que todo esto acabe, será de gran ayuda –explicó José Manuel–.

— Pero, vamos a ver, nosotros podemos protegeros, ahora tenemos suficientes pruebas como para conseguir protección para ti y los tuyos. Los coches patrulla no se moverán de aquí y podemos ver la posibilidad de aumentar la protección en un momento dado –intentó convencerle Gari–.

— Es que justamente es eso lo que vamos a hacer, protegernos. Además, creo que es una buena idea salir de España unos días. El destino sólo lo sabremos nosotros y el piloto de mi avión.

— ¿Hay alguna manera de convencerte... de convenceros? –preguntó Gari–.

— Me temo que no, la decisión está tomada.

Carlos y Gari reflexionaron durante unos segundos. Su principal preocupación era que José Manuel y Vicky se aislaran junto a Marcos. Ése podría ser un error y quizás el final de la historia. Por fin, Gari tuvo una idea.

— José Manuel, dejadme ir con vosotros –sorprendió a todos, incluso a Carlos–.

— ¿Cómo dices?

— Dejadme ir con vosotros. Nadie lo sabrá y el departamento pagará mi viaje y mi estancia donde quiera que sea. Carlos se quedará aquí para seguir avanzando en la investigación.

— Sí, me parece una buenísima idea, dejadle ir con vosotros –repitió Carlos–.

— Bueno... veréis –José Manuel miró a Marcos queriendo recibir consejo, pero decidió por él mismo. Tardó unos segundos en responder. A los policías les parecieron horas–. Creo... en fin, creo que puede ser una buena idea.

— Con una condición –interrumpió Marcos bruscamente–.

— Usted dirá –respondió Carlos–.

— Cualquier detalle del viaje y del destino no aparecerá en el informe de la investigación, al menos hasta que se resuelva. El inspector Ugalde y yo permaneceremos en nuestro destino un día, en el que tomaremos contacto con nuestro hombre y aseguraremos la estancia de José Manuel y Vicky allí. Una vez solucionados esos puntos, nosotros dos regresaremos –dijo mirando a Gari– pero ellos permanecerán allí. Quiero que se distraigan, que pasen unos días digamos... de vacaciones. Sólo volverán a vernos el día que regresemos para traerles aquí de nuevo. ¿Qué me dicen?

Carlos y Gari se miraron y, durante unos segundos, sopesaron qué otras posibilidades tenían. Dentro de las opciones que había, desde luego ésa era una de las mejores, sino la mejor... o ¿quizás la única?

— Está bien, os doy mi palabra –contestó Carlos–. Ni este viaje, ni el destino, ni cualquier cosa que ocurra durante su estancia se incluirán en ningún informe y os aseguro que esta información no saldrá de aquí, de estas cuatro paredes. Os doy mi palabra... os damos nuestra palabra –miró a Gari– .

— Confío en tu palabra –José Manuel tendió la mano para estrechársela a Carlos–. Preparaos, en un par de días nos vamos a Tánger.
—¿Tánger? ¿A quién demonios conocéis en Tánger? –preguntó Gari extrañado–.
— Confiad en mí, es decir, en Marcos. Es el mejor guardaespaldas que conocemos.
— Sigo pensando que no es una buena idea –gruño Carlos con la vista fija en José Manuel–.
— José, –dijo Vicky con angustia en su tono–, el inspector puede que tenga razón. Casi nos matan a tiros aquí –dijo señalando con las palmas hacia arriba– en un búnker. Mi vida, tengo miedo y estoy asustada.
— Señorita, él no va a cambiar de opinión. Sólo hay que mirar a sus ojos para saberlo. Le prometo que haremos

lo posible para que su estancia allí no se alargue más de lo necesario. Y si el inspector Ugalde... Gari, cree que no es seguro para ustedes, que él se venga con el señor Lorenzana. La posibilidad de que se queden allí no la permitiremos, incluso en contra de lo que él opine –sentenció mirando a Marcos fijamente–.

— Ves cariño, todo está bajo control, estaremos seguros. No tengas miedo.

Unas lágrimas brotaron de los ojos vidriosos de Vicky y ésta se retiró a mirar por los ventanales del salón a ningún sitio en especial. José Manuel tuvo intención de seguirla, pero entonces Carlos le agarró del antebrazo, hizo un aparte con él y con voz lo suficientemente baja para que sólo ambos se enteraran, le avisó.

— No te equivoques, chaval. De momento estáis seguros con Gari cerca de vosotros, pero la situación no está bajo control, ni mucho menos. Pero no permitas que ella se entere de lo que te estoy diciendo. Es joven y frágil y es posible que esto se convierta en un infierno.

— Descuida Carlos. No hay un solo instante en que esta situación me duela por mí. Sólo quiero que Vicky esté bien.

— Hazme caso y lo estará.

29

Habían pasado dos días desde que Hans fallara intentando eliminar a uno de sus cuatro objetivos. Se encontraba en la habitación del hotel. Era alrededor del mediodía y quería empezar a trabajar en su nueva ofensiva. Esta vez no quería precipitarse, recordaba un viejo dicho de la filosofía Shun Shu: *"Espera pacientemente en la orilla del río y verás los cuerpos de tus enemigos pasar flotando"*. Eso haría, no iría hacia ellos, sino que esperaría pacientemente a que se acercaran a él. Su estrategia: someter a seguimiento a su objetivo y luego esperarle tranquilamente. Su víctima se dirigiría hacia él.

Pero había un problema. Someter a alguien a seguimiento con un Mercedes carísimo de color plateado, le iba a resultar imposible y el coche que alquiló estaba en manos de la policía. La agencia habría denunciado el robo y ahora, Alois Eckart, el austríaco que días atrás había alquilado el coche, estaría buscado por las fuerzas de seguridad. De manera que debería conseguir otro vehículo, además de utilizar una nueva identidad. Y de eso, Hans no carecía. Abrió la caja fuerte de su habitación. Sacó de ella el sobre donde guardaba los pasaportes, además de otra documentación y referencias falsas. Extendió sobre la cama los documentos y los observó tranquilamente para elegir el más adecuado. Si la policía estaba haciendo bien su trabajo y, después de haber oído hablar mucho de la gran eficacia de la policía española, estarían buscando a un ciudadano germano, holandés, danés o incluso escandinavo. Descartando uno a uno sus pasaportes, de repente encontró el que parecía ser el apropiado: Paul Riebeeck, residente en Port Elizabeth, Sudáfrica.

Ya tenía su nueva identidad. El problema ahora era alquilar de nuevo un coche. No podía volver al aeropuerto y tampoco a la estación del AVE, ni a agencias de alquileres del centro de Madrid. Abrió su portátil, se conectó a internet, e investigó cuál sería la agencia apropiada. Minutos después encontró una situada en un polígono industrial de una pequeña localidad al sur de Madrid. Utilizaría varios taxis para no dejar un rastro claro de sus movimientos hasta llegar a la agencia y, una vez allí, alquilaría un sencillo utilitario que le permitiera moverse con total discreción.

Ya tenía todo para ponerse de nuevo manos a la obra. Recogió cuidadosamente toda su documentación, la guardó en la caja fuerte y, de una pequeña bolsa que tenía en esa misma caja, extrajo 2.000 euros en billetes de 50. No quería sufrir un nuevo imprevisto. Las tarjetas de crédito que llevaba eran de Hans Van Maier, el aristócrata holandés residente en Torrevieja y su uso no debía de alejarse de ahí. En su "trabajo", cualquier precaución era poca. Metió la mano en el bolsillo de su chaqueta y extrajo el pasaporte de Alois Eckart. Del botiquín del baño cogió una botella de alcohol etílico de 96°, roció el pasaporte en el lavabo y lo quemó, hasta que sólo fue cenizas. Lo limpió todo, se vistió y se marchó. Ahora debería llevar su plan a la práctica.

Después de dos horas, tres taxis, un autobús urbano y un tren de cercanías, se encontraba frente a la agencia de alquiler de coches. Antes de entrar observó los modelos que había en el exterior y se fijó en un pequeño utilitario que sería ideal. Pero, ¿qué hacía un sudafricano alquilando un coche en el sur de Madrid? Hans había pensado en la respuesta. Su perfecto castellano con el ligero acento germano le ayudaría.

— Buenos días, caballero. ¿En qué puedo ayudarle?

— Buenos días. Pues me gustaría saber si alguno de esos dos vehículos está disponibles.

— La verdad es que sólo uno. El blanco acaban de entregarlo y aun debemos prepararlo, pero el de color dorado está disponible.

— Bien, con ése me vale, no tengo ninguna preferencia de color –Hans soltó una pequeña carcajada–.

— Muy bien, caballero, ¿cuánto tiempo lo va a tener?

— Aun no lo sé, pero creo que bastante tiempo.

— Perfecto, ¿me podría prestar su documentación?

Hans dejó sobre la mesa toda la documentación con su nueva identidad. Incluía carnet de identidad, carnet de conducir y pasaporte. Llevaba muchos años haciendo eso y sabía muy bien que todo estaba en orden. No estaba nervioso.

— Oh, ¿es usted sudafricano?

— Sí, ¿por qué lo dice? –preguntó Hans poniéndose alerta–.

— Es que es la primera vez que conozco a alguien de ese país. Y ¿qué hace usted tan lejos de casa?

— Pues la verdad es que llevo muchos años lejos de mi casa, o mejor dicho, he estado muchos años fuera de casa, pero últimamente he vuelto, para eso necesito el coche.

— Perdone, pero no le entiendo.

— Sí, disculpe, me explicaré mejor. Verá usted, como sabrá, en mi país gobernó un régimen opresor durante años. Ya sabe, Nelson Mandela, el Aparheid y todo eso.

— Oh sí, sí, lo recuerdo.

— Pues bien, a pesar de no simpatizar con el régimen, cuando el Aparheid cayó, los blancos no estábamos muy bien vistos en el país a pesar de que Mandela hizo todo lo posible por hacer borrón y cuenta nueva. Yo vivía en Johanesburgo y muchos de mis compatriotas emigramos a Australia, pero nunca logré adaptarme al país.

— Debe de ser muy duro abandonar el país de uno –se compadeció el empleado–.

— Sí, muy duro. Así es que decidí probar suerte en España y vine en el 92. He vivido aquí doce años, pero hace casi dos decidí que era hora de volver a Sudáfrica. Había fundado una empresa aquí y llevarla desde Port Elizabeth no me está siendo nada fácil, de manera que he decidido venderla.

— Ah, comprendo. Entonces, ¿tiene casa en España?

— No, ya no. Vendí mi casa, mi coche, en fin, todo lo que tenía aquí. Las ganas de volver a mi país eran muy grandes. Así es que estoy visitando a gente que quiera comprar mi empresa, que es lo único que me queda en España y la verdad, ir de sitio en sitio en taxi... pues ya comprenderá.

— Sí, por supuesto, le sale caro verdad.

— Sí, pero el dinero no es un problema, mi verdadero problema es el tiempo. Quiero dejar todo solucionado ya.

Hans creía haber sido convincente y departió algunos minutos más con el empleado, tras los cuales, se alejó de allí con su nuevo coche. Buscó un buen restaurante donde comer y después empezar a recabar datos para su nuevo "trabajo".

Alrededor de las seis de la tarde esperaba dentro del coche, vigilando, teniendo cuidado de no llamar excesivamente la atención. Dos horas después, por fin vio a la persona que había elegido como su próximo objetivo.

30

Habían pasado tres días desde que se produjo el atentado. Tal y como les habían pedido los inspectores, José Manuel y Vicky no se habían movido del apartamento. José Manuel no había tenido más remedio que aceptarlo a pesar de que él no había sido partidario de esa solución. Aunque había podido seguir a un ritmo razonable con su trabajo, le resultaba bastante complicado a la hora de tomar alguna decisión no poder asistir a ciertas reuniones. Siempre se había jactado de conocer a las personas mirándolas a los ojos y desde ahí, encerrado, eso era algo que no podía hacer. Tampoco dejaba de darle vueltas a las palabras de Carlos. No comprendía qué había querido decir con eso de que la situación no estaba ni mucho menos bajo control. Y, ¿por qué se lo dijo sólo a él? No encontraba la lógica a algo que, sin duda, a juzgar por los años de experiencia de Carlos, la tenía.

Por otra parte, Carlos y Gari no tenían los resultados del ADN aun. A pesar de que a Carlos no le gustaba la idea de que ese mediodía Gari se marchara a Tánger junto a Marcos, reconocía que no existían otras opciones mejores. Debido al tipo de atentado, un disparo a larga distancia, Carlos había movido unos hilos para conseguir que el coche en el que iría José Manuel al aeropuerto pudiera llegar con todos sus ocupantes hasta el hangar donde se alojaba el avión privado, lejos de la terminal donde quedarían muy expuestos. A su vez, Marcos había conseguido alquilar un coche blindado que les estaría esperando en el parking del edificio y en el que recorrerían el trayecto hasta el aeropuerto. Ante todo esto, Carlos pensaba que resultaba una ironía tanta seguridad y tanta parafernalia para que, posiblemente, el asesino fuera dentro de ese coche.

La mañana se había levantado muy despejada. El día era precioso y la temperatura, para esas alturas de año, era bastante buena. Gari ya esperaba en el parking junto al coche cuando, por un ascensor situado apenas a cuatro metros, aparecieron José Manuel, Vicky y Marcos, acompañados por Carlos, con un rictus serio que delataba su gran preocupación y no menos mal humor. Minutos antes, uno de los empleados había bajado unas maletas en las que guardaban el equipaje que llevarían.

— Buenos días a todos –saludó José Manuel–.

Gari devolvió el saludo con un simple gesto. Inmediatamente después, dirigió su mirada a Carlos. Le conocía perfectamente. Sabía que no le gustaba nada todo esto.

— Arturo, ¿has conducido alguna vez un tanque como éste? –preguntó José Manuel mirando el inmenso vehículo negro que había frente a él–.

Arturo, desde que fuera sacado de la miseria y empleado en la corporación, había logrado llevar a cabo todos los trabajos para los que se le había solicitado con una gran disposición y eficacia. De la misma manera, se le había formado en asuntos como ése, conducción de limusinas.

— La verdad es que no, sólo en el circuito para sacarme el permiso, pero apenas me llevó diez minutos acostumbrarme, luego fue coser y cantar.

Mientras tanto, Vicky descubrió con espanto que Arturo, esa persona que tanto la perturbaba, sería quién los llevara al aeropuerto. Estuvo tentada de decirle a José Manuel que no quería ir con él metida en ese enorme trasto blindado, pero pensó que estando rodeada de todos, nada ocurriría entre Arturo y ella. Aun así, un desasosiego la invadió profundamente.

— José Manuel –interrumpió Carlos bruscamente–. Sigo sin estar de acuerdo con esto que vas a hacer. Estás poniendo tu vida en peligro y la de todos los que te acompañan, incluido mi compañero –le volvió a repetir privadamente–.
— Tranquilo, Carlos, tranquilo, confía en mí. No va a pasar nada.
— Permíteme que no esté tan seguro de eso. Llevo más de veinte años persiguiendo cabrones como el que el otro día os acribilló a balazos y, os lo aseguro, no suelen fallar dos veces. Sigo pensando que lo mejor es seguir en tu búnker hasta que todo esto se solucione.
— Carlos, por favor, escúchame. Alguien dijo una vez *"hay que vivir el hoy porque el mañana no existe y el futuro puede que nunca llegue"*. No puedo pasarme la vida encerrado en mi casa dejando pasar el tiempo.

Después de eso, Carlos supo que la decisión era irrevocable y que nada les haría cambiar de opinión a ninguno de ellos.

— Hijo, espero que no me arrepienta nunca de dejaros subir a ese maldito coche. Tened mucho cuidado. Haced todo aquello que Gari os aconseje, por favor.
— Lo intentaremos, de verdad que lo intentaremos.

José Manuel se adelantó hacia el coche y abrió la puerta trasera. Dejó que Vicky entrara, temerosa pero sin demostrarlo, e indicó a Gari que hiciera lo mismo. En el asiento de delante se instaló Marcos. Ante la atenta mirada de Carlos, el coche arrancó y se alejó de ahí. Casi en un abrir y cerrar de ojos desapareció por la rampa del parking.

El tráfico era bastante intenso esa mañana y el camino hacia el aeropuerto se hizo más largo de lo normal. Durante el trayecto reinó un silencio casi sepulcral. Era como si todos los que viajaban dentro presintieran algo horrible y ninguno se atreviera a confesarlo. Con sus ocupantes absortos en esos pensamientos, el coche había llegado a la terminal de vuelos privados del aeropuerto.

Marcos entregó una documentación que le había facilitado Carlos y que les permitiría introducir el vehículo por un acceso controlado, prácticamente hasta la misma escalerilla del avión.

— Hangar 6, Arturo –informó Marcos al conductor–.

Enseguida llegaron al pie de la aeronave. Cuando se disponían a salir del coche, Vicky, como por acto instintivo, miró hacia el espejo retrovisor del vehículo y ahí vio los ojos que consideraba malignos de Arturo, clavándose en los suyos. Un escalofrío recorrió su cuerpo. Retiró la mirada y salió del vehículo buscando a José Manuel desesperadamente. Una vez lo encontró, agarró su mano y se pegó a él, que se extrañó de la reacción, pero simplemente pensó que era consecuencia de la impaciencia por dejar todo aquello atrás.

Ante ellos, en el hangar 6, se erigía majestuoso un reluciente avión reactor comercial. El aparato, un Gulfstream V, era lo último en aviones privados a reacción.

Con una autonomía de 13 horas, era usado por José Manuel para todos aquellos desplazamientos que necesitara realizar con rapidez desde hacía casi dos años, cuando lo adquirió. En la escalerilla aguardaba Pilar, la azafata, que saludó amablemente a todos los integrantes de la "expedición". La tripulación la completaban el piloto, Izan y el copiloto, Frederic. Gari fue el último en subir. Era la primera vez que viajaba en una nave de ese estilo y estaba bastante impresionado.

La aeronave contaba con tres zonas de asientos. En un mismo apartado disponía de dos configuraciones diferentes: una con cuatro asientos junto a la ventanilla, dos a la derecha y dos a la izquierda enfrentados el uno al otro y con una mesa de servicio en medio. La otra, con otros cuatro asientos en el lado derecho, enfrentados dos a dos y con una mesa para reuniones entre ellos. En la cola del aparato había otro apartado en el que se podía encontrar un amplio aseo, justo frente a la puerta de acceso y maleteros. La zona más cómoda de la aeronave se encontraba en la parte anterior, donde una estancia, separada convenientemente, contaba con dos amplios sillones de cuero de tres plazas cada uno, a izquierda y derecha, ideales para descansar en largos trayectos, además de otro aseo y un escritorio, donde se podía instalar un fax o teléfono vía satélite además de un armario perchero. Más adelante, la cabina.

Los cuatro habían elegido la zona de sillones individuales. José Manuel se había sentado con Vicky y Gari hizo lo propio con Marcos, en parte para vigilarle y en parte para conocerle. Otro de los sillones era ocupado por la azafata, que serviría alguna bebida una vez se llevara a cabo el despegue y el avión alcanzara los 41.000 pies, altura que conseguía en 19 minutos, para operar a una velocidad de crucero de 0.885 Match, algo menos de 1.100 km/h.

— ¿Va usted armado? –preguntó seriamente Marcos a Gari–.

— Sí, ¿por qué lo dice? —en ese momento observó cómo Marcos sacaba su arma de la sobaquera–.

— Le rogaría que dejara el arma en esta caja fuerte de acero.

— Vamos, Marcos, ¿creé que voy a secuestrar el avión?

— Espero que no, inspector. Pero esta clase de aviones reacciona muy mal ante las balas. Vamos a ascender muy alto y a movernos por diferentes presiones atmosféricas. Esta caja de acero evita que ocurra una desgracia si se produce una detonación involuntaria.

Gari, de mala gana, sacó el arma de la sobaquera de la que también extrajo dos cargadores municionados y los introdujo él mismo en la caja de acero situada junto a la cabina de los pilotos.

José Manuel estaba deseando llegar a Tánger para sentirse libre por algunos días. Anhelaba pasear con tranquilidad. Hacía días que llevaba encerrado como una fiera en una jaula. Necesitaba aire, espacio. Y estaba a 90 minutos de conseguirlo. Aunque no olvidaba sus negocios de los que, de una manera u otra, siempre estaba al tanto. Había dado orden a Paula de mantenerle informado, tanto en el fax del avión como mediante el correo electrónico, y ella así lo haría.

Tras media hora de espera en el hangar, una orden desde la torre de control les daba permiso para tomar cabecera de pista, donde esperarían el permiso de despegue. Por fin el avión se movía, los motores comenzaron a rugir y el aparato se desplazaba por el asfalto a una velocidad que, a José Manuel, le era difícil de descifrar. El avión llegó a cabecera de pista. Tan sólo un minuto fue lo que tardó la torre en conceder permiso de despegue. Los motores rugieron violentamente, pero el avión aún no se movió. Después, se precipitó bruscamente, como quien libera a una bestia de sus ataduras. El aparato enfilaba la pista cada vez más y más velozmente. Entonces se elevó. Con gran inclinación, inició un ascenso que duró algo más de un cuarto de hora. Una vez alcanzada la altura y velocidad de crucero, los ocupantes obtuvieron permiso para desabrochar sus cinturones. Fue entonces cuando la azafata sirvió las bebidas y el momento en el que Marcos y Gari entablaron una tímida conversación. José Manuel observaba la lejana tierra firme por la ventanilla, mientras Vicky leía atentamente un libro de los dos que había llevado para el viaje.

Después de haber permanecido absorto un buen rato observando el exterior, decidió levantarse para pasear por la cabina, mientras tomaba el zumo que Pilar le había servido. Viendo que todos estaban ocupados en algo, decidió ir hasta el fax, el cual escupía una información que Paula le acababa de mandar y que hacía referencia a una futura operación. Se sentó en el sofá y la leyó detenidamente. Estaba tan absorto en los números que no reparó en que Marcos le observaba.

— ¡Eh, amigo! ¿Hace mucho que estás ahí? –preguntó casi en un susurro–.

— No, no, acabo de entrar, he visto que venías para acá y se me hacía que tardabas. ¿Va todo bien?

— Sí, sí, tranquilo. Todo va bien. Vicky se ha dormido mientras leía y he venido al fax a ver si había algo –dijo mirando el aparato–.

— ¿Algo importante?

— No, aun no. Son los datos de una futura operación que me ha pasado Paula –dijo mientras le ofrecía el fax a Marcos y daba otro sorbo al zumo–.

— Oh, gracias –hizo un ademán de negación con las dos manos–, pero aunque me lo aprendiera de memoria, no sabría qué quiere decir nada de eso –rio–.

— Marcos, siéntate. Con todo este follón hace tiempo que no hablamos tú y yo.

— Es verdad, hace tiempo que no hablamos –afirmó mientras se sentaba–. José, mi hija empieza a trabajar con Paula dentro de 15 días.

— ¡Bien, eso está bien! Me alegro.

— Te dije que no hablaras con Paula, si vale, vale, si no... tendría que aceptarlo. Lo hablamos. Te dejé muy claro que le dijeras a Paula que sin ningún compromiso. Que estudiara su currículum, que la probara y ya está, sólo eso.

— Y lo recuerdo, Marcos, lo recuerdo. Deberías estar orgulloso de la hija que tienes, porque Paula no supo quién era esa joven hasta que la contrató. Mejor dicho, ella lo sabía, pero no se encargó de la selección esta vez, se lo dejó todo a su gente.

Marcos quedó petrificado.

— Disculpa José, pensé que... en fin, perdóname.

— Por Dios, Marcos, no digas tonterías. No hay nada que disculpar. Pero... respóndeme a una pregunta.

— Tú dirás.

— ¿Crees que soy buena persona? Bueno, quiero decir, ¿crees que puede haber gente resentida conmigo, alguien tan dolido como para querer matarme?

— No pienses eso, José. Quien quiera que esté haciendo eso, está loco. No tiene una motivación lógica. Disparó indiscriminadamente contra nosotros.

— Entonces, ¿por qué está ocurriendo todo esto?

— Mira José, las motivaciones de alguien que pretende matar a otra persona, siempre son irracionales. Esto no te ocurre porque uno lo merezca.

— Pero me he adelantado en muchas operaciones comerciales, he quitado negocios a otros que también los querían para sí. Es posible que, sin darme cuenta me haya ganado un montón de enemigos.

— Sí, eso es posible, pero alguien que está haciendo todo eso... no sé.

—¿Todo eso? –preguntó José Manuel extrañado–.

— Lo de las chicas. No tengo la menor duda de que toda esa mierda tiene que ver con el ataque del otro día. Pienso que alguien ha querido implicarte en los asesinatos, que jamás quiso matarte, que sólo quería verte fuera de combate. Le salió mal y ahora quiere verte muerto... pero tranquilo, no lo va a conseguir.

— Al menos, la policía sabe que no tengo nada que ver con lo de las chicas. Sinceramente, verme libre de esa culpa, me alivia.

— José, ¿sabes por qué ese inspector está aquí? —hizo un ademán con la cabeza, señalando el apartado donde Gari descansaba—. Ciertamente te están protegiendo, pero es posible que ellos piensen que deben protegerte de mí. No sé muy bien la razón, pero intuyo que ahora soy uno de sus sospechosos.

— Pero, ¿qué coño dices? ¡Tú!. Tienes que estar equivocado.

— Hazme caso, han sido muchos años en la policía y su actitud hacia mí...

— Dios mío, esto es una locura, una puta locura.

— José... eres una buena persona.

— ¿Cómo?

— Tu pregunta, ¿recuerdas? Eres una buena persona. En ocasiones, demasiado buena. En mi opinión, algunas veces deberías ser más duro con la gente. Creo que conseguirías más.

— Más duro... no, yo creo que no. Cuando la gente se siente en deuda conmigo no suelen fallarme. Ser más cabrón no me hace mejor jefe, me hace... más cabrón, sólo eso. Y no es mi intención, en absoluto.

— Eres increíble, tienes la capacidad de poner cualquier conversación a tu favor —rio Marcos—.

— ¿Dudaste de mí en algún momento?

— No, jamás. Te conozco muy bien, sé de lo que eres capaz y de lo que no. Tú no matarías ni a una mosca.

— No estoy de acuerdo, Marcos. Yo creo que todos, dependiendo de las circunstancias, somos capaces de matar, estoy convencido.

— Una afirmación demasiado peligrosa, ¿no crees?

— Marcos, piénsalo. ¿Qué harías si tuvieras que matar para salvar la vida de tu hija, de tu mujer, qué harías?

— Es un ejemplo extremo.

— Somos humanos y genéticamente estamos programados para ser capaces de matar a nuestros semejantes si con eso prosperamos y, créeme, eso me da miedo, llegué a dudar de mí mismo. Tuve mucho miedo, Marcos.

— Sabes perfectamente que para mí eres como un hijo y estoy aquí para protegerte. Así es que no tengas miedo. Quizás tengas razón, porque si tengo que matar para protegerte lo haré, de eso que no te quepa la menor duda – Marcos alargó su mano hacia José Manuel y la estrechó con fuerza largo rato–. Sólo quiero que sigas un consejo.

— Pues tú me dirás.

— No te fíes de nadie, ¿me entiendes?, de nadie, ni siquiera de mí. Hazme caso, esto que te digo es por tu bien.

— Lo sé, amigo, lo sé.

— ¿No os besáis? –interrumpió Vicky–.

— ¡Eih preciosa! Estabas ahí escuchándonos y no has dicho nada –Vicky se sentó a su lado y besó sus labios–.

— Creo que sería mejor que volviéramos al otro lado – dijo Vicky con sorna–. Nuestro inspector debe estar poniéndose nervioso.

— Sí, vayamos para allá. Estamos siendo descorteses con él. Al fin y al cabo es nuestro invitado –sentenció José Manuel–.

Se levantaron y volvieron al habitáculo donde Gari leía uno de los periódicos que había en unos cestos situados debajo de las mesas. Los cuatro ocuparon la mesa de reuniones con sus cuatro asientos alrededor y hablaron distendidamente, a pesar de que Gari estaba alerta continuamente. Cuando más animada era la conversación, una voz les interrumpió.

— Caballeros, señorita Cerdán, les informo de que la torre de control nos da permiso para iniciar en tres minutos el descenso y llevar a cabo las maniobras de aproximación al Aeropuerto Internacional Bukhalf, de Tánger. La temperatura es de 24°, el día es claro y despejado. Por favor, aseguren sus asientos –informó el piloto–.

Tras los tres minutos anunciados el avión inició suavemente el descenso. Poco después, se podía observar desde uno de los lados del aparato el aeropuerto. Cuanto más descendían, más despacio corría el reloj para José Manuel. Estaba deseando salir de allí, estaba deseando ver cielo abierto y sobre todo deseaba con todas sus fuerzas pasear libremente su amor con Vicky por las calles de Tánger, tomar un té en el Café París o visitar los puestos del Gran Zoco. Estaba claro que además de intentar desaparecer, ese viaje a Tánger tenía como fin disfrutar, que gozaran el uno del otro, por fin, aunque tan sólo fuera por unos días.

— ¿Estás bien, cariño? –preguntó Vicky preocupada–.
— Sí, sí, simplemente pensaba... bueno, es igual. Estaba recordando cosas. Marcos y yo hemos venido muchas veces a Tánger y simplemente recordaba, nada más.
— ¿Me enseñarás todo lo que conoces de Tánger?
— Hasta el último rincón, te lo prometo.
— Es extraño, pero, ¿te das cuenta de que todo esto está sirviendo para que, por fin tú y yo, vayamos a estar solos?
— Mi amor, tiene que haber formas más sencillas de conseguir que tú y yo podamos estar solos. Tiene que haberlas, seguro.

31

Carlos bajaba como alma que lleva el viento a la sala de dactiloscopia. Allí estaba Beatriz Vega, con los resultados de los análisis de las muestras recogidas en el cadáver de la última víctima. Mientras caminaba por los iluminados pasillos, intentaba comunicarse con Gari, pero el buzón de voz saltaba una y otra vez. Aunque sabía que aun debería estar volando, no podía calmar su inquietud.

Al entrar en dactiloscopia, al otro extremo de la puerta, se encontraba Beatriz frente a una campana estanca de cristal, gaseando una pitillera de cuero con cianocrilato.

— Inspector, por aquí, por favor.

Carlos avanzó hasta ella. Beatriz extrajo sus guantes de látex y los tiró a una papelera cercana. Cogió unos expedientes de un escritorio y se los dio a él.

— Inspector, no puedo creer que haya permitido al inspector Ugalde hacer ese viaje. Si le soy sincera, creo que es una temeridad.
— Mire agente, ¡basta ya, por favor! Esta mañana he tenido que aguantar la misma bronca del comisario. Así es

que, ¡basta ya! Y por cierto, ¿por qué coño han tardado tanto estos análisis?

— Sí, verá. Las muestras orgánicas estaban muy degradadas. Primero, he de decirle que bajo las uñas se extrajeron piel, pelo y una serie de sustancias desconocidas. Ninguno de los pelos tenía raíz, así es que no nos valieron para nada. En cuanto a las muestras orgánicas, se encontraban bastante degradadas, en parte debido a la otra sustancia. Hemos tenido que realizar tres pruebas de ADN para obtener un perfil fiable.

— ¿Y bien?

— Comparé el perfil con lo que tenemos. El ADN es del señor San José.

— ¿Y la sustancia?

— Sí, permítame –buscó entre las hojas del expediente y finalmente extrajo una–. Alcohol esteárico, Propilenglicol, Metilparabeno, Glicerina, Hydroxisohexileno 3–ciclohexano carboxaldehído...

— ¡Por Dios Vega, en cristiano! –vociferó Carlos–.

— ¡Oh, disculpe inspector! Espuma de afeitar.

— Por Dios bendito, Vega, ¿no podía haberme dicho eso antes?

— Sí, lo siento, es que me apasiona mi trabajo. Inspector, es como si la chica arañase al señor San José en la cara, pero... no me convence.

— Y, ¿por qué los pelos no tienen raíz? No, no puede ser eso. Tiene que haber otra explicación, tiene que haberla. Además, esta mañana no presentaba ningún arañazo.

Carlos daba pequeños pasos con la vista perdida intentando buscar una solución al problema. Había tenido bastante contacto con José Manuel en los últimos días y estaba seguro de no haber visto un arañazo en su cara. Llevaba muchos años en esta profesión como para que algo así se escapase a su vista. Paseaba de acá para allá. De vez en cuando hojeaba de nuevo el informe que Beatriz le había dado. Cuando ya estaba a punto de tirar la toalla, observó la papelera en la que había tirados unos guantes de látex. Uno de ellos no había caído dentro y colgaba del borde. Esa imagen hizo que algo despertara en su mente.

— ¡Ya lo tengo! Ya sé por qué no hay raíz en los pelos y por qué no observé arañazos en la cara de San José.
— Inspector, ¿le importaría explicármelo?, por favor.
— ¡Claro, es eso, no hay duda!
— Sí, pero, ¿qué es?
— Esas contribuciones biológicas las extrajo el asesino de la basura.

Beatriz no entendía qué era lo que Carlos intentaba explicarle. No quería parecer perdida y decidió pensar por sí misma la respuesta en vez de volver a preguntar. A pesar de que su cerebro trabajaba en esos momentos con gran presión, llegó a una conclusión inmediatamente.

— ¡Dios, tiene razón! Esas muestras no salieron de su cara, sino de las hojas de una maquinilla de afeitar.
— Efectivamente, Vega, efectivamente.
— Claro, por eso los pelos no tenían raíz. Los alcoholes y las glicerinas de la espuma de afeitar habían degradado las muestras porque llevaban tiempo expuestas a ellas.
— Sí, pero, ¿por qué el asesino fue tan torpe de extraer las muestras con la espuma?
— Esa espuma, cuando se seca, es prácticamente invisible, pero permanece en las hojas de la maquinilla y adherida a los pelos. Al extraerlos, imagino que con algún instrumento parecido a un raspador o una cuchilla, la espuma se levantaría.
— Gracias Vega, buen trabajo.

Carlos se despidió y salió de allí volando. De nuevo volvió a marcar el teléfono de Gari. Mientras tanto, pensaba por qué un ex policía experto como Marcos Lorenzana no había tenido en cuenta algo así. Sin embargo, hacía años que

Marcos no era policía y ciertamente, la ciencia forense había avanzado de manera vertiginosa en los últimos años y Marcos no tenía por qué saber algo así.

Por fin, con un ligero ruido de fondo, escuchó la voz de Gari al otro lado de la línea.

— Gari, he recogido los resultados de las muestras obtenidas en la autopsia. Creo que tenemos algo.

32

La temperatura en Tánger era muy agradable. Marcos lo tenía todo dispuesto y un microbús de 12 plazas estaba esperando en el aeropuerto para llevarles a la ciudad. Antes deberían pasar por el control de aduanas. El trámite iba a llevar tiempo, ya que dos de los viajeros portaban armas. Marruecos estaba muy lejos ya de ser un país tercermundista. Después de la llegada al poder de Mohamed VI el país había dado un giro radical y la aduana de cualquier aeropuerto de Marruecos no tenía nada que envidiar a una aduana europea.

Tras haber presentado toda la documentación y permisos necesarios para que los cuatro "turistas" y sus armas entrasen en el país, se dirigieron a una sala de espera privada. En apenas cinco minutos, un joven, que bien hubiera podido pasar por andaluz o extremeño, se presentó ante ellos y citó el nombre de Marcos. A pesar de que en Marruecos los idiomas oficiales eran el árabe y el bereber, la tercera lengua más hablada era el francés, pero en el norte del país rara era la persona que, el menos, no chapurreaba un poco de español. Marwan, que así se llamaba el joven chófer, lo hablaba aceptablemente.

— Síganme señores, un micro les espera. Por favor, no toquen las maletas, un... ¿cómo lo llaman ustedes?, ¡botones!... un botones cargará con ellas.

— ¿Es primo tuyo, Marwan? –preguntó Marcos con cierta sorna–.

— Todo el mundo tiene derecho a ganarse la vida, señor.

— Claro, claro. Dejad aquí las maletas, alguien vendrá a por ellas –dijo Marcos dirigiéndose a todos con una leve sonrisa en sus labios–.

— ¡Yallah, yallah! –gritó Marwan al muchacho mientras señalaba las maletas–.

Nada más escuchar esas palabras, un chico de aspecto menudo y actitud eléctrica, apareció por una pequeña puerta. El muchacho entendía el español, pero sólo chapurreaba palabras sueltas, las suficientes para desarrollar su "trabajo". En un abrir y cerrar de ojos cogió todas las maletas de una vez y las llevó hasta el microbús. Después volvió hacia los viajeros y José Manuel le dio su propina. El muchacho, al recibir 50 euros empezó a espetar frases en árabe y a realizar genuflexiones, agradeciendo el dinero.

El trayecto que tenían que recorrer hasta Tánger era de unos 20 kilómetros. El aeropuerto estaba situado frente a las costas del Atlántico. Era un aeropuerto pequeño, sobre todo utilizado para vuelos internos a Marrakech, Casablanca o Agadir, pero también se producían despegues a Egipto, Túnez o Argelia, además de algunas capitales europeas como Madrid, que mantenía dos vuelos diarios, pero sobre todo a Francia. Para alcanzar Tánger había dos formas, la primera era a través de una carretera bastante nueva por el interior del continente, aunque de doble sentido. La otra, a través de la costa atlántica, un camino mucho más largo pero más vistoso, ya que cruzaba algunas aldeas típicas del país. El paisaje, al contrario de lo que todo el mundo solía pensar, se parecía mucho más a Sierra Morena que a un desierto. La carretera atravesaba aldeas y, en algunas de ellas, había desaparecido en favor de caminos de barro y piedras. Pero a José Manuel le encantaba viajar por ahí.

Atravesando una de esas aldeas, Vicky observó cómo una anciana, ante la atenta mirada de varios hombres, derramaba el líquido blanco que contenía un pequeño cántaro de arcilla en una de las paredes de una casa a medio construir.

— ¿Qué hace esa anciana? –preguntó Vicky curiosa–.
— Vierte leche sobre la pared de la casa.
— ¡Leche! Y, ¿con qué fin?
— Cuando construyen una casa, una vez que las paredes y el tejado están terminados, los dueños vierten leche sobre las cuatro paredes. Con ello piensan que libran su futura vivienda de los demonios que cita El Corán, los yinms o diyinms. Una vez que llevan a cabo el ritual, la construcción puede seguir adelante y es entonces cuando terminan la casa.
— ¿Demonios? Jamás he oído hablar que los musulmanes creyeran en demonios –comentó Gari–.
— Los musulmanes tienen los mismos miedos que nosotros. Necesitan la creencia en algo y, por ende, sienten el miedo de no ser buenos creyentes. Los fantasmas, llámalos como quieras, demonios, yinms, o como sea, son un miedo muy humano, sólo eso. Incluso su religión se rige por mandamientos, igual que los católicos.
— ¿Mandamientos? –preguntó Vicky con extrañeza–. Jamás los oí.
— Sí, mi amor. Aunque para los musulmanes son sólo cinco.
— ¡No me digas que los conoces! –Comentó Gari creyendo saber la respuesta–.
— Claro. Pero ellos no los llaman mandamientos, sino *los cinco pilares del Islam*. El primero es *Kálima Shahada*.

Es una especie de declaración de fe islámica en la que la premisa es que nadie es digno de ser adorado, sino Alá y que su único *Mensajero* es Mahoma.

— Premisa básica de cualquier religión monoteísta, sobre todo de la nuestra –añadió Gari–.

— Así es. El segundo pilar es el *Salat* que obliga a realizar las oraciones correctamente, según la tradición islámica.

— ¿Correctamente? –preguntó Vicky– ¿Qué quiere decir correctamente?

— Bueno pues para realizar las oraciones correctamente, el Corán indica que antes de cada una de ellas se deben realizar las *abluciones*.

— Eso es cuando se lavan las manos para rezar, ¿no? –afirmó Gari–.

— Más o menos –lanzó José Manuel una leve carcajada–. En realidad es algo más. El ritual de las *abluciones* consiste en lavarse los pies, los tobillos, el brazo hasta el codo, las manos, el pelo, las orejas, la cara...

— ¿Antes de cada oración? –dijo Vicky–.

— Así es, así manda el Corán. Además hay varias formas de realizar esas oraciones según las diferentes posturas. El *Qiyam*, realizada a pie, el *Bakú* o reverencia, la postración, cuya postura se llama el *Sayda* y la oración que se realiza sentado, el *Qadah*. El tercer pilar es el *Zakat*. El Corán indica algunas buenas obras en las que los musulmanes, con medios adecuados, deben colaborar de alguna forma. Algo que la religión Católica no contempla ni de lejos... más bien al revés, diría yo.

— Veo que eres muy descreído –contestó Gari–.

Pero José Manuel, como si no hubiese llegado a escuchar lo que Gari acababa de afirmar, continuó con la improvisada charla.

— El cuarto pilar es el *Saum*, quizás el más conocido por todos. Éste indica la obligación de realizar ayuno en el mes del *Ramadán,* el noveno mes del calendario lunar, en el que nos encontramos actualmente.

— ¿El calendario lunar? –Gari quedó extrañado–.

— Oh sí, el Islam se rige por el calendario lunar, 11 o 12 días más corto que el calendario solar, que es el que oficialmente se utiliza en todo el mundo. Por eso el *Ramadán* todos los años se celebra en diferentes épocas del año. Exactamente, el calendario musulmán consta de 354 días, 8 horas, 48 minutos y 38 segundos y cuentan los años a partir de la *Hégira,* es decir, el éxodo de Mahoma y la primera peregrinación musulmana de *La Meca* a *Medina,* el 16 de Julio del 622 de la era cristiana, lo cual tiene mucho que ver con el quinto pilar.

— Santo Dios, José, ¿cómo puedes saber todo esto?

— Me encanta esta tierra. La gente es acogedora y te darás cuenta de que un buen musulmán no es, en absoluto, una persona excluyente, tal y como en occidente se nos vende. Bien, termino con el quinto pilar, el *Havy,* en la que se indica que todo musulmán debe realizar la peregrinación a la *Kaaba,* en *La Meca,* al menos una vez en la vida.

— Supongo que conocemos menos de esta gente de lo que pensamos –pensó Gari en voz alta–.

— Oh, no Gari, no creas que conocemos poco, en realidad no conocemos nada de esta gente y sin embargo, la base de nuestra cultura se asienta sobre cimientos muy sólidos que ellos fomentaron. ¿Crees que después de 800 años de presencia en la península nuestras sangres no se mezclaron? Créeme, he viajado por medio mundo y cuando ves a gente con elegantes trajes ante ti, puedes distinguir a anglosajones, germanos, eslavos y caucásicos de un español, pero a veces es prácticamente imposible distinguir a un norteafricano de un sur europeo.

Después de esa inesperada ponencia, el microbús cada vez se acercaba más y más a Tánger y, según se internaban en la ciudad, el paisaje cambiaba radicalmente, no en cuanto a la vegetación existente, sino al tipo de edificaciones. Esa zona de Tánger, ya frente al Mediterráneo, estaba salpicada de grandes mansiones con preciosos jardines privados, majestuosas fuentes, pistas de tenis, pádel, etc. Las ocupaban ricos empresarios, algún futbolista bastante conocido en Europa y antiguos altos cargos del gobierno del anterior rey, Hassan II. Tánger estaba rodeada por este tipo de urbanizaciones. Sin embargo, las existentes al Este de la ciudad, en una cordillera no muy escarpada que recorría toda la costa frente al estrecho hasta Ceuta, eran más que urbanizaciones, terrenos de bajo coste que aquellos que habían logrado prosperar en Europa adquirían para edificar casas de campo, más parecidas a las que se construían en España.

También esa parte de Tánger era conocida por el tráfico de drogas. El último método utilizado era enterrar los alijos de marihuana cerca de la costa, mucho menos vigilada que en los alrededores de las colonias españolas. Con un simple navegador GPS se obtenían las coordenadas del alijo y se comunicaban a los compradores, los cuales tan sólo tenían que conseguir un GPS, introducir las coordenadas y dejarse llevar. Sin embargo, Mohamed VI había ordenado realizar, en agosto de 2006, una gran operación antidroga, con el fin de detener a los traficantes más conocidos de Marruecos. El éxito fue abrumador. Pero curiosamente, una noticia de tal calado había pasado totalmente inadvertida para los medios de comunicación europeos.

La ciudad ya estaba frente a ellos. Ahora sólo quedaba transitar entre el caótico tráfico y alcanzar su destino, la 85 Rue de la Liberté. Allí se encontraba uno de los mejores hoteles de Tánger, el Hotel El–Minzah. Construido en 1930, el hotel El–Minzah contaba con 142 habitaciones, 16 de ellas suites de un lujo deslumbrante.

Ya se encontraban en la ciudad. El tráfico era horrible. No tenía que envidiar a un día cualquiera en

Madrid. Gari y Vicky, totales desconocedores de Tánger, estaban gratamente sorprendidos ya que el centro de la ciudad no era muy distinto al de una capital europea, pero aderezadas con el maravilloso folklore y estilo de vida árabes. La razón era que, mientras que Marruecos desde los años veinte hasta 1950 estaba bajo el dominio francés, la importancia estratégica de Tánger impedía que fuera dominada por una sola potencia, de manera que un consejo extranjero compuesto por once naciones se hizo cargo del gobierno de Tánger, nombrándola ciudad internacional. A ello debía su riqueza cultural.

El coche avanzaba lentamente, ahora pasaban frente a un bulevar salpicado con cañones sobre carros apuntando al mar. Cientos de personas aparecían apaciblemente sentadas sobre las jardineras y los bancos de madera y piedra que adornaban el bulevar.

— ¿Qué lugar es éste que hay tanta gente? –preguntó Vicky–.

— ¿Éste? Bueno, a este parque lo llaman *"la terraza de los perezosos",* porque siempre hay cientos de personas que contemplan las maravillosas vistas del puerto que se pueden obtener desde aquí.

Por fin, tras largo rato perdidos entre el estrépito de coches y personas de la ciudad, el microbús paró frente a un edificio de inmaculada fachada blanca adornado con pórtico de piedra que para nada recordaba al tipo de construcción árabe. Era el Hotel El–Minzah. Marwan detuvo el vehículo. Todos bajaron y, mientras los viajeros se acercaban al mostrador de recepción, acercó las maletas al vestíbulo donde permaneció de guardia junto a ellas. Un amable recepcionista con impecable traje negro, camisa blanca y corbata también negra, se colocó ante ellos y saludó.

— Bon Jour Monsieur, bienveniues au Hôtel El–Minzah.

— Merci beaucoup —contestó José Manuel amablemente–, mais nous sommes espagnoles. Pourriez-vous appeler a quelqu´un personne qu'il parle espagnol?

— ¡Oh perdone señor! Yo mismo. Hablo español, discúlpeme.

— Ah, perfecto. No hay por qué disculparse. Tenemos una reserva de tres suites a nombre de Marcos Lorenzana – contestó José Manuel–.

El empleado buscó en el ordenador y tras unos segundos encontró las reservas que se habían hecho unos días antes.

— Efectivamente señor, aquí consta. ¿Es usted el señor Lorenzana?

— No, soy yo –contestó Marcos adelantándose–.

— Oh, perfecto señor, me permite su documentación.

Marcos se la entregó. Había creído más seguro ser él quien hiciera las reservas que utilizar el nombre de José Manuel. Realizados todos los formalismos, el recepcionista avisó a un botones, el cual apareció ataviado con una especie de traje militar con gorro árabe rojo y borla roja. Marwan, después de recibir una generosa propina, se retiró y dejó las maletas al botones quien, tras alojarlas en un carro, las subió por el montacargas. Una vez arriba, Marcos ocupó una suite, Gari otra y en la tercera se alojaron José Manuel y Vicky. Desde las ventanas de la suite se podía observar tanto el exterior como el interior del hotel, en el cual había un precioso patio con pequeñas palmeras y árboles de otras clases plantados en jardineras. Varias mesas con patas metálicas y piedra blanca, rodeadas de sillas oscuras con cojines de tela azul y blanca, flanqueaban las columnas de piedra gris que soportaban los arcos de medio punto que rodeaban todo el patio.

Por otro lado, las suites, con paredes blancas finamente cuidadas, disponían de un excelente baño y un salón con cómodos sillones en un ambiente árabe exquisitamente conseguido. Después de alojarse bajaron al bar del hotel, un lugar muy acogedor con una decoración típica de los años 50, con elegante alfombra roja de motivos geométricos. En la cultura musulmana se prohíbe la representación de figuras humanas y animales, de manera que las formas geométricas alrededor de un punto central se utilizan para representar a Dios como centro de todas las cosas, sin necesidad de plasmar un rostro. Trabajadas sillas en madera con el cojín de terciopelo y mesas octogonales de madera barnizada en negro, formaban parte de un mobiliario que lo completaban platos dorados y lámparas de bronce en las paredes. Allí tenían una cita con la persona a la que habían ido a ver. Por la hora que era, posiblemente esa persona ya estuviese esperándoles.

El bar, a esas horas, tenía bastante afluencia de gente. En los años de la guerra fría, la cafetería del El–Minzah era asiduamente visitada por espías de los dos bandos. El hotel había sido en otro tiempo lugar de descanso para artistas, mercenarios y políticos de todas partes. Cualquier persona que se hubiese creído de cierta importancia y hubiese visitado Tánger en otros tiempos, habría pasado por las habitaciones de este hotel. Examinaron una a una las caras de todos los que ocupaban la cafetería y, en el sitio donde a él siempre le gustaba tomar el té, Marcos pudo distinguir su rostro. Ahí estaba Said Ibn Moumni El Ouazzani, uno de los mejores amigos de Marcos y la persona que les iba a ayudar a protegerse del asesino sin escrúpulos que, desde hacía semanas, estaba haciendo de la vida de José Manuel una horrible pesadilla, en el sentido más literal de la expresión.

33

Hans había perdido de vista a su nuevo objetivo. No había acudido a trabajar por la mañana, tampoco le había localizado entrando o saliendo a la hora de la comida, de modo que su siguiente paso sería localizarle en el otro lugar más frecuentado por él en los últimos días. Mientras tanto, había tenido una idea de cómo acometer las restantes acciones, pero necesitaría la ayuda de Dieter, que a juzgar por la magnífica información que le había facilitado sobre sus objetivos, podría conseguir cualquier cosa. Pensó que no haría falta instalar en su móvil el módulo encriptador, de modo que buscó en la agenda de su teléfono el número de Dieter y marcó:

— Ja –contestó Dieter con un acento totalmente gutural–.

— Dieter, soy yo, Hans.

— Hola amigo, ¿qué tal tus asuntos en Madrid? ¿Has cerrado ya algún negocio?

— No, aun no Dieter, estoy a punto de cerrar el primero, pero necesito que me facilites algo para encarar las próximas acciones.

— Tú dirás amigo.

— Necesito los planos del edificio y una descripción de sus sistemas de seguridad. También quiero tarjetas de acceso que me permitan moverme por todos lados. ¿Cuándo podrías tenerlo?

—No va a ser fácil, amigo. Digamos que... cuatro días.

—Ok, Dieter, sabía que podrías hacerlo.

—Te llamaré cuando lo tenga.

Cuando Dieter colgó, Hans decidió que la espera no iba a llevarle a ninguna solución y decidió desplazarse hasta su nuevo punto de vigilancia. Allí esperaría a que su objetivo apareciera. Cada lugar que había considerado como posible punto de ataque había sido antes minuciosamente estudiado. Cobijos, rutas de huida, a pie, en coche, etc., etc.

Antes de acudir allí pasó por un restaurante de comida rápida, en el cual adquirió unas hamburguesas, bebida gaseosa y un café. La noche iba a ser larga.

34

Tras unos minutos de saludos entre Marcos, Said y José Manuel, éste último dio paso a las presentaciones, tanto de Vicky como de Gari, tras lo cual, un camarero les apuntó la consumición. Se sentaron alrededor de una mesa.

— Os presento a Said Ibn Moumni El Ouazzani, aunque entre sus colaboradores es más conocido por Abú Said.

En el Islam, cuando una persona alcanza una cierta reputación dentro de su comunidad o entre sus colaboradores, se le distingue con el apelativo Abú, que viene a significar algo parecido a "Jefe". Abú Said había trabajado casi toda su vida como miembro de la DSGN, la Direction Generale de la Súrete Nationale (Dirección General de Seguridad Nacional). Gracias a una carrera fulgurante, pasó a ser, en sus últimos siete años en activo, escolta personal del propio Hassan II. Se jactaba de haber compartido el té a diario con el Rey, pero a la muerte de éste y tras alguna falta de entendimiento con su hijo y sucesor, Mohamed VI, había decidido pasar a la reserva.

Said estaba siendo informado por Marcos de manera pormenorizada de lo que les había llevado hasta allí. Abú Said conoció a José Manuel nada más haber contratado a Marcos. Había decidido tomar unas cortas vacaciones. Habló a Marcos de lo aficionado que era a conocer el folklore y la cultura de los lugares que visitaba y había pensado viajar al norte de África. Sentía una gran curiosidad por todo lo relacionado con el Islam y toda la costa mediterránea del Magreb, debido a la proximidad con Europa, tanto cultural como kilométrica que la hacía ideal. Marcos tenía una gran relación con Abú Said, principalmente debido a las investigaciones que se habían seguido posteriores al atentado islamista en el restaurante El Descanso, el 12 de abril de 1985, en el que murieron 18 personas. El atentado se lo atribuyó la Yihad Islámica, pero jamás se detuvo a nadie, aunque valió para que ese tipo de terrorismo no se manifestara en España, al contrario que en Francia, que era bastante habitual, hasta el desgraciado día 11 de marzo de 2004, en Madrid.

Gracias al gran guía de viaje en que Said se había erigido para José Manuel, volvió año tras año a Tánger para seguir conociendo aquel maravilloso país. Cuando su relación con Marcos sobrepasó lo profesional, decidió que él y su familia le acompañaran junto a Said y su esposa. Juntos conocieron grandes ciudades como Agadir, Marrakech, Casablanca, Fez, Mequínez, Rabat, Kenitra y pequeñas urbes en las que la cultura musulmana se presentaba mucho más acentuada, como Amouger, Rich o Azilal en la cordillera del Atlas o pequeñas aldeas situadas en la cordillera de Jbel Bou Iblane.

Gari, mientras tanto, observaba atentamente la conversación. Tenía que intentar descifrar la personalidad del viejo árabe de aspecto duro que tenía ante sus ojos. Pensaba en lo que Carlos le había contado por teléfono. Tanto para él como para Carlos no había duda, si no el asesino, sí al menos el ideólogo de toda la trama estaba alrededor de esa mesa. ¿O no? ¿No estarían cometiendo otro tremendo error? Lo que Gari veía frente a él era a tres grandes amigos que habían recorrido miles de kilómetros juntos.

— ¿Cuánto os quedaréis, Marcos? –preguntó Said–.

— El inspector Ugalde y yo viajaremos a Madrid mañana por la mañana. Estoy reforzando la seguridad en el edificio y el inspector Ugalde junto a su compañero, el inspector Sanz, están consiguiendo grandes progresos – comentó Marcos irónicamente mientras lanzó una mirada fugaz a Gari–.

— No le quepa la menor duda, Said. Estamos... creemos que estamos cerca de la solución.

— Verá inspector –interrumpió Said con tono serio–, mi querido José Manuel y su preciosa amiga –lanzó un sonrisa cómplice a Vicky– podrían quedarse aquí toda la vida si ellos quisieran. Para mí y mi familia es un honor ser anfitrión de esta excelente persona, pero creo que mi buen amigo no ha conseguido todo lo que tiene viendo los toros desde la barrera, como suelen decir en España. Tiene que ocuparse de sus negocios, tiene que volver a su hábitat. Si cogen al asesino, todos ganan y el asesino pierde, pero aunque así sea, si logra apartar a mi amigo de su vida, ese malnacido habrá ganado igualmente.

— Lo cogeremos, no le quepa duda y creo que dentro de poco.

— Ojalá sea pronto, inspector, porque este joven descansará aquí el tiempo que considere oportuno y luego volverá a Madrid, a ocuparse de sus asuntos y a retomar su vida. Yo le protegeré hasta que ustedes terminen su trabajo y Alá lo disponga. No dudo que lo conseguirán, conozco bien a la policía española. Pero, no hay duda en esto: cuanto menos coexistan mi amigo y su asesino, mejor... para todos – sentenció Said–.

— ¿Es que piensan volver a Madrid? –preguntó Gari escandalizado después de haberles aconsejado hasta cansarse no venir a Tánger–.

— Pues claro que sí, Gari –le aclaró rápidamente José Manuel–. A eso hemos venido aquí, a que el mejor guardaespaldas personal que conocemos sepa lo que está ocurriendo y me proteja hasta que vosotros terminéis de hacer vuestro trabajo. Ese hijo de puta no puede coartar mi vida. Hasta que todos estos hechos ocurrieron, había logrado conseguir la felicidad en todos los aspectos de mi vida –dijo agarrando la mano de Vicky– y deseo con todas mis ganas que eso siga siendo así.

— Os hemos rogado que no salgáis de vuestro apartamento por activa y por pasiva, –habló Gari directamente a José Manuel– y ahora que acabamos de llegar a Tánger ya estáis pensando en regresar a Madrid –dijo Gari sorprendido–.

— Será una lástima que usted y Marcos se marchen mañana por la mañana, señor Ugalde. Mi esposa va a preparar un magnífico couscous al que mi querido amigo y su novia están invitados –intervino Said cambiando radicalmente el tono de la conversación–.

— ¡Buff, que susto Said! Ya estaba buscando la manera de forzarte a invitarme –rio José Manuel–. De verdad, Vicky, ese couscous que prepara Fátima, la esposa de mi buen amigo –aclaró–, está tocado por la mano del mismísimo Alá.

— Así sea, amigo. Alá lo quiere.

35

A Carlos le pesaban los párpados como dos losas de mármol sobre sus ojos. Consultó su reloj. Eran las diez de la noche y había algo en los últimos hallazgos que no acababa de cuadrarle. Había repasado una y otra vez todas las pruebas recopiladas hasta el momento y, desde luego que tenían una buena pista y un buen hilo del que tirar, sin embargo, su instinto le decía que había algo que, aun estando frente a sus narices, se les escapaba. Pensó que lo mejor que podía hacer era pedir una pizza y por la noche revisaría de nuevo todo el expediente desde cero. Sí, eso sería lo mejor, o quizás lo hacía porque no quería ir a su cochambroso apartamento a maldecir su suerte, a maldecirse él mismo por ser como era.

Por un momento reparó en las fotos que había en los tablones de corcho del despacho que compartía con Gari. Fotos de víctimas, autopsias, armas, escenarios de crímenes y pensó que había dedicado más tiempo a esa basura que perseguía para meter entre rejas que a organizar su propia vida. *–"Qué coño, ¿cuántas vidas he salvado metiendo a esos montones de mierda en la cárcel?"–*. Esa sensación le reconfortaba, sin embargo no podía evitar que le invadiera otro pensamiento, *–"tu vida, imbécil, tu vida es la única que no has salvado. Mírate comprando pizza por teléfono que te* *comerás en tu despacho, solo*–. Ya estaba bien, no quería meditar más sobre él, necesitaba centrarse. Decidió ir a la máquina de bebidas y sacar un refresco.

Cuando introdujo las monedas y eligió el producto, escuchó en la lejanía la melodía de un móvil. Era el suyo y no lo llevaba encima, estaba en su mesa, de manera que sacó la bebida lo más rápido que pudo y corrió hacia su despacho. Llevaba varios tonos cuando lo alcanzó. Miró la pantalla y vio quién le llamaba. Era Gari.

— ¡Qué coño te pasa, es que no ibas a llamar o qué, joder! –contestó Carlos muy airado–.
— Yo también me alegro de escucharte, Carlos. ¡Oh, gracias! Estoy bien, no me pasa nada. Qué coño te crees, que estoy aquí de vacaciones, ¿o qué? Si no he llamado antes es porque no he podido librarme.
— ¡Librarte! ¿De qué? ¿De quién?
— De una preciosa y entretenida reunión con un ex escolta de Hassan II.
— ¿Pero qué coño dices?
— Lo que oyes, tío. La persona a la que iban a ver aquí en Tánger es un tal Said. En un rato te pasaré un e–mail con su nombre completo y algún dato de interés para que le investigues. Carlos, ¿tienes la misma sensación que yo?
— ¿Cuál, la de que algo se nos escapa?
— La misma.
— Sí, chaval, sí. Estoy repasando el expediente de nuevo.
— ¿En la Brigada?
— ¡...!
— Vale tío, no me contestes. Eres un gilipollas, ya te lo he dicho alguna vez y te lo diré mientras te sigas comportando como un gilipollas.
— Bueno, vale, lo que tú quieras. ¿Cuándo volvéis?
— Mañana a las 10 cogemos el avión –contestó con cierto tono de desagrado–.

— Vale, pues en cuanto aterrices te quiero aquí. Nada de ir a visitar a rubias tetonas. ¿Cuántas noches has pasado con esa tía?

— ¡Tres, tres, tres!

— Pues con tu historial eso huele a boda… o a niños… o a excursiones a la montaña.

— ¡Vete a la mierda! Mañana nos vemos.

36

José Manuel y Vicky estaban en la suite. Ambos habían tomado una relajante ducha y después se habían dejado llevar por la sensualidad y el deseo. Se encontraban desnudos en el gran sillón que presidía el salón de la suite. Era la una de la madrugada y Vicky estaba empezando a digerir tantas emociones. Hacía poco que eran pareja, sin embargo hacía tiempo que trabajaban juntos, pero en un solo día había descubierto que, a pesar de que pensaba lo contrario, sabía muy poco de aquel hombre. De repente había descubierto que el infalible hombre de negocios tenía otras inquietudes, que iban más allá de las puramente económicas y laborales. Pensó que eso le hacía un hombre más interesante.

Hacía unas horas que habían cenado en el hotel. Posiblemente el restaurante del El–Minzah fuera uno de los mejores de Tánger, mérito que se repartía con el restaurante *"Hammadis"*. Vicky y Gari no tenían la más remota idea de qué era lo que se podía comer en un sitio como ése, así es que se limitaron a dejarse aconsejar por José Manuel. Ambos tomaron una *"harira"*, una sopa hecha a base de garbanzos y alguna otra legumbre que se solía comer como plato único. José Manuel se decidió por unos *"tajines"*, una especie de *kebabs* con diferentes tipos de carne. Marcos, sin embargo, optó por un plato más exótico como era la *"pastilla"*, un plato hecho de carne de paloma, arroz y huevo.

Inmediatamente después de terminar la cena subieron a las habitaciones. Las vistas desde las ventanas de la suite eran maravillosas. Se podía ver el Estrecho magníficamente. La noche era muy agradable, José Manuel observaba el horizonte desde la ventana.

— ¿Por qué no nos vamos a la cama? Estoy muy cansada.
— Sí, vamos. Mañana te enseñaré la Kasbah.

Casi dos horas después Vicky dormía profundamente. Sin embargo, José Manuel no había sido capaz de conciliar el sueño y ya iba siendo algo demasiado frecuente. Cada vez que cerraba los ojos se presentaban en su cabeza las horribles imágenes de esas chicas asesinadas y no paraba de preguntarse de qué manera esas imágenes habían llegado hasta ahí. A veces pensaba que si no dormía eliminaría la posibilidad de que hubiera más muertes, pero enseguida su racionalidad le devolvía a la realidad. No quería tomar tranquilizantes o cualquier producto que le ayudara a dormir, no quería ser un esclavo de las pastillas. Pero tumbarse en una cama y no poder conciliar el sueño le consumía por dentro. Llegó el momento en que no pudo aguantar más y necesitó salir de ahí. De modo que se levantó, cogió la ropa más cómoda de que disponía y decidió salir a dar un paseo, a pesar de que casi fueran cerca de las tres de la madrugada. Miró a Vicky, que dormía plácidamente. No quiso irse de allí sin besarla y así lo hizo para, inmediatamente después, salir en el más absoluto silencio de la suite.

Nada más salir a la calle, una sensación de libertad invadió su cuerpo. Enseguida acudieron a su encuentro una gran mezcla de aromas de oriente y occidente. Tánger tenía más vida nocturna de la que, en un principio, cualquier persona occidental pudiera pensar. En cualquier calle del centro se podía encontrar un pub lleno de gente y donde se servía alcohol sin ningún tipo de pudor. Había subido por la calle Houiria, muy cerca del Zoco Grande. Parecía como si, a cada paso que daba, se sintiera más libre, más aliviado, como si cada bocanada de aire que tomaba llenara sus pulmones de un oxígeno más puro.

Siguió rodeando La Medina por la calle de Italia, alrededor del parque de la Meridubia, donde estaba la entrada a uno de los cementerios musulmanes de la ciudad. Recordaba que al final de la calle de La Kasbah había una puerta para entrar al interior de la Medina, justo frente al Museo Arqueológico. Desde allí, se podía observar el estrecho. Había unas magníficas vistas, incluso se podían adivinar las luces de las casas del lado español si la noche era clara. Una vez dentro de La Medina, permaneció sentado en una balaustrada durante largo rato.

Si bien en la ciudad se podía encontrar a gente por las calles a esas horas, en La Medina la soledad era total y absoluta. Las decenas de talleres de tejedores de alfombras que se podían encontrar por el día, tejiendo miles de diseños diferentes, con miles de colores diferentes, siguiendo los métodos ancestrales que utilizaban los bereberes, ahora no eran más que portalones de madera de aspecto fantasmal.

De repente, algo le impulsó a mirar hacia atrás. Creyó ver una sombra en una esquina, justo al fondo de la calle. No le dio importancia. Quizás pudiera ser alguien como él, que a esas horas quería pasear, ¿o no? Tuvo que volver a mirar hacia atrás. La sensación de una sombra observándole había vuelto a presentársele. ¿Y si el asesino que le había acechado en Madrid les había seguido hasta ahí? La inquietud empezó a hacer presa en él. Miró a un lado, nada, miró al otro lado, nada. Decidió volverse al hotel. Bajó por La Medina, hasta la

Mezquita de la Kasbah. Su paso se aceleraba. Notaba los latidos del corazón en su cabeza. Cada poco volvía la cabeza bruscamente para dejar al descubierto a su perseguidor. Pero su búsqueda era infructuosa, ningún rostro se exhibía ante él. Sin embargo, la sensación de ser una presa acechada cada vez era más fuerte. Decidió buscar el Zoco Chico. Allí había una Iglesia Católica donde quizás tomar refugio pero, al llegar a ella, comprobó que estaba cerrada a cal y canto.

Empezaba a asustarse de verdad, ¿por qué no veía a nadie y sin embargo se sentía perseguido? No lo sabía, pero quería comprobar si su sensación era real. Una calle de acentuada pendiente llevaba justo hasta la puerta del Consulado de los Estados Unidos. Dos Marines hacían guardia junto a una de las entradas a los jardines. José Manuel se acercó a ellos e intentó explicarse en un inglés muy correcto. Pero no podía dejar de mirar hacia atrás. Sin embargo, la sensación de ser perseguido había desaparecido. El miedo, no.

Mientras tanto, Marcos dormía en su suite, pero unos golpes le sacaron de su sueño. Alguien aporreaba la puerta. Marcos se levantó de la cama casi de un salto, se dirigió hacia la puerta y miró por la mirilla. Era Vicky y su cara no anunciaba buenas noticias.

— ¿Qué pasa, Vicky? ¿Qué hora es? –preguntó Marcos algo desorientado–.
— José, no está en la cama. Ha revuelto el armario, ha cogido algo de ropa y se ha marchado.
— ¿Qué pasa? –dijo Gari, que había acudido al oír las voces–.
— José, ha desaparecido de su habitación y del hotel – le informó Marcos–.
— ¿Que ha desaparecido? ¿Pero cómo coño va a desaparecer?

—Se ha vestido y se ha marchado mientras yo dormía y no sé dónde está –dijo Vicky con los ojos vidriosos–.

Para entonces, Marcos ya se había puesto algo de ropa. También había cogido su arma y metido el cargador. Al verlo, Gari tomó la determinación de hacer lo mismo.

—Quédate en la habitación, Vicky.
—Pero yo tengo que ir, Marcos, necesito...
—¡Que te quedes, por favor, hazme caso, métete en la habitación y enciérrate! –dijo Marcos con un tono que casi asustó a Vicky–. Y usted, ¿a dónde coño va, inspector?
—¡A usted qué le parece!

Ambos salieron ante la atenta y extraña mirada del recepcionista. Cuando se encontraron en la puerta del hotel, llegaron a la conclusión de que no sabían hacia dónde ir.

—¿Usted qué cree?
—No lo sé, inspector, quizás debamos ir hacia allá –dijo señalando a la derecha con su cabeza–.
—Y, ¿si cada uno va por su lado? –dijo Gari, esperando ver la reacción de Marcos–.
—¡Ah sí, genio! Y usted, ¿qué coño conoce de Tánger?
—Marcos, no me toque los cojones. Estoy intentando ayudar.
—Vamos hacia allá, ¡corra!

Ambos salieron corriendo en la primera dirección que Marcos había propuesto. Pero al llegar a la esquina, se dieron de bruces con José Manuel. En su rostro vieron el miedo reflejado. Tanto Marcos como Gari llevaban sus armas guardadas pero a punto.

—¿A dónde cojones has ido, eh? Nos has dado un susto de muerte, joder.

— No podía dormir y he salido a pasear, a estirar las piernas.

José Manuel no quiso contar lo que le había pasado en La Medina ni a Marcos ni a Gari. Ahora sabía que haber salido a dar ese paseo había sido una verdadera insensatez. Pero, lo que había sentido, ¿era real? Quizás Vicky tuviese razón y estaba sugestionado por todo lo ocurrido últimamente en su vida. Cuando todos estaban ensimismados en encontrar respuestas, el sonido de unos pasos avanzando hacia ellos les sobresaltó. José Manuel sintió cómo su corazón se aceleraba, sin embargo, Gari y Marcos reaccionaron de manera casi inconsciente, haciendo gala de la experiencia que ambos atesoraban. Sacaron sus armas que habían guardado hacía un momento y, en un abrir y cerrar de ojos, una bala se había alojado en ambas recámaras. Los dos esperaron apuntando hacia la esquina, blandiendo el arma con las dos manos, esperando que los pasos, que cada vez se sentían más cercanos, se materializaran en una persona. Finalmente ocurrió, alguien apareció por la esquina.

— Quieto ahí –gritaron los dos al unísono mientras apuntaban con sus armas–.

De repente, un grito femenino les sobresaltó y, al ver esa cara, ambos bajaron las pistolas inmediatamente. Vicky, con la cara blanca y desencajada, había quedado inmóvil ante ellos. José Manuel se acercó rápidamente a ella.

— ¿Qué haces aquí, cariño?
— ¿Que qué hago aquí? –Vicky propinó una sonora bofetada a José Manuel, que la recibió con cierta sorpresa– Pero, ¿dónde te has metido? Nos has dado un susto de muerte... a todos –ella rompió a llorar y cayó de rodillas frente a él–.

— Perdona mi amor, no podía dormir y sólo quería pasear, nada más —la consoló José Manuel mientras tiraba de ella hacia arriba—.

— Por favor, vamos al hotel, no te separes de mí, por favor, te lo suplico —respondió Vicky entre llantos que hacían poco entendibles sus palabras—. No me vuelvas a hacer eso nunca más.

José Manuel alzó su mano y entreabrió la boca. Quería hablar, pero las palabras no brotaron de sus labios. Con un ademán de su mano, quiso hacerle entender que no merecían la pena las palabras que quería escupir por su garganta. Con gesto contrariado y resignado a la vez, dio media vuelta y se dirigió al hotel. Marcos y Gari tenían unas ganas atroces de abroncarle, sin embargo, pensaron que por esa noche era suficiente.

37

Nada más aterrizar en Madrid, Gari pudo observar la gran diferencia de temperatura que había con Tánger. Marcos, amablemente, decidió acercar a Gari a su casa, ya que Arturo estaba esperando allí, pero declinó la oferta, aunque sí le pidió que le acercara al complejo policial de Canillas. No se detuvo en ningún lugar y fue directamente a su despacho. Nada más atravesar la puerta pudo ver a Carlos en su escritorio, sin chaqueta y con la camisa llena de arrugas. En un rincón del despacho había un sillón en el que estaba la chaqueta, aún más arrugada que su camisa. Pero si quedaba alguna duda de que Carlos había pasado la noche allí, se disipó cuando Gari observó el rostro sin rasurar y sus incipientes ojeras.

— Hombre, el turista llegado del Magreb –comentó Carlos nada más reparar en Gari–.
— ¿Has pasado la noche aquí?
— No, fui a casa y he venido temprano porque...
— ¡Carlos! –gritó Gari–. Pero, ¿es que te crees que soy imbécil?
— Vale, déjame en paz, ¿quieres dejar de meterte en mi vida de una vez? Mírate tú, ¿alguna vez habías repetido cita como con esta última? Has dormido tres noches con ella y eso ya es un record.

— Carlos, a mí me gusta vivir así. Por el momento no tengo ningún tipo de inquietudes, pero tú echas de menos a tu mujer y no haces nada por arreglarlo.

— ¿Ah sí, listillo? Y, ¿por qué echo de menos a mi mujer si se puede saber?

— Mira tu mano derecha, aun llevas la alianza.

Carlos observó su mano y vio que Gari tenía razón. Llevaba su alianza puesta y, lo que era peor, echaba de menos a su mujer, tal y como Gari adivinaba.

— Bueno, ¿me vas a contar algo de lo que ha pasado en Tánger o vas a reprocharme el color de mis calzoncillos?

— Creo que hay algo que se nos escapa. Marcos parece totalmente fiel y leal. ¿Qué tienes tú de Said?

— Ese tío está limpio, al menos aparentemente. Fue un policía ejemplar. Luchó contra el terrorismo de manera implacable. Desde que se retiró del servicio activo, han empezado a aflorar los grupos yihadistas, sobre todo los salafistas. Los mantenía a raya. Algunos de sus miembros participaron en el atentado en Casablanca y el 11–M. Por lo demás, no hay mucho que nos pueda ayudar. El CNI me ha dado hasta sus hábitos de lectura y creo que, si han visitado a ese hombre, realmente es para que proteja a José Manuel, lo cual hace que mi teoría sobre Marcos se tambalee. Por cierto, esta tarde nos visita un psicoterapeuta. Es un experto en la recuperación de víctimas de traumas severos mediante técnicas de hipnosis.

— ¿Nos puede ayudar en algo?

— No lo sé, pero tampoco perdemos nada. Déjame que te enseñe lo que hemos conseguido estos dos últimos días.

Carlos enseñó a Gari los resultados de los últimos análisis, lo cual les llevó el resto de la mañana. Ambos, cada uno por una razón diferente, estaban agotados y deseando que llegara la hora en la que habían quedado con el terapeuta, finalizar la reunión e irse a descansar. Decidieron marcharse a comer y allí hablaron de cosas que no tenían nada que ver con la investigación. Gari, durante aquel viaje, había aumentado más la estima por la persona de José Manuel. Ya no tenía esa sensación de niño rico despreocupado de todo que, días atrás, había producido en él. El trato tan cercano y el conocimiento que le había demostrado de otra cultura y sobre todo el respeto con que mostraba esos conocimientos, le habían conferido un aura especial. Ése había sido uno de los temas que más tiempo consumieron durante su comida.

— Ayer me contó Marcos que José Manuel recogió hace un tiempo a un tío de la calle, a un vagabundo que llevaba tiempo en un edificio en obras, justo frente al suyo.

— ¿En serio que hizo eso? –preguntó Carlos casi sin dar crédito–.

— Parece ser que tenía a una criatura escondida y se ha ocupado de darle cobijo, estudios y todo lo que necesite. De verdad Carlos, ese tío es increíble.

— ¿Y mete a un desconocido dentro del edificio?

— Ese tío es así, me gustaría que le hubieses visto en Tánger.

— ¡Idílico! –comentó Carlos en tono bastante irónico–, pero ya estás consiguiendo los datos de ese vagabundo... por si acaso.

— Ya los tengo, viejo cascarrabias. Están en mi equipaje. Ya te los daré. Según me comentó Marcos, el vagabundo es un tío bastante culto, un ex profesor o algo así.

— Ex profesor, ¿de qué?

— ¡Y yo qué coño sé! Ya nos lo dirán cuando lo investiguemos.

El tiempo restante lo habían ocupado hablando de ellos dos. Sus asperezas eran las de dos personas que se apreciaban. Gari se preocupaba de Carlos y viceversa. Hacía tiempo que trabajaban juntos y Carlos había llegado a apreciar a Gari como a un miembro de su propia familia. No le cabía la menor duda de que llegaría muy arriba en la policía.

Después de haber aflorado alguna risa en el rostro serio y descuidado de Carlos, ambos decidieron volver al despacho para preparar la entrevista con el psicoterapeuta. Una vez allí, revisaron la documentación del caso para decidir qué preguntas formular y sacar el máximo provecho del encuentro.

Casi dos horas después, una llamada al teléfono fijo que había sobre la mesa anunciaba la presencia del psicoterapeuta. Carlos pidió a su interlocutor que acompañaran al doctor hasta una de las salas de reuniones. Ellos se dirigirían directamente hacia allá.

Cuando los dos inspectores entraron en la sala, el doctor Márquez, el psicoterapeuta, ya estaba sentado. Se levantó y saludó educadamente. Era un hombre alto, de pelo oscuro con amplias entradas y exquisitamente peinado. Sus ojos, también oscuros y brillantes, de aspecto penetrante dentro de un rostro de facciones duras y angulosas, unidos a sus delicados modales, le conferían una gran credibilidad.

— Señor Márquez, lamentamos tener que molestarle. Iremos lo más rápido que podamos –comentó Carlos–.
— Tranquilos inspectores...
— Sanz, Carlos Sanz y éste es el inspector Garikoitz Ugalde.
— Como le decía, inspector Sanz, he cancelado todas las consultas para esta tarde. Este caso es muy hiriente y, si creen que puedo servirles de ayuda, vendré aquí una y mil veces.
— Se lo agradecemos muchísimo, señor Márquez – inquirió Gari–. Tenemos una idea aproximada de qué uso se le puede dar al anmital sódico. Hemos consultado a algún terapeuta y creemos que el anmital se ha utilizado en las

victimas para inducirlas al suicidio, pero también, y esto es algo que no ha salido aun a la luz pública y que le agradeceríamos que así siguiera, el anmital, unido a la hipnosis, se ha utilizado para implicar a sujetos en crímenes, haciéndoles creer los autores materiales.

— ¿En serio? –interrumpió el doctor–. Buff, pues la verdad es que si ha sido así, reduciría bastante su radio de búsqueda.

— Explíquese, por favor –pidió Carlos–.

— Sí, disculpe. Durante mucho tiempo, sobre todo en el momento más álgido de la guerra fría, se ha intentado manejar la mente del hombre, o mejor dicho, su cerebro, como si fuera una computadora capaz de ser programada y activada a lo largo del tiempo. Nunca funcionó... o al menos eso nos dijeron. Quizás porque proyectos como el MK Ultra, dirigidos por el gobierno, debían de permanecer en el más absoluto secreto.

— Y usted cree que sí llegó a funcionar, ¿no? – preguntó Gari–. — Miren, voy a ponerles un poco en antecedentes y entenderán esto más fácilmente.

Ambos policías se prepararon. Intuían que iban a recibir una lección técnica difícil de digerir.

— El proyecto MK Ultra comenzó en abril de 1953. Con un presupuesto enorme, tenía como fin conseguir mediante las drogas conocidas en aquella época, el suero definitivo de la verdad.

— ¿El suero definitivo? ¿Es que ya se utilizaba algo así antes? Siempre he pensado que los sueros de la verdad son un invento mucho más moderno –preguntó Gari extrañado–.

— Oh no, se equivoca. Los nazis ya experimentaron sueros de la verdad con derivados del cannabis... sin mucho éxito, por cierto.

— Qué curioso –dijo Carlos entre dientes–.

— Pues bien, dicho proyecto se convirtió en un monstruo por el simple hecho del presupuesto que manejaba.

Se dividió en 156 subproyectos, 14 de los cuales, aun hoy, siguen siendo todo un misterio. Ni siquiera se sabe si finalizaron o, por el contrario, continúan... algo que no sería extraño.

— Joder, y a saber qué es lo que sabemos del resto — contestó Gari mientras miraba a Carlos—.

— Quizás sea mejor no saberlo –afirmó con cierto pesar el doctor–. La CIA trasladó sus actividades a un hospital en Canadá, aunque pegado a la frontera de Estados Unidos. Allí ocurrieron cosas atroces.

— ¿Como cuáles?

— El doctor Ewen Cameron, el mismísimo diablo, si me lo permiten, experimentó en muchachas jóvenes que ingresaban con simples cuadros de ansiedad o depresión, chicas solitarias, sin familia... ideales para los propósitos del tal doctor Cameron. Ese tipo consiguió borrar en ocasiones el cerebro de las jóvenes, ¡totalmente en blanco!, como formatear el disco duro de su ordenador.

— ¿Es posible eso? –preguntó Carlos atónito–.

— Es posible, se lo aseguro. A esas muchachas hubo que enseñarlas a andar, hablar, controlar los esfínteres... se convertían en bebés treintañeros. Habían entrado allí afligidas, pero sanas.

— ¡Qué hijo de puta! ¿Se tomaron medidas contra ese asesino?

— ¿Qué si se tomaron medidas? –el doctor rio con sarcasmo–. Oh, sí, se tomaron medidas. Ese individuo fue nombrado Presidente de la asociación Psiquiátrica Mundial y, poco después, Presidente de las Asociaciones Psiquiátricas Estadounidense y Canadiense. Lo más curioso de todo es que Ewen Cameron formó parte en los juicios de Nüremberg como juez y, entre otros, juzgó al "doctor muerte", más conocido como Joseph Mengele.

— ¡Increíble! –Carlos se recostó en su asiento–.

— Sí, totalmente increíble. El tipo murió en el 67 y el proyecto MK Ultra se canceló en el 75. O, más bien, se integró en el nuevo Proyecto Fénix.

— Y, ¿ha vuelto a haber avances en ese campo?

— Verán, a mediados de los 90, la hija de un ministro de la iglesia protestante del estado de Missouri, visitó a un terapeuta para superar un desengaño amoroso. Un año más tarde, la chica denunció a su padre, acusándole de haber sido violada repetidamente por él entre los 7 y los 14 años de edad. Incluso declaró haber quedado embarazada y que la forzó a abortar con una percha... ¡figúrense!

— Cielo Santo, y eso, ¿ocurrió así?

— Pues la chica se sometió a la prueba del polígrafo y sus recuerdos eran tan reales que no hubo el más mínimo atisbo de que mintiera. Sin embargo, la defensa pidió un examen ginecológico que reveló que la muchacha, que en ese momento contaba con 22 años, era aún virgen y que jamás había estado embarazada. Entonces, uno de los miembros de la defensa, descubrió que el terapeuta que trató a la muchacha había sido demandado por una antigua paciente en otro estado, por el intento de implantación de falsos recuerdos en su mente. Nunca llegó a pagar por ello. Quizás fuera uno de sus primeros intentos fallidos.

— No lo puedo creer —musitó Carlos casi en un susurro—.

— ¿Por qué no fue condenado? —preguntó Gari—.

— Pues porque a principios de los 90, esa técnica era apenas una fantasía y, al no disponer de pruebas, la muchacha retiró la demanda. Pero esta vez, la policía realizó un registro en el despacho del terapeuta, donde encontró abundante documentación del proceso que había seguido con la hija del ministro protestante. Cuando fue detenido, otras dos muchachas le acusaron de haber implantado falsos recuerdos en su memoria. De manera que el juez del caso de la chica violada sobreseyó la demanda. A las otras dos jóvenes se les unió ésta para demandar al terapeuta.

— ¿Le condenaron entonces? —preguntó Carlos—.

— Pues bien, aquí viene lo más curioso. Las tres demandas se solucionaron con 1, 2,67 y 2,5 millones de dólares, los cuales, sorprendentemente diría yo, el sujeto pagó... además de su elevadísima fianza. Pero desapareció nada más salir de prisión y jamás se supo de él.

— Presumiblemente fue ocultado por el gobierno, ¿no es cierto? –afirmó Gari–.

— Sí, al menos eso piensa todo el mundo que conoce el caso. Lo importante es que, una vez ocurrido esto, los profesionales supimos que implantar recuerdos en un cerebro era algo capaz de hacerse. Las universidades americanas empezaron a investigar este tipo de terapias y, en una de ellas, la Western Washington University, se llegaron a conseguir grandes avances. Yo me especialicé en esta técnica y ahora trabajo para el gobierno.

— ¿Cuál es su trabajo exactamente? –preguntó Carlos–.

— Pues trabajo con víctimas del terrorismo. Generalmente, esta gente no suele superar sus traumas, pero la gran mayoría aprende a convivir con ellos. Hay una minoría que no son capaces, ni de superar, ni de convivir con su trauma y a ellos son a los que me dedico. Principalmente, mediante terapias que incluyen la hipnosis mis pacientes pueden superar estados de bloqueo mental. Y si me permiten, añadiré que el anmital es la herramienta ideal para preparar a una persona antes de ser sometida a hipnosis.

— Señor Márquez, ¿cuántas personas hay en España que puedan ser capaces de utilizar el anmital, la hipnosis y la implantación de recuerdos con ciertas garantías?

— Pues hay terapeutas ligados al gobierno, alguno privado y recuerdo algunas tesis doctorales hace algunos años... yo diría que no más de una cincuentena de personas.

— ¿Podría facilitarnos usted un listado? –inquirió Gari–.

— Sí, por supuesto. Tendré que revisar mis archivos y consultaré a algún amigo catedrático para que me proporcione algunos nombres. Tardaré... bueno, no es una información fácil de conseguir. Tardaré días, quizás semanas.

— Perfecto, por favor, nos ha ayudado usted muchísimo, ¿pero le importaría darle prioridad a esto?

— No, por supuesto que no, inspector Sanz, enseguida pondré a mi secretaria a trabajar. Mientras tanto, yo hablaré con mi amigo, pero tenga en cuenta que son unos archivos amplísimos.

— Oh, lo entiendo, por supuesto. Sólo le quiero recordar lo importante que es para nosotros.

— Me consta, inspector. No lo demoraré.

— Bien, no le molestaremos más. Muchísimas gracias señor Márquez. Le agradecemos mucho su tiempo.

— Inspectores, lo que les he contado es para hacerles comprender que con el cerebro se puede conseguir cualquier cosa. Los hechos que he relatado comenzaron a mediados del siglo pasado y los últimos experimentos se llevaron a cabo a principios de los 90 y ya han oído con qué resultados. Si tenemos en cuenta cómo hemos avanzado estos años en los campos de los medicamentos y la tecnología médica... ¡Dios sabe qué podrá hacerse hoy en día sin el control adecuado! Tengan cuidado en este asunto, inspectores.

— Descuide señor Márquez, lo tendremos –contestó Carlos ante semejante llamada a la precaución–.

El doctor Márquez se marchó inmediatamente. Entre preguntas y relatos habían transcurrido más de dos horas. Estaban agotados. Gari metió las manos en uno de los bolsillos de su chaqueta, sacó unas llaves y las lanzó a Carlos desde su silla, quién las cogió al vuelo.

— ¿Qué es esto? –preguntó Carlos extrañado–.

— Nos vamos, yo estoy agotado, ¿y tú...? Son las llaves de mi casa. Vete y pégate un baño en un sitio limpio. Duerme allí y descansa.

— ¿Y tú?

— Yo... tranquilo. No iré esta noche a casa. Tengo una cita –rio pícaramente mientras se levantaba, cogía la maleta que aun llevaba encima y salía por la puerta del despacho–.

— Gari, Gari –gritó Carlos. Gari asomó la cabeza por el marco de la puerta–.

— ¿Qué quieres? Tengo prisa, eres un poco pesado.

— Gracias.

Gari vio por primera vez en el rostro de Carlos la cara de un hombre herido y frágil, algo que jamás habría podido imaginar del Inspector Carlos Sanz.

38

Hans estaba cansado de esperar otra noche más en el mismo sitio. Decidió que si su objetivo no se presentaba, cambiaría su estrategia. Pero ya eran demasiados reveses los que estaba sufriendo. Estaba contrariado porque Dieter no había quedado con él hasta dentro de dos días para facilitarle toda la información que le había pedido. Si como sospechaba, nadie aparecía ante él, dedicaría los dos días siguientes a "hacer turismo".

Estaba a punto de arrancar el coche cuando vio a lo lejos una silueta que le era familiar. Ya más cerca, pudo aseverar que se trataba del inspector Ugalde, su próximo objetivo.

Llevaba en la mano una bolsa de viaje. No tenía muy claro si era para quedarse o, simplemente, se trataba de la explicación de que hubiese desaparecido durante un par de días. Entonces pensó que lo mejor sería irse al hotel y estar allí antes de las seis de la mañana, la hora en la que los otros días el inspector había salido por la puerta de aquél portal, a unos metros de él. Quizás era tentar a la suerte. El inspector podría irse a media noche y así perder otra nueva oportunidad pero posiblemente fuera peor pasar toda la noche metido en el coche, a la vista de todo el mundo. Así es que no había discusión.

Una vez en el hotel, abrió la caja fuerte y sacó de ella su vieja Glock que, a pesar de los años, había logrado conservar en un estado óptimo de funcionamiento. Dejó sobre su mesilla el arma junto al silenciador y un cargador municionado. Después abrió la cama y se acostó. Eran cerca de las once de la noche y no tardó más de cinco minutos en conciliar el sueño.

Cuando despertó, apenas habían pasado diez minutos de las cuatro de la mañana. Se aseó rápidamente y veinte minutos después se encontraba de camino.

La calle era larga, lo suficiente como para poder vigilar a una distancia prudencial sin ser visto. Eran cerca de las seis de la mañana cuando observó que, en aquella casa que vigilaba, una de las ventanas se iluminaba durante unos minutos. Fue entonces cuando sacó su Glock con el silenciador de una bolsa de deporte que había en el asiento derecho. Cada vez que había sometido a seguimiento al inspector en ese lugar, la dirección que había tomado siempre era la misma. La calle hacía una ligera pendiente orientada hacia el norte. Era hacia donde Gari se dirigiría como había comprobado días anteriores, al parking público en superficie donde había dejado el coche.

Por otro lado, pensó que si iba al parking y buscaba su coche, sería un lugar ideal para esperarle sin nadie alrededor. El aparcamiento era una explanada que había sido asfaltada hacía poco tiempo. No tenía vigilancia y era gratuito. Ideal para lo que Hans iba a llevar a cabo. Así es que se adelantó hasta allí y empezó a buscar el vehículo. Apenas un par de minutos después vio uno de igual marca y modelo que el que había observado los días anteriores. Sacó una libreta pequeña de uno de sus bolsillos y miró la matrícula que días antes había anotado. Sí, era ése. Su ataque empezaba a tomar forma.

Gari casi no podía creerse que volviera a salir de una misma casa durante cuatro días. Se encontraba muy a gusto con Lidia. Ese día salía duchado, afeitado y con ropa limpia, ya que aún disponía del equipaje del viaje a Tánger. Había pasado una noche bastante tranquila con ella. Se sentía descansado después de las agotadoras jornadas de los días anteriores. Nada más salir a la calle frotó sus manos para combatir el intenso frio de esas horas, miró a uno y otro lado y vio que, como otros días, apenas había movimiento por las calles. Iba bien de tiempo, podía parar a desayunar antes de llegar al complejo policial. Apretó un poco el paso para combatir el frío matutino. No llevaba ropa de abrigo adecuada y maldecía para sus adentros el no haber reparado en ello.

Se encontraba a unos metros de la entrada al parking cuando Hans se fijó en él. Se agazapó entre dos coches y esperó a que se acercara un poco más. Sacó su Glock que ya llevaba el silenciador puesto y montó el arma de manera que una bala quedó alojada en la recámara. Sigiloso, avanzó dos hileras de vehículos hasta que se situó a cuatro metros del coche de Gari.

Cuando éste empezó a acercarse, redujo la marcha y comenzó a buscar las llaves en los bolsillos de la chaqueta primero y en los de los pantalones después. Mientras realizaba esa acción escuchó un ruido y, casi inconscientemente, echó la vista atrás para descubrir el origen de ese sonido. No vio nada. Al volver la vista hacia delante, justo ante la puerta de su coche, arropado por la penumbra, se encontró con una silueta frente a él.

Casi sin darse cuenta oyó tres silbidos, uno detrás de otro, separados apenas por décimas de segundo. Después dolor. Un segundo después sintió que sus piernas se quedaban sin fuerzas. Cayó de rodillas mientras observaba su propio pecho, por el que manaba sangre de forma abundante. Poco después no podía sujetarse de rodillas y cayó de espaldas. Sus brazos quedaron inertes, su cuerpo no obedecía las órdenes que su cerebro daba. Aun no era capaz de entender lo que le había pasado cuando una persona desconocida hincaba una rodilla en el suelo junto a él.

Hans observaba cómo el inspector inspiraba sus últimas bocanadas de aire. Aun blandía su arma. Con la punta del silenciador apartó las solapas de la chaqueta. Observó dos heridas en el vientre y una en el pecho, de la que fluía la sangre al ritmo de los latidos del corazón, que cada vez eran más espaciados.

Gari ya no tenía fuerzas para preguntarse de quién era el rostro que se alzaba ante él. Empezó a notar frío. Luego paz. Después oscuridad.

Hans comprobó que su objetivo yacía sin vida ante él. Sin levantar la rodilla del suelo, alzó un poco el cuello para mirar por encima de los coches. No había nadie. Y nadie le había escuchado, ni visto. Guardó su arma con total tranquilidad y salió de allí con un ritmo que no llamara la atención. Cuando llegó al coche se alejó tranquilo. Su primer objetivo había caído.

39

Carlos volvía ese día con bríos renovados. Nada más llegar a casa de Gari había tomado un baño. No quiso hacer otra cosa después que no fuera dormir. Esa noche lo había hecho larga y profundamente. Pero el concienzudo Carlos Sanz estaba, puntual como un reloj suizo, a las siete de la mañana frente a su mesa. Revisó primero los faxes que había sobre una bandeja metálica y no vio nada interesante. Después abrió su correo electrónico y tampoco encontró nada que le fuera de gran utilidad.

La última cosa que Gari y Carlos hicieron la tarde anterior antes de marcharse fue comunicar a todas las comisarías de policía, prensa y chivatos, la información que apuntaba hacia una persona del Este de Europa como la autora de los disparos en el edificio de José Manuel. Cuando en otras ocasiones había hecho algo similar, a la mañana siguiente solía haber alguna respuesta. Pero ese día no era así, de manera que, con la cabeza fresca y ánimos en inequívoco sentido creciente, decidió repasar de nuevo todos los aspectos del caso que llevaba entre manos, incluida la puesta en escena de un nuevo personaje: el misterioso mendigo.

Cuando ya llevaba un buen rato ante su ordenador, reparó en que Gari aún no había llegado. Generalmente, Carlos siempre estaba en su despacho antes que él, pero no solía retrasarse y, esa mañana, era casi media hora de retraso lo que acumulaba.

Estaba tan ensimismado en su pantalla que no sintió una presencia tras él hasta que ya estaba casi encima. Giró su cabeza y se extrañó de ver a esa persona ahí.

— ¡Mercedes!, ¿qué haces por aquí? Hace años que no te veo por estos despachos.
— Carlos, verás... ha ocurrido algo.

40

José Manuel se sentía ansioso. Había pasado cerca de un año desde que comiera su último couscous y esa mañana, después de visitar el Zoco y la Medina, a la luz del día e inmersos en el bullicio, estaban invitados a degustar uno de los couscous de Fátima.

Habían llegado hasta la casa de Said paseando y haciendo compras con el sonido de fondo de los muezín que llamaban a la oración cinco veces al día, determinadas por la posición del Sol. El *Fayar,* la primera oración del día y que comienza justo al alba y debe terminar antes del amanecer, el *Zuhur,* inmediatamente después de que el Sol ha atravesado el meridiano, el *Asar,* oración que comienza cuando el Sol se encuentra a medio camino entre el meridiano y el atardecer, el *Maghrib,* la oración que se realiza una vez que el Sol se pone y la *Isha,* realizada en el crepúsculo y que debe terminar antes de la caída de la noche.

En la Medina se les podía escuchar desde cualquier lugar, aunque en las zonas más populosas los rezos quedaban ocultos tras el bullicio.

Said vivía en un riad del siglo XVII, una especie de palacio medieval, en la parte alta de la Kasbah. La cercanía a Hassan II le había procurado un elevado nivel social. Justo cuando se encontraban frente al riad, comenzó a oírse cómo los muezín iniciaban el *Adhan,* la llamada a la oración.

— *Al–laho Akbar* (Dios es Grandísimo) –repitió el muezín cuatro veces–.

Vicky se sentía extraña en ese país cada vez que los altavoces de las mezquitas bramaban. Jamás había escuchado llamar a la oración en ningún lugar en los que había estado. El muezín entonces varió la cantinela que había iniciado hacía breves momentos.

— *Ash–hado al–laa Ilaha il–lal–lah* (Atestiguo que nadie, salvo Dios, es digno de ser adorado (recitó cuatro veces).

La llamada a la oración continuaba.

— *La ilah illa Allah wa Muhammad rasul Allah, la ilah illa Allah wa Muhammad rasul Allah.* (No hay otro Dios sino Alá y Mahoma es su profeta) –recitaba el muecín, esta vez en sólo dos ocasiones–

— *Hayya alassalah* (venid a la oración), *Hayya alal–falah* (acudid al éxito), *Al–laho Akbar* (Dios es Grandísimo), *La ilaha il–lal–lah* (nadie es digno de ser adorado sino Dios).

Justo en el momento en que la llamada a la oración finalizaba, José Manuel y Vicky llegaban a la residencia de Said. Una muchacha joven, con un precioso rostro y rasgos árabes, abrió la puerta que daba acceso al patio del riad.

— ¡Salam, Leila! Dios mío, cómo has crecido en este último año.
— ¿Tú crees? Yo no me lo noto.

— Porque te ves todos los días –contestó José Manuel–. Pero, créeme. Te has convertido en una mujer.

— ¡Gracias! –contestó Leila ruborizándose–. Mi padre me ha dado instrucciones para que toméis un té aquí, en el patio, mientras terminamos de orar. Será sólo un momento.

— ¡Perdonadnos, por favor! –contestó José Manuel lamentándose– No he caído en que estabais en mitad de vuestras oraciones. Por favor, seguid, yo estaré bien. Tengo muchas cosas que contarle –se disculpó José Manuel dirigiendo una mirada a Vicky–.

Leila se retiró con una sonrisa en su rostro y entró dentro de la casa. Mientras tanto, el tiempo pasó volando para los dos ya que José Manuel iba contestando a todas las preguntas que Vicky le formulaba. Sin que se percataran, la figura de Said se presentó ante ellos.

— Adelante, queridos amigos –saludó Said cuando vio a José Manuel y Vicky en el patio del riad–.

— Salam, Said –contestó cortésmente José Manuel con una ligera genuflexión–.

— La mesa casi está preparada. Acompañadme, por favor.

Cuando entraron al amplísimo salón con grandes ventanales orientados al patio del riad, observaron cómo en el centro había una gran mesa en la cual, aun humeantes, se podían ver dos grandes ollas de barro. Una de ellas rebosante de sémola de trigo y verduras, en la otra la carne, generalmente cordero y pollo.

— Querida Vicky, te presento a mi hija, Leila, a la que ya conoces y a mi hijo, Karim.

— Encantada –contestó Vicky–.

— Salam –saludaron los jóvenes al unísono–.

— ¿Os parece que tomemos asiento?

— Por mí, perfecto –contestó José Manuel que se encontraba inmerso en una animada charla con los muchachos–.

Fátima apareció seguida de Aïcha y Yaiza, las dos asistentas. Éstas traían jarras de agua fresca y té. Cuando fueron a tomar asiento, Vicky reparó en que no había ningún plato ni cubiertos sobre la mesa. Disimuladamente los buscó en alguna de las pequeñas mesas de alrededor, pero no los encontró. Fátima enseguida reconoció su reacción, que era la misma que José Manuel había tenido la primera vez que comió en su casa.

— Señorita, ¿busca usted los platos y los cubiertos?
— ¿Eh?, no... yo... bueno, es que...

Todos rieron en ese momento y Vicky se sintió ridícula, pero José Manuel, que sabía por lo que estaba pasando en ese preciso instante, se apresuró a rescatarla.

— No, cariño, no hay platos ni cubiertos. Por supuesto que ellos tienen y los usan, pero han querido que disfrutes de un couscous tradicional.

Todos tomaron asiento y llenaron sus vasos de agua y té.

— Verás –empezó a mostrarle José Manuel–, coges sémola, un poquito de verduras o carne, mojas en esta salsa y te lo llevas a la boca.

Vicky asintió. No estaba acostumbrada a comer con las manos y no supo si iba a disfrutar de algo así. De manera que esperó a que alguien diese el primer paso. Ese primer paso lo dio José Manuel.

Tal y como había explicado a Vicky anteriormente, cumplió con todo el protocolo. Una vez que tenía en sus manos los alimentos, no olvidó cumplir con otra tradición:

— ¡Bis mi Alá! –espetó José Manuel.
— ¡Bis mi Alá! –contestaron Said, su mujer y los chicos–.
— Disculpa Vicky, significa "en el nombre de Dios". Damos gracias a Alá –explicó Said–.
— Por cierto –interrumpió José Manuel dirigiéndose a Vicky–, no utilices la mano izquierda para tomar los alimentos, sólo la derecha.
— Y, ¿cuál es la razón?
— Verás –dijo Said mientras los demás reían–, digamos que, antiguamente, antes de que existiera el papel higiénico, la mano izquierda era la encargada de reemplazar esa carencia.

Al principio, José Manuel no estuvo totalmente seguro de que esa comida fuera del total agrado de Vicky, pero apenas diez minutos después de comenzada, veía con júbilo cómo había adquirido con facilidad la dinámica de comer couscous.

— José, ¿quién crees que puede estar haciéndote eso? –preguntó Said–.
— Cualquiera sabe, Said. Cualquier loco. Cualquier animal que se levantó un día y decidió que la vida humana no vale un carajo.
— ¿Sospechas de alguien?
— Pero, Said, ¿cómo voy a sospechar de nadie? El que está haciendo esto es un psicópata y, te lo aseguro, no conozco a muchos.
— ¿Tú crees, joven amigo? Jamás des nada por sentado en este tipo de asuntos. He estado demasiados años entre basura humana como para saber que, todos aquellos que querían matar a mi Rey, era gente que le conocía bien.

— Pero, Said, tú me conoces, ¿crees que alguien me puede odiar tanto?

— Said, yo trabajo con José Manuel hace tiempo y te puedo asegurar que en la corporación nadie le odia, todo el mundo le tiene en gran estima –contestó Vicky–.

— Lo sé, querida, Marcos me ha hablado mucho de este joven, pero repito, jamás deis nada por sentado. Debéis estar alerta con todo el mundo. Incluso con aquellos a los que habéis ayudado.

Las palabras de Marcos en el avión vinieron a la cabeza de José Manuel en ese momento: "no te fíes de nadie, ni siquiera de mí". Eso le demostraba que, dos grandes profesionales y personas muy expertas, coincidían en tal afirmación.

Fátima se había levantado hacía unos minutos y ahora entraba en el salón, junto a Aïcha y Yaiza. Llevaban fruta y dulces, además de té para amenizar la sobremesa y también un paquete envuelto en papel muy colorido entre sus manos.

— Esto es para ti, Vicky –dijo ofreciéndole el regalo–. Es un pequeño obsequio sin importancia.

— Pero... no tenías por qué –dijo mientras lo desenvolvía–.

— Es un presente para ti. Además, te protegerá.

— Es muy bonito, ¿Qué es? –preguntó Vicky mientras lo observaba–.

Se trataba de un objeto cerámico con forma acampanada del que salían cinco protuberancias. En el centro había dibujado un ojo. Estaba adornado con colores vivos y muy llamativos.

— Es la mano de Fátima –dijo José Manuel–.
— ¿La mano de Fátima? –preguntó Vicky mirándola–.

— ¡Oh no, querida! –rio Said fuertemente– De esta Fátima no... es la mano de Fátima, la hija de Mahoma. Es una especie de amuleto.

— Mira, Vicky, cada dedo representa una virtud. Las cinco virtudes son: fe, caridad, ayuno, oración y peregrinación.

— Y, ¿este ojo? –preguntó Vicky extrañada–.

— Es el ojo vigilante de Dios –aclaró Said–.

— Este amuleto protege del mal de ojo y la mala suerte y atrae a la buena salud –intercedió Fátima–.

— Muchas gracias, Fátima, Said. Sois muy amables –agradeció Vicky–.

Durante un largo rato Fátima contó a Vicky curiosidades sobre los amuletos que los musulmanes utilizaban. Quedó sorprendida de conocer la gran cantidad de supersticiones que los musulmanes temían.

Aïcha, que se había retirado junto a Yaiza, volvió a entrar al salón y al acercarse, hablando en castellano en deferencia hacia los invitados, informó a Said.

— Señor, tiene una llamada de teléfono.

— Gracias Aïcha, ahora mismo voy. Lo siento chicos, pero tengo una llamada y debe de ser importante. De lo contrario, Aïcha no me habría avisado –se disculpó Said–.

Después de que Said conversara brevemente, entró de nuevo al salón, pero esta vez su rostro no adelantaba buenas noticias.

— José, eeh... no sé cómo decirte... en fin. El inspector Ugalde ha sido asesinado esta mañana de tres disparos. ¡Que Alá se apiade de él!

41

El depósito de cadáveres estaba más frío y oscuro que de costumbre o, al menos, era la impresión que ese día le producía a Carlos. Éste se dirigió hacia el fondo, donde se encontraba Mercedes junto a uno de sus ayudantes. Tras ellos, una mesa de autopsias mostraba la silueta de un cuerpo bajo las sábanas. Carlos se acercó despacio pero con paso firme, un paso que retumbaba en toda la sala.

— ¿Es...? –preguntó Carlos mientras miraba el cuerpo–.

Mercedes movió la cabeza afirmativamente y luego se dirigió hacia él. Le asió del hombro cariñosamente.

— Carlos, este muchacho ha dejado un cadáver demasiado precioso. Prométeme que, sea quien sea ese cabrón, le vas a pillar.
— Te lo juro, Mercedes. Ese hijo de puta se va a pudrir en la cárcel, aunque éste sea mi último caso. Gari no debía estar muerto, ¡no debía, joder! –gritó con lágrimas en los ojos–.

Tras ellos, el ruido de unas puertas abriéndose les hizo mirar atrás. Era el comisario. Bajaba al depósito para presenciar la autopsia.

— Carlos, ¿cómo te encuentras?
— ¿Cómo cree que me encuentro?
— Sé que ha sido un golpe muy duro para usted.

Carlos calló.

— Le voy a dar dos semanas de vacaciones. Salga fuera, distráigase.
— Comisario, no me aparte de este caso, por favor, no me aparte —se dirigió al cadáver y levantó la sábana dejando al descubierto el rostro blanquecino y sereno de Gari—. Este chico necesita que hagan justicia por él.
— Pues eso es lo que me preocupa, joder. No quiero que haga ninguna gilipollez. Un chico joven ha muerto. Ahora sólo quiero impedir que acabe usted en la cárcel por culpa de un cabrón asesino que anda por ahí suelto.
— Comisario, ¡no me joda! ¿Es que no me conoce? —se acercó al comisario mientras metía su mano en el bolsillo del pecho—. ¿Mire esto? ¿Lo ve? —le mostró su placa—. Vivo para esto, he dado por esta placa más de lo que nunca hubiese pensado. Soy un profesional y daría mi vida por ella si fuese necesario. ¡¡¡No sé hacer otra cosa en esta vida, joder!!! Pero, ¿qué coño se piensa?, ¿qué voy a ir por ahí matando al primero que parezca culpable, en plan "justiciero de la noche"?
— Carlos, está usted atravesando un momento muy delicado, tanto laboral como personal.
— Comisario, mis asuntos personales le importan a usted una mierda, con todos los respectos. Y en cuanto a mis asuntos laborales... cuando no haga bien mi trabajo, quíteme la placa. Pero mientras tanto, lo siento señor, pero tengo que resolver seis crímenes, ¿de acuerdo? —dio media vuelta y se dirigió hacia la salida—.

— Pero... Carlos... ¡ay que joderse! –murmuró el comisario entre dientes–.

— Comisario, no le separe del caso, por favor, no lo haga –suplicó Mercedes–. Es un profesional muy cualificado, con muchos años de servicio y sin una sola mancha en su historial. No es un vaquero, no va a vengarse de nadie. Le va a pillar... le va a pillar para que se pudra en la cárcel.

— Lo sé, Mercedes, lo sé –contestó el comisario–. Pero, ¿y si esta vez es diferente? Nunca le vi tan compenetrado con un compañero... no sé, Mercedes, tengo un mal presentimiento.

— Confíe en él comisario, hágalo y no se arrepentirá. Estoy segura de ello.

— Está bien, está bien –replicó de mala gana–. No sé por qué me da en la nariz que me voy a arrepentir de esto. En fin, Mercedes, llame a sus asistentes e iniciemos la autopsia, este chico tiene que descansar en paz de una vez.

42

José Manuel había declinado la invitación de su amigo Said de quedarse en su casa esa tarde. Pensaba que en Tánger estarían a salvo de cualquier loco y que el incidente de la noche anterior en la Kasbah sólo fue producto de la ansiedad que en ellos reinaba hacía tiempo.

— Vicky, me alegro de que no estés asustada, al menos no te noto especialmente asustada.

— Pues, si te digo la verdad, no sé cómo estoy, porque a nuestro alrededor está muriendo gente, pero estamos rodeados de policías, ex policías, incluso el ex guardaespaldas de un Rey. De manera que prefiero no pensar que nos está ocurriendo o quizás me vuelva loca.

— Sí, tienes razón. Aun así, me alegro de no verte asustada. Además, yo estoy aquí para protegerte. Si todo lo demás falla, aun quedo yo.

— Lo sé. Pero tengo la sensación de que nada bueno va a ocurrir. Estoy anestesiada por el miedo y ese chico... Gari, estaba aquí con nosotros riendo y... ahora... –su labio inferior comenzó a temblar, preludio de lágrimas–.

— Razón de más para estar preocupado por ti. Sé que no es normal que estés tan tranquila y creo que se debe a todo lo contrario. Estás muy asustada y no quiero verte así porque precisamente nosotros somos los que más seguros estamos.

Entonces Vicky recordó los detalles de la investigación que Marcos había conseguido recabar, gracias a los contactos tan bien ganados con el paso de los años sirviendo como un gran agente de policía. Ya sabían lo del uso del anmital sódico, las auto–lesiones que se habían producido las víctimas y algún otro detalle más. Aun sin llegar a tener los conocimientos que Carlos poseía de los crímenes, llegaron a acumular información más que fiable en lo referente al estado de las pesquisas.

— José, me has conocido siendo abogada y estás acostumbrado a verme así, pero no olvides que también soy psicóloga y no me gustan nada las cosas que los inspectores nos han contado de este caso, por eso tengo miedo, precisamente por eso. Sé lo que se puede hacer con la propia mente y, créeme, el ruido de las balas no es nada comparado con el daño que el propio cerebro puede crear en alguien indefenso. Conozco esas técnicas, las he estudiado y son extremadamente peligrosas. Incluso podrían haber programado a alguien para matarte y él ni siquiera lo sabría.
— Por el amor de Dios, Vicky, todo eso son cuentos de espías. Ahora estamos protegidos. Nadie puede acercarse a nosotros, nadie.
— ¿Y si no necesitan acercarse a nosotros? José, tengo miedo porque sé de qué estoy hablando.

Vicky miró fijamente a José Manuel con una mirada fría y distante que él no recordaba en ella. No contestó. Se limitó a buscar una respuesta para tranquilizarla, una respuesta que no encontraba. Aun así no se sentía capaz de adivinar qué significaba esa mirada.

— Cariño, sé que no quieres demostrar temor aunque no lo sientas así. Pero... tenemos a los mejores protegiéndonos.

— ¿Tú crees que el inspector Ugalde estaba asustado? –preguntó Vicky dejando caer la pregunta como una pesada losa–.

— ¿Por qué preguntas eso, amor mío?

— Porque... –Vicky hizo una pausa que a José Manuel le pareció eterna– ese chico ha muerto, en cierto modo, por causa nuestra.

— Vicky, por el amor de Dios, ¿cómo puedes decir eso? Ese hombre ha muerto porque un hijo de puta le ha pegado tres tiros y le importa una mierda el daño que pueda causar, ¿entiendes?, sólo eso. Pero por favor, no digas que ha muerto por nuestra culpa.

Vicky endureció aún más el gesto, pero no salió una sola frase de sus labios. José Manuel creía que había perdido los estribos y pensó relajar el tono de la conversación o, algo mejor, darle un giro radical.

— Escucha cariño, ¿por qué no nos vestimos y bajamos al restaurante? Yo tengo hambre, necesito cenar algo o de lo contrario me comeré las flores –argumentó señalando un jarrón con flores del día–.

— Sí, tienes razón, yo también tengo hambre. ¡José, perdóname por haber dicho... bueno, eso!

— De ningún modo, mi amor. Perdóname tú a mí, estoy algo desquiciado y lo he pagado contigo.

— José, cierra los ojos.

Él recordó lo que ocurrió aquella noche en su apartamento cuando ella le pidió lo mismo, de modo que los cerró.

— ¡Te quiero!

De igual forma que aquella vez, él abrió los ojos y Vicky le besó.

En apenas veinte minutos, ambos se despojaron de las cómodas ropas con las que habían pasado la jornada en casa de Said y se ataviaron con un lujoso atuendo, más acorde con la categoría del restaurante del hotel El Minzah. Cuando el maître les guio hasta la mesa que iban a ocupar, los comensales no pudieron evitar observar a Vicky, que lucía esplendorosa. De su rostro había desaparecido su aspecto sombrío de hacía menos de una hora, como si se hubiese librado de un hechizo. Aun así, José Manuel no dejaba de darle vueltas al cruce de palabras que habían tenido. Sin embargo, ver a la maravillosa mujer que asía su brazo, le hacía olvidar el incidente. Desgraciadamente, el recuerdo de Gari no se iba de su cabeza.

— José, este sitio es precioso, ayer ya me lo pareció, pero necesitaba disfrutarlo a solas contigo.
— Y eso es lo que vamos a hacer hoy. Hoy y siempre que tú quieras. Si te ha gustado esta ciudad podemos venir siempre que se te antoje. Toda esta locura que hay a nuestro alrededor acabará un día y disfrutaremos de todo cuanto me pidas. Lo que quieras, yo lo conseguiré para ti, ¿lo comprendes?
— Sí, sé que lo harías por mí. Pero, ahora hay una última cosa que deberíamos hacer por Gari.

43

El día se había levantado gris y frío. El pequeño y húmedo apartamento en el que Carlos malvivía, lo era más aun esa mañana. La lluvia, que caía desde la medianoche anterior, arreciaba por la mañana con más fuerza. Pensó que era el día perfecto para despedir a un gallego como Gari. Apenas había logrado conciliar el sueño esa noche, aunque había decidido no hojear de nuevo el expediente del caso para matar el tiempo. Lo que no hubiese visto antes no lo iba a ver en una noche tan emotiva.

Con la compañía de dos vasos de whisky que había consumido en su vigilia, había llegado a la conclusión de que tan sólo era una casualidad que el entierro que esa mañana se iba a celebrar fuese el de Gari y no el suyo. Si habían asesinado a Gari, ¿por qué no a él? Pensó que desde ese mismo día tenía que extremar las precauciones, pero también sabía que, si el asesino decidía acabar con él a larga distancia al igual que lo había intentado con José Manuel, no tendría ninguna posibilidad, a menos que pasara todo el día encerrado. No obstante, la muerte, en el caso de Carlos, no era algo que le quitara el sueño. En algún momento había pensado que, en su situación, quizás fuese un alivio para él. En su fuero interno, sabía que Gari tenía toda la razón cuando, en alguna ocasión, le había dicho que estaba haciendo el tonto con su mujer, ya que aún la amaba. Pero hacía cerca de un año que no la veía, ni a ella ni a sus hijos y la cercanía de las fiestas navideñas le sumían en una profunda depresión. Ya había pasado navidades en soledad y pronto se disponía a pasar otra más. Además, este año tenía que sumar la falta de su amigo Gari, la única persona fuera de su familia con la que había conseguido tener complicidad.

Además, sentía una terrible frustración debido al rumbo que habían tomado los acontecimientos. Aunque jamás lo fuera a admitir públicamente, se auto culpaba en cierto modo de la muerte de Gari, debido a que no había sido capaz de avanzar en el caso. Psicológicamente era, sin duda, la peor época de su vida. Laboralmente... también. Pensaba que si salía vivo de todo esto, se replantearía su futuro seriamente y si no salía vivo... pues quizás fuera lo mejor.

Después de tomar una ducha, eligió de su escaso armario el mejor traje de que disponía. No tenía prisa. Parecía que cuanto más demorase su llegada al cementerio, más tiempo tardaría Gari en irse para siempre. De cuando en cuando, un ruido, una sensación, le hacían escapar de su ensoñación. Su amigo había sido asesinado y no había vuelta atrás.

Una vez aseado y vestido, desde el abrigo de las cortinas de su lúgubre apartamento oteó toda la calle, balcones cercanos y azoteas que quedaban al alcance de su vista. Sabía que, si un francotirador le esperaba, sería casi imposible verle. Pero también confiaba en su experiencia de tantos años para escudriñar todos los rincones en los que buscar al asesino.

Colocó su sobaquera sobre la camisa y sacó de ella su arma. Extrajo el cargador, comprobó que se encontraba municionado y dio dos suaves golpes para alinear los casquillos. Volvió a meter el cargador en la culata, que quedó perfectamente ensartado después de escuchar un leve chasquido metálico. Nunca llevaba ninguna bala en la recámara, pero era la ocasión perfecta para romper esta tradición, de manera que tiró con fuerza hacia atrás de la corredera y la soltó. Una bala se introdujo en la recámara. Echó el seguro y la depositó en su sobaquera. Se dirigió al mueble bar del apartamento y abrió uno de los cajones. De uno de ellos sacó una pequeña pistola de tambor de seis balas que iba dentro de su funda. Apoyó el pie sobre una de las sillas, levantó su pantalón y la ajustó a su tobillo. Completó su vestuario con la chaqueta y una gabardina para resguardarse del agua y salió del apartamento.

Cuando pisó la calle, buscó a un lado y otro. En menos de cinco minutos estaba frente a su coche. Cuando llegó a éste, discretamente buscó cualquier evidencia de explosivos en él, tal y como años antes les habían enseñado a todos los miembros de las fuerzas de seguridad de España.

El camino al cementerio fue bastante tranquilo. No le importaba morir, pero le preocupaba ser una presa fácil. Si debía morir quería ponérselo difícil a su contrincante.

Una vez en el cementerio, se dirigió a la pequeña capilla situada en el centro del camposanto, donde un sacerdote inició una misa funeral. Ya en la ceremonia, supo reconocer a los padres y la hermana de Gari y a un grupo de familiares no muy numeroso. Sin embargo, el número de compañeros que allí había para despedirle, casi triplicaba al de familiares. Se preguntó entonces si el día que se celebrara su funeral, los compañeros acudirían de la misma manera.

El comisario respiró aliviado al verle en la capilla. Era de la opinión de que este golpe, que tanto había afectado en la Brigada, sin duda habría destrozado a Carlos y se preguntaba si tendría fuerzas para asistir a despedir a su amigo. Entonces el comisario supo que sí. Además, en su rostro no observó desequilibrio alguno y pensó que quizás estaba intentado sobreponerse al golpe con resultados positivos.

— Inspector —susurró Beatriz—. Casi no he tenido tiempo de hablar con usted desde... —miró hacia el ataúd—. Sólo quería decirle que sé lo que significaba ese hombre para usted y que lo siento mucho.

Carlos la miró a los ojos y en ellos pudo ver que realmente se encontraba afectada. Había oído hablar de la excelente formación de Beatriz Vega. La veía como uno de esos jóvenes, cada vez más brillantes, que iban formando parte de la moderna policía española. Recién salida de la academia, apenas con unos meses de experiencia fue propuesta para realizar un curso de formación del FBI, el cual aprovechó de manera impecable. Ahora estaba allí, junto a él, como una chiquilla frágil. Aunque sabía que esa era sólo su apariencia. La petición del sacerdote de que la gente se levantara, hizo que volviera a prestar atención de nuevo a la ceremonia.

Por fin, el sacerdote entregó el ataúd a los familiares y los sepultureros lo portaron hacia el nicho donde descansaría. Todos los asistentes portaban paraguas con los que se protegían de la densa lluvia que se precipitaba en ese preciso instante. Todos, excepto él, que mostraba su pelo y ropas empapadas. Sentía cómo el agua corría por la cara y el cuello y se introducía hasta la cintura libremente. Ya ni siquiera sentía el frío. A cada metro que el féretro se acercaba al nicho, crecía la rabia y el odio en su mente. Beatriz, por otra parte, queriendo buscar su compañía y protección, no se separaba excesivamente de él. O, ¿quizás lo vigilaba?

Había llegado el momento. El féretro se situó frente a su oscuro nicho y, casi mecánicamente, los dos operarios del cementerio, ayudados por dos familiares, lo introdujeron en él. Apenas cinco minutos después, el nicho estaba herméticamente sellado. Todo había terminado. Gari ya descansaba en paz. Ahora tenía campo libre para trabajar sin descanso en su próxima misión: coger al asesino de Gari y presumiblemente de otras cinco muchachas.

Todos se retiraban hacia sus coches situados en las calles perpendiculares a las construcciones de nichos. Apenas había caminado unos metros cuando alguien conocido se presentó ante sus ojos, de manera que decidió fijar la vista en él unos segundos nada más, ya que enseguida comprendió de quién se trataba.

— Carlos, sentimos terriblemente lo de Gari. Hace unas noches estaba cenando en Tánger con nosotros y jamás pensamos que...
— Gracias José Manuel, muchas gracias. Pero, ¿qué hacéis aquí?

Mientras hacía la pregunta, había observado la imagen de un hombre de aspecto árabe a unos metros de él y de Vicky. Se encontraba absolutamente alerta. No había duda de quién se trataba.

— Imagino que ése de ahí será el tal... Said que me comentó Gari –Carlos bajó la mirada al pronunciar el nombre del inspector Ugalde–.
— Sí, eso es. Es Said. Imagino que... él te pondría al tanto de quién es y a qué se ha dedicado. Creemos que estamos en buenas manos.
— Estoy muy cerca... muy, muy cerca, os lo aseguro. De no ser así, Gari no habría muerto. De manera que, sólo os pido una cosa y es que no salgáis de vuestro apartamento hasta que no resuelva esto. Os prometo que lo resolveré, pero no puedo estar preocupado también por vuestra seguridad. Ahora estoy yo sólo.

— No, inspector –aseveró Marcos apareciendo por sorpresa a la espalda de Carlos–, no está sólo. Cuente conmigo para lo que sea, ¿de acuerdo?, para lo que sea.

— Gracias señor Lorenzana, lo tendré en cuenta. Ahora volved a casa y volved ya. Espero que ese hombre sea tan bueno como me han dicho.

Todos dieron la vuelta no sin antes dar muestras de cariño a Carlos, que las recibió con cierto desánimo. De repente, el instinto del inspector despertó.

— Ah, José Manuel.

Éste se volvió para ver qué quería.

— Ese chófer vuestro. ¿Es cierto lo que hiciste con él?, ¿le sacaste de la calle?

— Así es, Carlos. Todo lo que te han contado es cierto.

— ¡Eres un hombre sorprendente!

José Manuel se volvió con una ligera sonrisa y se encaminó hacia el coche donde, además de Arturo, ya se encontraban Marcos, Said y Vicky. Carlos clavó la vista en Arturo según se alejaban y masculló.

— Un hombre sorprendente, sí… y temerario, mi joven amigo, muy temerario.

Quedó allí clavado en el mismo sitio mientras observaba como José Manuel, Vicky, Marcos y Said se introducían en el vehículo. Todo esto seguido muy de cerca por Beatriz Vega, que había estado muy atenta a todo lo ocurrido en esa improvisada reunión.

44

Hans volvía a encontrarse frente al Teatro Calderón. De nuevo, había dejado su coche en el parking y se dirigía a la calle Núñez de Arce donde había quedado con Dieter. La última comunicación que había tenido con él le había mostrado exultante por, según el propio Dieter, la cantidad de información que había recabado. Avanzó lentamente, no tenía ninguna prisa y aún faltaban cinco minutos para la hora a la que debía verse con su amigo. Cuando llegó al pequeño bar, enseguida le pudo ver en su interior. Estaba dando buena cuenta de una gran cerveza.

— Hans, amigo, tú siempre tan puntual. ¿Es que estabas ahí fuera esperando a que diera la hora?
— La puntualidad me gusta. ¿Qué tienes para mí?

En ese momento, el camarero de raídos pantalones que en la ocasión anterior les había atendido, volvió a situarse frente a ellos para tomar nota de la consumición. Hans apenas tardó unos segundos en pedir, ya que le incomodaba la presencia, no sólo del camarero, sino de cualquier persona que se situara cerca de ellos.

— He tenido que mover un montón de hilos para conseguir esto y, amigo, no te va a salir barato, pero te aseguro que lo que tengo aquí te encantará.

— Ya te dije que por el dinero no había problema, pero necesito que la información que te pedí sea de primera calidad.

— Lo es. Es de primerísima calidad. Tienes todos los planos del edificio, datos técnicos. He conseguido información de las empresas que montaron el sistema de seguridad. Incluso tengo las especificaciones de las cámaras de video vigilancia y los terminales que controlan las tarjetas magnéticas de acceso al edificio.

— ¿Es información fiable?

— Cien por cien. Hans, no sé quién demonios te ha contratado y, por supuesto, no me importa. Pero tienes que tener cuidado, eso es un jodido búnker.

— ¿Hay forma de entrar en ese edificio? –preguntó Hans de forma mecánica–.

— Teóricamente, hay forma de entrar, pero no te aseguro la forma de salir. Además de diseñar un plan de entrada, debes diseñar al menos un par de planes de salida, porque el personal de seguridad está muy bien preparado. El jefe de seguridad es ex policía y uno de los mejores en su época. Por cierto, tenía algún tipo de relación con los servicios secretos españoles y puede que aun la tenga.

— ¿Qué sabe la policía?

— Pues saber, realmente nada, pero ese Sanz está al borde de un precipicio personal. Últimamente ha estrechado los vínculos con el tal San José. Creo que está perdiendo la cabeza poco a poco y no debes subestimarle. Lo de su compañero le ha puesto paranoico. Le han querido retirar del caso, pero él se ha negado. Eso quiere decir que va a por todas.

— ¿Cómo entrarías tú?

— Pues, evidentemente, cuando hay menos presencia de miembros de seguridad es por la noche. Sin embargo, para poder entrar con garantías, deberías librar ciertos controles de seguridad y no te sería nada fácil. De manera que, propongo una acción durante el día. Esta gente se va a encerrar en el edificio hasta que te cojan, al menos es la idea que tienen. Por el día, ese sitio es un hervidero de gente entrando y saliendo. Ejecutivos, financieros extranjeros visitando las oficinas y, lo que es más importante, los proveedores de servicios y mantenimiento. Ése debe de ser tu billete de entrada y lo que es más importante, de salida.

— ¿Alguna sugerencia?

— Pues yo elegiría algún tipo de operario de mantenimiento con ropa de trabajo amplia que te permita esconder las armas.

Hans memorizaba cada detalle que Dieter le iba ofreciendo. Además, permanecía alerta de ojos y oídos indiscretos, pero allí nadie parecía estar al tanto de los dos turistas que disfrutaban de cerveza y jamón en una mesa del fondo. Al menos eso creía Hans.

— Ya tengo diseñado mi plan de huida del país, Dieter, de manera que posiblemente sea la última vez que hablemos y que nos veamos, ¿comprendes lo que quiero decirte?

— Hans, me gano la vida holgadamente. No puedo comprarme coches todos los años, pero para mí es suficiente. Llegamos de un mundo que se desmoronaba a nuestro alrededor y tuvimos que adaptarnos. Tú haces lo que haces y yo... yo hago lo que sé hacer. No necesito recordarte para sobrevivir.

— Bien, será mejor que así sea, Dieter.

— Hans, ¿estás nervioso? Te veo preocupado. Con la cantidad que me pagas por los servicios que me pides es evidente que no andas mal de dinero, ¿por qué no lo dejas y te marchas ya?

— Escucha Dieter, éste es mi último trabajo. Con lo que gane aquí me retiraré para siempre. Podré vivir toda la vida, pero ya he empezado y ahora debo terminarlo.

— Está bien, Hans, tú debes saber qué estás haciendo. Brindemos —sugirió Dieter alzando su jarra de cerveza—.

— Por los camaradas que nos dejaron —murmuró Hans haciendo chocar su jarra contra la de Dieter—.

45

Diciembre había llegado y los días eran aún más grises y húmedos. Hacía bastantes días que habían enterrado a Gari y Carlos seguía trabajando sin descanso. Destruyó todos los esquemas que se habían formado desde el principio del caso y, repasando de nuevo toda la información, había compuesto unos nuevos. Había vuelto a revisar cada fotografía, cada informe, cada prueba y llegó a la conclusión de que, fuera quien fuera el que estuviera cometiendo o mandando cometer esos crímenes, estaba ahí, frente a él, entre todo ese torrente de información.

Mientras tanto, el comisario, lejos de despreocuparse de Carlos, le había mantenido a estrecha vigilancia. Sabía que si Gari había sido asesinado, Carlos también era un objetivo. De manera que consiguió que el Ministerio del Interior le costeara una habitación en un hotel y dos escoltas, que había aceptado de mala gana y por mandato.

Carlos permanecía inmóvil ante una pizarra blanca con centenares de esquemas garabateados a rotulador, en los que se mostraban los datos más relevantes de la investigación. Casi no se dio cuenta de que había alguien en su despacho hasta que estaba ya a un par de metros de él. Se volvió sobresaltado.

— Disculpe inspector, ¿le he asustado?
— No, tranquila Vega. Es que estaba repasando esto de nuevo.
— Le he traído café –dijo ofreciéndole una taza humeante–.
— Gracias, ha sido usted muy amable.
— No es de la máquina, es de una pequeña cafetera que tengo en el laboratorio.
— Buff, menos mal, porque soy un enemigo acérrimo del café de máquina.
— Lo sé inspector –Beatriz rio–, Gari me lo dijo un día.
— ¡Gari!, ¿creía que para usted era el inspector Ugalde?
— Solíamos coincidir en la sala del café, últimamente habíamos hablado bastante.
— Era un buen chico, una persona excelente... y un gran policía.

Hubo una pausa en la conversación, como si ambos hubiesen sido conquistados por la melancolía del recuerdo del inspector muerto. Ante la incómoda situación, Beatriz decidió romper el hielo.

— Inspector, tengo en mi mesa un trozo de bizcocho de chocolate que hace mi madre y está riquísimo. ¿Por qué no baja conmigo? Le invito a un buen pedazo. Y así sale de aquí un poco y estira las piernas.
— Se lo agradezco Vega, de verdad. Pero ahora no me apetece. Aunque si me guarda un trocito para mañana...
— De acuerdo, cuente con ello, mañana verá usted lo que es un buen bizcocho casero –contestó Beatriz riendo para retirarse seguidamente–.

Carlos estaba un poco sobrepasado con la amabilidad que Beatriz había demostrado con él, habida cuenta de la frialdad con que se habían tratado anteriormente. Por un momento pensó que era debido a que le compadecía, sin embargo, sintió la extraña sensación de necesitar ese trato. Antes de que Beatriz desapareciera por la puerta, la detuvo.

— ¡Beatriz! Espera.

Beatriz sintió una especie de latigazo al oír salir de los labios del inspector su nombre de pila. En la brigada nadie la había llamado jamás así y, si había alguien que un día se decidiera a hacerlo, desde luego, Carlos Sanz hubiese sido el último candidato.

— Dígame inspector.
— Por favor, llámame Carlos, ¿de acuerdo?

Beatriz asintió.
— Después de Gari y de mí, posiblemente tú eres la persona que más sabe de este caso. ¿Crees que al jefe de tu departamento le importará que colabores conmigo?
— ¡Inspector... eh, Carlos! Estoy segura de que no le importará, en absoluto. Hablaré con él hoy mismo.
— Beatriz, debes tener en cuenta una cosa. Gari ha muerto porque trabajaba en este caso y, posiblemente, yo sea un objetivo del asesino. De manera que no aceptaré que trabajes conmigo si no piensas bien en las implicaciones que acarrean trabajar en él, ¿me entiendes?
— Carlos, nada más salir de la academia, me propusieron para complementar mi formación en criminología en el FBI. En el mundo hay muy pocas personas que han recibido la preparación que yo recibí. De manera que sé muy bien distinguir entre una investigación común y una extraordinaria. Quiero colaborar.

Carlos, muy lejos de quedar impresionado por la charla, la observó detenidamente. En sus ojos pudo ver la emoción que demostraba en esos instantes y que , desde luego, no era miedo.

— ¿Sabes, Beatriz? Te pareces mucho a Gari. Cuando le conocí, era tan joven como lo eres tú ahora y tenía tu misma insolencia —rio sin dejar de mirarla—. No quiero que otro policía joven y brillante muera.

— Todos los riesgos están calculados. Soy policía, Carlos. Soy policía para investigar cualquier cosa que llegue a mí y no tengo derecho a elegir si me implico en algo o no por lo peligroso que sea. Entonces no merecería mi placa. Y me ha costado mucho conseguirla.

— Está bien, quizás tengas razón. Hablaré con el jefe de tu departamento. Mientras tanto, necesito que hagas algo.

— Tú dirás —ya había perdido la vergüenza y tuteaba a Carlos, el cual no se sentía incómodo ante ese comportamiento—.

— Quiero que investigues a fondo a toda la gente que rodea a José Manuel San José, ¿de acuerdo?

— Pero ya les hemos investigado.

— Sí, cierto. Pero no quiero que recabes la información que ya tenemos, quiero que te remontes atrás, quiero que sepas cada hueso que se ha roto esa gente, cada asignatura que ha suspendido, los carnés de las bibliotecas, de los club sociales... todo. Tú eres mejor investigadora que yo y sabes de dónde extraer toda esa información. Quiero descubrir quién podría tener algo contra él, aunque el rencor, la venganza, el odio o lo que sea, venga de años atrás.

— Perfecto, te entiendo. Me pondré manos a la obra ahora mismo. Te informaré de cualquier cosa que tengas que saber.

— ¡Ah! Beatriz, otra cosa. Hay un tal... —Carlos revisó su libreta—. Arturo, eso es, Arturo, que trabaja para él de chófer y cosas así. No sé, pero no me da buena espina.

Investígale desde lo más atrás que puedas remontarte. Y te aviso, no va a ser nada fácil.

— Y, ¿por qué no va a ser fácil?

— Pues porque ese tío, hace menos de un año, se mal ganaba la vida de pedigüeño y desde que le contrató empezaron sus problemas. Por eso no me da buena espina. Pero no descuides a los demás, ¿de acuerdo?

— Entendido. No te preocupes, haré lo que me pides.

Carlos observó a Beatriz mientras salía de su despacho. Se preguntaba si no acababa de poner en riesgo la vida de esa joven con sus palabras. Pero era policía desde hacía muchos años y en esta profesión había que arriesgar la vida cada cierto tiempo. En una ocasión Carlos escuchó una frase que le acompañaba desde entonces. Alguien le dijo, *"en la vida no es más valiente el que jamás siente miedo, sino aquel que sigue adelante venciéndole".* Veía en Beatriz la fuerza y el empuje del que gozaba Gari y, si había logrado admirar a ese muchacho como a ningún otro policía, ¿por qué no lo iba a hacer con esa brillante joven?

Después de unos instantes perdido en sus pensamientos, decidió coger el teléfono y hablar con el comisario para hacerle la petición de asignar a Beatriz como su nueva compañera.

Tan sólo cinco minutos necesitó para exponer y convencer al comisario de que Beatriz Vega, aquella joven agente, era la persona adecuada para sustituir al inspector Ugalde en la investigación.

46

Hans esperaba pacientemente. Llevaba una semana observando a Carlos. Tenía la certeza de que pernoctaba en un hotel, en un barrio de la periferia y vigilado por dos escoltas, que no le acompañaban en el trayecto, al menos no eran visibles para él, lo cual le preocupaba. Lo que no sabía era que Carlos había accedido a ser controlado por las noches por sus guardaespaldas, pero no había permitido que le acompañasen en el trayecto. Al fin y al cabo no salía de su coche desde que lo cogía en el parking del Complejo Policial hasta el hotel y viceversa. Fuera, los dos agentes le esperaban en la puerta y vigilaban las inmediaciones. Lo hacía así porque sabía que sólo se trataba de un asesino. Si él tuviera que eliminar a alguien y estuviera sólo, desde luego que esperaría a tenerlo en un sitio controlado, pero no en plena calle o, ¿quizás se equivocaba? El caso es que se negaba a sentirse vigilado y, en cierto modo, tampoco le preocupaba en exceso morir.

Sin embargo Hans era sabedor de que emboscar en la calle, él solo, a un inspector de la policía con tantos años de experiencia, sería casi imposible. Aun así no podía descartar la idea de que, después de dos semanas sin dar señales de vida, Carlos hubiese relajado sus precauciones y cometiera un error, como bajar del coche a comprar un periódico o algo similar. Aunque había comprobado que no solía repetir un itinerario dos días seguidos, constató que utilizaba cinco rutas para desplazarse entre el complejo policial y el hotel. Hacía cuatro jornadas que no daba con la correcta, pero ese día, después de una hora de espera, allí atrás aparecía su coche. Cuando pasó junto a él, además constató que viajaba sólo, como siempre. De manera que no podía perder esa nueva oportunidad. Además, como cada día, Carlos había salido de trabajar siendo ya de noche y ésa era otra ventaja que no podía desaprovechar.

Puso en marcha el motor de su pequeño utilitario y, después de dejar que se alejara una distancia prudente, salió tras él.

En las avenidas más anchas y transitadas, se pegaba todo lo que podía a Carlos. Pero cuando circulaba por alguna calle poco concurrida, dejaba que éste se alejara. Conocía perfectamente las técnicas de seguimiento y las estaba siguiendo a rajatabla, tal y como hacía años le habían enseñado.

Como el gran cazador que era, había sacado ya su arma y la llevaba en el asiento del acompañante con una bala en la recámara, el cargador lleno y el seguro quitado. La había tapado con un periódico para mantenerla lejos del alcance de los indiscretos motoristas, quienes serpenteaban entre los parachoques y los cláxones de los vehículos circulando.

De repente, Carlos tomó dirección a una pequeña calle a la derecha de la avenida en la que ahora se encontraban. En las dos ocasiones anteriores que le había seguido por esa ruta, jamás había tomado esa calle. Pensó que ése era el fallo que llevaba días esperando. Por fin se iba a cobrar su segundo objetivo. Esperó un tiempo prudencial y giró tras él.

Unos treinta metros más adelante, observó cómo circulaba el coche entre las dos aceras atestadas de vehículos aparcados. Pero antes de llegar al final de la calle que desembocaba en otra gran avenida, hizo de nuevo un giro brusco, esta vez a su izquierda, ahora en una calle aún más estrecha y angosta. A cada metro que avanzaba, era como si él mismo estuviese apretando el gatillo de un arma apuntando directamente a su nuca.

Hans se acercó lentamente. Mientras tanto alargó el brazo hasta el asiento de al lado y asió su Glock, la cual introdujo entre sus muslos. Ya se encontraba a menos de cinco metros del giro y ese lugar era perfecto para poder acometer su nueva acción, una calle estrella donde arrollarle con su coche para dejarle bloqueado contra los vehículos aparcados, dándole vía libre para tirotearle sin piedad mientras quedaba atrapado.

Llegó al giro y lo hizo de manera brusca para enfilar la calle rápidamente tras él. Sin embargo, al girar, quedó tremendamente sorprendido. El coche de Carlos se encontraba apenas a diez metros del suyo, detenido y con la puerta del conductor abierta. Agudizó la vista y observó que no se encontraba nadie al volante, pero dirigió sus ojos hacia el tubo de escape, el cual humeaba, lo que indicaba que seguía en marcha. Instintivamente buscó una cabina telefónica, kiosco de prensa o cualquier lugar al que Carlos se pudiese haber dirigido.

Movía su cabeza frenéticamente intentando encontrar la solución. Entonces, una lluvia de cristales le sobrevino desde su izquierda. La ventanilla había reventado en mil pedazos y estaba salpicado de vidrio por todos lados.

Aun sin comprender qué había ocurrido, escuchó una voz a su izquierda.

— ¡No te muevas, hijo de puta¡ Quiero que me enseñes las manos.

Hans paralizó prácticamente su cuerpo, pero no por miedo, sino porque estaba analizando la situación. Giró lentamente su vista a la izquierda y lo primero que vio fue un arma apuntándole a la cabeza y una placa de policía que colgaba del bolsillo del pecho de la americana.

— ¡Que quiero verte las manos, cabrón, vamos, quiero verte las manos! –gritó Carlos–. He visto esta matrícula cuatro veces en una semana y eso en Madrid no es normal. ¿Creías que no me iba a dar cuenta? Vamos, las manos, ¡donde yo las vea!

Levantó las manos y las colocó extendidas sobre el volante. Ante este gesto Carlos, que sostenía firmemente el arma con ambas manos, se acercó para poder alcanzar la cerradura del vehículo. Hans, que apenas había acelerado el ritmo de su corazón, aprovechó las décimas de segundo que le había brindado y, justo en el momento en el que se abría la puerta del coche, bajó su mano derecha hasta la palanca de cambios, metió marcha atrás y aceleró el motor casi al máximo.

Tal acción hizo que Carlos recibiera una sacudida y cayera desequilibrado contra uno de los coches allí aparcados. Pero desde el suelo abrió fuego sobre Hans. Un disparo impactó sobre uno de los faros y otro justo en la rejilla delantera del vehículo, que lanzó una bocanada de vapor. Realizó un tercer disparo que impactó en la rueda delantera izquierda, lo que hizo que perdiera el control y se estrellara contra los coches aparcados a la derecha.

El coche de Hans, humeando y con una rueda reventada, estaba inutilizado. La puerta seguía abierta desde que Carlos la abriera, de modo que decidió salir del coche y ponerse a cubierto, ya que le había perdido de vista. Justo cuando se agazapaba tras su coche, la ventanilla trasera saltó por los aires, pero ahora llevaba la Glock en la mano. Ganó la acera y, protegido por la hilera de coches, oteó la otra orilla en busca de su enemigo cuando, de nuevo, una lluvia de cristales cayó sobre su cabeza. Pero ahora sabía su posición, de manera que asió su arma fuertemente con ambas manos, salió sobre el capó del coche que le protegía y realizó tres disparos que, en esta ocasión, salpicaron de cristales a Carlos.

Tras los disparos, ganó a la carrera algunos metros hacia la esquina, desde la cual huiría hacia otra calle para llegar hasta la avenida. Mientras corría, una bala silbó a escasos centímetros de su cara e impactó en la pared, levantando una pequeña polvareda anaranjada.

Hans realizó otros dos disparos que sólo consiguieron alcanzar sendos coches, pero gracias a ellos, alcanzó la esquina. Carlos corrió hacia allá con sumo cuidado y pudo verle huyendo a toda velocidad. Con ambos pies apoyados en el suelo, apuntó e hizo un disparo que falló por escasos centímetros, pero que hicieron saltar por los aires un luminoso de publicidad, cuya base metálica aprovechó Hans para guarecerse.

Avanzó entre los coches, sabía que Hans había quedado en una posición muy delicada, ya que si se levantaba, el otro cristal del luminoso no le serviría de escudo contra una bala de 9 mm. Su única posibilidad era resguardase en la base. Buscó un sitio desde donde encontrar más ángulo. Si lograba alcanzar un portal cercano podría resguardarse de los disparos y tendría mejor ángulo para dispararle. Así que, siempre protegido por los coches, se acercó lo más que pudo al portal. Una vez frente a él, entre dos coches, decidió arriesgar e ir hasta el lugar, protegiéndose con varios disparos.

Con unos movimientos rápidos, saltó de entre los coches y realizó tres disparos que, definitivamente, hicieron saltar por los aires el otro cristal del luminoso.

— Voy a pedir ayuda, hijo de puta. Así que es mejor que te entregues. Cuando mis amigos vengan, sepan que te tengo aquí y que no quieres soltar tu arma, van a tener que matarte. ¿Sabes? Están deseando que les des una excusa para volarte los sesos. ¡Qué coño! Yo también lo estoy deseando, así es que ¡entrégate tío!

Hans permaneció en silencio. Por supuesto que no se iba a entregar y tenía que pensar algo rápido, porque alguien podía llegar en cualquier momento en ayuda de Carlos.

Mientras tanto, Carlos observaba la posición de Hans desde el portal, sacando poco más que la nariz y un ojo. Pero entonces, algo cambió la situación. A menos de diez metros, en la misma acera, había otro portal, situado a medio camino entre ambos y algo asomaba.

Volvió a mirar lo más cuidadosamente que pudo y vio como una chica joven salía de él en el mismo momento que observaba como Hans hacía algún movimiento. Entonces Carlos salió de su escondite de un salto, ya que comprendió que era la oportunidad que Hans estaba esperando.

— ¡Señorita, señorita, al suelo, échese al suelo! –gritó Carlos a la vez que avanzaba hacia ella–.

En ese mismo momento Hans no desperdició su oportunidad y empezó a disparar. Carlos comenzó a recibir una lluvia de balas a su alrededor que no le alcanzaron por verdadero azar. Pequeñas polvaredas saltaban del ladrillo de las paredes, mientras la joven gritaba aterrorizada. Sin embargo, una de las balas perdidas la enmudecieron al instante. Carlos se echó al suelo y empezó disparar en el momento en que Hans salía de su refugio y realizaba otro disparo que impactó en el suelo, a la izquierda de su adversario. Sin embargo, un latigazo sacudió su brazo, el cual le hizo soltar la Glock. Entonces dejó de correr en dirección a Carlos y reculó, para volver a tomar refugio entre los coches.

Carlos, al observar que le había alcanzado, corrió tras él realizando disparos hasta que su cargador se vació y la corredera de su arma quedó retraída. En ese momento, Hans empezó a huir y Carlos decidió ir tras él. Llevaba otro cargador municionado en el bolsillo y lo usaría si fuera preciso. Pero entonces reparó en la joven, que yacía en la acera y sangraba por el pecho.

Se detuvo entonces y calibró la situación. Hans se alejaba y cuanto más lo pensaba, más metros le ganaba.

— ¡Joder, joder! ¡Serás hijo de puta! –Carlos comenzó a maldecir con su puño izquierdo cerrado y el arma en la mano derecha–

Dejó de mirar cómo se escapaba a su alcance y se dirigió rápidamente hacia la muchacha.

— ¡Tranquila, tranquila! Soy policía. Te vas a poner bien, ¿me oyes? ¡Te vas a poner bien, te vas a poner bien!

Observó a la chica y vio que los daños estaban en el pecho. Mientras se preparaba para entrar en acción y ayudarla, hablaba para sí nerviosamente, con el fin de controlar la tensión.

— Tranquila –le dijo a la muchacha de nuevo–.

Ésta se encontraba con la mirada perdida y, poco a poco, sus ojos se iban quedando en blanco.

— No, joder, ¡tú también no! Joder, otra cría no, por Dios, otra cría no. ¿Pero qué coño le está pasando a este puto mundo? Tú no te vas a ir como los demás, te lo prometo, tú no te vas a ir. ¡Vamos, resiste, por favor te lo pido, resiste!

Carlos se quitó la chaqueta y presionó la herida con ella. Mientras tanto, sacó el teléfono de la funda del cinturón. El móvil estaba provisto de un sistema *"pulsa y habla"*, de manera que pulsó el botón y se puso en comunicación con la Brigada.

— ¡Soy el inspector Sanz, repito, soy el inspector Sanz! Ha habido un tiroteo en la calle... en la calle Marqués de Azaña, en el número 10. Manden una ambulancia, hay un civil herido. Es una chica joven, con una herida de bala en el pecho. ¡Rápido, sangra muchísimo y ya casi no tiene pulso!

Carlos atendía a la joven que, a duras penas, se mantenía consciente, pero no dejaba de observar lo que ocurría a su alrededor, ya que consideraba a su atacante muy capaz de volver. Pero no ocurrió así. En apenas dos minutos, una patrulla de Policía Nacional apareció allí y, unos segundos más tarde, otras dos de la Policía Municipal. Tan solo cuatro minutos después de la llamada, una unidad del SAMUR llegó al escenario para atender a la muchacha, que yacía en el suelo.

Una vez que ellos se hicieron cargo de la joven, Carlos, por el cual se habían interesado los compañeros, se dirigió hasta el lugar donde había visto caer el arma de Hans, se arrodilló en el suelo y miró bajo los coches. Allí estaba, frente a él había una Glock.

— Agente –llamó Carlos la atención de uno de los policías–.

— Sí, inspector.

— ¿Llevan ustedes en el coche guantes y bolsas?

— Sí, señor.

— Pues tráigame unos, por favor.

Un minuto más tarde, el agente había facilitado a Carlos un par de guantes estériles y una bolsa de recogida de pruebas. Además, realizó dos fotografías al arma que había encontrado el inspector. Una vez ajustados los guantes, Carlos recogió la Glock, quitó el cargador y vació la recámara para introducirlo todo en la bolsa, la cual precintó cuidadosamente.

— Agente, tenga –dijo mientras daba la bolsa con el arma al policía–. Coja esto y salga cagando leches al complejo policial. Hágale llegar esto personalmente, ¿me ha entendido?, ¡personalmente!, a la agente Beatriz Vega de la Policía Científica.

— Sí señor, ahora mismo.

El policía abandonó el lugar como alma que lleva el viento. Mientras tanto, Carlos fue a observar la actuación de los servicios sanitarios.

— ¿Cómo está? –preguntó–.

— Muy mal, pero si no llega usted a taponar la herida ahora estaría muerta. ¡Buen trabajo! –contestó el médico de la unidad–.

Carlos observaba como la muchacha se debatía entre la vida y la muerte. Pensaba que otra joven podía estar muriendo, pero ahora frente a él y por su culpa. El sonido de su móvil casi le asustó.

— Carlos, soy Beatriz. ¿Estás bien?

— Sí, tranquila, yo estoy bien.

— Voy para allá. En diez minutos estoy allí.

— No, Beatriz, no vengas. He mandado a un agente con algo para ti.

— ¿Con algo? —contestó Beatriz intrigada—.

— Sí, es el arma del tío que me ha atacado. Procésala en cuanto te llegue. Estoy seguro que esa pistola fue la que mató a Gari.

— ¡De acuerdo! ¿Algo más?

— Sí, otra cosa. Haz que un agente venga a por mi coche y lo lleve al Complejo Policial, yo me voy en la ambulancia con la chica herida al hospital. Además, está aquí el coche del asaltante. Envía una Unidad de Actuación Especial para que se encarguen de él. Si ese tío mató a Gari está relacionado con el caso de las chicas asesinadas, de manera que quiero que hagáis un análisis exhaustivo del vehículo.

— De acuerdo, pero Carlos, proceso el arma y me voy al hospital contigo, no puedes estar tú sólo.

Carlos vaciló unos instantes y casi no supo qué responder.

— Está bien, tú primero procesa el arma. ¡Ah! Y que no se te escape nada.

— Tranquilo, eso déjamelo a mí.

47

Esa tarde, en la cafetería se juntaba una buena cantidad de gente. La jornada de trabajo había terminado y José Manuel había decidido bajar, junto a Vicky y bajo la atenta vigilancia de Said, a tomar algo rodeado de gente, sin poner sus vidas en peligro. Aunque abandonaban el apartamento para trabajar, ninguno de los dos salía para nada del edificio. Una vez que acababa la jornada, se retiraban a la seguridad del hogar. A eso se limitaba su vida social durante esos angustiosos días. De modo que, un zumo en la cafetería del edificio rodeado de la gente que allí trabajaba, era como respirar una bocanada de libertad.

Además, Marcos había reforzado la seguridad y trabajaba sin descanso, controlando todos los detalles que aparecían en la sala de control.

Por otra parte, Said siempre permanecía cerca de ambos, a una distancia prudencial, dependiendo del lugar donde se encontraran, pero siempre vigilante, siempre alerta, lo más discretamente posible o, al menos, todo lo discreto que un árabe con impecable traje de seda y metro noventa de estatura podía ser.

Acompañados por Paula, Vicky y José Manuel disfrutaban de una agradable charla. Ya no era ningún secreto lo que estaba ocurriéndoles, sin embargo la gente era lo suficientemente prudente como para saber que debían permanecer al margen. Y Paula, que era una persona extremadamente inteligente, sabía cómo actuar en ese caso. Se limitaba a dar sus impresiones sobre las últimas transacciones que tenían entre manos y, en ocasiones, desviaban la conversación a asuntos tan banales como las vacaciones o alguna película recién estrenada.

Said, que observaba con atención las entradas a la cafetería, vio como por una de ellas accedía Marcos, que saludó a Arturo, el cual también se encontraba allí, pero en un rincón, apartado de todos. Observó lo que ocurría en la cafetería y se detuvo junto a Said.

— Said, ¿cómo va, amigo?
— Por aquí está todo tranquilo, ¿y tú?
— Hay noticias nuevas –comentó Marcos con preocupación–.
— ¿Noticias nuevas? –preguntó Said extrañado–.

Marcos informó con todo lujo de detalles del incidente que había sufrido Carlos y del cual había sido informado por la cantidad de contactos con que aún contaba en la Policía.

Cuanto más avanzaba en el relato de la aventura sufrida por Carlos, más serio era el rostro de Said. Pero de lo que ninguno de ellos se había percatado era que José Manuel estaba observándolo todo y empezaba a ser presa de la preocupación.

— Said, ¿crees que debe saberlo?
— Por supuesto, creo que a él no le gustaría enterarse por la televisión o por el propio inspector y, tenlo en cuenta,

se enterará. Además, creo que ya se ha dado cuenta de nuestra conversación y de que algo pasa.

— Bien, esperemos a que Paula se marche y hablemos con ellos.

— De acuerdo amigo. Dime, ¿cómo está la seguridad?

— En todos los puntos de acceso al edificio he doblado la guardia. Donde antes había un vigilante controlando una entrada, ahora hay dos y he aumentado el número de cámaras en el perímetro del edificio y en los accesos. Si ese tío logra entrar, es que es un genio.

— No le subestimes. ¡Entrará!

— No lo hago, pero tampoco lo tiene fácil y si logra entrar, nos tiene aquí, esperándole.

Cuando Paula se despidió de José Manuel y Vicky, Said y Marcos iniciaron la marcha hacia ellos.

— ¿Qué tramáis? Lleváis un buen rato ahí conspirando –comentó José Manuel riendo–.

— Tranquilo joven amigo, no vamos a derrocarte... aun –dijo Said devolviendo la sonrisa–.

— José –interrumpió Marcos con tono seco–, ha ocurrido algo. Tranquilo esta vez no ha sido nada grave.

A cada frase de Marcos, la pesadumbre de José Manuel era mayor. Ya estaba harto de estar escondido, de estar asustado, de ser objetivo de un loco. Los cuatro hablaban y pensaban en las implicaciones que este nuevo incidente podía acarrear.

Mientras tanto, unos ojos misteriosos, los mismos ojos que semanas antes habían vigilado y presenciado el asesinato de la última de las cinco jóvenes, permanecían atentos a la improvisada reunión que se estaba desarrollando en ese preciso momento.

48

Hans había recorrido a pie cerca de ocho kilómetros hasta una estación de tren desde la que poder acudir a su hotel. Carlos le había alcanzado en el brazo. No tenía grandes daños pero había sangrado y sus ropas estaban manchadas de sangre, aunque por el momento no la suficiente como para delatarle ante los transeúntes con que se cruzaba, pero seguía sangrando y pronto se convertiría en un problema. Ahora debía pensar en la forma de entrar en la estación y viajar en el tren sin llamar la atención. Justo antes de llegar, encontró la solución.

La noche cubría la ciudad. Vio como al otro lado de la calle el bullicio de un atestado pub se escapaba al exterior. Allí, entre los empujones de la gente, podría llegar hasta un lavabo en el que encerrarse y lavar su herida.

De manera que así lo hizo. Abrió la puerta del pub y entre el resonar de la música y los gritos de la gente, nadie se fijó en él. Se acercó hasta la barra atestada de gente. En uno de los extremos, un grupo de amigos que daban buena cuenta de sus bebidas mientras charlaban animadamente, habían amontonado sus abrigos y americanas. Hans, hábil y casi imperceptiblemente, fue ganando la posición hasta que se colocó al alcance del montón de prendas. Observando de manera sutil a la gente que se situaba a su alrededor, estiró la mano y cogió una chaqueta. Esperó unos segundos para estar seguro de que nadie había reparado en ello y se dirigió hacia los lavabos. Su brazo derecho ya estaba empapado en sangre y, a la luz, sería difícil de esconderlo.

Cuando llegó a los lavabos, observó con bastante fastidio que todos estaban ocupados. Así es que no le quedó más remedio que esperar pacientemente. Cuando uno quedó libre se dirigió a él y, una vez dentro, aseguró la puerta con un pequeño cerrojo lleno de mugre.

Se quitó la americana con mucho cuidado, ya que la herida, sin llegar a ser profunda, era bastante dolorosa. Remangó su camisa y observó los daños. Palpó su brazo alrededor de ella y pudo comprobar que no había rotura ósea ni ninguna lesión de importancia, de manera que comenzó a lavarla con agua, lo que al principio le produjo un fuerte escozor. El lavabo no disponía de agua caliente, así es que hubo de conformarse con el agua casi helada que salía del sucio grifo.

Una vez que lavó su herida, procedió a secarla con el papel higiénico. Decidió que lo mejor que podía hacer era echarlo a la taza del wáter e ir tirando de la cadena, ya que no quería dejar ninguna prueba de que alguien había sangrado en abundancia en ese lavabo.

Mientras se aplicaba los cuidados oportunos, unos golpes en la puerta le sobresaltaron.

— ¡Vamos tío, sal ya de una puta vez! ¿Pero qué coño haces? ¿Te la estás cascando o qué?

Hans pensó qué hacer y concluyó que lo mejor sería responder.

— ¡Déjame en paz tío, estoy mareado. Acabo de vomitar, capullo!

Al indignado usuario pareció serle suficiente explicación y no insistió más. Así es que Hans volvió a concentrarse en lo que a él le ocupaba.

Entonces observó sus ropas. No podía deshacerse de la camisa, ya que bajo ella no llevaba nada más y llamaría demasiado la atención ver a alguien con una chaqueta y sin camisa debajo. Así es que lavó la manga lo mejor que pudo para que, al menos, no chorreara sangre.

Sin embargo, la americana la tiró al cubo de basura que había bajo el lavabo. Cuando iba a salir, otra idea vino a su cabeza. Pensó que, a la mañana siguiente alguien encontraría la chaqueta ensangrentada y posiblemente llamara a la policía.

Hubiese dejado de todos modos la americana si no fuera porque el pub estaba justo frente a la estación de tren. El inspector Sanz había demostrado ser un tipo muy astuto y quizás relacionara el hallazgo de su americana a ocho kilómetros del tiroteo frente a una estación de ferrocarril. Y quizás llegara a la conclusión de que su hotel se encontraba cerca de otra estación y por eso Hans había llegado hasta ahí. Toda precaución era poca.

Otra nueva idea llegó a su cerebro. Se colocaría el abrigo que había robado, bajo el que escondería su americana. En cuanto saliera del lavabo abandonaría el pub y se dirigiría directamente hasta la habitación de su hotel.

Y así lo hizo. Sin que nadie, a excepción del joven que le había increpado a través de la puerta, reparara en él, abandonó el pub. Nada más salir a la calle, abrochó su nuevo abrigo hasta el cuello y comenzó a caminar hasta el vestíbulo de la estación. Casi había llegado a la puerta cuando el sonido de una sirena y unas parábolas azules justo tras él, tensaron sus músculos. Giró sobre sí mismo y, con las manos metidas en los bolsillos del abrigo, observó cómo dos policías municipales bajaban de su vehículo y se dirigían hacia él.

Recordó que no disponía de arma alguna en ese momento y que su única oportunidad era arrebatársela a alguno de los agentes.

Pero cuando llegaron a su altura, le sobrepasaron sin reparar en él. Los dos agentes se dirigieron directamente hacia dos drogodependientes que dormitaban en un banco, frente al vestíbulo de la estación. Hans, que esa noche no tenía más ganas de más sustos, decidió que era hora de marcharse de allí y alejarse de los agentes de policía.

La fortuna en esta ocasión iba a sonreírle, ya que apenas hubo sacado su billete, un tren iba a hacer entrada en el andén. Los vagones a esas horas iban bastante desahogados, aunque lejos de ir vacíos.

El traqueteo del tren hizo que casi entrara en un trance en el que repasaba mentalmente el tiroteo. Estaba muy sorprendido de que Carlos le hubiese "*mordido*" y se encontraba muy enfadado por haber sido emboscado con tanta facilidad por un policía. ¡Emboscarle a él, a un agente de inteligencia que había recorrido medio mundo! Pero el dolor cada vez más intenso de su brazo le hizo despertar de golpe. Cuando llegara al hotel, bajaría a su coche y allí se haría con otra arma y subiría el botiquín hasta la habitación, con el que curaría y suturaría la herida convenientemente. Era algo que había practicado otras veces en él mismo y en algún compañero. Su herida no le preocupaba, pero añoraba su vieja Glock.

Cuando la estación de destino estaba próxima, se colocó frente a las puertas de salida del vagón para perder el menor tiempo, ya que necesitaba imperiosamente llegar a su guarida. Además, sentía que la herida sangraba de nuevo. Una vez que el tren hizo su parada, tomó el camino del hotel con un paso bastante vivo. Se empezaba a sentir tan mal que ya ni siquiera le importaba que alguien reparara en su trote. Había recorrido mucha distancia a pie perdiendo sangre constantemente.

Dentro del vestíbulo del hotel, el recepcionista le saludó amablemente. Hans devolvió el saludo de mala gana, con un mohín. Ni siquiera esperó el ascensor y llegó hasta la puerta de su habitación a pie, a través de la escalera.

Una vez allí, se dirigió directamente al baño, abrió el agua lo más caliente que podía resistir y se despojó de sus ropas mojadas y ensangrentadas. Bajo el agua sintió una agradable sensación, así es que se dejó caer pegado a la pared de azulejo del baño, hasta que se vio sentado en la bañera con el agua cayéndole encima.

Salió de la ducha, buscó en el botiquín del baño y se realizó una segunda cura. Vendó su herida, para posteriormente vestirse y bajar al parking del hotel. Llegó hasta su coche para hacerse con otro arma. También recogió el botiquín del que solía ir provisto a todas partes.

De regreso a la habitación, procedió a suturarse la herida con gran habilidad con su mano izquierda, lo que denotaba que era algo que había practicado en no pocas ocasiones.

Del mini-bar extrajo un botellín de whisky, del que dio cuenta sin necesidad de vaso o hielo y después extrajo de la caja fuerte la documentación que Dieter le había facilitado. Sacó la que hacía referencia a Carlos y arrancó la foto de la carpeta. Después de observarla durante largo rato, la arrugó con su puño para hacerla una bola que lanzó con gran fuerza contra la pared.

— ¡Cabrón, esto ya no es un trabajo, esto es personal!

49

Iban a dar las 2 de la madrugada. Carlos esperaba en una pequeña sala de espera anexa al quirófano donde estaban interviniendo a la joven que había resultado herida en el tiroteo. Estaba acompañado por el novio de la muchacha, a quien había localizado y avisado personalmente, y por dos agentes uniformados. Otros dos hacían rondas por los pasillos de acceso a los quirófanos donde la joven estaba siendo operada. La camisa y el pantalón de Carlos estaban salpicados de sangre. Aun habiéndose lavado, todavía en sus manos se podían observar restos del plasma de la joven.

A pesar de que se sentía agotado era incapaz de sentarse un solo segundo. Su carácter eléctrico y nervioso se lo impedían. En uno de esos cortos paseos, escuchó como una de las puertas de acceso a la sala de espera se abría. Al torcer la vista pudo ver a Beatriz, la cual, además de un pequeño maletín, portaba una bolsa de plástico.

— ¿Sabemos algo, Carlos?
— No, aún no salió nadie, lleva casi seis horas en el quirófano.   — ¿Ése es el novio?

Ante la pregunta de Beatriz, presentó a ambos.

— Tomad, os he traído un bocadillo y un par de refrescos bien fríos –Beatriz se volvió hacia los dos policías uniformados–. Chicos, me quedaré aquí un rato, bajad a tomar un café, ¿de acuerdo?

Los agentes aceptaron de buen grado el ofrecimiento y desaparecieron de allí al instante. Mientras tanto, el novio de la muchacha declinó amablemente el bocadillo que Beatriz le había traído.

— Coma algo. Que usted no coma no va a ayudar en nada a su novia y meter algo en el estómago le va a venir bien.

El tono amable de Beatriz y su voz dulce y melosa le hicieron cambiar de opinión inmediatamente. Así que el muchacho tomó el bocadillo y el refresco.

Beatriz atrajo a Carlos hacia un lugar donde ambos pudieran hablar. Aprovechó para darle otro arma, ya que la suya estaba en balística después del tiroteo.

— Tenemos ya el examen del arma. La he procesado yo personalmente. No he venido hasta que no he terminado.
— ¿Y...?
— Es el arma que mató a Gari –dijo Beatriz con pesar–.
— ¡Hijo de puta! Nos está cazando –respondió Carlos con los dientes apretados–.
— He metido una bala en el IBIS y he obtenido cuatro coincidencias.
— ¡¡¡Cuatro!!!
— Sí, en 1994 un empresario de la construcción en Castellón. Recibió tres disparos en el pecho –dijo hojeando unos papeles–, en 1997, el dueño de una discoteca en San Fernando, Cádiz, recibió tres disparos en el pecho. En 1999,

un prestamista en Santiago de Compostela, tres tiros en el pecho y en 2003 un empresario, promotor de boxeo, tres tiros en el pecho. Ese cabrón tiene una firma. Llevamos años buscándole. No hay una sola pista sobre él.

— Joder, es un sicario, al menos lleva matando desde el 94 –dijo Carlos con la vista perdida en los papeles de Beatriz–. Ese tío mata por encargo, sus anteriores víctimas no eran jóvenes como las que aquí están cayendo. Tenemos dos asesinos.

— Sí, pero, ¿por qué? –se preguntó Beatriz en voz alta, pero para sí misma–.

Carlos observó los expedientes de los casos que le había relatado, los cuales aún seguían abiertos. Tenía la intención de encontrar un nexo común entre esos asesinatos y los que se estaban produciendo en los últimos meses.

— Carlos, es posible que esta vez contemos con ventaja.

— ¡Ventaja! ¿Cuál?

— Por lo que yo entiendo y viendo estos informes, posiblemente tú seas la situación más peligrosa que ese tío haya sufrido desde que empezó a matar. Tanto los casos relacionados con este arma, como los relacionados con el rifle del tiroteo a San José, son casos no resueltos, en los que no hay un solo hilo por el que tirar. De modo que, cuando menos, él se encuentra en una situación nueva. Por la razón que sea, Gari y tú sois sus objetivos y al parecer San José y quizás todos los suyos también. Si tú ayer le "*mordiste*" es porque le esperabas y, o mucho me equivoco o sus anteriores víctimas, incluido Gari, no le esperaban.

— Claro, es vulnerable. Aunque ha fallado ya dos veces, ¿no crees que extremará sus precauciones o abandonará?

— En el tiempo que estuve en el FBI, vimos decenas de casos con tipos como éste y, si algo aprendí de ellos, es que jamás abandonan. Precisamente su auto confianza suele ser su perdición. Los que caen, lo hacen porque exprimen su suerte al máximo.

— ¿Ex militar? –preguntó Carlos, sabedor del conocimiento que Beatriz tenía sobre perfiles psicológicos–.

— No lo sé, desde luego tiene formación a tenor de los atentados con el rifle. Quizás los Balcanes, pero esta tarde he hablado con la persona que le alquiló el coche que utilizó en tu tiroteo. Si tenemos en cuenta la declaración del chico de la casa de alquileres de coches del aeropuerto y ésta otra, yo diría que ex KGB, es más, yo diría que ex STASI.

— ¡STASI! ¿Es alemán? –preguntó Carlos–.

— Si bien en el aeropuerto utilizó un pasaporte austríaco, este último coche lo ha alquilado con pasaporte Sudafricano.

— Joder, está bien financiado.

— Sí. Si lográramos hacernos con uno de esos pasaportes y no con las copias que tenemos ahora, podríamos incluirlo en la base de datos de falsificadores de que disponemos. Además, en las copias, se cuidó mucho de que saliera la foto prácticamente irreconocible. Posiblemente aplicara algún producto que hiciera oscurecer la imagen en una fotocopiadora y como los demás datos se ven claramente, los operarios de las agencias quedan satisfechos.

— ¿Huellas? –preguntó Carlos–.

— He pasado las que extraje del arma por las bases de datos de que disponemos, pero aún no tenemos nada.

Carlos pensó entonces que el tiroteo que había sufrido esa misma tarde, había hecho más por el caso que todas las noches en vela sufridas hasta la fecha. Sin embargo, el coste estaba siendo demasiado alto ya que, sin dejar de recordar a Gari, no podía dejar de mirar a la puerta del quirófano, donde una joven se debatía entre la vida y la muerte.

— Beatriz, el día antes de morir Gari, filtramos a la prensa que el autor del tiroteo que casi mata a José Manuel, era un ciudadano del Este. Tienes que llamar al portavoz de prensa y que filtre que buscamos un ciudadano del Este, pero que también podría ser alemán. Hasta el momento, tan sólo habíamos recibido información de gente que, por una razón u otra, se quería librar de sus inquilinos polacos o rumanos y cosas así. Probemos ahora.

— De acuerdo, ahora mismo llamo.

Beatriz cogió su móvil y siguió las órdenes de Carlos a rajatabla. Mientras tanto, él terminaba de dar cuenta del bocadillo que, por otra parte, le estaba cayendo en el estómago agradablemente. Apenas dos minutos bastaron a Beatriz para transmitir de manera clara y concisa la orden de Carlos, aun teniendo en cuenta que eran horas intempestivas.

— Les he dicho que lo filtren a medios de televisión, radio y prensa escrita.

— Perfecto, debemos de acorralarle y forzarle a actuar, quizás así cometa un error, ¿no crees?

Ella asintió con la cabeza, estaba entusiasmada porque el arisco inspector Sanz, del que todo el mundo hablaba, la trataba como a otro más, sin distinción alguna. La fama de hombre gruñón y serio que se había ganado durante los años, había formado una fotografía en su cabeza muy equivocada de él. Sabía que el secreto de la relación de Carlos con Gari se basaba en que éste último era un policía brillante. Beatriz haría lo que fuera para ganarse su respeto y de momento, estaba funcionando.

— Carlos, se me ocurre una idea.

Esperó a que la expusiera sin decir una sola palabra.

— Habla con el comisario para que solicite al CNI toda la información que nos puedan facilitar de antiguos espías.

El CNI suele llevar buena cuenta de ellos. Es posible que allí podamos encontrar algo utilizando sus huellas.

— Bien, hazlo.

— ¿Que... lo haga?

— Sí, informa tú. La idea ha sido tuya y creo que buena.

— Bien, lo haré.

Carlos la observó mientras marcaba en el móvil el número de la Brigada y una pequeña sonrisa afloró en su cara, sin que Beatriz se percatara.

— Ah, Beatriz, deberíamos probar con las embajadas también. Algunas vigilan de cerca a sus súbditos... *"descontrolados"*, ¡si es que ellos mismos no son agentes!

Beatriz asintió afirmativamente. Entonces una de las puertas del quirófano se abrió y un médico salió por ella. Despojándose de sus ropajes verdes, se acercó deteniéndose ante el novio de la joven.

— Tranquilo, está fuera de peligro. Perdió mucha sangre. En la UVI móvil hubo que reanimarla dos veces y otra justo antes de operarla, ya aquí, en el quirófano, pero controlamos la hemorragia y ahora está estable, aunque sigue grave. Inspector, si está viva es gracias a que usted taponó esa herida.

50

Carlos había dormido bien esa noche. Hans se le había escapado pero, por el contrario, había salvado la vida de la joven. Pensó que no importaba que ese asesino anduviera suelto, porque algo le decía que le cogería. No había abandonado el hospital hasta que los médicos permitieron, tanto a su novio como a él, pasar a ver a la joven a la UVI y eso fue alrededor de las 7 de la mañana. Una vez que pudo comprobar que se encontraba estable, marchó al hotel y allí durmió... poco pero profundamente. Cuando llegó a su despacho, eran cerca de las dos de la tarde.

Nada más llegar al Complejo Policial, el comisario le hizo acudir a su despacho para comunicarle que, hasta nueva orden, Beatriz Vega iba a trabajar con él, de momento en la resolución del caso de las jóvenes asesinadas y después, ya se vería.

Carlos sintió entonces una sensación contradictoria, mitad alegría, mitad preocupación, ya que se enfrentaban a un profesional del crimen y Beatriz era demasiado brillante para morir a manos de semejante canalla.

Una vez estuvo frente a su ordenador, abrió el correo electrónico y revisó los faxes que habían dejado en su bandeja, pero no encontró más que información insustancial que no ayudaba mucho.

Estaba leyendo uno de esos faxes cuando la voz de Beatriz le sobresaltó.

—Carlos –gritó desde la puerta–.
— Buenos días, Beatriz.
— Sí, perdona, buenos días –respondió ella nerviosa–.
— ¿Qué pasa? –preguntó Carlos frunciendo el ceño al darse cuenta de que algo ocurría–.
— Tenemos algo.

Carlos la miró con expectación.

— Carlos, te digo que tenemos algo, tenemos información y creo que bastante buena.
— Dime, entonces.

Beatriz, en vez de empezar a informar tal y como él había pedido, salió del despacho y se dirigió a alguien.

— Por aquí, por favor.

Esperó con gran expectación a ver quién era la persona a quién Beatriz estaba invitando a pasar. Su curiosidad se zanjó de inmediato. Un joven sudamericano, vestido con un grueso anorak, pantalones negros muy raídos y unos zapatos muy cómodos, se mostraba ante sus ojos.

— Carlos, este chico trabaja de camarero en un bar situado en la calle Núñez de Arce. Dice que dos hombres, ¡alemanes!, se han reunido dos veces en ese bar. Las dos veces les atendió él.

Entonces dio un bote en su silla y se lanzó a buscar otra, para que el joven camarero tomara asiento frente a su mesa. Una vez el muchacho se sentó, hizo un gesto a Beatriz para que buscara otra silla y se sentara a su lado, frente al muchacho.

— Permítame que me presente. Soy el inspector Carlos Sanz y ambos –señaló a Beatriz– llevamos una investigación en la que un ciudadano alemán podría estar implicado. Ni que decir tiene que, una vez que salga por esa puerta, se le olvidará lo que aquí hablemos, ¿me entiende? –Carlos terminó su frase mitad aconsejando, mitad amenazando–.

— Tranquilo inspector –respondió el muchacho con marcado acento ecuatoriano–. Yo sólo quiero colaborar. Le prometo que no diré nada a nadie. Tengo mujer y una hija acá en España, ¿sabe? En Ecuador era ingeniero, pero acá debo trabajar en cualquier cosa que me dé de comer para alimentar a mi nena. Además, esos dos tenían muy mala pinta.

— ¿Mala pinta? –preguntó Beatriz–.

— Sí, mala pinta. Me refiero a que no me gustaban sus caras, sus gestos. Pero llevaban trajes caros, demasiado caros para ese bar, ¿ustedes me entienden?

— ¿Por qué le llamaron la atención esos dos hombres...? Perdón, ¿me dijo su nombre?

— Disculpe inspector, estoy muy nervioso. Me llamo Eladio.

— Bien, Eladio, ¿por qué le llamó la atención? ¿Sólo por los trajes?

— El primer día que fueron allá comenzaron a hablar en alemán. Pero enseguida lo dejaron y siguieron toda la conversación en español.

— Tranquilícese y siga –le animó Beatriz al ver cómo sus manos temblaban–.

— Bien, verá. No les volví a escuchar hablar en alemán. La verdad es que casi no les volví a oír hablar, pero las contadas ocasiones en que hablaron, lo hicieron en español.

— ¿Contadas ocasiones?, ¿es que no hablaron? –preguntó Carlos extrañado–.

— Sí, señor, claro que sí que hablaron. Pero, cada vez que yo me acercaba a ellos, permanecían callados hasta que me alejaba. Uno sabe distinguir esas cosas, ¿sabe usted?.

— Entiendo –murmuró Beatriz–. ¿Llevaban algo, estuvieron viendo algo?

— Sí señor, uno de ellos facilitó un pendrive al otro. Pero eso fue el primer día. El segundo día que estuvieron allá, el mismo tipo llevó un maletín, lo abrió y estuvieron viendo una especie de cuaderno grande, un gran libro o algo parecido. Además de unas carpetas. Se lo llevó el otro señor.

— ¿Intercambio de algún tipo de información? –preguntó Carlos a Beatriz–.

— Es posible –contestó ella–. Eladio, ¿vio cómo eran esas carpetas o lo que contenía el maletín? ¿Logró usted escuchar algo?

— No, lo siento señora. Pero eran muy cuidadosos, no pude ver y oír nada más.

— ¡Joder, no tenemos una mierda! –murmuró Carlos con gran fastidio–. Al menos, ¿podrá usted hacer una descripción o colaborar en el retrato robot?

— No señor, no recuerdo muy bien las caras, pero puedo darle algo mejor.

La negativa de Eladio afiló el rostro de Carlos para, poco después, sentirse tremendamente intrigado por las palabras del muchacho.

— ¿Algo mejor? –preguntó con tono firme e incorporándose sobre su mesa–.

— Sí, señor. Creo que esto le ayudará más.

El muchacho metió su mano en uno de los bolsillos del anorak y sacó un teléfono móvil, un modelo con cámara fotográfica. Manipuló la botonera durante unos instantes, mientras un silencio tenso se cernía sobre las tres personas presentes en esa habitación. Carlos notó como las manos comenzaban a sudarle. Cada vez estaba más impaciente. De repente, el muchacho mostró la pantalla de su teléfono móvil a los dos policías. En ella se observaban las fotografías de dos personas sentadas una frente a la otra.

— Las tomé sin que ellos repararan en mí.

Carlos arrancó literalmente el teléfono de las manos del joven. Después de observarlas detenidamente miró a Beatriz solicitándole su opinión.

— ¿Hay más? –preguntó Beatriz al muchacho–.
— Sí, señora, hay varias, pulse la flecha y verá otra.

Beatriz tomó el teléfono y examinó las fotografías. Pidió al joven que le dejara el teléfono para descargarlo en uno de los ordenadores de Científica. Prometió devolvérselo en media hora, de modo que el muchacho bajó a la cafetería del complejo policial y esperó.

Mientras tanto y sin perder un solo segundo, Carlos y Beatriz bajaron al laboratorio y descargaron las fotografías.

— ¿Crees que podrás mejorar la calidad?
— Con el software de que disponemos ahora mismo, puedo conseguir que estas fotografías sean como primeros planos. Generalmente un teléfono móvil tiene una resolución bastante mala. Este modelo en concreto tiene 1,3 megapíxeles. Con este software –señaló la pantalla del ordenador– conseguimos realzar la imagen. Digamos que lo que hace el algoritmo, es rellenar los huecos que el software del móvil ha dejado vacíos, con lo cual la resolución se multiplica.

Carlos comprendía lo que Beatriz le explicaba a duras penas, aunque hacía un esfuerzo para entenderlo. Mientras tanto, en la pantalla aparecían inexplicables cifras y comandos acompañados por una barra de progreso en la parte inferior que avanzaba rápidamente. Al final del proceso, una fotografía nítida apareció en la pantalla.

— ¡Santo cielo! –exclamó Carlos–. Parece un primer plano tal y como tú dijiste.
— Te dije que podría mejorarla infinitamente. Haré lo mismo con las demás.
— ¡Le tenemos Beatriz, le tenemos! Ese hijo de puta fue el que me disparó –dijo Carlos señalando una de las fotografías–.

Carlos fue a por un par de refrescos mientras Beatriz seguía afinando las fotografías. Cuando llegó de nuevo al laboratorio, ella acababa de procesar la última de ellas.

— Bien. Ya las tengo todas. Bajaré a la cafetería a devolver el teléfono.
— De acuerdo, yo subiré a mi despacho, te espero allí.

Beatriz imprimió varias copias de las fotografías, de las cuales dio un juego a Carlos.

— Carlos, sube tú, y repasa todo lo que tenemos hasta ahora. Yo bajaré aquí de nuevo y pasaré las fotografías por todas las bases de datos que tenemos –sugirió Beatriz mientras salía del laboratorio–.
— ¡Beatriz! –gritó Carlos haciendo que ésta se volviera sobresaltada– Buen trabajo.
— No fue nada –respondió ella con una amplia sonrisa–.

Beatriz levitaba por los pasillos del edificio. Aun daba vueltas a la felicitación que acababa de recibir, cuando se encontró en la cafetería. Entre el gentío buscó a Eladio, al que localizó inmediatamente.

— Eladio, aquí tiene usted –dijo devolviéndole el móvil–. Ha sido de gran ayuda. Tome, ésta es mi tarjeta. Le rogaría que si esos dos hombres volvieran a aparecer por el bar me llamara lo más rápido que pueda.

— Por descontado, señora. Si volvieran a aparecer les llamaré a ustedes.

— Acaba de realizar un gran servicio, señor.

En cuanto se despidió de Eladio, regresó al laboratorio. Ya llevaba en su cabeza un listado de bases de datos en las que buscar esos rostros. La hora de comer había pasado hacía tiempo y ni siquiera había reparado en ello. De modo que, una vez delante del ordenador, empezó a cotejar las fotografías con todo lo que tenía a su alcance, gracias al programa de reconocimiento facial.

Mientras el ordenador las procesaba, sacó de un cajón un bloc de papel tamaño DIN A4 y sobre él, empezó a esbozar un croquis, con el cual pretendía ordenar sus ideas respecto a la investigación.

51

Un manto blanco de rocío congelado se extendía allá por donde Carlos dirigiera la vista desde la ventana de su despacho. Aún no había amanecido plenamente, pero ya tenía leído todo el correo electrónico. Había hecho una pausa para saborear un café bien caliente, que había subido de la cafetería del complejo. Mientras sujetaba el café para calentar sus manos, distinguió unas pisadas en el pasillo. Pensó que sería Beatriz y no se equivocó.

— Buenos días, Carlos.
— Buenos días, ¿has descansado hoy mejor?
— Pues la verdad es que... he identificado a uno de los hombres.
— ¿Que has identificado...? ¿Cuándo?
— Eh... esta noche. Aún no he vuelto a casa.

Fue entonces cuando reparó en que Beatriz llevaba la misma ropa que el día anterior. Enseguida quedó a la vez impresionado y escandalizado por el tremendo esfuerzo que aquella chica estaba realizando.

— ¡Santo Dios, chiquilla! ¿Estás mal de la cabeza o qué? No puedes hacer eso. Vas a reventar.

— Sé lo que hago. Prometo que hoy me iré pronto, pero escucha lo que tengo que decirte.

Carlos tomó asiento y Beatriz hizo lo mismo. Extendió varias carpetas sobre la mesa y abrió una de ellas, en la que se podía ver la foto de un hombre.

— Tengo localizado a este tío.

— Y, ¿quién es? Desde luego, el que me disparó fue el otro.

— Se llama Dieter Vögel, ex miembro de la STASI. Trabaja en España legalmente, como guardaespaldas. Así le localicé.

— ¿Guardaespaldas de quién?

— De un empresario de la construcción. El tío conoció a Dieter en Alemania, en el 92. Fue de los que aún permanecían en la STASI cuando cayó el muro. Aunque siguió vinculado a la seguridad nacional, malvivía con un sueldo asqueroso para lo que se acostumbraba en la época. En una convención conoció al empresario... Antonio Álamo, el cual le ofreció empleo como guardaespaldas. Es un loco de las pelis de espías y, al enterarse de la antigua ocupación de Dieter, no lo dudó y se lo trajo a España. Le arregló toda la documentación. Todo esto lo he sacado de la empresa donde impartió el curso de guardaespaldas. Documentan todos los datos relevantes de cada alumno.

— ¿Qué puede relacionarle con el otro tipo?

— Pues eso aún no lo sé, aunque lo más lógico es que fueran compañeros en la STASI, pero tengo su número, su dirección y la dirección del tío para el que trabaja –Beatriz extendió una carpeta a Carlos–.

— Muy bien, superwoman. Voy a ir a ver a este tío.

— Dame diez minutos y te acompaño.

— No guapa, tú no vas a ningún lado que no sea tu casa a dormir, ¿me entiendes?

— Pero...

— Es una orden.

— Es que aún estoy procesando el otro rostro.

— Deja las directrices a seguir a una persona en el laboratorio y vete a dormir. Esta tarde nos vemos, por favor, no me hagas ordenártelo de nuevo.

Beatriz, aun sin estar de acuerdo, no discutió su *"consejo"* y se marchó a casa. Mientras tanto, Carlos, portando la carpeta bajó hasta el parking y allí cogió uno de los coches camuflados de que disponía la Brigada. Se dirigió hacia una lujosa zona comercial de Madrid donde esperó, fotografías en mano, la llegada de Dieter con el empresario al que protegía.

Casi no había tenido tiempo a memorizar las fotos, cuando un gran coche de lujo de color azul marino, hizo entrada en la plaza desde donde Carlos vigilaba. Dieter se detuvo, lo que le permitió comprobar que no había nadie con él. Aparentemente esperaba... supuso que a Antonio Álamo. De modo que se decidió a actuar.

Abandonó su coche y caminó en dirección al de Dieter. Una vez llegó, abrió la puerta del acompañante y se sentó bruscamente junto a él. Éste casi no reaccionó.

— Hola Dieter.

Dieter le reconoció rápidamente por las fotos con que Hans y él habían comerciado. Fue entonces cuando intentó salir del coche. Pero Carlos, atento a todos sus movimientos, agarró a éste por el pecho y le pegó contra el asiento.

— ¡Adónde coño vas! Tú y yo vamos a hablar un ratito.

Dieter intentó una estratagema para salir del atolladero.

— Aquí no hay dinero, como mucho algún reloj bueno y nada más.

— Vamos Dieter, no me tomes el pelo –dijo Carlos mientras sacaba su placa–. Crees que un superespía como tú va a engañar a un simple poli. Es eso, ¿verdad? Sabes perfectamente quien soy, capullo.

— ¿Qué quiere? Trabajo legalmente y...

— Y, ¿qué le debes a tu amigo? –preguntó Carlos enseñando la foto de Hans–.

Dieter quedó paralizado al ver la fotografía, en la que se le podía ver a él junto a Hans riendo abiertamente. Entretanto, una de las puertas traseras del vehículo se abrió y entró Antonio Álamo. Al ver a Carlos, quedó parado, intentando comprender qué ocurría.

— Pero, ¿quién coño es usted?

— El señor Antonio Álamo, ¡supongo! –contestó Carlos–. Necesito hablar con su guardaespaldas, así es que, ¿por qué no se da una vueltecita?

— Pero, ¿quién se ha creído usted que es?

— ¡Que te pires, coño! –gritó Carlos a la vez que le mostraba su placa–. Lárguese de aquí y no vuelva hasta que me vea salir de este coche, si no quiere acompañarme a contestar algunas preguntas, ¿estamos? ¡Pues, aire!

Antonio, al presenciar la algarada, huyó del coche casi sin mirar atrás.

— Por fin solos, amigo. ¿No querías un poco de intimidad?

— ¿Qué coño quiere?

— Que me digas quién es este cabrón –espetó tirando a Dieter la foto de Hans–.

— No lo sé.

Entonces Carlos soltó el brazo como un latigazo casi imperceptible y propinó un fuerte golpe en el estómago de Dieter. Éste, que no esperaba en absoluto el ataque, encajó el golpe a duras penas. Comenzó a toser y a coger aire a la vez. Su rostro empezaba a tornar en miedo.

— Se llama Hans, sólo sé que se llama Hans.
— ¿Es su verdadero nombre? –preguntó Carlos–.
— No lo creo, inspector, pero es por el que le conozco.
— Ves como haciendo un esfuerzo puedes recordar. Pero eso es muy poco y tú sabes más. ¿Es un ex STASI como tú?

Dieter movió la cabeza afirmativamente mientras agarraba su estómago.

— Bien, ya sabemos algo más. ¿Dónde puedo encontrarle?
— No lo sé. Lo único que sé es que vive en la costa como si fuera un ricachón. Pero no sé dónde, lo juro.
— Bueno, aquí vivirá en algún sitio, ¿no?
— Sí, vive en un hotel, pero no sé en cuál. Comprenderá usted que, en este oficio, las preguntas que nos hacemos suelen ser bastante escasas.

Carlos comprendió que lo que estaba contándole Dieter era verdad, o al menos tenía cierta lógica.

— ¿De qué os conocéis?
— Cuando cayó el muro hubo una espantada. El que más y el que menos, intentó ponerse en contacto con los viejos colegas y en aquella época, no era difícil encontrar a alguno de los nuestros si sabías donde preguntar. A Hans le conocí aquí, en Madrid. Le busqué algún trabajo protegiendo a gente de poca calaña, pero un buen día desapareció y sólo he vuelto a saber de él en contadas ocasiones. Siempre me encontró a mí.

— ¿Cómo quedáis?

— Él me llama desde un móvil.

— Dámelo.

— Pero es mi móvil, lo necesito para trabajar.

— No chato, no lo necesitas para trabajar, porque tú hoy no trabajas, te vienes conmigo. Imagino que ya lo sabrás, pero si no, te lo digo yo. Este tío ha matado a mi amigo, que además era policía. Ha intentado matarme a mí y es más que probable que haya intentado matar a otras tres personas más. Tú apareces aquí con él, en esta foto. Así es que, majo, quedas detenido. Tengo montones de preguntas que hacerte, como por ejemplo, qué repasabais Hans y tú en aquel bar.

Dieter miró a su izquierda y pudo constatar que dos agentes uniformados le esperaban para llevarle hasta el complejo policial.

Una vez en la sala de interrogatorios, Carlos le observó a través del cristal y le dejó largo rato esperando. Pretendía que se pusiera nervioso, quería acabar con su paciencia y prepararle para el interrogatorio.

Cuando procedió a interrogarle, Dieter apenas aportó nada más que lo que ya sabía. Hans había sido muy cuidadoso a la hora de facilitarle algún dato y declaró que Hans había solicitado información de Gari, de él y de dos personas más que no recordaba.

En mitad del interrogatorio, el móvil de Carlos comenzó a sonar. Éste, al ver el número y comprobar que la llamada se realizaba desde un teléfono interno lo dejó sonar, pero la insistencia era tal que, al final, acabó descolgando con un tremendo enfado.

— ¡Diga! –casi gritó–.

— Carlos, soy Beatriz. Tengo identificado al otro individuo.

52

Carlos entró en el laboratorio como una manada de búfalos. Sentía una mezcla de sensaciones que iban desde la curiosidad hasta el enfado pero, por la cara de Beatriz, presumió que tal como había dicho por teléfono, tenía algo bueno.

— Más vale que lo que tengas sea bueno, porque ese tío estaba a punto de mearse encima.

— Esta mañana no me dejaste explicarte, pero cuando me fui, casi lo teníamos. Verás, tras localizar a Dieter, estaba claro que nuestro asesino tuvo que ver con la STASI, es decir la KGB. Desgraciadamente, conseguir cualquier información sobre la KGB, aun hoy en día, es prácticamente imposible... siempre y cuando no tengas claro dónde buscar. Los del FSB, que es el sustituto de la KGB en Rusia, no suelen ser grandes colaboradores y son celosos de su pasado.

— Y, ¿tú tienes claro dónde buscar espías, jovencita?

— Carlos, cuando todos los días desayunas en la cafetería del J. Edgar Hoover Building, aprendes algo más que criminalística.

— ¡Santo cielo, me estoy haciendo viejo! –murmuró Carlos con su mano tapando la boca–.

— A lo que iba. Si preguntas a los rusos por algo relacionado con la KGB, generalmente te sueltan evasivas o te cuentan que, precisamente, los archivos que tú necesitas fueron destruidos en un incendio... cosas así. Sin embargo, en los últimos años, países ex miembros del telón de acero se han ido incorporando a la Unión Europea o esperan hacerlo en breve, de modo que se muestran de lo más colaboradores. Así, si pides información a uno de esos países, te darán lo que quieras. Después de tantear a un par de ellos, logré hablar con la embajada de Rumanía. Les conté la situación y me permitieron cruzar nuestras fotos con sus bases de datos.

— ¡No jodas! ¿Lo tienen informatizado? Siempre pensé que los archivos de la KGB constaban de fichas microfilmadas y cosas así.

— Y así suele ser. Pero los rumanos digitalizaron todas las fichas de que disponían de la SECURITATE, la STASI, el BS, la KGB... en fin, que encontré esto –Beatriz golpeó en el pecho a Carlos con una carpeta, con el logo CNP, llena de documentos–.

Carlos la abrió y pudo observar una gran cantidad de documentos, fotografías y dossiers, en los que se detallaba el historial de Hans. Al observar que movía frenéticamente las hojas que contenía la carpeta, decidió informarle de los detalles más importantes.

— Su nombre real es Günter Hauffman. Lo reclutó el Partido siendo un crío. Además de la STASI, nunca ha tenido nada más. Cuando abandonó Alemania limpió su nombre y en España ha vivido libremente con el nombre de Hans van Maier. Tiene una gran propiedad en Torrevieja, donde dice ser un aristócrata holandés. Tiene trato con la gente, pero jamás ha dado que hablar. Las huellas que encontré en la Glock, confirman esa identidad.

— ¿Tenemos su casa controlada?

— Cuando estabas divirtiéndote con tu nuevo amigo Dieter, pedimos una orden y la policía de Torrevieja ha entrado en su casa. Encontraron dinero, armas, algún ordenador y mucha documentación. Un helicóptero viene para acá con todo.

Carlos recibía el torrente de información casi sin pestañear. Estaba absolutamente maravillado por la brillantez con la que Beatriz estaba enfrentándose a la investigación. Aunque no quería demostrar de manera entusiasta la admiración que en él estaba despertando, no pudo más que felicitarla con una amplia sonrisa en su cara.

— Desde anoche, el software de reconocimiento facial está buscando entre las cámaras de tráfico, edificios públicos o cualquiera a la que tengamos acceso. Ahora sólo es cuestión de tiempo. También podemos rastrear sus tarjetas de crédito, aunque creo que por ahí no tendremos nada. No cometería tal error.

— Si ese cabrón pasa dos veces por el mismo sitio, la tercera estaré esperándole. Y te juro que esta vez, no se me escapará.

53

Para Hans no fue difícil encontrar un resquicio por donde colarse al impresionante edificio de José Manuel. Si bien la documentación que le facilitó Dieter estaba cuidadosamente recopilada, la parte más difícil la tenía que llevar a cabo él, extrayendo de dicha información lo que necesitaba para llegar hasta sus objetivos.

Con un complejo software informático copió todos los planos técnicos. Había trabajado varios días sin descanso en preparar el allanamiento. Ahora disponía de todos esos planos en su PDA, la cual le guiaría hasta cualquier punto al que quisiera llegar.

Por otra parte, había buceado en todos los archivos de las empresas proveedoras que acudían puntualmente a aquella corporación. Para él, conseguir archivos informáticos y entrar por las noches en oficinas vacías, no eran tareas que le supusieran un quebradero de cabeza. Husmeó en tres empresas que podía utilizar para su propósito y quedó convencido de que la que había escogido, era la más apropiada.

Hacía un par de días que había accedido a sus archivos informáticos y pudo comprobar que un operario trabajaba una semana entera por trimestre en el edificio poniendo a punto los sistemas de calefacción y ventilación. Ésa sería la ocasión perfecta para entrar allí. Faltaba poco para la siguiente revisión y Hans pensó que, unos días arriba o abajo, no llamarían la atención de nadie, de modo que decidió actuar.

Esa mañana había utilizado su propio vehículo para llegar hasta donde quería. El último revés sufrido con Carlos, hizo que se replanteara la situación. No alquilaría más coches, podría resultar peligroso. Utilizaría el suyo, pero con una matrícula falsa, algo con lo que contaba. Y también intentaría llevar a cabo todos los asesinatos que le faltaban ese día en el mismo edificio. Sólo tenía que encontrar la forma de llamar la atención de Carlos. Pero estaba seguro que acudiría.

Impecablemente caracterizado, con nariz postiza, mentón, cejas, un poco de barba y una peluca, se acercaba a las instalaciones de la empresa donde tendría que conseguir el vehículo con que entrar camuflado. Esperó discretamente en la parte trasera de la nave industrial hasta que vio que un joven se dirigía a uno de los furgones. Le acechó de igual manera que hubiese hecho un felino con su presa y, apenas se hubo sentado, saltó sobre él a través de la puerta del acompañante con su nueva arma, una Beretta, en la mano.

— No abras la boca o te la callo para siempre. ¿Puedo confiar en ti?

El joven, que no entendía lo que pasaba, le observaba con terror. Lo que estaba claro era que no iba a hacer nada que incomodara al hombre armado que tenía frente a él. El muchacho asintió.

— Bien, arranca. Larguémonos de aquí ya... y despacito, sin llamar la atención.

Obedeció sin dudarlo.

— ¿Adónde tienes que ir hoy? –preguntó Hans–.
— A un edificio de oficinas en Tres Cantos.
— ¿Tienes alguna persona de contacto allí?

Le costaba hablar por el terror que le atenazaba, de modo que sólo pudo asentir afirmativamente.

— Pues llámale. Dile que te ha surgido un contratiempo y que no te esperen hasta esta tarde después de comer.
— Pero...
— ¡Ni peros, ni hostias. Llama, no me jodas!

Al ver que los ojos de Hans se encendieron, el muchacho no pensó en volver a contrariarle. De modo que cogió su móvil y buscó un número.

— Si intentas algo, te juro que te abro un agujero en la frente. ¿Me entiendes?

Asintió de nuevo.

— Pues venga, no te enrolles, pero déjale claro que hasta las cuatro no estás allí.

Después de un buen rato escupiendo disculpas y excusas ante la atenta mirada de Hans, colgó el teléfono.

— Para ahí y quítate la ropa.

El muchacho aparcó donde le dijo y comenzó a desnudarse, tal y como su captor le había ordenado. Hans metió la mano en su bolsillo y sacó una cápsula que dio al chico que ahora estaba frente a él, tembloroso y medio desnudo.

— ¿Para qué es esto? –preguntó muerto de miedo–.
— Es un somnífero. Tómatelo y cuando te despiertes esta tarde, todo habrá terminado y no tendrás que verme más.

Pero el muchacho, con la cápsula en la mano y mirándola con desconfianza, no se sentía seguro de querer tomarla. Hans lo entendió así.

— Chico, tómate esa cápsula o te duermo yo –le espetó moviendo el arma en su mano– y, como te duerma yo, vas a tener un sueño aún más profundo.

Ante tal sugerencia, decidió tomarse la cápsula sin pensarlo. Hans no esperó el efecto del somnífero.

— Mira chaval, ¿ves eso que tienes ahí atrás?

El joven se volvió dándole la espalda mientras buscaba lo que le había señalado. En ese momento, le propinó un golpe duro y seco en la base del cuello, con lo que el muchacho quedó inconsciente al instante. Antes de que pudiera recobrar la consciencia, el sedante habría hecho efecto. Entonces agarró sus ropas y se vistió con ellas. En la parte de atrás del furgón acomodó al muchacho, al que tapó con unas mantas que había en el vehículo. Lo único que en ese instante le restaba era dirigirse al edificio y eliminar a sus objetivos.

Ese día no había mucho tráfico y apenas cuarenta minutos después se paraba en las puertas del parking, donde un vigilante de seguridad le había dado el alto. Esperaba no tener que cruzar muchas palabras con él, ya que la documentación falsa de la que ese día se había provisto, era de nacionalidad española y, aunque podía minimizar el acento casi al máximo, no podía evitar que en ciertas ocasiones se distinguiera su origen teutón.

Por suerte para él, el vigilante se limitó a tomar sus datos y los de la empresa, que al ser un proveedor habitual, era conocido por ellos. Una vez que el vigilante documentó la visita le dio paso, con lo cual, gracias a la información de que disponía, se podría mover libremente desde ese momento.

Descargó algunas herramientas y una mochila ante la mirada de algunos vigilantes y se dirigió a uno de los ascensores. Los de seguridad, acostumbrados a este tipo de visitas, no repararon en ningún momento en Hans. Una vez en el ascensor y ante la posibilidad de que hubiese algún tipo de videocámara, permaneció impasible hasta el lugar donde se encontraban los compresores que ventilaban todo el complejo. Una vez allí, buscó en su PDA el despacho al que se dirigiría primero y calculó la mejor forma de llegar hasta él.

54

Carlos se había llevado la noche anterior los expedientes que había pedido a Beatriz. Había información de toda clase y además eran bastantes dossiers, ya que la investigación no se limitaba a José Manuel, Vicky, Marcos o Said, sino que había pedido informes de todas las personas que, de algún modo u otro, tenían que ver con José Manuel, como por ejemplo Paula, una de sus directoras, Fina, Anthony, el monitor de musculación, Jesús, su profesor de gimnasia, Arturo, en quien puso bastante énfasis y una decena más de personas.

Ante tan elevado volumen de información, habían decidido extraer aquellos datos más importantes e ir enumerándolos en dos grandes pizarras que había hecho subir a su despacho, a la que habían añadido numerosas fotografías de cada uno de los investigados. De cuando en cuando, ambos se aclaraban dudas mutuamente o se hacían alguna pregunta y se daban la respuesta. Habían conseguido en muy poco tiempo una gran compenetración y una buena mecánica de trabajo.

Estaban tan imbuidos en el análisis de dichos informes, que el sonido del móvil de Beatriz anunciando un mensaje de texto, casi molestó a los dos. Abrió su móvil y leyó detenidamente el mensaje.

— Carlos, acaban de dejar en el laboratorio la relación de llamadas enviadas y recibidas al móvil de Dieter. Me bajo a echar un vistazo.
— De acuerdo, yo me quedo aquí con esto. Si tienes algo interesante, llámame enseguida y bajo.
— Cuenta con ello.

Beatriz bajó al laboratorio y allí examinó el correo electrónico que había recibido de la compañía telefónica a la que Dieter estaba abonado. En el primer vistazo subrayó dos números que rápidamente investigó. Volvió a repasar el listado y decidió subrayar otros tantos números. Aunque finalmente investigaría el listado completo, quería centrarse primero en los que más sospechas pudiesen levantar.

Cuando hubo repasado los datos hasta la saciedad, se puso en contacto de nuevo con las diferentes compañías telefónicas y fue pidiendo información de los diferentes números que aparecían en el listado.

Mientras tanto, unos pisos más arriba, Carlos seguía pegado a sus informes y las pizarras cada vez se saturaban más de datos. Entonces, un agente uniformado entró en el despacho.

— Inspector, tiene usted una visita. Tratándose de la persona que es, he pensado que sería mejor subirla a su despacho.
— ¿Y quién viene a visitarme, si se puede saber? — preguntó con extrañeza—.
— Pues es una señorita que me ha dicho que quería verle a usted, que mantenía una relación con el inspector Ugalde.

Entonces Carlos se levantó de su sillón y se abalanzó sobre la puerta del despacho, donde esperaba Lidia.

— ¿Era Lidia, verdad? –preguntó a la vez que estrechaba la mano de la joven y la saludaba–.
— Así es, inspector.
— Por favor, no se quede aquí, pase, pase. Disculpe el desorden. ¿Quiere alguna bebida o un café?
— Pues con este frío, un café. Se lo agradecería mucho.

Carlos pidió al policía, que aún seguía ahí, que trajera el café y acercó una silla a Lidia. Se sentó frente a ella, sin mesa por delante de ambos.

— Inspector, tengo en mi casa algunas cosas de Gari y no sé qué hacer con ellas –dijo mientras palpaba una mochila que descansaba sobre sus muslos–, y no me he atrevido a hablar con usted hasta hoy. Jamás pensé que ocurriría algo así. No sabía qué hacer.
— Lidia, si no es indiscreción, ¿cuánto tiempo llevaban ustedes...?
— ¿Usted no lo sabía?
— Si, por supuesto que lo sabía, pero no sabía cuándo empezaron. Verá, la relación de Gari con las mujeres era... no sé cómo explicarle... excesivamente volátil, diría yo. Y, la verdad, aprendí a no preguntar más que lo imprescindible. Pero Gari me comentó que se veía desde hacía tiempo con usted, lo cual dice bastante a su favor. Debió de ser usted alguien muy especial para él.
— Gracias –contestó ruborizada–. Gari había pasado algún fin de semana en mi casa y yo en la suya. Algunas noches habíamos dormido juntos, últimamente bastantes. Sinceramente, creo que terminé enamorándome de él en muy poco tiempo, porque siento un gran dolor por su pérdida.
— Lo siento mucho, señorita. Para mí Gari era alguien especial. Jamás había trabajado con nadie como lo hice con él y éramos grandes amigos, dentro y fuera de aquí. Habíamos

discutido la tarde antes de ser asesinado. Nada serio, él se preocupaba por mí y yo no supe agradecérselo y ahora no podré hacerlo jamás –dijo apretando los puños con rabia–.

— Por lo que le conocí, algo de lo que estoy segura era de que le idolatraba. Para él, usted era un modelo a seguir.

Carlos hizo un mohín demostrando su desaprobación ante tal afirmación.

— Créame señorita, lo único que tengo en la vida es ser policía y creo que soy un buen policía. Pero no creo que Gari deseara imitar mi existencia... al menos eso espero.

Durante largo rato hablaron y rieron recordando escenas que ambos habían vivido junto a Gari. Por descontado, quien más hablaba era Carlos, que había compartido años junto a su fiel amigo y compañero, ahora muerto.

Por un momento, se olvidó de informes y fotografías. Pero la conversación había llegado a su fin, porque Lidia comenzó a despedirse.

— Lidia, si necesitara algo, no dude en llamarme, ¿de acuerdo? –Sacó una tarjeta de su chaqueta y se la dio–.

— Ya tengo una tarjeta suya, ¿recuerda...?, en el gimnasio.

— Sí, disculpe, tiene razón. Es que estoy agotado. Este caso nos va a volver locos a todos.

Al levantarse de la silla, Lidia observó las pizarras atestadas de fotografías y apuntes.

— Uf, inspector, imagino que le habré molestado.

— No, no se preocupe. Quizás me haya venido bien desconectar un rato.

Pero Lidia casi no escuchó sus palabras. Había clavado su vista en una de las pizarras. Sus ojos prácticamente se le salían de las órbitas. Carlos lo advirtió y miró a la zona adonde mantenía la mirada fija.

— Lidia, ¿ocurre algo? ¿Se encuentra bien?
— Esa cara...
— ¿Qué cara?
— Esa cara. Yo la he visto antes –dijo Lidia señalando una de las fotografías de la pizarra–.

Lidia le relató el lugar y día exacto en que había visto el rostro de la persona que ahora estaba reconociendo en una de las fotografías. Él quedó paralizado. Después de unos segundos contemplando la foto, volvió en sí, se lanzó hacia su mesa y cogió uno de los expedientes. Daba rápidos vistazos a hojas que desechaba rápidamente. Finalmente encontró varias a las que prestó más atención.

— Inspector, ¿he dicho algo inconveniente?
— ¡Lo sabía, lo sabía! –dijo Carlos con las manos sobre su cabeza–. Sabía que siempre estuvo ante mí. –Su cara estaba descompuesta–. Lidia, creo que acaba de resolver el caso.

La chica quedó aturdida. No sabía qué debía hacer. Pensó en dar media vuelta y salir de allí pero, finalmente, se decantó por sentarse de nuevo a observar cómo el inspector Sanz se desenvolvía.

Mientras, Carlos leía y releía el conjunto de hojas que había extraído de una carpeta. Se había olvidado completamente de Lidia y prácticamente no advertía su presencia. Después de un rato leyendo, abrió uno de los cajones de su escritorio y sacó un block. En él estaban apuntadas todas las anotaciones que había extraído de la conversación con el Doctor Márquez, el psicoterapeuta que, semanas atrás, Gari y él habían entrevistado.

Cuando hubo leído lo que necesitó, abrió otro cajón del que sacó su arma y un cargador que introdujo en la pistola. Montó el arma y alojó una bala en la recámara. Cogió dos cargadores más municionados, se puso la chaqueta y salió de detrás del escritorio, con tal fuerza y rapidez que una taza que había al borde de la mesa cayó al suelo y estalló en mil pedazos sin que reparara en ello. Justo antes de salir, giró su cabeza para despedirse de Lidia.

— Lidia, siento no poder acompañarla a la salida, pero como ya le dije antes, acaba usted de resolver el caso.

55

Hans llevaba toda la mañana moviéndose por el edificio y pasando totalmente desapercibido. Pero ahora estaba en la planta en la que había decidido enfrentarse a su siguiente objetivo. Tal y como había analizado, debía buscar los aseos por los que accedería al sistema de ventilación. De modo que recorrió el amplio pasillo sin cruzarse con nadie.

Una vez llegó a los aseos, se encerró en ellos y buscó la zona por donde entraría en el sistema de tubos. En el váter de la esquina, tenía que quitar las planchas del techo para dejar a la vista todo el sistema. Así lo hizo. Utilizando los accesorios del retrete escaló hasta el techo y, agarrando con fuerza los soportes de los que las planchas colgaban, se elevó para, posteriormente, sellar de nuevo el techo con la plancha de escayola. Una vez arriba, observó que los tubos de ventilación eran lo suficientemente amplios como para arrastrarse sin gran dificultad, de manera que quitó la rejilla y se introdujo en ellos.

Tenía que reptar unos cincuenta metros hasta alcanzar su destino. Comenzó a arrastrarse y llegó a una intersección. Se detuvo y consultó su PDA. Aún no había llegado, así que siguió hasta la siguiente, la cual, esta vez sí, era la que correspondía a la sala a la que quería acceder.

La rejilla de ventilación se encontraba en una esquina en sentido vertical. Así es que se descolgó por ella y, una vez abajo, permaneció oculto a la espera. Aunque no disponía de mucho espacio, había el suficiente como para empuñar su Beretta con silenciador sin mayores problemas. Sólo tenía que esperar. En cualquier momento, Marcos, su nuevo objetivo, aparecería y no tendría la más mínima oportunidad.

Mientras esperaba, podía ver las pantallas a través de la rejilla de ventilación, en las cuales observaba que no había ningún movimiento extraño en el complejo. Eran prácticamente las once de la mañana y aún tenía un buen margen para conseguir sus objetivos. Calculaba que al menos hasta las cuatro de la tarde, nadie echaría de menos al muchacho de la empresa de mantenimiento. Sólo le preocupaba que recibiera alguna llamada y que, al no contestarla, alguien se pusiera nervioso antes de lo debido. Pero era el riesgo que debía correr. Si no hubiese sido así, difícilmente hubiese entrado en el edificio y era probable que no hubiese podido llevar a cabo sus asesinatos en mucho tiempo, algo que él no podía permitirse.

Entonces reparó en que podía utilizar el sistema de cámaras para localizar a sus otros objetivos, pero antes esperaría a liquidar a Marcos.

En ese mismo instante, Marcos, que había permanecido desde primera hora en una reunión, había dado por finalizada la misma y, después de hablar con los puestos más delicados sin haber recibido novedad reseñable alguna, decidió subir a la sala de control para verificar los accesos que esa mañana se habían producido y que el sistema registraba minuciosamente.

56

Beatriz tenía localizadas las compañías telefónicas de todos los números a los que había llamado o recibido llamadas el teléfono de Dieter. Pero había uno que le llamaba especialmente la atención. Se trataba de un número que había llamado al móvil en varias ocasiones, llamadas cortas, y si se había fijado en él era porque se trataba de uno de los números que había enviado llamadas el día que fueron tomadas las fotografías. De modo que volvió a llamar a su contacto en la compañía telefónica.

Aprovechando que la sede se encontraba a pocas manzanas del complejo policial, decidió ir hasta allí para recoger el informe de los números que había dado a su contacto. Llamó al móvil de Carlos para informarle, pero éste no respondió. Pensó que posiblemente estaba en algo importante y no insistió. Pero lo que no sabía era que, debido a la precipitada salida de su despacho, se había olvidado el móvil sobre su mesa.

Una vez en la sede de la compañía, Beatriz se identificó adecuadamente y pidió que le llevaran hasta el operario con quien llevaba todo el día hablando, un joven de aspecto desgarbado llamado Raúl. Una azafata la acompañó hasta su puesto de trabajo.

— ¿Agente Vega?
— La misma –respondió mostrando su placa–. ¿Tiene algo?
— Pues a decir verdad no mucho, pero si se sienta le explicaré.

Tomó asiento algo desconsolada ante las palabras del joven.

— Verá, el número que usted me da pertenece a un teléfono de tarjeta prepago.
— Es decir, que no puede darme ningún nombre.
— Eso es. Se cree que en 2008 o 2009 habrá que registrarse con el D.N.I. en las tarjetas prepago, pero de momento...
— ¡Joder! –murmuró–.
— Pero lo que sí puedo decirle es que es un número que apenas realiza llamadas. Mire, éste es el registro completo del último semestre.

El muchacho clicó con el ratón y un listado apareció en pantalla. Apenas aparecían veinte registros en seis meses y la mayor parte de ellos en el último mes.

— Bien, ¿pero en qué me puede ayudar eso? Los números que ahí veo los recuerdo de los que ya he investigado y están todos limpios. Estaciones de tren, servicios de información y poco más.
— No, quizás los números no le ayuden en nada, sin embargo si puedo situar el móvil cuando se realizaron las llamadas.
— ¿Situar? –preguntó Beatriz intrigada–.
— Sí, verá. Cuando un móvil realiza una llamada busca la señal del repetidor más cercano. Cuando uno se

mueve mientras habla, lo que hace el móvil es ir desconectándose y conectándose a otros repetidores. Pues bien, desde aquí, le puedo decir donde estaba cuando inició esas llamadas.

— Joder, y ¿por qué no lo ha dicho antes? ¡Hágalo!

— Sí, enseguida –dijo el muchacho algo intimidado por la reacción de Beatriz–.

Cuando Raúl iba a investigar la situación de la primera llamada, Beatriz le interrumpió.

— Un momento, esa llamada, la del 15 de octubre. Mira desde donde se conectó.

— Bien, veamos... 15 de octubre. Sí, ya lo tengo. El móvil se conectó desde un repetidor situado en la Avda. de Logroño, en el barrio de Barajas.

— Bien, ¿hay alguna conexión más desde ese repetidor?

— Un momento... sí, otras tres y también llamó al mismo número, ¿ve?

— ¡Es el número de Dieter!

— ¿Cómo dice?

— Nada, son cosas mías. ¿Tiene acceso a internet?

— Por supuesto, ¿qué necesita?

— Quiero saber qué hay en esa dirección.

El muchacho buscó lo que Beatriz le había solicitado. Por la forma de desenvolverse, estaba claro que no había ningún secreto para Raúl en la red. Enseguida encontró un callejero completo de la zona.

— Bien, veamos. Tenemos un centro comercial, un centro juvenil, un hotel, un...

— ¿Un hotel?

— Sí, es el hotel... un momento. El Hotel Monumental.

Beatriz saltó como un resorte. Ni siquiera iba a despedirse de Raúl, cuando reparó en él.

— Muchas gracias por todo. ¿Le importaría enviarme toda la información que consiga a mi correo electrónico? –dijo mientras le ofrecía su tarjeta–.

— Desde luego, tendrá todo lo que vaya descubriendo en su cuenta, no se preocupe.

Sin apenas dejar que terminara de hablar, abandonó la sala y se dirigió a la salida para encaminarse, sin perder un solo segundo, hacia el hotel que el muchacho le había dicho. Volvió a llamar a Carlos, pero seguía sin dar señales de vida. aun así no sintió excesiva preocupación. Estaba demasiado entusiasmada como para pensar que algo malo pudiera ocurrir.

Cuando llegó al hotel, había bastante movimiento de gente, lo que no le agradó ya que quería pasar absolutamente desapercibida. De repente el recepcionista se dirigió a ella.

— ¿En qué puedo ayudarla señorita?

— Verá, necesito hablar con el director del hotel – contestó mostrando de forma discreta su placa–.

El joven, sin saber muy bien qué estaba ocurriendo, cogió el teléfono y marcó tres números haciendo un ademán con la mano, pidiéndole a Beatriz que esperara un momento. El recepcionista solicitó a alguien, al otro lado de la línea, que le pasara con un tal señor Trujillo. Tras unos segundos de escucha, colgó.

— Lo siento, señorita, el director se encuentra en este momento algo ocupado, pero si quiere puedo pedirle a su secretaria que concierte una cita para... ¿mañana?

Beatriz guardó furiosa su placa y se apoyó con las dos manos en el mostrador.

— Mira, en cinco minutos quiero verle aquí. O me lleva usted hasta él o le busco yo. Y más vale que lo haga si no quiere que en una hora los GEO tomen al asalto una de sus habitaciones. ¿Sabe?, a mí me da igual, pero si fueran listos, dejarían que entrase yo con dos compañeros de la científica. De modo que lléveme ante el director, ¿me he explicado?

El recepcionista tragó saliva, a buen seguro imaginando a los GEO entrando en el hotel y marcó los tres dígitos de nuevo. Comenzó a explicarle la situación a la secretaria del director. Beatriz, que estaba enfurecida, arrancó el teléfono de las manos del recepcionista.

— Señorita, soy la agente Vega, de la Policía Científica. Quiero ver al director ahora mismo. Si en cinco minutos no estoy ante él, llamo a los GEO y me los llevo a ustedes por obstrucción a la justicia. ¿Entiende mejor la situación ahora?

Después de escuchar un rato, dio de nuevo el teléfono al recepcionista y le indicó que se pusiera. El joven, sin hacer una sola pregunta, acercó el aparato a su oído y se dedicó a asentir nerviosamente hasta que colgó.

Inmediatamente después de colgar, llamó a uno de los botones que había por el vestíbulo y le pidió que se acercara. Cuando estuvo ante él, le ordenó que guiara a Beatriz al despacho del director. El botones la instó a seguirle.

En la planta baja, al fondo de un largo pasillo de suelo enmoquetado y paredes de madera adornado con óleos de arte moderno, se encontraba el despacho del director. Cuando estaban a punto de alcanzar la puerta, ésta se abrió y de ella salió un hombre alto, vestido impecablemente con traje azul marino y el pelo peinado a base de gomina. Un olor a perfume dulzón llenaba toda la estancia.

Beatriz, tremendamente impaciente por conseguir la información que iba buscando, llevaba su placa en la mano para identificarse lo más rápidamente posible.

— Disculpe por esta inesperada visita. Soy la agente Vega.
— Fernando Trujillo —dijo él estrechándole la mano—. ¿A qué se debe tanta prisa por verme?
— Tenemos fundadas sospechas de que un hombre muy peligroso se hospeda en su hotel.
— ¿Fundadas sospechas? Por favor, tome asiento. No dude de que colaboraré en lo que usted me pida.

Beatriz abrió su maletín y sacó el expediente de Hans.

— Señor Trujillo, ¿ha visto usted a este hombre por aquí?
— Verá agente, yo no tengo mucho trato con los clientes, pero sin duda mis recepcionistas le podrán ayudar mejor que yo. Les daré las órdenes pertinentes para que colaboren en lo que usted les pida y...

El director descolgó su teléfono, pero Beatriz no le dejó. Y tampoco que terminara su frase. Arrancó el aparato de su mano y colgó bruscamente.

— Si quisiera hablar con el recepcionista ya lo habría hecho. No quiero que esto vuele como la pólvora, ¿me entiende?
— Oh sí, claro. Pero... como le decía, yo no puedo contarle mucho.
— Pero dispondrá del listado de clientes, ¿no?
— Sí, pero es que... es confidencial y...

— Mire, quizás antes no me expliqué de forma clara, pero no se preocupe, yo se lo detallo de nuevo. Si pedimos una orden para investigar ese listado y confirmamos que nuestro hombre está aquí, alguien, desde muy arriba, ordenara que tomemos el hotel. O bien, me puede usted enseñar a mí el listado y si lo constatamos, una pareja de compañeros míos será todo lo que usted vea. Ahora elija y, por favor, hágalo rápido.

Beatriz casi alucinaba con la seguridad que estaba mostrando, apenas había participado en trabajos en la calle y ahora ella sola tenía contra las cuerdas al director de un gran hotel.

— No creo que sea necesario que tomen el hotel. Dígame, ¿qué necesita?
— Ya le dije, el listado de clientes. ¿Recuerda algún ciudadano alemán?
— Este hotel está muy cerca del aeropuerto. Tenemos clientes de todas las nacionalidades.

De repente, una impresora empezó a escupir hojas donde podían verse una sucesión de nombres. El director los cogió y se los dio a Beatriz. Ésta comenzó a repasar los nombres uno a uno. Leyó la primera página y nada. Comenzó con la segunda, nada. Sin embargo al llegar a la tercera, casi no daba crédito a lo que estaba viendo. Aparecía un nombre: Hans Van Maier. Habitación 317.

— ¡Cielo santo, aquí está! Habitación 317. Señor Trujillo, ¿está este hombre en su habitación?

El director hizo una consulta en su ordenador. Al instante supo la situación de su cliente.

— Pues según nuestro registro, el señor Van Maier salió esta mañana temprano y no ha regresado.

Beatriz se puso en pie inmediatamente.

— Señor Trujillo, tengo que entrar en esa habitación.

El director, que después de lo acaecido no pensó en ningún momento en contradecirla, abrió uno de los cajones de su lujoso escritorio y sacó una tarjeta magnética. Mientras tanto, Beatriz había contactado con la Brigada y hablaba con el comisario para pedir una orden de registro. Ordenó a la secretaria del director que enviara el listado por fax a la Brigada y se encaminó a la habitación 317, tras el director. Una vez allí, le pidió la tarjeta magnética y sacó su arma, la cual cargó y quitó el seguro.

— Échese atrás y no entre hasta que yo le diga – ordenó Beatriz al director–.

Introdujo la tarjeta maestra en la ranura de la puerta, que se abrió al instante. Observó cómo en el pomo había un cartel de "NO MOLESTEN". Sin duda, Hans no permitía que nadie entrase en su habitación, aun cuando él no se encontrara en ella.

Una vez que la puerta se abrió, Beatriz vio que la habitación estaba tranquila. Aun así, registró toda la estancia apuntando con su pistola. Cuando constató que no había nadie, guardó su arma e informó al director.

— No hay nadie, señor Trujillo. Dos compañeros de la científica vendrán para acá. Esperaremos a que lleguen –dijo mientras esperaba a recibir una respuesta en su móvil–.

El director asintió, pero Beatriz, que vio que sobre una cómoda estaba el ordenador portátil de Hans, no esperó a que llegasen sus compañeros y se decidió a husmearlo. Sacó de su maletín un par de guantes y lo encendió. Pero nada más encenderlo, una clave de acceso apareció en la pantalla.

Lejos de estar decepcionada, volvió a abrir su maletín y sacó un aparato pequeño, de aspecto similar a un módem. Lo conectó a uno de los puertos USB y esperó. El aparato comenzó a mostrar una secuencia de luces. Un par de minutos después, la pantalla mostraba un mensaje: CLAVE DE ACCESO DESHABILITADA.

El ordenador estaba a su entera disposición. Sólo tenía que revisar sus mensajes y con un poco de suerte, podría saber los planes del asesino. Nada más entrar en el correo, comenzó a leer mensajes en los que alguien contrataba a Hans para cometer varios asesinatos. Vio pequeños historiales de Gari y Carlos, pero también de José Manuel y muchos de los suyos.

Ahora lo importante era descubrir de quién eran esos mensajes, así que llamó a la Brigada y allí pidió que le pasasen con uno de los compañeros de "Delitos Informáticos", a quien reenvió uno de los mensajes.

— ¿Lo tienes ya?
— Sí, Beatriz. ¿Qué necesitas exactamente?
— Quiero saber desde dónde se enviaron esos e-mails. ¿Puedes conseguir la dirección IP?
— Dame un segundo... Desde luego la dirección es de Madrid, pero ahora te concretaré.
— Date prisa, por favor.
— ¡Ya lo tengo! Se enviaron desde un cibercafé de un centro comercial en Fuencarral.

Justo en ese momento, los dos compañeros de la científica hicieron entrada en la habitación.

— Hola Beatriz, ¿cómo vas?

— No he procesado nada, tan sólo he revisado el ordenador y ahora tengo que irme. He localizado el lugar desde donde recibió los mensajes contratándole como sicario. Por favor, informadme de cualquier cosa que encontréis. ¿Traéis la orden?

— Descuida, ya la tiene el director. Tú vete tranquila.

Informó a sus compañeros de lo que había descubierto y pidió que pusieran al corriente al comisario. Después se despidió del director y le agradeció su colaboración.

Volaba de tal manera entre el tráfico que apenas le costó 25 minutos llegar al cibercafé. Entró y buscó algún encargado. Una muchacha de pelo alborotado, con un aro en una de sus fosas nasales, mascaba chicle tranquilamente en un pequeño mostrador tras una pantalla LCD. Cuando vio a Beatriz, soltó su discurso de manera mecánica.

— Media hora, tres euros, una hora, cinco. Pero tiene que esperar porque ahora no tengo pc's.

— No quiero un ordenador. Soy agente de policía –anunció Beatriz enseñando su placa–.

— Joder, un madero.

— ¿Dónde está el dueño? –preguntó Beatriz ignorando el comentario–.

— ¡El dueño! Pues por ahí, tirándose a alguna de las guarras que conoce.

— Y, ¿algún encargado?

— ¡Encargado! –la chica soltó una carcajada–. Lo tiene delante. ¿Qué quiere?, me espanta a la clientela –dijo mirando a un chaval de aspecto marginal que dio media vuelta al ver la placa de Beatriz–.

— Bueno guapa, pues entonces más vale que me des lo que necesito o te vacío esto en diez minutos y te lo cierro una semana. Y, ¿no querrás llamar a tu jefe y molestarle? ¿Igual está tirándose a alguna guarra y le jodes el plan?

— ¿Qué quiere? –preguntó la muchacha en un susurro–.

— Quiero ver eso –dijo Beatriz señalando una de las cámaras de seguridad–. Necesito que me des esas cintas.

— No hay cintas, son grabaciones digitales. Lo guardamos todo en un servidor.

— ¿Si te doy una fecha y una hora puedes enseñarme esas grabaciones?

— Pues claro.

— Vale, pues toma, una fecha y una hora –Beatriz escribió algo en su libreta, arrancó la hoja y de un manotazo lo dejó sobre el mostrador–.

La joven, que ya empezaba a estar algo intimidada, clicó varias veces y después introdujo los parámetros de la búsqueda. Mientras tanto, Beatriz intentaba hablar con Carlos, pero éste seguía sin responder. Cuando empezaba a preocuparse, la joven hizo un aspaviento, advirtiéndola de que ya tenía lo que quería.

En la pantalla podía observar la grabación de uno de los días en los que un mensaje había sido enviado a Hans.

— Ya lo tiene, ¿ahora qué quiere?

— Pues quiero ver la cara de la persona que está sentada en el puesto que tenga esta IP –Beatriz comenzó a escribir la IP en la libreta, y de nuevo se la dio a la chica–.

De mala gana, clicó el ratón e inició una nueva búsqueda.

— Ése es el puesto número 7.

— ¿Cuál es?

— Éste –dijo la chica señalando con su dedo en las imágenes que aparecían en la pantalla–.

— Joder, no se ve nada. Y lleva una gorra.

— ¿Para qué cree que están esas separaciones? La
gente no quiere que el de al lado sepa dónde navega. Hay
mucho salido, ¿sabe?
— Avanza rápido hasta que ese tío se levante.

Con un golpe de ratón, la imagen comenzó a avanzar
rápidamente. De los puestos cercanos se levantaba la gente,
pero no de ése, donde alguien permanecía casi inmóvil.

Cuando empezaba de nuevo a impacientarse, la
silueta, que había permanecido quieta, comenzó a moverse y
se levantó de su puesto. La imagen, a pesar de ser en color,
no era nada buena debido a la pobre resolución de la cámara.
De modo que, cuando la silueta se levantó, no pudo
distinguir su cara. A medida que se acercaba a la salida del
local, más cerca ya del objetivo, sus rasgos se iban haciendo
más patentes. Cuando estuvo casi debajo, no dio crédito a lo
que estaba viendo.

— ¡Joder, no puede ser, es imposible, estuvo siempre
delante de nuestras narices!
— ¿Ha pillado al malo? —preguntó la muchacha
riendo—.
— Dos compañeros míos vienen para acá. Como se te
ocurra tocar algo de esa grabación o comentar algo a alguien,
te juro que te arruino la vida, ¿me entiendes?

Beatriz, con el rostro desencajado salió del cibercafé
para dirigirse a su nuevo destino, el edificio de José Manuel.
Descolgó de nuevo el teléfono y llamó a Carlos, quien siguió
sin dar señales de vida. De modo que decidió llamar al
comisario a quien comunicó su hallazgo.

— Vega, ¿está usted completamente segura de la
identificación?
— Completamente señor, no tengo ninguna duda.

— Joder, Carlos ha salido para ese edificio como un loco. Si es cierto lo que usted dice, se está metiendo en la boca del lobo él sólo.

— ¿Que Carlos ha salido para allá? Joder, él también lo sabe, no sé cómo, pero lo ha descubierto.

— Escúcheme, Vega. Quédese quieta. Mando a alguien para allá.

— Señor comisario, Carlos está en peligro. No puede pedirme que no haga nada.

Beatriz colgó y en menos de cinco minutos volaba por las calles de Madrid en dirección al edificio de José Manuel.

57

Nadie había aparecido por la sala de control. Hans hacía movimientos con sus pies para evitar que se entumeciesen. La posición en la salida de refrigeración no era cómoda y si tenía que saltar sobre su objetivo, no podía encontrarse con que sus pies no le respondiesen. Aun así, no sentía impaciencia alguna. Sabía que de un momento a otro Marcos aparecería. Había pasado demasiados años como agente de inteligencia para saber que, si algo no se podía permitir, era ponerse nervioso.

Desde la posición en la que se encontraba, veía varias pantallas del circuito cerrado, pero no distinguía lo que se movía en ellas, de modo que no intentó buscar a Marcos o José Manuel. Pero cuando menos se lo esperaba, escuchó como una llave se introducía en la cerradura de la puerta. Anteriormente, había comprobado la rejilla de ventilación que le separaba de la sala de control. Era lo suficientemente endeble como para disparar tras ella y que la bala no se desviara. El riesgo así se minimizaba al máximo.

Finalmente el pomo giró y alguien entró a la estancia. Una vez dentro, pudo constatar sin ningún género de dudas que la persona que estaba frente a él era Marcos. Así que, con mucho cuidado y procurando ser absolutamente silencioso, empuñó su arma con fuerza utilizando sus dos manos y esperó a que Marcos se pusiera frente a él.

Marcos mientras tanto, ajeno a todo lo que ocurría apenas tres metros a su espalda, tomó asiento en su sillón, frente a la mesa en la que se podían ver carpetas, útiles de escritorio y una pantalla plana que pertenecía a su ordenador. Encendió éste último e hizo algunas consultas. Después consultó algunas carpetas que tenía en su escritorio, tarea que le llevó algunos minutos.

Hans, permaneció alerta en todo momento. Entonces Marcos se levantó de su sillón y permaneció de pie frente a él. Pero sin saberlo, cometió el error más grave de toda su vida.

Sin la más remota idea de lo que estaba a punto de ocurrirle, salió de detrás de la silla y se dirigió justo en la dirección en la que Hans le estaba esperando. Lo más probable es que se dirigiera a los archivadores que había frente a él, ya que llevaba algunos informes en la mano.

Cuando hubo recorrido dos pasos, escuchó un zumbido e instantáneamente un intenso dolor en el pecho. Los informes que sujetaba cayeron al suelo inmediatamente. Entonces miró su pecho para intentar descubrir a qué se debía el dolor y la sensación de ahogo que sentía. Fue entonces cuando observó un reguero de sangre correr por su camisa.

Casi no había comprendido lo que había ocurrido, cuando otros dos impactos, prácticamente simultáneos, golpearon de nuevo su pecho. Cayó de espaldas como un muñeco de trapo. Hacía grandes esfuerzos por tomar algo de aire en cada inspiración, sin embargo, cada vez que lo hacía, la sensación de presión era mayor, debido a que, poco a poco, sus pulmones se llenaban de sangre que empezaba a caer por la comisura de sus labios.

Hans hizo saltar la rejilla de ventilación de una patada. Salió de ella y, pistola en mano, se colocó frente a Marcos. Ante él, clavó una rodilla en tierra mientras le observaba luchando por vivir. Era el mismo ritual que había seguido cuando asesinó a Gari y el mismo que había seguido en la práctica totalidad de los asesinatos que había cometido a lo largo de su vida.

A pesar de que la vida de Marcos se escapaba en cada palpitación del corazón, todavía tuvo unos segundos para comprender lo que había ocurrido y adivinar quién era la persona que se arrodillaba ante él.

Marcos, entonces, intentó hablar. En la situación que se encontraba, el esfuerzo que tuvo que hacer fue tal que, prácticamente, terminó con las pocas fuerzas que aún le quedaban. La cabeza permanecía ligeramente erguida, pero cayó sobre el suelo y finalmente se ladeó. Una prolongada expiración anunció a Hans que su segundo objetivo había caído. El plan que había urdido tan minuciosamente, comenzaba a dar resultados. Ahora tenía que salir de ahí e ir en busca de su próximo objetivo.

58

Carlos tenía los nervios a flor de piel. Se encontraba frente al puesto de seguridad que había en la entrada del parking del edificio. Se identificó debidamente y pidió al guarda que avisara a Marcos.

— Lo siento inspector, pero el señor Lorenzana no responde al teléfono.
— Llámele al móvil, necesito hablar inmediatamente con él.
— Ya lo hice señor, pero no responde, ni a su despacho ni a su móvil.

De repente, el otro vigilante atento a lo que estaba ocurriendo allí, interrumpió a ambos.

— Inspector, es posible que esté con el señor San José. Esta mañana dio orden de que no se le pasaran llamadas. Quería pasar la mañana en su gimnasio y luego bajar a su apartamento para tomarse el día libre. Es posible que en centralita hayan desconectado su extensión.
— ¿Que han hecho qué? Dígame ahora mismo cómo llegar hasta allí.

— El gimnasio está en la última planta. Sólo hay dos entradas. Una es para el personal de servicio del gimnasio y la otra es a través del apartamento del señor San José. Ambas están en la planta 22.

Salió de allí corriendo casi al sprint y buscó el primer ascensor accesible. Cuando hubo encontrado uno, pulso el número 22 en la botonera. Una vez dentro sacó su arma y se aseguró de que una bala se alojara en la recámara. Quitó el seguro. No volvió a guardarla y permaneció con ella empuñada.

Unos segundos después, la puerta del ascensor se abría en la planta 22. Carlos salió intentando orientarse. Se sentía totalmente perdido, así que buscó unos carteles en los que se indicaban las diferentes estancias. Observó uno que decía: ZONA PRIVADA. Pensó que esa zona sólo podía pertenecer al apartamento de José Manuel.

José Manuel, mientras tanto, había pasado toda la mañana en su gimnasio procurando liberar cierto estrés, pero en esos momentos se encontraba en el apartamento junto a Vicky. Said estaba en la misma planta cerca del apartamento, todos ajenos a lo que estaba ocurriendo.

Carlos observó que, a pesar de que la planta era prácticamente privada, había un cierto trasiego de gente. Los pasillos eran algo fríos en cuanto a la decoración. Paredes y suelos de mármol estaban salpicados de poco en poco con grandes jardineras de plantas de interior naturales.

El pasillo hacía una "L" y Carlos giró en ella. Al fondo había una persona que caminaba en la misma dirección que él. Además, una joven alta con el atuendo de una azafata, se había cruzado con esa persona y ahora caminaba en su dirección. Entonces, el hombre que iba delante suya, giró la cabeza y dejó ver la mitad de su rostro. Una extraña sensación sacudió a Carlos. Ese rostro le era familiar, pero no era la persona que había ido a buscar. Su cabeza comenzó a funcionar a un ritmo frenético. En apenas unas décimas de segundo reaccionó.

— ¡Günter! –Carlos lanzó un gran grito–.

Hans sintió un escalofrío al volver a escuchar su verdadero nombre después de tantos años. Sin perder la calma, dio media vuelta ya disparando. El silenciador propició que los disparos pasaran desapercibidos para la joven, que se encontraba un tanto desorientada por el vocerío. Entonces, una placa de mármol saltó por los aires sobre la cabeza de Carlos. Éste, instintivamente, se echó al suelo tras una de las jardineras, mientras tiraba del brazo de la muchacha atrayéndola hasta él.

— Al suelo, al suelo. No se mueva, quédese aquí – indicó a la joven–.

Carlos asomó sobre la jardinera y comenzó a disparar sobre otra, tras la que se había resguardado Hans. Sus disparos, al no disponer de silenciador, retumbaban como cohetazos en el estrecho pasillo. El ruido de los cascotes que caían de la pared acrecentaba la sensación de caos.

José Manuel, que había escuchado con toda claridad los disparos, enseguida entendió lo que estaba ocurriendo.

— ¡Vicky, voy a buscar a Marcos, quédate aquí y no abras a nadie... a nadie! Said habrá escuchado todo esto y vendrá ahora mismo. No te muevas.
— No vayas, él vendrá para acá. ¡No te muevas de aquí!

Pero José Manuel no escuchó y salió disparado hacia el ascensor que había en el interior del apartamento. Pulsó repetidamente sobre la botonera, atenazado por el nerviosismo, para que se cerrara la puerta del ascensor.

Cuando ésta volvió a abrirse, se desplazó por el pasillo unos diez metros. Una vez allí, asió el pomo de la puerta y ésta se abrió. Al entrar en la sala de control no vio a Marcos por ningún sitio. Ya decidido a cerrar la puerta y buscarle entre los hombres del servicio de seguridad, observó que había desaparecido totalmente la rejilla de ventilación en la parte trasera del despacho. La curiosidad ante lo que pudiera haber pasado con esa rejilla hizo que se encaminara al fondo del despacho. Cuando sobrepasó la mesa, el horror sacudió su vista. Su amigo, su gran amigo, yacía en el suelo sobre un gran charco de sangre y con el rostro totalmente pálido, excepto la barbilla manchada de la sangre que manaba por su boca.

Se lanzó sobre el cuerpo de Marcos, agarró uno de sus brazos y entonces observó que permanecía absolutamente inanimado. No encontró pulso en sus muñecas, de modo que lo buscó en su carótida. Tampoco encontró nada. La desesperación, la impotencia y la rabia se adueñaron de él en ese mismo instante.

— ¡Marcos, Marcos! ¡Hijo de puta! ¡Hijo de puta! Te juro por mi vida que vas a morir, te lo juro.

59

Carlos había logrado desplazar la jardinera, de manera que ahora podía cubrir mejor su cuerpo y el de la muchacha de la intensa lluvia de plomo que Hans le estaba lanzando. Éste, lejos de retirarse, vio una oportunidad única de terminar el trabajo para el que le habían contratado en una sola mañana. Ambos estaban separados por más de veinticinco metros y no habían logrado alcanzarse, a pesar de que las balas habían silbado en los oídos de ambos. Carlos escudriñó el pasillo y vio que cerca había un ascensor en el que poder poner a salvo a la muchacha. Ni por asomo se le había pasado por la imaginación abandonar el escenario.

Cuando el tiroteo se hubo calmado, echó mano al bolsillo en busca de su móvil, primero a la chaqueta, luego al pantalón, nada. Y maldijo, porque enseguida reparó en que no lo había cogido al salir disparado de su despacho. De modo que pensó otra cosa. Miró a la joven que estaba histérica y no dejaba de llorar. Rezó porque alguien estuviese viendo el sistema de vídeo del edificio y enviara ayuda, sin embargo, un simple vistazo a los techos del pasillo, le hizo ver que no existían cámaras en ese corredor, seguramente porque era donde vivía José Manuel y amaba su intimidad.

— A ver guapa, tranquilízate, ese tío no te va a hacer nada, ¿me entiendes? Necesito tu móvil.

La chica, sin contestar, comenzó a buscarlo por sus bolsillos, pero se encontraba tan aterrorizada que el temblor de sus manos hacía que la búsqueda fuese casi imposible. Carlos permanecía ajeno a la joven ya que no quitaba ojo a Hans. Por fin, la muchacha sacó un teléfono y se lo ofreció.

Sin embargo, cuando comenzó a marcar, una ráfaga de disparos impactó por encima de su cabeza, en las planchas de mármol que recubrían la pared. La mala fortuna hizo que una de ellas cayera sobre él y golpeara su brazo, enviando el móvil lejos de su alcance, en un lugar que le dejaba demasiado expuesto a Hans.

Mientras tanto, José Manuel volvía al apartamento. Cuando cerró la puerta del ascensor del interior de su apartamento, se dirigió a comprobar que la puerta de la vivienda se encontraba perfectamente cerrada. Pero antes de llegar hasta ella, observó cómo el lugar se encontraba en excesiva calma, a pesar de la situación que se estaba viviendo.

Avanzó despacio por el salón para, posteriormente, tomar rumbo hacia el pasillo donde se encontraban algunas de las habitaciones. Pero cuando llegó a la que Vicky y él utilizaban normalmente, vio como ella permanecía de rodillas, al lado de un cuerpo tendido en el suelo.

— ¡Dios mío, Vicky! ¿Estás bien?, ¿qué ha pasado? ¿Quién es...?

Mientras hacía las preguntas, Vicky permanecía casi petrificada. Sólo al llegar a la altura del cuerpo de la persona tendida, pudo saber de quién se trataba.

— Joder, es Said. ¡No, Said, no! ¡Vicky, ha matado a Marcos, ese hijo de puta ha matado a Marcos!

José Manuel recorrió con la vista el cuerpo de Said. Estaba boca abajo y sus brazos estaban extendidos. No pudo ver por donde sangraba, de modo que no vio los dos disparos que Said había recibido en el pecho. Ni siquiera tuvo tiempo de constatar si estaba muerto, ya que algo horrible iba a ocurrirle en ese momento.

Fuera del apartamento, Carlos intentaba poner a salvo a la muchacha, de modo que le indicó que corriera hasta la esquina que quedaba apenas a quince metros. Mientras tanto, él la cubriría.

— A mi señal corre, y no se te ocurra mirar atrás. Tú corre y corre rápido, ¿me entiendes?

La muchacha asintió tímidamente.

— Respóndeme, ¿lo has entendido o no?, por favor tienes que estar segura de esto.
— Sí, correr todo lo que pueda hasta la esquina, entendido –dijo la muchacha sollozando–.
— ¿Preparada? Pues... ¡Ahora!

Inmediatamente después de gritar, Carlos salió por encima de la jardinera y comenzó a disparar con un cargador nuevo. Mientras tanto ella, como si fuese llevada por una fuerza superior, corría todo lo que sus piernas le permitían.

Pero Carlos no estaba muy seguro de que la joven tuviese el valor necesario para hacer lo que él le había ordenado, de modo que, casi instintivamente, volvió la vista sólo un segundo hacia la joven. La observó ganando la esquina y desapareciendo.

En ese mismo instante, una bala se incrustaba en su hombro. Una punzada eléctrica hizo que su arma cayera al suelo, cuando otra bala impactó en el pecho, un palmo por debajo de su hombro. Carlos quedó tendido contra la pared, sin aliento.

Mientras tanto Hans, que sabía que acababa de ganar esa batalla, salió de su escondite y se dirigió con paso sereno hacia Carlos. En el momento en que se acercaba, dejó caer el cargador vacío de su arma e introdujo otro. Pulsó el cierre de la corredera y una bala quedó alojada en la recámara. Tenía ahora a sus pies a Carlos, que le miraba de arriba abajo ignorando el intenso dolor que sentía.

— No vas a salir vivo de este edificio, hijo de puta – exclamó Carlos–.

— Es posible inspector, pero no será por su culpa. Desde que dejé la STASI, nadie me había herido y usted casi me mata... dos veces.

Nada más acabar la frase, un nuevo disparo impactó en el muslo de Carlos, el cual fracturó su fémur. Un alarido indicó a Hans el terrible dolor al que le estaba sometiendo.

— Sólo tenías que haberte dejado matar –rio Hans–, como tu amigo y el ex poli al que acabo de cargarme. Ellos no me causaron problemas, sin embargo tú...

— Eres un hijo de puta, quizás no sea hoy, pero te vamos a matar. Mataste a un joven brillante, sólo por dinero.

— Y ahora mataré a un poli veterano sólo por dinero. La vida de los ex espías es muy dura, de algo tenemos que vivir. Ganarse el pan no es fácil, inspector. Y... no sé hacer otra cosa.

De repente y sin advertirlo, el sonido de un arma amartillándose en la nuca de Hans, hizo que este aguantara la respiración.

— No te preocupes, cabrón En las cárceles de España se come muy bien, no tendrás que preocuparte por la comida –dijo Beatriz con su arma a escasos centímetros de la nuca de Hans–. Vamos, tira tu arma.

Hans contuvo la respiración y pensó qué hacer, pero finalmente soltó su arma y la desplazó un par de metros.

— ¿Por qué has tardado tanto? –preguntó Carlos irónicamente y casi sin fuerzas–.

— He parado a comprarme un bolso y luego me apetecía llevar al trullo a algún cabrón, así es que decidí pasar por aquí.

— ¡Anda, no digas palabrotas, eres una señorita! ¿Le lees sus derechos o se los damos por escrito?

— Ya se los aprenderá en la cárcel.

Hans, que era un experto en ese tipo de situaciones, dio un paso hacia atrás e hizo que Beatriz pegara su espalda a la pared. Con un simple giro a gran velocidad, golpeó su brazo y su arma cayó al suelo. Ella intentó defenderse, pero Hans sabedor de que Carlos sólo podía mirar, se concentró en desarmarla y someterla. De un empujón la desplazó unos metros, los suficientes como para permitirle coger su arma.

Pero cuando se incorporó para apuntar a Beatriz, una certera patada de kárate volvió a desplazar el arma de Hans varios metros. Después, sin esperarlo, recibió otro puntapié en su boca y nariz, que hizo que cayera de bruces y sangrara al instante. Pero esta vez, la fortuna se puso de su lado y a treinta centímetros de su mano se encontraba el arma que había caído del brazo de Carlos durante el tiroteo. La tomó e inmediatamente se dispuso a apuntar a Beatriz. Apenas había levantado su brazo, cuando una detonación, que no venía de la joven policía puesto que ella estaba desarmada, impactaba en su hombro izquierdo. Carlos había utilizado el arma que solía esconder en su tobillera. Cuando Hans descubrió el origen del disparo, cambió su objetivo y quiso apuntarle, pero antes de que pudiera fijarle en su punto de mira, un disparo le atravesó el cuello de lado a lado.

Instintivamente soltó el arma y llevó sus manos al cuello. Inmediatamente su rostro se desencajó. De entre sus dedos empezó a brotar la sangre, primero levemente, después a borbotones. Luego fue por la boca, primero cayendo por la comisura de los labios y por último como un chorro continuo.

La cara de Hans ahora estaba blanca por completo. Entonces cayó al suelo sin soltar su cuello, pues las fuerzas le estaban flaqueando a medida que la sangre iba abandonando sus arterias.

Mientras tanto Carlos, que no andaba sobrado de fuerzas, había soltado su segunda arma. Llamó a Beatriz.

A un par de metros de ellos, la vida de Hans se apagaba. De repente, el dolor que sentía en el cuello dejó de atenazarle y como si hubiese tomado un fuerte anestésico, se sumió en una intensa paz. Fue entonces cuando Anne Honnecker, su madre, que tantos años hacía que había muerto, se presentó ante él. El rostro de su madre fue la última imagen que Hans imaginó en su vida.

— Tienes que ir a por José Manuel, está en peligro.
— Tranquilo, lo sé todo. He identificado a quien contrató a ese cabrón, lo sé igual que tú.
— Ahora no te preocupes por mí y ve.

Beatriz le quitó el cinturón y realizó un torniquete en su muslo. Después, con la chaqueta, taponó las heridas de hombro y pecho. Además, comprobó que ésta última no había causado grandes daños, ya que su respiración era buena, de modo que el pulmón no estaba afectado. Tampoco habían alcanzado esos disparos arterias importantes, porque no seguiría vivo de ser así.

— Ya vienen a por ti, no tienes de qué preocuparte.

60

Dentro del apartamento, parapetados y esperando ayuda, José Manuel no entendía lo que había ocurrido.

— Pero, ¿quién coño ha entrado aquí? ¿Qué le ha pasado a Said? Tenemos que salir inmediatamente.

José Manuel se movía por el apartamento casi sin ser consciente de lo que hacía. No prestaba atención a nada de lo que ocurría a su alrededor. Ni siquiera había reparado en Vicky.

— José, no nos vamos a mover de aquí.
— Sí, tranquila, ahora mismo nos vamos... ¿cómo? ¿Qué has dicho?, ¿que no nos vamos a mover? –preguntó José Manuel volviéndose hacia ella muy extrañado–.
— No, nos quedaremos aquí –contestó Vicky con un arma en su mano–.
— Esa arma es mía, estaba en mi caja fuerte. ¿Por qué la tienes tú?
— La necesitaba para matar a Said.

José Manuel intentó comprender lo que Vicky había dicho. Pero la mirada de ella era fría. Sus ojos parecían sin vida, igual que los pequeños ojos negros y fríos de un tiburón.

— Que la necesitabas para, ¿qué? Por favor, amor mío, no entiendo qué está ocurriendo aquí. Llamemos a Carlos, ¿de acuerdo?

— No vamos a llamar a nadie –sentenció ella apuntando a José Manuel con su arma–.

— Cariño, pero, ¿qué estás haciendo?

— Carlos está ahí fuera. Seguramente ya habrá muerto. Contraté a una persona para que lo hiciera por mí, al igual que a Gari y a Marcos. Nunca imaginé lo de Said, de modo que tuve que encargarme de él personalmente. No me has dado tiempo para comprobarlo, pero es más que probable que Said también esté muerto. Ha recibido dos disparos en el pecho. En cuanto a ti... ya veremos quién lo hace antes, si él o yo. –sentenció encañonándole con su arma–.

José Manuel cayó como un saco en un sillón que había tras él. Su boca estaba seca y la garganta le abrasaba. Una oleada de sudor frio sacudió su cuerpo al instante. A su cabeza empezaban a llegar respuestas y todo comenzaba a tomar forma en su mente. Comprendía por qué se había sentido observado en Tánger. Ésa fue la primera respuesta que acudió a su cabeza, sin embargo, ahora no paraban de surgirle preguntas.

— Tienes que explicarme todo esto, estás muy nerviosa y nos ha afectado mucho lo que ha pasado. Tienes que tranquilizarte.

— Estoy tranquila, llevo años esperando este momento. El asesino que yo contraté está haciendo bien su trabajo. Aunque casi me mata a mí también, el muy estúpido. Pero ahora no se si acabarlo personalmente. Todo ha terminado... también para mí.

— ¿Años? Por Dios Vicky, empieza a contarme qué está ocurriendo aquí o me volveré loco.

— Claro, te volverás loco. Pero no te importó una mierda que la gente a tu alrededor se volviera loca.

— ¿La gente a mi alrededor? Pero... no entiendo qué te ocurre, no sé de qué hablas.

— Claro, tú qué coño vas a saber. Nunca has visto más allá de tus narices.

— Pero, por favor, dime de qué hablas y entonces es posible que te entienda —le suplicó mientras hacía ademán de levantarse del sillón—.

Vicky sostenía el arma, pero en esos momentos la mantenía bajada. Sin embargo, cuando atisbó la posibilidad de que José Manuel se levantara, volvió a apuntarle.

— Siéntate y no te muevas.

— Está bien, está bien. No me muevo, tú tranquila — dijo él levantando las palmas de sus manos—.

— Deja de pedirme que esté tranquila y escucha atentamente esto que te voy a contar.

José Manuel no daba crédito a lo que estaba escuchando. Por momentos pensaba que se trataba de otra de sus horribles pesadillas pero, ¿cómo discernir si lo que estaba viviendo era real o no? Todo su cuerpo temblaba, el sudor chorreaba por sus sienes. Intentaba poner todos sus sentidos para escuchar las palabras que Vicky iba a narrarle.

— Hace casi doce años tú empezabas a recibir dinero por todas partes. Por lo que me he podido documentar, tu patrimonio era ya muy importante y te habías rodeado de hienas sedientas de poder, ambición y dinero.

— ¿Que te has documentado sobre mí? —preguntó José Manuel con horror—.

— Sé más de tu vida que muchos de tus colaboradores. Todo lo que me has contado estos meses, yo ya lo sabía. Pero tenía que representar mi papel y, ¿lo he hecho bien, verdad?

— ¿Pero cómo puedes hablar tan fríamente? Te he abierto mi alma en canal. Sabes cosas de mí que no sabe nadie más. Por el amor de Dios, Vicky, hemos hecho el amor apasionadamente. Ésa es la mayor prueba de confianza que dos personas pueden demostrarse.

— Y me ha gustado mucho hacer el amor contigo... en serio, pero eso ya acabó. Ahora tengo que terminar con esto. Como te decía, cuando empezaste a tener un patrimonio importante, tus asesores comenzaron a comprar empresas, sanearlas, mejorarlas... bueno tú ya sabes qué hacían.

— ¿Y qué tiene que ver eso conmigo? Y, ¿contigo?

— Pues más de lo que jamás pudiste imaginar. Verás, una de esas empresas era una auditoría muy cerca de aquí.

— Sí, la recuerdo.

— Cada día que venía hasta aquí tenía que verla y mi odio iba creciendo más y más.

— ¿Odio?

— Sí, odio. He incubado ese odio durante doce años. ¿Y sabes por qué?

— No, no lo sé. Y estoy deseando que me lo digas.

— Mi padre trabajaba allí. Era contable y nada más comprar la empresa, él se fue a la calle... al paro después de años de servicio.

— Dios mío, has hecho asesinar a tanta gente porque hace doce años compré una empresa y eché a tu padre. Pero tus padres estaban muertos, ¿o eso tampoco es cierto?

— Sí, eso es cierto.

José Manuel no lograba sacar nada en claro de la conversación. A la vez que Vicky iba escupiendo palabras, la perplejidad de José Manuel iba creciendo.

— Estoy intentando hacer memoria y, aunque es cierto que a varios auditores se les rescindió el contrato, también es cierto que se fueron con generosísimas indemnizaciones.

— Sí, cierto. Pero mi padre no sabía hacer otra cosa. En vez de intentar buscar trabajo, se dedicó a vivir de ese dinero. El estar todo el día metido en casa hizo que su mal humor se multiplicase por diez y te aseguro que ya era malo cuando trabajaba. Cada vez las palizas eran más habituales.

— ¿Palizas? ¿Tu padre te pegaba?

— A mí menos, a mi madre bastante más. Pero habíamos logrado aprender a vivir con ello... hasta que apareciste tú... con tu puta ambición.

— ¿Ambición? Eran negocios, Vicky, negocios. Y te juro que siempre que se tomó una decisión con alguna de estas empresas, lo hice pensando en la gente que trabajaba en ellas, siendo lo más justo posible con todos.

Vicky siguió hablando como si las últimas palabras de José Manuel hubiesen pasado inadvertidas para ella.

— Cuando le mandaste a la calle comenzó a beber cada día más. Las palizas eran ya a diario. Yo decidí cambiar de universidad y me trasladé a casa de mis tíos, a Barcelona, sin que él lo supiera, donde terminé las dos carreras —Vicky emanaba odio por sus ojos—. Un buen día, mi tío me mandó sentar en un sillón y me explicó que mi madre había muerto.

— ¡Joder! —José Manuel entonces creyó entender la causa de la muerte de su madre—.

— Mi padre le propinó tal paliza que le produjo una hemorragia cerebral —sentenció con los dientes apretados—. Después de una semana como un vegetal, cosida a golpes, con la cara irreconocible, tres costillas rotas, además de la clavícula y el cúbito, decidió que se había cansado de luchar y no quiso vivir para recibir más palizas. Murió sin que yo me enterara.

José Manuel cerró los ojos intentando imaginar lo horrible que tal acontecimiento hubiese podido ser para Vicky. La situación que estaba viviendo era difícil de digerir para él. Pero ella, ajena a José Manuel, decidió seguir con su historia.

— Una semana después de morir mi madre, mi padre decidió que no le quedaba nadie con quién ser un cabrón, así que abrió la puerta de la terraza del hotel donde estaba huido y se lanzó a la calle. El cabrón tuvo suerte y murió en el acto.

— ¡Dios mío, Vicky! me estás haciendo a mi responsable de eso.

— Si tú no hubieses comprado esa puta empresa, nada habría ocurrido.

José Manuel había llegado a un punto en el que ya no sentía miedo, sino pesadumbre. Sentía el peso de la traición. La persona que más amaba en el mundo, estaba situada frente a él, apuntándole con un arma. Además había mandado asesinar a uno de sus mejores amigos. De manera que se puso en pie, y gritando todo lo que su garganta dio de sí, se dirigió a Vicky.

— Tu madre, por lo que me cuentas, llevaba muerta hacía ya muchos años. Justo desde que permitió que ese hombre le hiciera lo que le hizo. ¿Qué más da que yo le echase? Quizás un día alguien mirara mal a tu padre, o se tropezara con un escalón roto... ¡yo qué coño sé! ¿Crees que a tu padre le hacía falta una excusa para moler a palos a esa pobre mujer, eh, lo crees?

— ¡Cállate, cállate y cierra la puta boca o te abro otra en la frente! Tú no sabes lo que es esconderte en tu habitación y rezar para que tu padre no se acuerde de ti esa noche. No sabes lo que es comenzar a temblar cuando llega la hora de su llegada. ¡Temblar! ¡Temblar por culpa de tu propio padre! –gritó–.

— ¡Adelante, hazlo, mátame! ¿Crees que me importa? Marcos está muerto porque yo me enamoré de ti, igual que Said –dijo señalando la habitación de al lado–. Por Dios Vicky, mandaste asesinar a Gari, ¿qué te hizo él? ¿Y Carlos? Ellos no te hicieron temblar nunca. Fue tu padre... ¡TU PADRE!.

— Eran demasiado peligrosos para mí, cuando les conocí supe que de una forma u otra llegarían a resolver lo de esas chicas.

José Manuel había olvidado por completo los asesinatos de las muchachas. Una sensación nauseabunda recorrió su estómago al recordarlo y comprender que había sido Vicky quien había asesinado a esas muchachas.

— ¿Tú mataste a esas chicas? –las lágrimas le caían por las mejillas–.

— ¿Ahora te das cuenta? Pues claro que fui yo.

— Vicky, ¿por qué lo hiciste? ¿por qué lo hiciste? Ellas no tenían culpa de nada.

— Sí, cierto. Esas pobres chicas no tenían culpa de nada –contestó ella con absoluta frialdad–. Pero necesitaba elegir a alguien para llevar a cabo mi plan.

— ¿Tu plan?

— Sí, mi plan. Te lo contaré, pero primero has de sentarte... y hazlo ya.

De repente un disparo retumbó en toda la estancia y la bala silbó en el oído de José Manuel, impactando en un óleo que colgaba en la pared tras él. La detonación le sorprendió, pero enseguida comprobó que la autora del disparo había sido Vicky, de modo que obedeció y volvió a tomar asiento.

— Pues verás, tenía que conseguir que te culpasen a ti de los asesinatos. Quería que te pudrieras en la cárcel y que sintieras la sensación de abandono que yo sufrí.

— ¿Y cómo coño hiciste para que yo supiera tanto de esos crímenes?

— Veo que yo he hecho los deberes, pero parece que tú no.

José Manuel quedó extrañado ante la afirmación de Vicky.

— No, desde luego que no. Al parecer tú sí que has hecho tus deberes magníficamente. Enhorabuena.

— Un día te dije que mi tesis en psiquiatría la dediqué al comportamiento humano en situaciones de presión, por ejemplo soldados en combate, policías. Conocí que había ciertos experimentos en los que, mediante hipnosis, se podía variar el comportamiento de los individuos. Incluso a soldados que lucharon en la Tormenta del Desierto y que sufrieron situaciones traumáticas, se les ayudó psicológicamente implantándoles recuerdos positivos en su mente mediante hipnosis inducida por anmital sódico. Dediqué toda la tesis a este asunto y aprendí a utilizar el anmital y las técnicas de hipnosis. Hay muy poca gente en España que pueda hacer cosas así.

— De manera que implantaste recuerdos en mi mente, ¿cómo? ¿cuándo? –preguntó José Manuel casi sin creerlo–.

— Por las noches, mientras dormías. ¿Recuerdas esas picaduras de mosquitos? Pues no eran tales. Se trataba de irritaciones a causa de las agujas hipodérmicas con que te administraba el anmital sódico.

José Manuel instintivamente pasó las yemas de sus dedos por su brazo, mientras recordaba aquellos supuestos picotazos.

— Con una videocámara grababa los escenarios de los crímenes, incluso los propios crímenes y luego, una vez que te encontrabas bajo hipnosis, te los hacía visionar. Conocías todos los detalles de esa manera. Hacía tiempo que te conocía y sabía que no te ibas a quedar con un peso así dentro de ti y hablarías con Marcos. Siempre pensé que el peso de las pruebas no lo cuestionarían esos dos policías. Pero no fue así. Se trataba de grandes profesionales. Por eso tuve que buscar en internet y contratar a un sicario. Pensé que si no ibas a ir a la cárcel, entonces debías morir.

— Vicky, tú no eres la misma persona que amaba... que aun amo. ¿Qué te ha pasado? –se dirigió a ella con la voz temblorosa–.

Vicky seguía ajena a las preguntas de José Manuel, como si estuviera inmersa en un profundo trance.

— No podía permitir que los policías investigasen más. Eliminándoles, tenía el tiempo suficiente como para huir de aquí si conseguía mi propósito contigo, o bien si mi plan quedaba al descubierto y de paso, hacerme con gran parte de tu patrimonio... quizás aún pueda.

— ¡Huir! ¿Cómo? En cualquier lugar de España te encontrarán.

— Sí, en España sí, pero ya he dispuesto doce millones de euros en una cuenta en Ginebra. Suficiente para desaparecer durante toda mi vida.

— Pero... ¿de dónde has sacado ese dinero?

— ¡Ese dinero! Es tuyo. Recuerda, soy una de tus abogadas. Tengo firma en todas tus cuentas. Simplemente he desviado dinero, poco a poco, de algunas de tus cuentas personales que sólo controlo yo.

— Me dijiste que me querías, me dijiste que estarías conmigo hasta el fin. Me mentiste. Recuerdo el día que lo dijiste. Acabábamos de hacer el amor y dijiste que estarías conmigo hasta el fin.

— En esto último no te mentí. Este es el fin.

José Manuel quedó desolado entonces. Acababa de constatar que, no sólo había traicionado su amor, además le había robado, lo cual colocaba a Vicky, además de en el lugar de una asesina fría, en el de una vulgar ladrona.

Pero unos golpes devolvieron a José Manuel a la realidad. Beatriz, después de dirigir a un equipo de emergencias hasta donde se encontraba Carlos y comprobar que estaba bajo control, se dirigió hacia el apartamento de José Manuel y ahora se encontraba frente a la puerta, golpeándola con saña. El comisario acababa de llegar al edificio y se encontraba con ella.

— Déjeme a mí, comisario. Conozco a esa mujer.
— ¿Está usted segura, agente?
— Confíe en mí, comisario.
— De acuerdo, adelante.

Beatriz golpeo la puerta esperando alguna respuesta.

— Soy la agente Vega. Victoria, sé que están ahí. Lo sabemos todo. La persona que usted contrató ha muerto y la hemos relacionado con la muerte de esas chicas. Así es que le aconsejo que salga y lo haga todo más fácil.
— ¿Qué vas a hacer ahora, Vicky? Haz caso a Vega.
— ¡Cállate! –gritó levantando el arma y apuntando a José Manuel totalmente desconcertada ante su total fracaso– .

— Todo ha terminado Vicky. Te prometo que haré lo posible por que vayas a una institución mental. Es evidente que no estás bien.
— ¡Te voy a matar cabrón, te voy a dejar seco! Jodiste mi vida cuando era una cría y me has obligado a ser una persona odiosa, un ser abominable.
— Yo no te he obligado a nada Vicky, a nada. ¿Es que no comprendes que toda esta locura la has iniciado tú? –José Manuel se dirigía a ella en un tono cada vez más calmado y casi susurrando– .

— ¡Calla o te mato ahora mismo! –Vicky blandía el arma con su mano, que ahora se mostraba extremadamente temblorosa–.

— Se acabó Vicky. Esto no puede ir más lejos.

Entonces dos disparos sonaron en la puerta del apartamento. Beatriz había disparado a la cerradura para abrirse paso a través de ella. Vicky se sobresaltó y sin perder de vista la puerta que separaba el salón del corredor que llevaba hacia el apartamento, apuntó a José Manuel. Instantes después aparecía por la puerta Beatriz, empuñando su arma y dirigiéndola hacia Vicky.

— Victoria, todo ha terminado. Varios compañeros la están buscando por todo el edificio y no tardarán en llegar a este apartamento. Puede matarme a mí, pero no a todos. Por favor, deme esa arma, se lo ruego.

Vicky no dirigió una sola palabra a Beatriz. Se limitaba a encañonarla con su arma. Mientras tanto, José Manuel permanecía expectante sin saber muy bien qué hacer.

— José Manuel, venga para acá, no va a ocurrirle nada –dijo Beatriz –.

— ¡No, quieto! –Vicky giró repentinamente, apuntando a José Manuel– No te muevas o disparo.

— Vamos Victoria, no haga esto más difícil. Sea sensata, por favor.

Vicky, inmersa en una locura enfermiza, no atendía a las palabras y consejos que Beatriz le ofrecía. Se limitó a encañonarla de nuevo. En ese preciso instante, comenzaron a escucharse en la calle sirenas que hacían presagiar que el desenlace de esa situación estaba a punto de llegar a su fin, fuera éste cual fuera.

— Lo ve, Victoria. Mis compañeros han pedido refuerzos. Tiene que poner fin a esta locura ya.

La situación se encontraba ahora en el mismo punto que minutos antes. Pero entonces, Vicky giró rapidísimamente y encañonó esta vez a José Manuel. Todos mantuvieron la tensión con sus armas levantadas. Los ojos de Vicky comenzaron a llenarse de lágrimas. De repente una de ellas comenzó a resbalar por su mejilla. José Manuel, apuntado por el arma, mantenía la respiración. Entonces ella habló.

— ¡José!
— ¡Dime, cariño! –contestó José Manuel suavizando su tono, con la esperanza de darle un vuelco a la situación–.
— ¡Cierra los ojos! –dijo ella mostrando una ternura inusual para la situación que se estaba viviendo allí–.
— ¡Por supuesto, cariño!

Él recordó el juego que ambos seguían cuando ella le pedía tal cosa y se animó, pensando que quizás ella hubiese analizado sus sentimientos y llegado a la conclusión de que aquello que estaba ocurriendo allí, era una locura absoluta. Beatriz no comprendía lo que estaba ocurriendo, pero empuñaba el arma con absoluta firmeza. Pudo constatar que su pulso era firme y su corazón estaba pausado. Era dueña de sí misma y de la situación. Se veía capaz de salir airosa de ahí. Mientras tanto, José Manuel seguía con los ojos cerrados, esperando la respuesta de Vicky, que no tardó en llegar.

— ¡Te quiero!

Entonces José Manuel abrió los ojos y vio las lágrimas de Vicky inundando su rostro. Pero lejos de darle un giro prometedor a la situación, ella la concluyó descerrajándole un disparo en el pecho, en lugar del tierno beso en los labios que en otras ocasiones se había producido. Beatriz no tardó en responder y descargó su arma contra ella. El disparo impactó en el hombro de Vicky con la única intención de desarmarla, tan sólo hiriéndola. Pero ésta cayó al suelo sin soltar su pistola, presa de la ira y el odio.

Casi mecánicamente, Vicky se levantó e hizo un intento de encañonar a Beatriz, que caminaba velozmente hacia José Manuel. Pero justo cuando el brazo de Vicky comenzaba a elevarse para poner un su punto de mira a la joven criminóloga, otra detonación, que esta vez no provenía de Beatriz, sonó en la estancia. Una bala se alojó en la frente de Vicky, esparciendo por la pared sus cabellos y masa encefálica.

Beatriz giró sobre sus pies y, empuñando el arma, buscó el lugar de donde provenía ese disparo. En la puerta del salón, Said sostenía en alto un arma humeante. Como medida de seguridad, le mantuvo encañonado hasta que hizo entrada en la estancia el comisario, totalmente desencajado.

— Tranquila agente –susurró Said a Beatriz– Mi nombre es Said Ibn Moumni El Ouazzani– por favor, atienda a José Manuel – dijo Said costosamente con la mano en el pecho–.

Beatriz se dirigió hacia donde se encontraba José Manuel. Mientras lo hacía, se interesó por Said.

— No se preocupe por mí, yo me encuentro bien.

Said, mientras respondía a Beatriz, tiró su arma al suelo y de un tirón, arrancó los botones de su camisa. Al hacerlo, quedó a la vista su pecho, cubierto por un chaleco antibalas en el que se podían observar dos impactos.

Beatriz tomó del suelo la camisa que Said se había quitado y con ella sometió la herida de José Manuel a presión.

— ¿Se encuentra usted bien para pedir ayuda? – preguntó Beatriz a Said–.
— Descuide. Usted manténgale vivo mientras el comisario y yo pedimos auxilio. Alá le ayudará.

Said salió renqueante, junto al comisario, en busca de alguien a quién pedir ayuda. Una vez que vio que las asistencias ya habían llegado, volvió sobre sus pasos para observar cómo atendían a José Manuel y entonces, presionando con su mano el pecho dolorido por el impacto de las balas, dirigió su mirada hacia el cadáver de Vicky. Después de mirarlo fijamente, por fin reaccionó.

— *Inna lil–lahi wa inna ilaihi rayiun* (Todos pertenecemos a Alá y a Él hemos de retornar).

Said se agachó torpemente y se postró ante el cuerpo sin vida de Vicky. Tal como obligaba el Corán, cerró con su mano los ojos y la boca de Vicky. Una vez siguió esos preceptos, se volvió a situar frente a ella en pie y volvió a recitar.

— *Al–laho Akbar* (Dios es Grandísimo).

Mientras tanto, el comisario era ahora el dueño de la situación. Apenas diez minutos después, una unidad del SAMUR entraba para atender a José Manuel, que poco a poco iba perdiendo la consciencia.

Giró la cabeza en dirección al cadáver de Vicky, sin saber muy bien si fue un acto voluntario o más bien se debió a que su cuerpo se quedaba sin fuerzas y éstas iban abandonando sus músculos. El tremendo dolor que había sentido nada más recibir el impacto en su pecho iba desapareciendo. Notaba que le faltaba el aire y sentía algún líquido tibio corriendo por su garganta, probablemente su propia sangre. Quiso olvidar las últimas horas y lloró. Lloró por la imagen de su amada muerta ante él. Después, cualquier sensación desapareció de su cuerpo.

61

Un resplandeciente sol bañaba la preciosa calle de aquel pueblo de Extremadura, Valencia de Alcántara. En las paredes de cal blanca, destacaban los alféizares de piedra y madera rebosantes de geranios y *"periquitos"* repletos de flores de casi cualquier color. La calle empedrada y las puertas y ventanas de las viviendas, mostraban el inconfundible origen judío de aquel barrio, que años atrás había sido nombrado Patrimonio de la Humanidad.

José Manuel avanzaba lentamente, disfrutando de los olores que emanaban de los innumerables maceteros. La sensación de paz que invadía todo su cuerpo, hacía que su paso fuera lento, como si quisiera disfrutar de cada zancada con que avanzaba hasta el número 7 de la calle Cortizada.

Una vez frente a la puerta de madera de color marrón, flanqueada por dos ventanas enrejadas a cada lado, accionó el picaporte de hierro y ésta se abrió. Atravesó el umbral y rápidamente se encontró frente a un recibidor. Tras bajar dos escalones revestidos de placas de cerámica, llegó al centro de la estancia. El suelo estaba cubierto por grandes placas de pizarra y los huecos se rellenaban con piedras planas sujetas con mortero. A la izquierda se encontraba el pequeño salón con una mesa camilla en el centro, que en invierno contenía el brasero de picón que calentaba la sala. Dos sillones con grandes cojines, una televisión, un antiguo frigorífico y una radio de lámparas era todo el mobiliario del salón.

Las paredes, lejos de ser lisas, mostraban panzas, como la de un animal preñado, pero lucían de un blanco inmaculado. Tres cuadros con motivos de finales del siglo XIX eran todos los adornos que se podían encontrar.

A la derecha del recibidor se encontraba una mesa, en la que se podía ver un botijo de arcilla blanca que permanecía lleno todo el año. Al lado, una puerta daba acceso a las dos habitaciones. En una de ellas, había una cama de matrimonio con un antiguo cabecero de forja. En la otra, dos pequeñas camas y en una de las esquinas, una rinconera con recuerdos y fotografías familiares.

Al frente del recibidor se encontraba el pasillo, que llevaba hasta el patio. Tenía una pronunciada cuesta descendente y tres escalones separados por más de un metro cada uno que salvaban el desnivel. José Manuel lo recorrió en un instante y llegó al patio, en el que se encontraban un pequeño aseo y una humilde cocina con dos fuegos y varios estantes. El suelo era de cantos redondeados, muy pulidos por el uso y el pisoteo de años y años. En el patio, el sol bañaba las incontables macetas llenas de plantas con flor, que conferían un aroma especial al ambiente y ofrecían un colorido maravilloso. Entre la amalgama de colores, se abría un hueco para albergar una pila con una piedra para lavar la ropa. Varias sillas con asiento de esparto se repartían por los rincones del patio.

— Hola abuela. Hoy hace un día precioso, ¿no crees?
— Hijo, hace mucho tiempo que yo ya no recuerdo los días de otra forma.

Estaba hablando con su abuela, una mujer con el pelo totalmente blanco y una eterna sonrisa en su rostro. A diferencia de otras mujeres de su edad, sus vestiduras eran de color gris, en vez del tradicional color negro.

— ¿Qué haces aquí? Eres muy joven y aun no debes de estar conmigo, no tienes que acompañarme.
— ¿Y qué cosas me quedan ahí fuera? Mis amigos han muerto y amo a alguien que me ha utilizado y que también ha muerto.
— ¿Y quién no ha pasado por algo terrible alguna vez?
— Supongo que todos, pero mucha gente ha muerto por mi culpa y es posible que lo que me quede ahí fuera, no me merezca la pena.
— Sí lo hay, pero ahora tú no lo ves. Tienes que intentar viajar de nuevo hacia la luz. Ahí fuera te esperan muchas cosas, seguro que algunas de ellas malas, pero muchas más buenas. Además, tú no eres mal chico. Al final la vida es justa con cada uno.
— Piensas que no soy mal chico porque eres mi abuela. Quizás haya hecho daño a mucha gente, aun sin darme cuenta. Es posible que si así ha sido, ahora lo esté pagando.
— Haz memoria, ¿crees que has hecho cosas tan malas como para pagar con tu vida?

Meditó sobre esas palabras, pero no era capaz de llegar a ninguna conclusión clara.

— ¡José!, aun no es tu momento. No mereces estar aquí, aún no.
— Pero, abuela yo...
— ¡No!, debes marcharte, aún es pronto. Estás aquí y tienes dudas acerca de qué decisión debes tomar. El día que tengas que cruzar esa luz definitivamente, lo sabrás, sin ninguna duda. Yo lo supe y no debes temer nada.

Entonces disipó todas sus dudas. Supo inmediatamente que aún le quedaban cosas por hacer. Giró sobre sus pies e inició el camino hacia la salida. Pero apenas hubo caminado unos pasos, volvió la vista de nuevo hacia su abuela.

— Gracias abuela. Te echo de menos, pero como bien dices, aun no es mi momento.
— No, aun no lo es. Vete hijo, sé feliz. Lo lograrás.

La anciana entonces comenzó a regar las plantas, mientras José Manuel volvía de nuevo a caminar hacia la salida. Una vez fuera, comenzó a pasear por la calle del barrio judío, pero cuando hubo avanzado unos metros, la sensación de paz que le había traído hasta ahí, se tornó en dolor, frío e histeria a su alrededor.

— ¡Se nos va, se nos va! Por favor, enfermera, otra unidad de sangre y rápido. Está en hipoxia isquémica y lleva ya tres minutos.
— ¿Lleva tres minutos en parada? –preguntó unos de los médicos al médico principal–.
— Sí, incluso algo más.
— ¡Doctor, olvídelo, se nos ha ido, está muerto!
— No, no está muerto, es joven y fuerte. Es muy fuerte, ¡Aun no se nos ha ido, joder!

Los ATS, un chico y una chica jóvenes, se miraban. Sabían que la cantidad de sangre que había perdido hacía casi imposible devolverle a la vida. Aun así, el médico principal de la unidad, movido por quién sabe qué sentimiento, no abandonó y siguió aplicando el desfibrilador y los masajes cardíacos. Su frente, perlada de sudor al principio, ahora era una superficie absolutamente mojada, debido al esfuerzo agotador que estaba realizando.

— ¡Vamos, vamos chaval, no te rindas! –masculló el médico entre dientes–.

Casi sin esperanzas, pidió al ATS las palas cargadas y pensó que quizás sus asistentes tenían razón, que ésa era la última oportunidad del joven que tenía ante él. Una vez las tuvo, las aplicó en el pecho de José Manuel y la máquina realizó la descarga. Inmediatamente después, todos dirigieron la mirada hacia el monitor, que registraba en esos momentos una línea recta y un sonido continuo. Pero entonces, el monitor se silenció y la línea comenzó a oscilar. Todos contuvieron la respiración. El monitor volvía a marcar ritmo cardíaco. La joven ATS fue la primera en reaccionar.

— ¡Hay latido, hay latido! Le tenemos otra vez –gritó–.

— ¡Rápido, necesitamos otra unidad de sangre! Ya hemos controlado la hemorragia pero la presión es muy baja. Es importante mantener el latido ahora.

— ¡Doctor, doctor. Abre los ojos! ¡Pero si estaba casi muerto hace un minuto! ¡No es posible!

— ¿Cómo se llama este chico? Pregunten al árabe que vino con nosotros. Está ahí afuera.

— Señor, ¿cómo se llama el chico? –preguntó el ATS a Said–.

— José Manuel, su nombre es José Manuel.

Sin contestar, al ATS se dio la vuelta y comunicó el nombre al médico inmediatamente.

— José Manuel, tranquilo, se va a poner bien.

Said, mirando a través de una cristalera donde se encontraba el box en el que José Manuel estaba siendo atendido, decidió pedir ayuda a Alá.

— Nadie es digno de ser adorado sino Alá, El Compasivo, Benévolo. Dios está libre de todo defecto y sustenta el Gran Trono Celestial. Todas las alabanzas pertenecen a Alá solamente, el Señor de los mundos. Señor mío, muéstrame el modo y los medios para obtener Tu Merced y Tu perdón. Te suplico derrames sobre mí abundantes mercedes y Te ruego me mantengas apartado del pecado. ¡A Dios Misericordioso! Borra mis pecados con Tu perdón, disipa mi dolor y cumple aquellas necesidades mías que a Ti te agraden –repetía en un melodioso árabe con las palmas de las manos hacia arriba–.

Los ojos de José Manuel se abrían y cerraban continuamente. Se encontraba en estado de shock. Comenzó a bracear, intentando librarse del cableado que rodeaba su cuerpo, de la mascarilla o quién sabe de qué. Había regresado de un placentero viaje y ahora sólo sentía dolor, un intenso y horrible dolor. Su garganta no era capaz de emitir sonido, ya que había sido entubado.

— ¿Le oye? –preguntó la enfermera al médico–.
— Es posible, aunque su nivel de consciencia es muy bajo. En cualquier momento puede perderla de nuevo, aunque al menos ya le hemos estabilizado el ritmo cardíaco. Enfermera, póngale dos unidades más de sangre y prepárenle para entrar en quirófano. Este chico ha nacido hoy. Sédenle inmediatamente. Es posible que esté sintiendo mucho dolor.
— Leonor –dijo el médico dirigiéndose a la ATS–, ¿Qué le pusieron cuando se le realizó la entubación endotraqueal?
— 0,3 miligramos de Diazepan.
— Aumenten a 0,7. Es un chico muy grande y ha sufrido bastante, ¿de acuerdo?
— Prepárenle para quirófano, ¡rápido! No hay tiempo que perder. Se nos puede parar de un momento a otro.

José Manuel, sin comprender lo que estaba ocurriendo, casi entre una nebulosa, vio como ese hombre, que segundos antes se dirigía a él, se lavaba las manos enérgicamente para luego después, con la ayuda de dos enfermeras, ponerse una bata de color verde abierta a la espalda y, posteriormente, dos guantes de látex hasta mitad del antebrazo, además de un gorro tapando sus cabellos y una mascarilla, también verde. No tuvo tiempo de ver nada más.

Mientras tanto, Said seguía fuera de los quirófanos, en la pequeña sala de espera, dando gracias a Alá por, al menos, haber sacado momentáneamente a su amigo de la parada cardíaca que le había producido el disparo en el pecho. Momentos antes, había acordado con Beatriz que, mientras él se quedaba con José Manuel, ella se desplazara con Carlos, que había sido llevado a otro hospital, el cual, a pesar de haber recibido uno de los disparos también en el pecho, presentaba un estado de menor gravedad que José Manuel.

La corporación había sido tomada por la policía y se recogían pruebas con las que cerrar la investigación. Así mismo, los forenses sacaban en camillas los cuerpos de Vicky y Hans envueltos en sábanas blancas.

Algunos de los asesores y compañeros de José Manuel decidieron entonces desplazarse hasta el hospital. Una vez allí, vieron al enorme árabe rezando. Momentos después, junto a Said, esperaba bastante gente, entre otros Paula, Fina y un hombre, de cuyos ojos brotaban lágrimas fruto de un intenso dolor en su alma: Arturo.

62

Beatriz abrió la puerta del despacho de Carlos. Nada más entrar, observó una taza hecha añicos en el suelo y justo en el centro de su escritorio, el teléfono móvil que podía haber evitado que estuviese ahora en el hospital. Se encontraba fuera de peligro y ahora descansaba, por eso Beatriz se marchó. Comenzaría a redactar su informe.

Estaba agotada por la actividad frenética de las últimas horas, pero también por el estrés y la tensión que había acumulado durante todo el día.

Se situó en el centro del despacho y miró a su alrededor. Cientos de informes, fotografías y bolsas con pruebas, se amontonaban por todas partes.

Mientras observaba el caos de aquel despacho, decidió despojarse de la chaqueta, la cual lanzó sobre uno de los sillones sin importarle cómo cayera. Unos pantalones vaqueros y una camiseta ajustada dejaban adivinar un físico muy atractivo.

Después de recorrer el despacho con la vista, se despojó de su arma, un juego de esposas y el cargador que llevaba adheridos a su cinturón y los depositó sobre el escritorio de Carlos para, inmediatamente después, dejarse caer en el sofá dónde él había dormido tantas noches.

Quedó allí, tumbada durante unos segundos, tapando sus ojos con el antebrazo. Inmediatamente, de ellos brotaron unas lágrimas que cayeron por sus mejillas. Lloró para librarse de la tensión acumulada. En esos momentos, a su cabeza venían imágenes de Hans desangrándose, de Carlos herido en el suelo, Vicky cayendo desplomada... Pero algo se clavó en sus riñones. Metió la mano entre los cojines y sacó una elegante agenda telefónica de cuero.

La abrió y empezó a hojearla. Enseguida comprobó que se trataba de la agenda de Carlos. De repente, vio algo que llamó su atención, de modo que se incorporó y quedó sentada en el sofá con la agenda abierta entre sus manos. Le dio vueltas a lo que había visto y tomó una decisión. Enjugó sus lágrimas y entonces se sintió aliviada, como si esas lágrimas hubiesen arrastrado fuera de su cuerpo la tensión que la atenazaba desde que todo había terminado. Cogió su móvil y marcó uno de los números que había encontrado.

Esperó varios tonos hasta que, por fin, al otro lado de la línea, un voz femenina de mediana edad contestó.

— Dígame.
— Buenos días señora —respondió Beatriz—. Soy la agente Beatriz Vega, de la policía científica y compañera de su marido. No se preocupe, Carlos está bien. Estoy muy al tanto de la situación entre ambos, pero ha ocurrido algo que debería saber.

63

Después de que marzo hubiese dejado muchas lluvias, abril comenzaba muy soleado y con temperaturas muy agradables. En este día, no se podía encontrar una sola nube en el cielo, que se mostraba de un azul uniforme hasta donde la vista alcanzaba.

José Manuel estaba sentado sobre la piedra, leyendo un libro y haciendo pausas de cuando en cuando para otear el horizonte. Aunque aún sentía cierto dolor en el pecho, alrededor de la herida que, curiosamente, había dejado una cicatriz diminuta, se encontraba lo suficientemente recuperado como para dar largos paseos, ya sin apenas fatigarse. Una suave brisa azotaba su cara y movía su cabello, que había dejado crecer y que ahora casi caía sobre sus hombros. Después de permanecer bastante tiempo sentado al sol, agradecía el frescor de las suaves ráfagas de viento.

— ¿No es éste un sitio algo extraño para que un ateo venga a meditar?
— ¡Carlos! ¿Pero cómo diablos has subido hasta aquí?

Observó las muletas y la aparatosa férula que aún sujetaba su muslo, lo cual le hizo calcular el enorme esfuerzo que había tenido que realizar para subir la escalinata del templo del Cerro de los Ángeles, en Getafe, donde José Manuel había estado toda la mañana. Tal y como solía hacer siempre que visitaba el lugar, acudió a la zona trasera del templo, donde una pequeña placa, clavada en la piedra, indicaba el centro geográfico de España.

— Me han echado una mano –Carlos volvió su cabeza hacia una mujer, que se mantenía alejada de ellos y que sonrió levemente–. Un ángel de la guarda me echó una mano y todo se ha arreglado entre nosotros.

Saludó a la mujer de Carlos, a la que había conocido en una de sus visitas al hospital, con un movimiento de la mano.

— Me alegro mucho, Carlos. Te lo mereces.
— No sé cuánto pagas a esa mujer, ¿cómo se llama?... Fina, pero seguro que menos de lo que se merece. No he podido sacarle el lugar donde te encontrabas. Sólo me dijo que querías estar tranquilo y que ibas a pasar toda la mañana fuera, paseando.
— Y ¿cómo me has encontrado entonces?
— Una vez recordé que me dijiste que cuando te encontrabas en algún bajón, solías venir aquí, a buscar tranquilidad. Fue el primer día que me invitaste a comer en tu apartamento.
— Siempre eres policía –rio José Manuel–, hasta cuando hablas con un amigo. ¿Cómo te encuentras?
— Pues como si un ex espía de la antigua RDA me hubiese pegado tres tiros –soltó una carcajada–. ¿Y tú?
— La herida de mi pecho curó perfectamente, aunque Aún tengo alguna molestia en el pulmón. Aun así ya casi no siento fatiga, pero la herida de mi alma...

José Manuel volvió la vista hacia el horizonte y no terminó su frase. Su mirada se tornó triste.

— José, no te atormentes. Eres una persona fuerte. Todo eso pasará.

— ¿Pasará? Carlos, sigo locamente enamorado de una asesina que acabó personalmente con la vida de cinco chicas y mandó matar a otras cuatro personas. ¿Crees que mi alma puede estar en paz?

— No estás enamorado de un asesino, estás enamorado de Vicky y nadie te podrá culpar de eso. Sabiendo lo que ha ocurrido, lo que fue capaz de hacer, ¿te enamorarías ahora de ella?

José Manuel volvió la vista hacia Carlos y negó con la cabeza sin decir una sola palabra.

— Pues eso es lo que importa, José —tranquilizó Carlos a José Manuel, mientras con movimientos torpes y ayudado por él, se sentó a su lado—. Eres una buena persona y ayudas a mucha gente. Lo de Vicky ha sido algo horrible, pero debes superarlo.

— ¿Y si no puedo?

— Podrás, todo es superable. Durante todos los años que llevo en la policía, he visto de todo y créeme, he conocido a gente que no fue capaz de superar cosas absurdas y otros que superaron las peores tragedias que jamás vi. Tú eres de estos últimos. Eres un tío fuerte. Nadie consigue lo que tú has conseguido siendo un pusilánime.

Un silencio invadió a ambos, que permanecieron unos instantes mirando al horizonte.

— No sé si te interesa saberlo, pero el juez ha levantado el secreto de sumario.

José Manuel miró fijamente a Carlos y casi le interrogó con su mirada. Finalmente, le preguntó.

— ¿Y...?

— Han investigado toda la vida de Vicky. Además de lo que ya te conté cuando te visité en el hospital, han logrado saber más cosas. Su madre ingresó en urgencias ocho veces por diversos "accidentes". En aquella época, la violencia de género no disponía de tanta atención por los medios de comunicación y esa pobre mujer acabó molida a palos. También Vicky ingresó una vez por algo similar. De todas las veces que ingresó en urgencias, sólo una fue anterior al despido de su padre, las demás fueron cuando él ya no trabajaba. Vicky te culpó de ello.

— Y quizás tuviera razón.

— No, José, no la tenía. No puede tener razón por algo así. Y tú no puedes culparte por ello. Al parecer, meses antes de su despido, llegó un día de trabajar bastante ebrio. Se enzarzó en una discusión tonta con un compañero y le propinó tal puñetazo que el chaval acabó con el tabique nasal hecho trizas. Su naturaleza era violenta. Además, nuestros psiquiatras forenses han dictaminado que Vicky padecía un trastorno paranoide de la personalidad. Probablemente su infancia traumática, más que la muerte de sus padres, fue lo que provocó su enfermedad. También hemos sabido por un familiar suyo que, la primera vez que ingresó su madre en un hospital, fue a petición de la propia Vicky.

— Pero aun así, no logro comprender cómo pudo asesinar a esas muchachas. He pasado muchas horas junto a ella y, ¡me cuesta tanto pensar que pudiera hacer algo así con sus propias manos!

— No hay duda, ella asesinó a las chicas. En una de las víctimas se encontró bajo las uñas un trozo de cuero. Al principio pensamos que era de un guante de vestir de alta costura. Finalmente resultó ser de un mono de motorista que han encontrado en su domicilio. Tenía acceso a todo lo que tú poseías: tu dinero, la información, el sistema informático. De ahí los apagones del sistema. Ella tenía la forma de hacerlo y sabía la manera de ocultar esos fallos.

En ese momento José Manuel recordó el día que vio por primera vez a Vicky, en el parking de su edificio, haciendo rugir la moto de gran cilindrada que ésta poseía. La nostalgia le invadió.

— De verdad Carlos, es increíble.

— Sé que todo esto tiene que parecerte una locura. Pero verás, realmente sus primeros asesinatos no los cometió con sus propias manos. En su tesis doctoral realizó grandes avances en el uso del anmital sódico y la hipnosis. Gari y yo entrevistamos a un psiquiatra experto en estas técnicas y me prometió facilitarnos todos los datos de que él disponía sobre personas capaces de utilizar anmital sódico en este país. Por desgracia, a la mañana siguiente Gari fue asesinado. Cuando la información que el doctor me prometió llegó a mi mesa, había pasado ya mucho tiempo y aun estábamos en proceso de análisis. Entonces los acontecimientos se precipitaron. Si Gari no hubiese muerto, es posible que hubiésemos revisado toda la documentación y hubiésemos dado con ella, como posteriormente comprobé. La hubiésemos detenido y ahora estaría en alguna institución mental y tú no hubieses... – Carlos señaló el pecho de José Manuel–. Vicky se valió de esos conocimientos para cometer sus crímenes. Al principio no encontró valor suficiente. Iba a gimnasios, donde buscaba a chicas que pudieran ser accesibles para ella. Luego buscaba la forma de administrarlas el anmital sódico.

— Pero ¿cómo se las apañaba para que esas muchachas se dejaran inyectar el anmital?

— Realmente el anmital también puede ser ingerido. No causa el efecto de forma tan inmediata como cuando se inyecta, pero para lo que ella quería, era más que suficiente. Una vez que las muchachas quedaban a su merced por efecto del anmital, procedía a someterlas a una sesión de hipnosis, en la cual las convertía en simples marionetas a sus órdenes. Hecho esto, ellas se suicidaban sin dudarlo con un arma, cuchillo o lo que les facilitara. Al principio incluso siguió un modus operandi, pero al final se confió y comenzó a matar sin ningún tipo de piedad, ni cuidado. En un primer momento llegamos a pensar que se trataba de un asesino en serie. Después nos subestimó y se descuidó.

— Cielo santo, es horrible.

— José, aunque ni a ti ni a nadie jamás nos lo pareciera, Vicky estaba terriblemente enferma.

— ¿Enferma? Me parece triste explicar todo lo que hizo, diciendo simplemente que estaba enferma.

— Pues lo estaba José, y mucho. Vicky vivió su niñez aterrorizada por su padre con el único apoyo de su madre y cuando ésta murió, se derrumbaron los pocos pilares que sostenían su vida. Necesitó encontrar la causa y los culpables de su muerte y, al menos para ella, los encontró. Os convertisteis en esclavos del pasado. Es terriblemente simple.

José Manuel miró a Carlos con horror en sus ojos. Callaron unos momentos intentando digerir esas palabras.

— Reunió el valor necesario para asesinar a la cuarta víctima –prosiguió Carlos–, a la cual, ella misma liquidó. Y a la quinta le colocó restos biológicos tuyos.

— ¿Restos biológicos?

— Sí, cogió del cubo de la basura de tu baño la cuchilla de una de tus maquinillas de afeitar y dejó pelos y piel tuyos bajo las uñas de la muchacha. Pero cometió un error.

— Ya me parece increíble que llegara a cometer un error.

— Pues lo hizo, la agente Vega encontró, junto a tus muestras biológicas, restos de un producto químico extraño, que finalmente resultó ser simple espuma de afeitar. Creo que si siguiera viva, hubiésemos terminado cogiéndola. Pero hacía tiempo que se había asustado y decidió contratar a un sicario para acabar con todos nosotros y darse el tiempo suficiente como para huir. En su casa hemos encontrado la dirección de un apartamento en Basilea, documentación falsa, pasaporte incluido y casi 200.000 euros en metálico. Imaginamos que serían tuyos.

— ¿No crees que arriesgó mucho contratando a ese tío? Podía haber muerto, sólo por haber estado junto a mí en el momento en que ese cabrón hubiese decidido matarme.

— No lo creo, ella se había informado muy bien. Los asesinatos por encargo son bastante más frecuentes de lo que tú puedes imaginar y el contratante, por lo general, suele ser alguien cercano al objetivo. El asesino podría haberse quedado sin cobrar si eliminaba a cualquier otra persona no incluida en su "contrato". El sicario sabía bien eso y Vicky también. Ella no corría peligro a tu lado.

— Es aterrador. Y nadie sospechó nada, nunca.

— Bueno, eso no es del todo cierto. Hace poco, hablé con Arturo. Me comentó que en varias ocasiones había cruzado su mirada con Vicky y que siempre le pareció fría y calculadora. Se lo hizo incluso saber, en uno de esos descansos para el café, a uno de los hombres de Marcos. Nadie le hizo caso y yo casi le tuve en mi punto de mira.

De nuevo, el silencio volvió a hacer presa en ellos. A su cabeza vinieron esas ocasiones, en las que Vicky había declarado su malestar por la presencia de Arturo, sin duda, comprendía ahora, para quitarse un futuro inconveniente de en medio. Cuanto más sabía sobre lo ocurrido, más sorprendido quedaba del carácter frío y calculador de Vicky.

La conversación estaba siendo tan dura, que era imposible mantener cinco minutos seguidos de charla.

— ¿Qué harás ahora José?

— Viajar, pero ahora por placer. Siempre he querido hacerlo y me he dado cuenta de que, muy pocas veces, he viajado por placer y sí por negocios. Mis asesores son capaces de gestionar la empresa mejor de lo que podría hacerlo yo nunca y siento que necesito desaparecer, al menos un tiempo. Y tú, ¿qué harás?

— Disfrutar de mi vida –contestó dirigiendo la vista hacia su mujer–.

— Creo que haces bien. Por cierto Carlos, tengo que cubrir el puesto de Marcos... joder, aún no me acostumbro. He pensado que, quizás tú quisieras cambiar de aires y aceptar una buena oferta. El día que nos conocimos, le dijiste a Marcos que, si tú tuvieras la oportunidad de aceptar una oferta como la que él tuvo, lo harías.

— Mi vida ha cambiado mucho desde entonces –dijo Carlos acariciando la alianza en su dedo. ¿Y Said?

— Said tiene una buena vida en Tánger, una gran casa y dos hijos de los que ocuparse y no querría separarle de su hogar. Sin embargo, tú tienes aquí todo lo que ahora te importa. Podrías vivir en un excelente apartamento en el edificio.

— Te lo agradezco mucho, pero voy a solicitar la jubilación anticipada. Verás José, cuando ese hijo de puta me tenía encañonado, no tuve miedo a morir en ningún momento, pero me aterrorizaba el hecho de no poder decir a mi mujer que lo sentía y que la quería.

— Es curioso, pero nunca imaginas que ese beso o esa caricia, será la última. Yo, al menos, jamás lo imaginé – contestó José Manuel–.

— Es cierto. Y no quiero volver a pasar por eso de nuevo. Quiero que, cada día cerca de mi mujer, sea como el primero. Y creo que me quedará una buena pensión que me ayudará a conseguirlo. Además, me ha ocurrido algo extraño últimamente que me gustaría comentarte.

— Y, ¿qué es eso que te ha ocurrido?

— Pues un banco, con sede en Ginebra ha transferido cuatro millones de euros a una de mis cuentas corrientes, otros cuatro a los padres de Gari y otro tanto a la agente Vega. A ella le prometí que lo investigaría. ¿Tú sabes algo de eso? –preguntó Carlos con una sonrisa pícara–.

— ¿Por qué crees que pueda saber algo? –rio abiertamente, sin mirarle–.

— Nunca dejarás de sorprenderme.

— Vega y tú tenéis ahora dinero suficiente como para no tener que trabajar nunca si lo administráis con cabeza.

— Vega no lo dejará, lo suyo es vocacional y es una gran policía. Esa chica lo lleva en la sangre. Tiene un gran futuro. Y en cuanto a mí, no creo que merezca ese dinero.

— Y, ¿por qué no? Devuélvelo si así lo crees. O, dónalo, ¡yo qué sé! Pero si fuera tú, lo cogería y lo disfrutaría el resto de mi vida. Ahora tienes una buena razón para aceptarlo – José Manuel dedicó una mirada a la esposa de Carlos–.

— Quizás lo haga. ¿Sabes? Siempre quise comprar una casa en la playa y un barquito con el que poder navegar.

— Pues ya, nada te lo impide. Hazlo. Cumple tus sueños. Sé feliz, Carlos. Hazlo por mí, hazlo por ella – sentenció, lanzando la vista hacia su mujer, de nuevo–.

Carlos comenzó a levantarse torpemente de los escalones donde permanecía sentado junto a José Manuel. Éste le ayudo y finalmente emprendió la marcha en dirección al lugar donde se encontraba su mujer esperándole. Antes de dar tres pasos, se detuvo y miró a José Manuel.

— Gracias –la voz de Carlos le sorprendió–.

— ¿Por qué?

— Por salvarme la vida –respondió–.

— Yo no he hecho nada, Carlos. Según me han dicho, fue Vega quién llamó a tu mujer.

— Sí, así es, pero trabajar en este caso ha hecho que me replantee mi vida. Ahora sé lo que tengo que hacer para ser feliz. ¿Sabes una cosa, José? En estos últimos meses en los que nos hemos conocido bien durante días de hospitales y hospitales, he tenido dos hijos maravillosos. A uno se lo llevó por delante un asesino. El otro está ante mí.

— ¿Volveremos a vernos pronto? –preguntó José Manuel con los ojos cargados de humedad–.

— Seguro. Recuerda, soy policía. Lo seré hasta que me muera, aunque no ejerza. Sentirás mi aliento en tu nuca. Cuando me necesites, yo te encontraré.

— Cuento con ello, amigo.

José Manuel se levantó y se acercó hasta Carlos, tendió su mano y la estrechó tan fuertemente que los dedos de ambos se tornaron blancos por la presión. Tras ello, un intenso abrazo.

— No lo dudes –respondió Carlos–.

EPÍLOGO

El verano había terminado hacía una semana, pero el tiempo era buenísimo aún, aunque por las fechas que eran, casi principios de octubre, ya había mucha menos gente en Barbate. A Carlos le encantaba esa época. Antes del verano su mujer, Lola, y él habían comprado una casa en esa localidad costera.

Después de pensarlo detenidamente, mucho más que cualquier otra persona lo habría hecho, había decidido quedarse con los cuatro millones de euros con que José Manuel le había obsequiado. Además, tal y como siempre había soñado, compró una embarcación de nueve metros de eslora, con la que salía algunas mañanas a navegar, siempre en compañía de su mujer. Había ganado algunos kilos y una leve cojera, cada vez menor, era la única secuela que le quedaba de aquel lejano día de hacía ya diez meses.

Esa mañana llevaban algo de comida preparada para tomarla en la cubierta del barco, a algunos kilómetros de la costa. Así es que acudieron al muelle donde lo tenían atracado. Lola subió a la embarcación por una estrecha pasarela. Mientras tanto, él se mantuvo en el muelle, soltando los cabos que mantenían a la embarcación amarrada. Una vez los hubo desatado, cruzó la pasarela, la desenganchó del muelle y la amarró al barco. Se dirigió hacia los mandos de la embarcación, puso el motor en marcha y, poco a poco, abandonaron los muelles. Al rato estaba en mar abierto. Se veía magníficamente el nombre con que había rebautizado la embarcación cuando la adquirió. Para ello, dio una mano de pintura blanca sobre el antiguo nombre de la nave, MAREA, y sobre él, rotuló el nuevo: GARI.

A más de siete mil kilómetros de allí, José Manuel permanecía en la cubierta de un crucero de 74.000 toneladas, el buque Fascination. Seis días antes, había volado hasta San Juan de Puerto Rico, donde había subido a ese buque y recorrido alguna de las islas del Caribe más bonitas. Su primer amarre lo realizó en la isla de Saint Thomas, en las Islas Vírgenes de los Estados Unidos. La siguiente visita a tierra firme, la había llevado a cabo en la isla de Saint Marteen, en las Antillas Holandesas. Las siguientes paradas fueron en la Isla de Dominica y después en la rica y lujosa isla de La Martinica francesa. La última excursión a tierra que realizó antes de volver a San Juan, fue en la Isla de Barbados. Una vez que el buque zarpó de Barbados, dos días de navegación por el interior del Mar Caribe ponían fin al crucero que había decidido realizar para alejarse lo más posible de España, en la época en la que se iba a cumplir un año desde que su vida comenzó a cambiar terriblemente.

Varias horas después de zarpar de Bridgetown, la capital de Barbados, se encontraba en la cubierta del barco, a una altura de catorce pisos sobre el nivel del mar. Tomaba un delicioso batido de piña mientras la brisa húmeda del Caribe bañaba su piel. Las dimensiones mastodónticas del buque, hacían que no se advirtiera movimiento alguno al cortar las olas. Restaurantes de todas clases, bares y salas de fiestas por todo el barco, cine, casino, bolera o un teatro con capacidad para 1.500 personas, donde se representaban funciones que habían tenido gran éxito en Broadway, eran algunas de las animaciones con que uno se podía distraer a bordo. Además de todo esto, bibliotecas, salones de arte y un impresionante centro comercial hacían que, cualquier tipo de persona, encontrara algo con qué distraerse a bordo.

Pero de todos esos lugares, el que más le agradaba, siendo un tipo solitario, era la cubierta, donde disfrutaba de esa soledad a la luz de la luna caribeña.

De pronto, una muchacha joven y atractiva, se acercó hasta él y comenzó a entablar conversación.

— Hola, eres español, ¿verdad?

— Sí, pero, ¿cómo lo supiste antes de hablar conmigo? –preguntó a la joven algo extrañado–.

— Tienes pinta de español –rio–. No, en serio. Te he visto en las excursiones de los españoles. Además, este crucero lleva a bordo casi cinco mil personas, la mayoría de ellos norteamericanos y a un español entre todos ellos, se le distingue bien –volvió a lanzar varias carcajadas–. Me llamo Nerea, ¿y tú? –la joven alargó su mano con la intención de estrechársela–.

— Yo me llamo José Manuel –respondió apretando la mano de la joven–. Encantado de conocerte.

— Igualmente. Llevo observándote varios días, sobre todo en las excursiones a Marigot, Roseau y Fort de France y aunque no estaba segura, me pareció verte sólo en todas. Así es que esta mañana, cuando bajamos en Bridgetown, me fijé y pude constatar que así era. En la visita a The Harrison's Cave's, también te he visto solo. ¿No has venido con nadie?

— No, la verdad es que he hecho solo este viaje.

— ¿De dónde eres?

— Vivo en Madrid.

— ¡Anda, yo también! Y, ¿no hay nadie en Madrid esperándote?

— ¿Esperándome? –rio– Pues espero que sí me espere gente: mis padres, mis hermanos...

— ¡Ah no! Yo me refería si hay alguien esperándote como... bueno, ya sabes, alguna amiga, tu novia, no sé... algo así, ya sabes –dijo la muchacha con cierta vergüenza–. Alguien que debiera haberte acompañado en este viaje. Es que, no es usual ver a alguien tan joven sólo en un viaje tan impresionante como éste.

— Sabía a qué te referías y la respuesta es no. Ninguna persona de esa clase me espera en Madrid – respondió mientras acariciaba la cicatriz de su pecho–.

La joven hizo una pausa. No sabía cómo seguir aquella conversación que ella, sin duda, quería que se alargara durante más tiempo.

— Mañana, el barco navegará durante todo el día. Yo he venido con un grupo de amigas. Somos de diferentes sitios, todas españolas. Si te apetece, podrías venir con nosotras. Así no estarás solo. La verdad es que este crucero se disfruta mucho más junto a amigos.

— Bien, lo tendré en cuenta –dijo mientras miraba por encima de la muchacha a las amigas de ésta–.

— Vale, bueno, nosotras estaremos por aquí por si te apetece buscarnos. Si no te importa estar rodeado de una panda de locas –dijo mirando a sus amigas y riendo–, quizás te apetezca que quedemos algún día en Madrid. ¿Qué me dices?

Escuchó a la joven con agrado. Quizás ahí tenía la prueba de que, tal y como mucha gente le había dicho, la vida debía continuar. Miró a la joven y, seguidamente, devolvió la mirada hacia el horizonte, intentando encontrar la respuesta más adecuada para el momento. Finalmente encontró esas palabras.

— Verás, te agradezco mucho tu ofrecimiento y quizás mañana os busque por la cubierta. Ciertamente tienes razón. Este crucero, con alguien al lado, se disfruta mucho más.

— Bien, de acuerdo, pues por aquí estaremos. ¿Qué me dices de lo de Madrid?

— Sí, bueno... ¡¡¡eh!!! El problema es que, en Madrid, siempre estoy muy ocupado. Mi empresa absorbe la mayoría de mi tiempo y no es fácil mantener una vida social aceptable. Te aburrirías esperando a que te llamase. Así es que, muy a mi pesar, lo siento, pero no podrá ser.

La joven le observó callada, pero finalmente extrajo una tarjeta y una pluma de su bolso. Escribió algo en la parte trasera de la misma. Una vez terminó, guardó la pluma y observó la tarjeta un segundo. Después miró al horizonte y finalmente habló.

— Toma, aquí trabajo yo y por detrás tienes mi número personal. Quizás algún día pases cerca y quieras tomar un café o, simplemente, haya algún día en tu vida en que quieras marcar un teléfono distinto.
— Nada pierdo por tener tu número —contestó sonriendo—.
— Exacto, como mínimo, puedes ganar a alguien con quien hablar.
— Bien, lo tendré en cuenta.

La muchacha hizo un gesto de afirmación y se despidió de él con un suave movimiento de la mano. Mientras tanto, José Manuel intentaba ocultar su casi nula intención de llamarla.

Mientras seguía ensimismado con la vista puesta en el horizonte, la muchacha se volvió.

— ¿Quién te ha hecho tanto daño? —preguntó a bocajarro—.
— Alguien muy especial.

Y volvió a sus pensamientos mientras ella comprendió que ésa era toda la respuesta que podía esperar. José Manuel, más que nunca, sabía que necesitaba vivir tranquilo una temporada y centrarse en aquello que le proporcionara estabilidad personal y emocional. Algo le decía, quizás sólo su miedo, que aquella joven no era la pieza que encajaba en el puzle en que se había convertido su vida.

Lo que no sabía, es que la paz que añoraba y que ahora estaba disfrutando, no sería para siempre.

*Cuando se habla de estar enamorado
como un loco se exagera;
en general, se está enamorado como un tonto.*

Noel Clarasó (1905-1985) Escritor español.

NOTAS DEL AUTOR

José Manuel volverá, no me cabe duda, le conozco muy bien. Es fuerte, y sabe sobreponerse. Quizás deba alejarse un poco de esa vida sofisticada que lleva y dedicar más tiempo a sí mismo. La cuestión es, ¿le dejarán tranquilo? A veces la vida es complicada. Es posible que tenga que acudir a gente nueva, quizás ya conozca a algunas de las personas que en el futuro deberán ayudarle o, puede ser que jamás necesite nada de nadie. Imposible, ¿no creen? Seguro que se reunirá con la gente que en el pasado le ayudo y que aún siguen con vida, y también puede que conozca a nuevos amigos. Él nunca olvida un favor. Pero, ¿por qué razón podría necesitarles? Seguro que algún día lo sabremos.

Por otra parte, quería pedir perdón a aquellos que encuentren errores, obvios o no tanto, en el proceso de narración. Y no sólo me refiero a los sintácticos u ortográficos, sino a los documentales. Intenté documentarme lo mejor que pude, pero hay veces que ni así es suficiente. No he tratado que mi novela sea la pura realidad, simplemente es eso, una novela, y como tal deja un margen para la imaginación. Es difícil pensar que todo aquello que ocurre en ella pueda hacerse realidad pero, tampoco pensábamos, no hace mucho, que fuera posible que unos terroristas derribaran dos rascacielos o que veríamos a un presidente negro en la Casa Blanca. Así que, les pido un favor; si ya han terminado el libro, ahora piensen que, todo lo que han leído, es pura fantasía.